力潮文创
POWER TIME

白鲸文化

为纯粹的乐趣而读

她真漂亮

Why Is She So

Charming

凉蝉 · 著

长江出版社
CHANGJIANG PRESS

图书在版编目（CIP）数据

她真漂亮/ 凉蝉著. —武汉：长江出版社，
2022.7
ISBN 978-7-5492-8268-5

Ⅰ. ①她… Ⅱ. ①凉… Ⅲ. ①长篇小说—中国—当代
Ⅳ. ①I247.5

中国版本图书馆CIP数据核字（2022）第051504号

她真漂亮 / 凉蝉 著

出　　版	长江出版社	
	（武汉市解放大道1863号 邮政编码：430010）	
策　　划	力潮文创-白鲸工作室	
市场发行	长江出版社发行部	
网　　址	http://www.cjpress.com.cn	
责任编辑	江　南	
特约编辑	唐　婷　珠　珠	
封面设计	吴思龙@4666啊	
封面绘制	憨	
插图绘制	Finnn　卡西MDuo　MIUJIII	
印　　刷	嘉业印刷（天津）有限公司	
版　　次	2022年7月第1版	
印　　次	2022年7月第1次印刷	
开　　本	880mm×1230mm　1/32	
印　　张	9.75	
字　　数	349千字	
书　　号	ISBN 978-7-5492-8268-5	
定　　价	45.00元	

电话：027-82926557（总编室）027-82926806（市场营销部）

目录

第一章 白山茶

池幸六岁就晓得，"漂亮"是一件有用的事情。

六岁生日，孙涓涓带她去百货大楼买礼物，她很快看中一件白色小纱裙。纱裙配一条编织的宝蓝色流苏腰带，上面缀两颗钻石状的玻璃，新鲜漂亮。

裙子三百块，腰带单卖，要加五十块。

池幸喜欢那腰带，穿好后根本不愿意脱下来。

孙涓涓舍不得五十块，劝她放弃腰带。池幸不知从哪里学来的本事，哭也不号啕，小嘴紧抿小脸通红，眼泪一颗颗滚下来，受尽了世上委屈似的。

柜台边上站着几个顾客，有人帮孙涓涓掏了衣服和腰带的钱。孙涓涓不肯受这莫名好意，但那人已经走了。临走时还说，漂亮小姑娘就要穿漂亮衣服。

池幸就这样获得了纱裙和腰带。

她太小了，不知道这意外的礼物有什么深意，只记得一路上自己脚步轻快，母亲手心有汗，连连叮嘱她要保密，不能让父亲知道裙子和腰带的来历。

池幸后来养成了爱穿白裙的习惯。她黑发浓密微卷，眉目美得嚣张，衬一件白裙裳，又艳又纯。

"你知道编剧麦子用'白山茶'形容你吗？"

这个问题把池幸的注意力拉回采访现场。

"他说的是你在兰桂坊喝酒的那张偷拍照。"采访导演问，"你怎么看待他的评价？"

池幸上周到香港拍戏，朋友约她去兰桂坊喝酒。她从片场直接过去，妆发衣服都没换。偷拍的照片池幸看过，看完直叹那狗仔手机像素真高，拍照技术真好。

她的目光应该与镜头对上了，眼角残留一缕笑意，整个人仿佛从身周暗色中跃出一般醒目。微醺时她总是笑得很大声，脸庞有酒染的红，眼睛湿润漂亮。

照片在网上流传，麦子看到了，说她像白山茶，充满了沉甸甸的欲和美，男人看了都想把她留在家里，哪怕插花瓶里干看着也好。

池幸眼睛笑得弯弯："网络上的废话我从来不关注。"

采访导演对答案非常满意，很快进入下一个问题："听说为了《大地震颤》这部电影，你这段时间都在上舞蹈课？"

池幸点头，她喜欢这个问题，谈兴也越发浓起来。

《大地震颤》讲述一位舞者的故事，她饰演女主角。目前合作谈得七七八八，池幸已经报了舞蹈课，从零开始学习。

她说了些学习的趣事，展示手机中自己拍的照片。导演赞她穿舞裙的模样美丽，忽然问："你觉得世界上有'美而不自知'这件事吗？"

池幸笑得甜美："怎么可能呢？"

导演："你不认同？"

在导演和摄像身后，经纪人常小雁冲池幸狂使眼色。

这句话是昨天的微博热搜，贴着另一个当红女星的名字。有国际大导夸那女星"美而不自知"，粉丝激动万分，把这句话刷到了热搜第一。

池幸笑着回答道："真正的演员很少关注镜头里自己美不美，我们更在意别的事情，比如角色该怎么演绎。"

常小雁一拍额头一跺脚，无声地骂了句。

对方哪里会放过这个机会："什么是真正的演员？"

池幸继续："美而不自恃吧。美人一旦自恋，就显得不可爱了。"

常小雁扶额长叹。

采访节目名为《一刻问题》，每期时长十五分钟，只采访一个明星。池幸日程太满，一刻只好利用今日拍摄前的半小时在片场做采访。采访提纲昨日已经发来，常小雁精心写了答案，早就命池幸一一背好。

回到化妆间，常小雁扭头露出凶相："信不信我骂得你尘归尘土归土？"

池幸点起一支烟："你那答案太长了，背不下来。我说得不好吗？"

常姐："那都什么屁话！分分钟被骂上热搜！"

池幸咬烟、鼓掌："那不正好？你们最喜欢我上热搜。"

她一笑，常小雁就发不了脾气。

池幸角角落落没一处不妥帖。五官单拆开或许总有这样那样的不完美：眉毛太粗，鼻梁太高，嘴唇又太薄，但一切安在她柔净的脸上正好合适。任谁看一眼都不得不记住她：细处的不协调都成了记忆点，她长了双太好太厉害的眼睛。

常小雁叹气，翻开日程："真是难管。该说的不说，不该说的乱说。你看那谁不顺眼，也别这么直接啊。"

池幸闭目卸妆："她明里暗里针对我不知多少次了，怎么我说一次实话，你就这么紧张？"

常小雁知道她不喜欢今天的采访，只得换一个话题："今天是杀青戏，导演昨天跟我沟通过，现场收音效果不太理想，咱们得匀出些时间进棚配音。"

池幸对工作安排很少有怨言，点头答应。

常小雁叹气："你什么时候才能红成一线啊。"

池幸立刻握拳："小雁姐，加油！"

今天有威亚戏，池幸饰演的特工要在这个仓库里大开杀戒，为受辱的弟弟复仇。

池幸绕着仓库熟悉地形，记忆打斗和移动的位置，抬头看见角落坐着一个面生的女孩，表情局促。

女孩正看着仓库门口铺设轨道的人。池幸朝她走去，女孩吓了一跳，被烫到似的跳起来，声音小如蚊蚋："池……池老师，你……你好……"

池幸问姑娘负责什么工作。

姑娘指着片场："我表哥带我来的，让我当个临时演员……还说可以跟你……要签名……"

池幸打量她："喜欢拍戏吗？"

女孩仍是茫然："我没拍过。"

池幸指着她方才坐着的几个垫脚箱："这叫苹果箱，女人不能坐。"

女孩惶恐起来，弯腰在苹果箱上擦了又擦，问："为什么？"

池幸像看到了第一次进片场的自己。

"我到现在都弄不清楚为什么。"她笑道，"我第一次拍戏，从白天等到晚上，足足站了七个小时。没椅子，我就坐苹果箱上，结果被骂了。"

"你第一部戏是《虎牙》！"女孩激动道，"你演剃了半边头发的三妹，好帅！"

池幸顿生知音之感，给她唰唰签了好几页。

《虎牙》是池幸入行拍的第一个戏。

朋友拉她去当群演，三十块一天，只需要反复走来走去扮演路人。可惜天气不好，白天下起大雨，好容易等到晚上，路面四处反光。导演改了景，重新用另一个方案布灯，现场忙乱。

两人等得太久太累，随便找个木箱子坐下，支腮发呆。

导演是香港人，迷信，开机仪式摆足烧猪，八方众神请遍，帽子上扣一枚关公头像。拍摄不顺利，他早已烦躁不堪，回头看见两个女孩坐在苹果箱上，立刻百米冲刺奔来。

池幸根本不知他是导演，即便知道了她也不怯。总之一个出言不逊，一个不甘示弱，吵得天塌地陷。

吵着吵着，导演一摸下巴，上下打量她："你敢不敢剃头发？"

《虎牙》里男主角的三妹有一场重头戏，要面对镜头剃去半边长发。那是一场两分钟的特写，有长镜头，并无台词，极考验演员的表演能力。

这是导演和制片临时改的戏，三妹的演员与美发产品有代言合约，不能剃头发，只得退出。

池幸试戏时还带着怨气，细白牙齿咬得咯咯响，盯着镜头后的导演，眼神凶得要杀人。

她那时候十九岁，漂亮又稚嫩，眼神小兽般凶猛，火光藏在瞳仁深处。剃发是决心，她要从"三妹"变成虎牙的替身，等待生死未卜的哥哥回归。

把梳子当作剃须刀，她抓起长发作势往后梳，眼里浮起泪光。毕竟被这样莫名其妙骂了一顿，她心里藏着委屈。三妹和她一样委屈：拼尽全力撇脱的家庭，终究又把她拉回生死场。

三妹要哭，池幸也哭。眼泪噙在眼里，半天落不下来。

导演也是制片人，当即拍板："用她。"

《虎牙》在香港拿奖，海外发行十几国，参加影展，宣传物料高高低低地贴着，有一张是池幸的单人海报。

镜面斑驳，三妹半张脸浸在暗处。她像上了膛的枪。

池幸觉得那上面的人不像自己，眉目姿态全部好陌生。

她和剧组里结识的朋友们坐在最后一排，悄悄看观众的反应。

影院里观众反响特别好，三妹单打独斗去挑社团时，池幸听见有人惊呼。

有人握住她的手笑，是鼓励也是惊喜，池幸心里却很慌。

银幕上飒爽干练的人不是她，是名为"三妹"的化身。观众喜欢三妹，他们并不知道谁是"池幸"。

电影结束后众人一块儿去喝酒，吆五喝六，喝醉后在路边呆坐发愣。池幸买矿泉水回来，看见几个人醉醺醺地跟一条流浪狗讲话："……你看到了吗？我名字，在片尾……我，剧本策划……我写了八分钟的戏，可我不算编剧……"

狗听得不认真，咔咔地咬一根鸡骨。池幸蹲在他们身边，有女孩靠在她肩膀上，长发柔软，梦呓般嘟囔："总有一天我的名字……要出现在片头……我要当导演……当大导演……池幸，我的梦想……是拍属于自己的电影……"

池幸没有梦想。

她从小县城来到大城市，大学第一年就开始疯狂打工。她想要钱。拍《虎牙》的一个月她拿到了三千块，对于她来说是一笔巨款。

她知道片场里有精明人有傻子，身边的人们就是一群傻子。

《虎牙》她拍了几百条，最后剪出来，戏份只有八分二十六秒。

池幸觉得自己也是傻子。她明明拿到钱了，为什么还要不甘心？

那天是她二十岁生日。五六个人和一条流浪狗在街头聊了半宿，哭完又笑。

从那时算起，她已拍了十二年的戏。

池幸兜完几圈，远远看见常小雁在休息室门前冲自己招手。

"小池！下一部，《大地震颤》对不？"她往常小雁跑去，路过正抽烟的编剧老师，老师粗着嗓子吼，"我看过那剧本！那是冲着拿奖去的！太棒了，写得太棒了！好好演啊小池！"

池幸只看过一份几万字的剧情大纲。她笑着应："一定！"

常小雁捏着手机，欲言又止。池幸想起今日日程安排极紧：片场拍完之后是杀青宴，在杀青宴前她还得回一趟公司，跟《大地震颤》的制片见面。若一切顺利，今日就能签下意向约。

"小雁姐，给制片的酒你带了吗？"池幸张望。

"带了。"常小雁把她拉进休息间，"……算了，那酒还是咱们自己留着吧，用不上了。"

池幸心头一悚："怎么了？"

"《大地震颤》女主角换人。"常小雁答，"公司今天做出的决定。"

休息室里瞬间寂静，只能听见池幸急促的呼吸声。她下意识去摸口袋，但手机不在身边。

"给我手机。"池幸脸上没了一丝热情快乐的笑容，取而代之的是冷冰冰的愤怒，"公司？是林述川吧。"

她用常小雁的手机拨林述川的号码，屏幕上亮出"债主"二字。常小雁轻咳一声，和化妆师环顾左右，不发一言。

通话接通，池幸深吸一口气道："我，池幸。《大地震颤》为什么换人？"

片刻，另一头的人懒洋洋道："因为有人不听话。"

《虎牙》拿奖之后，池幸收到了好几家经纪公司的橄榄枝。

她对这一切一窍不通，跟朋友讨论，又厚着脸皮去问《虎牙》的导演，最后选中了国内颇有名气的峰川传媒。

她进入峰川传媒，第一个经纪人就是林述川。

林述川确实教了她许多事情，也确确实实给予池幸许多事业上的帮助。但池幸无法和他正常相处，林述川的情绪化和易怒，令池幸至今仍常常感到恐惧。

林述川是峰川传媒老总的小儿子，接手公司生意后，把手里带的人全都分了出去。常小雁在四年前才与池幸合作。她脾气和池幸很像，但比池幸圆滑太多，池幸很喜欢和她共事。

两相比较，越发显得林述川恶劣、冷酷和不讲理。

和以往一样，面对池幸的愤怒和不满，林述川从来不解释。他只要池幸接受自己的所有安排。

"昨天的饭局为什么不去？"林述川声音低沉，即便隔着电话，池幸仍有微微发毛的感觉，"他们点名要见你。"

"我怎么不知道自己还成了陪酒的？"池幸冷笑，"林述川，你我心知肚明，要是正经饭局我会不去吗？"

化妆师紧紧张张，常小雁给她分了两颗薄荷糖。

林述川并不动怒："你不去，还撺掇沈瑛子她们爽约。你什么时候成她们经纪人了？"

池幸："让十八九岁的小孩去混那种酒局，你疯了吧。"

林述川不吭声，只笑笑。

池幸："如果无耻能够论斤卖，你早就是亿万富翁了。"

林述川："明年有一个S级投资的综艺，公司正准备把瑛子她们几个推出去，饭局上都是攒局的人，机会难得。你以为谁都跟你一样蠢？"

池幸冷笑："又是这套说辞。"

林述川："我已经跟她们聊过了，没人感激你，你挡了她们的财路。今晚我还会再开一个局，瑛子她们几个答应过去，你呢？哦对，你是池幸，你看不上这种局。"

池幸接不上话了。

林述川不紧不慢："既然不听话，当然要受点儿惩罚。《大地震颤》你不必想了，不可能。我会安排另一个戏给你。你要不接，今年不会再有新工作。"

和林述川交锋，池幸从来都掌握不了节奏。林述川说完便挂了电话，池幸捏着手机喘气，常小雁冲过去，眼疾手快夺下手机："祖宗，这是我的新手机，七八千块哪。"

池幸正生着气，副导演敲门，提醒她准备开拍。池幸亮出一个条件反射的笑容，等副导演离开，阴沉的脸色又恢复如常。

她独自愤怒，憋了半天，只说出一句："昨天跟她们讲那么多，我都白说了。"

常小雁拍她肩膀："能混进这圈子的有哪个是傻子啊？你少管些闲事吧姐姐。"

池幸带着愤怒去拍摄，入戏极快。导演兴奋得坐不住："好哇池幸！

今天这气势太好了！"

和池幸演对手戏的演员十来岁，头一回正经演戏，很难投入。然而当池幸披着满身鲜血和伤痕来到他面前，被那束燃火的目光点着似的，他登时哇地号哭出来，紧紧抱着池幸不放。

原本一切顺利，偏偏最后一场戏出了差错。

池幸抱着弟弟从二楼跃出，楼层低，没用威亚，然而起跳和落点都不对。眼看要滚到垫子外头，池幸反应较快，把那孩子抱在胸前就着垫子一滚，手腕咔的一声脆响。

医生一检查，是脱臼了。

坚持完最后一场，跟众人致谢后，一群人送池幸去了医院。

检查完毕，除脱臼之外还有轻微骨裂，幸好问题不大。

得知伤势不重，池幸大大松了一口气：可以继续去上舞蹈课了。她只学了些基础舞步，还未真正熟悉……但她很快想起，自己已经失去了《大地震颤》的角色。

一切料理停当，常小雁和助理送她回家。常小雁不停接到询问池幸状况的电话。池幸接受《一刻问题》采访时说的那些话会引起一定的风波，这时候若传出受伤新闻，必定会被认为是借势炒作，常小雁只说是蹭破皮的小问题，一一糊弄过去。

常小雁虽然是峰川传媒的人，但她的行事风格与林述川等人并不一样，她是更保守和稳健的。

池幸非常信任她。两年前爆红的电视剧，林述川多次拒绝和阻止池幸接下，因为反派角色非常恶劣，他担心影响池幸的形象；但常小雁通读剧本和人物设定之后，力劝池幸接戏。

"我们不去杀青宴吗？"池幸问。

常小雁收好手机："送你回家之后我再过去。导演、制片都知道你的情况，也劝你多休息。你要是觉得过意不去，等开播之后再请大家吃饭吧，边吃边看首播也挺好的。"

池幸点头应了，扭头静静看窗外。外头下起小雨，窗上一粒一粒的水点，眼泪一样往下淌。

"池幸，为什么对《大地震颤》这么执着？"常小雁看着后视镜问，"这个戏保密做得太好了，剧本大纲是不错，但目前只有制片跟我们接触，挺多细节问题还没谈好，仅仅是一个意向。我问了好几次，制片都不肯说编剧、导演是谁。你确定你看完大纲就喜欢上了？"

池幸："嗯。"

常小雁回头："为什么？这故事里头有什么特别吸引你的地方吗？"

池幸看向窗外，微微一笑。她的唇彩已经擦去，脸色苍白，眼睛映着外头的流光，倒是溢满神采。她没有回答常小雁的问题。

常小雁只好跟她说起另一件事。林述川果真给池幸安排了另一部戏。这是一部现代都市偶像剧，有事业支线，池幸拿到女二号。常小雁直接总结："《穿普拉达的女王》里梅姨的角色。"

"懂了。"池幸越发丧气，"这类型的角色我至少演三个了，林述川是不是没有审美能力？我是凶恶大姐头复印机吗？"说完长叹。

池幸不是一个容易丧的人，她仿佛永远积极、热情，有时候甚至充满攻击性。常小雁有点儿担心，她没想到失去《大地震颤》，竟然给池幸带来这么巨大的打击。

把池幸送到小区门口，常小雁本想送她进去，无奈林述川又来电话催她赴宴。池幸与车里的两人道别，走进小区。

夜深了些，路上有物业巡逻，有人夜跑、遛狗，灯光掩在树丛里。池幸住得偏，石板路拐了又拐。

她住五楼，每天总是楼梯上下，权当运动。今夜走了两层，池幸忽然停下。

她听见楼下有很轻很稳的脚步声，紧紧黏着自己。她停下，那脚步声也随之停下。

池幸屏住呼吸。安全通道有灯，她扭头顺着扶手往下看，没有看到人影。但总是隐约有人在暗暗呼吸似的，让她心头发毛。

池幸疾走几步，果然楼下又传来脚步声。那人十分谨慎，池幸停他也停。

若是平常，池幸早甩着小包下楼揍人了。可现在她手腕裹着石膏，不能乱动。犹豫一瞬，池幸拔腿往上跑。

她家就在安全通道入口斜对面。一气呵成地按指纹、输密码，池幸躲进门里，砰地关紧了大门。

室内昏暗，她未来得及开灯，先从猫眼往外看。安全通道的声控灯果然亮着，有人影缓缓走过，但未推开门。片刻后影子消失，声控灯应声熄灭。

池幸的心脏怦怦乱跳，背上一片冷汗。她抬手想擦额头的汗水，忽觉手心黏稠。

池幸心中掠过一阵恶心的预感，立刻摁亮开关。

手心糊了一层黏稠的液体，乳白色，仿似体液。

报警、笔录、取证，一番折腾，池幸住进了酒店。

糊在大门密码锁上的液体是洗面奶，池幸狠狠洗了七八次手，仍觉得可疑。

安全通道的监控只看到有个身穿外卖骑手服装的男人随她进入，但拍不到脸部。走廊的监控被警察取走，常小雁打好招呼，扭头跟池幸说："抓到的可能性不太大，这人裹得很密实。主要是他也没做出什么伤害你的事儿，没有犯罪事实。"

池幸在沙发上披着毯子看电视，低骂一声。

常小雁摸她头发，哄小孩似的："咱找个保镖吧。"

池幸皱眉。

常小雁："我知道你不喜欢老被人跟着，但现在这个人是冲你来的。你忘了小周上个月那事儿？他现在连家都不敢回，去哪儿都带三四个保镖。"

这事情池幸还是头一回听说，毛骨悚然："什么？！"

常小雁把公司艺人的可怕遭遇绘声绘色说了一遍，最后道："我给你把关，你对保镖有什么要求尽管说。"

池幸知道常小雁是觉愧对自己：丢了《大地震颤》的角色，杀青戏受了伤，被迫接不喜欢的戏，现在又遇上这种事儿。只要池幸的要求不太离谱，她相信常小雁是一定会为她办到的。

"我只有一个要求。"池幸说，"不要光头，不能太丑，不能比我矮，年纪不要太大。如果不能同时满足，就找女保镖。"

常小雁："……你这是'一个要求'吗？！"

电视上一张剑眉星目的帅脸晃来晃去，池幸指着屏幕笑："最好长成他这样。"

常小雁："做梦吧你！"

牢骚照发，工作照做，隔天常小雁就把池幸叫到了公司，要和她一块儿面试保镖。峰川传媒与各大安保公司素有合作，一夜之间常小雁就筛选出了二十来个备选。

　　池幸一夜没睡好，打哈欠翻简历，眉头渐渐皱起："没一个帅的。"

　　小助理发现常小雁椅子上压着一张纸，抽出来才看一眼立刻举起："这个可以！"

　　常姐火速否定："不行！"

　　小助理："为什么？这个好帅。"

　　池幸忙伸手："我看看我看看。"

　　常小雁冲助理吼："这男的放在池幸身边，你是想给她制造新八卦吗？"又回头冲池幸吼："你能不能正经点儿？现在是找保镖，不是找男宠，你管他长什么样，能保护好你就行……"

　　池幸终于把那纸抢进手里，先看到的是一张年轻人的寸头照片。

　　青年浓眉大眼，目光冷静，好看得让人眼前一亮。

　　常小雁抢回档案："我的姐姐，这个真的不行。我知道你空窗两年了，可是那谁和那谁不是一直在追你吗？你要是身边有这么一个保镖，很容易让人误会……"

　　池幸眨了眨眼，她还处于看到照片的震惊之中，这时才反应过来："你想太多了。他跟我差六岁，是个口是心非、特别固执、没有情趣的人。我会喜欢这样的人吗？我品位有这么差吗？"

　　常小雁低头看简历。保镖名叫"周莽"，那模样，纵然放在娱乐圈也是少见的硬朗英俊。

　　意识到池幸语气里透出的熟稔，常小雁汗毛直竖："你认识？前任？情人？初恋？"

　　池幸嘴角一扬，笑得又乐又坏："仇人。"

　　"周莽"这名字落在记忆极深之处，池幸已经许久许久没有想起过。它和她刻意忘记的家乡一样，从脑海里跃动出来的时候，总扯到一两根疼痛的神经。

　　结识周莽的时候，池幸还未离开家乡。

　　高三学习紧张，池幸住在学校，每个月从父亲池荣手里拿五百块伙食费，周末则住在姨妈家里。

第一次见周莽，池幸在那栋两层的窄小楼房外徘徊。

她不敢贸然踏进院子，隐约听见里面传出电视的声音。天色阴沉，院子和楼房越发昏暗，门口一棵缀满果子的番石榴树，香气扑鼻。树下一个鸡笼，鸡笼上一只灰色斑纹的小猫，直勾勾地看池幸。池幸踟蹰很久，颈后沁出细汗。

这里住着池荣的姘头。

孙涓涓因病去世已经好几年，池荣身边的女人换了一个又一个，最近搭上的是才搬到这儿不久的外乡人。

池幸见过那女人，身材高大，头发染成栗色，说话又脆又快，有一种南方人少见的利落爽直。

若不是池荣一直拖着不肯给伙食费，池幸不会找上门。她胆子大，生来没怕过谁，常常独自摇船出海钓鱼，偏偏就畏惧父亲，不敢见他。

"喂……你找谁？"

一个男孩站在她身后，警惕又怀疑。

男孩理了小平头，穿初中校服，比她略矮，正是抽条般长高的年纪，手脚细瘦，声音带着变声期的微微嘶哑。

"我找池荣。"池幸说

男孩脸上的表情立刻换作憎厌。他紧抿嘴唇，再不看池幸一眼，推着自行车进入院子。

猫儿和他亲，立刻凑到他脚边。男孩对池幸是一脸凶相，抱猫的手势倒挺温柔。池幸被他冷漠的眼神刺激出了孤勇，她素来是不服输的性格，当即踏进院子，拼尽力气大喊："池荣！！！"

池荣不在，屋里只有那女人。池幸用敌人般的眼光看她，女人倒是温和，一眼认出她，让她进屋等。

"你爸出去办事了。"女人的口音和县城里所有人都不一样，那是电视里才能听到的漂亮圆润的普通话。

池幸仍用方言问："乜时候回[1]？"

男孩抱着猫从母亲身边挤进屋子里，池幸听见女人半是恼怒半是心疼地低斥："周莽！你真是……大中午的又去打球？感冒还没好，你这孩子呀……"

鸡笼子里的小鸡被惊醒了，纷纷嚷起来。昏暗的房子亮了灯，女人

---

1 广东话，意为"什么时候回？"。

和男孩小声说话，暂时忘了杵在院中的外人。池幸踢了那鸡笼一脚，扭头离开。

在周莽家的院子里，池幸跟池荣吵过好几次架。最严重的一次是元旦前，她来找池荣，问他要钱给姨妈买东西。

冬季的小雨绵绵密密下着，池幸没带伞又穿得单薄，头发衣服全打湿了，在雨里微微发颤。

父女俩大吵一架，吵到后来，池荣忽然一把攥住池幸的头发，拿起剪子咔嚓一绞。池幸眼里瞬间喷出火来，她冲剪子扑过去，对准池荣的胳膊张口就咬。

还未咬实，背上火烧般一辣：池荣抓起衣架开始抽她。

若不是周莽和母亲拉架，只怕池幸和池荣相互都不会留手。

雨下得越发大，池荣骂骂咧咧离去，池幸眼圈红着，但不见眼泪。转身走时女人拉住她："先涂个药吧。"

周莽拿着酒精、双氧水和棉花进来时，池幸正坐在客厅里发呆。

房子逼仄，堆满家具什物，女人在厨房里烧水后就出门了。她说去买点儿吃的，让池幸等自己回来后再走。

雨太大了，池幸也根本走不了。她浑身都疼，背没法挺直，胳膊也抬不起来。已经十二月底，南方沿海的小县城压在热带与亚热带的边缘，气温十来度，总是低不下去。她仍觉得冷。

电视上播着没声音的喜剧，穿古装的男女打打闹闹，笑得像是遇上天大的喜事。

池幸面无表情。她憎恨这种笑。

单衣沾了血，破了口子，池幸脱去扔在地上。她穿着内衣，回头看踟蹰不前的周莽。

白炽灯下的池幸脸和嘴唇都苍白，只一双眼睛黑得鲜明。她吃不到什么好东西，人瘦下巴尖，锁骨支棱在皮肤底下，唯独饱满的胸脯在乳白色内衣里涨着。

内衣带子在肩上折了，皮肤被压出微红的一道痕迹。

她看了周莽一眼，眼里没一丝波动情绪，转头又注视电视。这个十三岁的男孩还不算男人，池幸没心情去顾忌他的想法。

池荣打得挺狠，她背部遍布衣架抽打的红痕，颈上皮肉最薄的地方已经破了，有一道渗血的伤口。剪碎的头发落在伤口里，又疼又痒。

她听见周莽搬来凳子坐在自己身后，仍用那微微喑哑的声音说："我给你背上的伤口消毒。其他地方你自己来。"

池幸不想搭理他。她开始困惑自己为什么要留在这逼仄的房子里。那女人说什么她就听什么，乖得不像她。

可她一时间也不知道自己应该去哪里。

背上一阵骤然刺痛。池幸本能地缩起肩膀嘶了一声。

周莽立刻停手："对不起。"

池幸回头看他。男孩的脸刚刚脱离稚气，一张尚未清晰的英俊脸庞，紧张得掩饰不住。

他的目光只在池幸眼睛周围打转，不敢往下。

池幸向来不觉袒露身体羞耻，见周莽眼神躲闪，她反倒笑了。

周莽猛地往回一缩，被她这笑惊着了似的。

"见到光溜溜的女人，你知道你应该做什么吗？"池幸问。

周莽的脸庞火速蹿红。

池幸从他手里接过干净的药棉，拧开双氧水："你得给她找件衣服。"

池幸听见周莽咚咚咚往楼上跑去，忍不住又笑。

双氧水在伤口上烧起一片白泡沫，疼得刺骨。

她闭上眼睛忍耐，一时想象周莽怎样小心翼翼，用镊子从自己的伤口里钳走与血黏结的头发，一时又想起周莽从地上捞起小猫的手势，像抚摸珍宝，好温柔。

女人回来时，周莽已经躲进自己房间。池幸吃着周莽炒的半碗酱油蛋炒饭，穿着周莽的球服。

女人让池幸叫她周姨，往池幸手里塞了个信封，里头有三张百元纸币。

"你爸让我给你。"女人在电视柜里翻找东西，"他还是关心你的。"

钱是新钞，搓起来脆响。池幸冷笑，她知道池荣不会这么好。

女人冒着这么大雨出门，原来是去取钱了。

池幸心安理得地收下。这女人的钱就是池荣的钱，池荣的钱就是她池幸的钱。

再抬头，她看见女人拿出条白毛巾，手里握了把剪刀。

"我帮你修头发吧？"女人抖开毛巾，笑得爽朗，"这么漂亮的姑娘，顶一个乱头发，不像样。"

池幸的长头发就这样被齐肩剪去。周姨手上有本事、有分寸，池幸在镜子里左看右看，觉得自己挺美。

离开的时候她只从那信封里抽走了一张钱。

猫儿勾勾连连随她出门。女人给她一把伞，池幸走出院子，抬了抬伞。

二楼的周莽飞快闪到窗帘背后，冬季的小雨绵绵不绝，自天到地。

县城很小，只有一条大路，池幸周末总在这路上等车回学校。

在这样的小地方，一个女孩长得出挑，是好事也是险事。池荣骂她，池幸知道是有些风言风语传开了：县里出名的刺头三天两头黏着池幸，池幸又打又骂，无济于事。

她是女孩，在这片陈旧潮湿的土地上，女孩天然地就是男人的猎物，不配有反抗之力。

元旦过后越发冷，气温在十五度上下徘徊，总是下雨。下午六点半，池幸背着书包在路边等小巴。她要坐半小时车到城里的高中上学，住六天之后再回来。

纠缠她的刺头叫一筒，头皮剃得溜光，每每看到池幸就像猫看到了鱼。他趁池幸不备从身后拉她，池幸吓了一跳。周围还有几个学生，但没人理会。他们只是看着，看一筒和另几个男人把池幸拉到车站后面黑暗的林子里。

池幸不呼救，她知道呼救没有用。但她随身带着小刀，把书包扔向一筒后，立刻有人上来压住她的手，池幸空着的一只手从裤袋里掏出弹簧刀，没有一分犹豫，扎入身边男人的大腿。

一声惨叫，池幸脑袋嗡嗡响——她第一次用这种凶器刺人，扎进去拔出来都需要力气。她还未拔出小刀，后脑忽然被狠狠一砸，晕头转向，跪跌在地。

小刀被人夺走了，刀尖落在她帽衫的拉链上，一挑便开。

男人们把她撂倒在黑色的草丛里。

石头和草根隔着单衣磨她的背脊，池幸忽然间恐惧得浑身发颤，声音闷闷地堵在嘴巴里。一筒隔着衣服狠狠抓她的胸脯，她疼得流泪。

眼泪越发让男人兴奋，池幸在笑声里闭上眼睛，想象自己是一棵草，一块石头，一片羽毛，总之绝不是一个人，更不是一个女人。

她等待着男人的下一个动作，耳边却忽然一阵混乱。

池幸睁开眼，还未看清楚情况便有人把她拖起。她被一件校服罩着，只看见几辆自行车砸在人堆里，四五个穿初中校服的男孩手持铁棍，隔在池幸和一筒之间。

她听见男孩们颤抖的声音："莽哥，真打啊？"

周莽紧攥她的手，发出与他年纪全然不符的果断命令："打！"

他拉着池幸走出一段才松手。冬雨稀稀落落，男孩的眉目均被淋湿，他看一眼池幸："车来了，你快走。"

说完，他扭头回归战场。可没走出多远池幸就从后面追了上来。

池幸已经穿上那件宝蓝色的臃肿校服，里头是扯破的单薄衬衣。周莽匆匆瞥一眼就移开目光，但池幸偏要拉着他，让他看自己手里的东西。

她冲周莽咧嘴一笑，透着坏和得意、野和莽撞，方才因为恐惧而发颤的女孩好像根本不是她。

她正抓着路边捡来的一块砖头。

周莽试图阻拦她，但池幸根本不可能被这样一个男孩拦住。愤怒和憎恶给了她驱动，拿着砖头冲回战局，她径直跑近一筒，没有分毫犹豫——把砖头狠狠拍在他头上！

一筒噭地倒了。

若不是被周莽和其他几个男孩往回拉，池幸还要教训一筒几下。

警察来的时候，混战终于结束。

一筒头破血流，右手手指骨折，口吐血泡，杀猪般号："我唔整死你我唔叫张一筒！"

周莽看看他，又看看池幸。

蹲在地上的池幸披着校服外套，哭得喘不上气，小姑娘一般孱弱。

周莽挠挠下巴。

池幸发现林子边上有手电筒光线之后，立刻做了三件事：先是让男孩们把棍子扔进林中，叮嘱说棍子是一筒他们带来的；随后抓起地上的石片，在自己身上制造了一些可有可无的伤痕；最后撕开裤子拉链和衬衣，蹲在草丛里号啕大哭。

周莽和他的朋友们为池幸半真半假的话添加了可信的旁证：他们经

过车站看见一筒把池幸拉走，跟着进入林子时，看见一筒正用石块打池幸，还撕开池幸的衣服。他们的武器只有自行车，年纪又小，一个个被一筒麾下的小流氓揍得鼻青脸肿。

周莽起先不知道池幸为什么要这样做。等到了派出所，他虽然年幼，但左看右看，渐渐看出了蹊跷。

一筒吃着叉烧饭喝着可乐，骂骂咧咧。在现场一清二楚的事实，到了这儿就颠倒了：没人能证明一筒对池幸施暴，周莽和他的朋友们年纪小，证词不算数。一筒说池幸制造事端，说得天花乱坠，他的表舅记录得认认真真。

男孩们从没见过这样颠倒黑白的事儿，周莽不禁望向池幸。

池幸静静坐在角落，戴着手铐。她披着周莽的校服，脸上是泥印和血迹。但她仿佛在听一个与自己毫无关系的故事，眼里是两潭无波死水。

等问到池幸，池幸盯着那警察不出声。她的眼睛攒着火，攒着刺。

她问了两个问题。

"和他们没关系。"池幸指着周莽等人，"可以不罚他们吗？"

一筒表舅知道自己侄儿是什么货色，也知道池幸的爹是什么人物，看见池幸狼狈不堪、浑身是伤，巴不得息事宁人，立刻点头。

池幸问了第二个问题："我还能参加高考吗？"

一筒表舅笑了："对了，你都高三了，不要再闹这种事情，知唔知？"

周莽气不过，他的伙伴也气不过。池幸一个眼神扫来，几个男孩都不敢出声。

没人来接池幸，姨妈是夜班护士，没法过来。至于池荣，电话根本打不通。

一筒那帮人渐渐散去，骂骂咧咧。周莽的自行车摔歪了，他与朋友道别，独自在派出所门口呆站。一直等到下半夜，池幸才出来。

一筒去了医院，但他的马仔们守在路口，等着教训池幸和周莽。池幸看见周莽衣衫单薄，在风里瑟瑟发抖，她站定瞧了两眼，一时不能确定这男孩是不是专程等自己的。

周莽提着坏了的车子走到她身边："我送你回家。"

他没有池幸高，但他还有好几年的工夫，能赶上这伤痕累累的女孩的个头。

池幸在周莽眼睛里看到一种直接单纯的保护欲。她忽然笑了："你傻不傻啊？"

周莽微微涨红了脸，嗫嗫半天："那我再叫几个人来？"

池幸捡了根木棍子，从口袋里掏出在一筒表舅桌上顺的打火机。她撕了书包里一本作业本，纸页用头绳捆在木棍上，点燃，像举着一把枪一样，拿着火把往前走。

路口的人很快就散了。女人天然是男人的猎物，但他们在今夜修正了自己的想法：显然池幸不是猎物。她狠起来有股子不要命的劲，一回头，能咬断人的手指和喉咙。

火把扔进了潲水桶，池幸向周莽告别。她写了三十份检讨才被放走。

摇摇晃晃走了一段，池幸回头，发现周莽还跟着自己。

她冲他喊："你是不是中意我？"

周莽立刻站定。夜黑得看不清他的模样，路灯又昏暗，枝叶茂密处剪切出几片橙黄光线。

池幸突然很想看这男孩被自己捉弄的表情。她走回周莽身边，周莽立刻往后退，车头被她一把抓住。

借助灯光，男孩脸上的躲闪、羞恼和愤怒，全部一清二楚。

池幸笑得很得意。她还想再逼一逼周莽，想看他越发狼狈的样子，于是把两人距离拉近到几乎鼻尖相碰的程度。

"……你是坏女人，"周莽忽然开口，语速快得像抵抗什么，"你和你妈妈，都是坏女人。"

飞蛾扑入灯火，却撞在玻璃罩子上，咚咚轻响。不知是灾是幸。

昏暗的灯光下，池幸受了伤的艳丽脸庞影影绰绰。周莽想退，可车头被牢牢抓紧。他连头皮都热了，一动不动，池幸在他面前脱下校服，只穿白色单衣。

"对，我是坏女人。"池幸把校服扔给他，"所以，你千万别喜欢我。"

池幸和周莽不是同一个学校，一个在城里读书，一个在县城上初中，能碰面的机会太少太少。池幸再没去过周莽家，一筒也没再找过她麻烦，她沉默无声地结束高考，离开家乡。

周莽是关于家乡的回忆的一部分，因最后那句话，池幸恨过他。

周莽没资格说孙涓涓是坏女人，他甚至从没见过孙涓涓。周莽更没资格这样说池幸。他帮过池幸，给池幸上过药。池幸总记得小男生小心翼翼地在自己背上涂抹药膏。自己在他面前像一只被温柔对待的小猫。

池幸真情实意地憎他。周莽的幼稚打破了池幸曾以为存在的情谊，没人在意她，没人关心她。她是坏女人。

离开家乡之后，池幸几乎没想起过他。她对周莽的印象仍旧停留在十几年前。但简历照片上，曾藏在稚嫩脸庞之下的英俊面容已经完全显露，周莽有男人的体格，男人的眼神。

常小雁坚决不同意，无奈池幸拍了板："除了这个人，我谁也不要。"

"你不是说和他是仇人吗？"常小雁劝了又劝，看出池幸在这个男人身上动起了坏心思，"摆个看着就心烦的家伙在身边，你快乐吗？"

池幸快乐地回答："快乐！"

当天下午，周莽来到峰川传媒。

常小雁接待了他——准确来说，是"他们"。

周莽所在的安保公司以小组为单位执行保全任务，周莽还带来了两个人。常小雁看了又看："双胞胎？"

哥哥叫何年，妹妹叫何月。

周莽："对，何年何月。"

常小雁让助理去跟池幸说这个最新情况。她满怀希望地等待池幸的拒绝：池幸说好了只要周莽，再多两个人她肯定不干。

两分钟后小助理打开门伸进个脑袋："姐说没关系，都要了。"

常小雁扶额长叹。

眼前三人站得笔直，公司在遴选简历的时候已经做了基础背调，基于对合作公司的信任，常小雁知道这三个人都是可靠的。可她总是觉得不合适，一种奇特的预感。

"你们服务的对象是我们公司的艺人，池幸。"常小雁把资料交到周莽手上，"二十四小时的全天候贴身保护，主要保护池幸避开狂热粉丝，保证她的安全。另外这是池幸工作的一些相关要求，你们要二十四小时陪在她身边，这些细节也必须牢记，偶尔把自己当成保姆就行。她喜欢抽烟喝酒，接下来这个工作对这方面有些要求，你们也得注意……怎么了？"

正翻阅资料的周莽微微抬手。

"池幸？"他重复池幸的名字，像咀嚼一个谜团。

"对。"

沉默片刻，周莽起身平静道："对不起，我们不是保姆。另外，基于对保护人的私人情感，这个工作我不接受。"

常小雁："……"

何年何月面面相觑，分别拽周莽的衣角。

周莽的语气和语速都没有丝毫变化："我会跟公司沟通，派出另一个安保小组来履行保护池幸小姐的工作任务。"

常小雁紧紧握住他的手，笑咧出一排白牙："好哇！"

此时在林述川的办公室里，池幸刚刚抽完第一支烟。

林述川极其讨厌有人在他的空间里抽烟，池幸偏偏就要这样气他。

她的烟瘾是跟林述川分手之后才渐渐变大的。

林述川是她第一个经纪人，也是她第一个男朋友。

与峰川传媒的接触中，池幸和林述川的来往越来越多。她信任自己的经纪人，这种信任在天长日久的相处中渐渐变成依赖与倾慕。

林述川给她的回报，是一份时长二十年的苛刻合约。

两个人的恋情持续了三年，是池幸提的分手。

林述川站在窗边，远离烟味，并皱眉打量池幸："《灿烂甜蜜的你》制作阵容也是 S 级，你有什么不满？虽然只是女二号，但这个角色非常出彩，你完全可以再上一层楼。"

池幸正要张口，林述川慢条斯理地补充："你这个年纪，没有多少选择的余地。"

池幸："你是不是恨我？"

林述川没料到她会这样问，怔住一瞬，笑道："是你恨我才对吧？"

池幸："你说我不爱你，只是随波逐流回应了你的感情。"

林述川轻笑："我说错了？"

分开后池幸在低落和沮丧里持续了好一段日子，直到工作忙碌，才渐渐走出来。她回想自己和林述川的开始，好像确实是"随波逐流"：

她孤身一人打拼，除了朋友，林述川是她最亲密的人。

她喝醉了要找林述川，在片场受伤无人理会要找林述川，闲晃迷路了，第一反应也是找林述川。

林述川当时是她遇到所有事情的第一反应。林述川能处理一切，他是最好最好的经纪人。

池幸对他的无底线信任，让她在短暂地怀疑过那份二十年合约的合理性之后，很快被林述川说服。

林述川知道她对婚姻没有任何信任，他许诺的是"永远爱你"：比合约上的二十年更久，比你的生命更久。

现在的池幸当然对这种诺言嗤之以鼻，但当时她只有二十岁。她怀疑爱情和婚姻许多年，第一次知道或许有人能打破某种魔咒，她栽进林述川编织的美梦里，没法走出来。

即便分手，两人之间的联系也不能切割开。对池幸这样的艺人来说，解约离开并不是一件容易的事，一是她拿不出来这么多解约的钱，二是找不到合适的公司。

林述川曾经说过，池幸如果就这样离开，他有办法让池幸在这个圈子里销声匿迹。

这是威胁，也是真话。

后来，林述川给池幸安排的是峰川里比较闲的经纪人常小雁。常小雁手底下没有太多成名的艺人，但好在人人都稳扎稳打。池幸和常小雁合作非常愉快，一度认为自己已经摆脱林述川的影响。

但越是在这一行里工作，池幸越是明白，林述川其实仍在控制自己，以一种不动声色的方式。

"你不是因为什么随波逐流而恨我。"池幸说，"是因为我提出了分手。"

林述川终于抬眼看她："你现在是想要算旧账？"

池幸没有停，继续说下去："我打乱了你的节奏，脱离了你的控制。所以你非常生气。"

林述川脸色越发阴沉。换作往常，池幸是会害怕的，但今日不知怎么了，她觉得有一种强硬的盔甲套在自己身上。

"与其报复我，不如好聚好散。"池幸笑了声，"哦对，也算是好聚好散了。现在你我是合作关系，既然合作，为什么不……"

她一句话没讲完，林述川忽然跨过来，一把抓住她上臂，把她从沙发上拉起。紧接着林述川举起了手，是要打人的架势。

池幸死死盯着他："又要打我？"

僵持片刻，林述川收回了手。池幸又道："其实你可以打下来的。"

林述川冷笑："现在学会还手，还学会顶嘴了？"

池幸也笑："不是学会，一直都会。"

林述川并不信。

他与池幸谈恋爱时，渐渐暴露出自己的脾气和恶习。他在愤怒的时候并不会跟池幸讲道理，更不会冷静。用拳头来证明自己的有力，这是他从父亲身上学会的沟通方式。

他仍记得第一次向池幸挥拳时，池幸看自己的眼神。

恐惧、嘲讽，还有瞬间涌现的冷漠。

那双眼睛以往看他时总盈着笑，又温柔又甜蜜。林述川被那一刻的池幸震住了。他在愤怒时分不清楚难过与生气，只知道唯有暴力能让池幸屈服。

池幸静悄悄搬离，提出分手，冷静得仿佛之前热恋过的一切时间都不存在。

"你要是能下手打我，当时就该出手。"林述川看着池幸的背影，"到现在还逞强，有什么意义？你没资格跟我讨价还价。"

"当时还爱你，所以不动手。"池幸回头道，"看吧，你我原则不同，从来不是一路人。实话实说，我打人还挺狠的，所以非常后悔，当时不应该对你手下留情。"

林述川冷笑："我只后悔当时不够狠，你吃不到教训，现在还敢跟我顶嘴。"

池幸拉开办公室的沉重木门，眼里盈满笑："那你现在可以再试试。"

眼角余光瞥见门外有人，她回头，竟是周莽。

周莽的眼光在池幸身上一扫而过，落在池幸脸上，又落到她打着石膏的手上。

池幸不知他听到了多少，干脆把门合上。走廊左右都没有人，周莽是刚从常小雁办公室离开，要走向电梯。他身后还有两位同伴，越过周莽的肩膀好奇地打量她。

出于职业惯性，池幸冲那两人笑了笑，手指一挑，从烟盒里又拿出一根细细的香烟，发现火机落在林述川办公室里。

"有火吗？"她问周莽。

周莽不应，反问："你认得我？"

池幸："你不认得我？"

周莽看池幸，眼光里带着细小的刺，让池幸浑身不舒服。她开始有些怀疑自己的决定。和周莽十几年不见，眼前人与当年的小男生已经大相径庭，唯有那股子硬邦邦的冷峻没被时间篡改。

让这样一个人以保护自己为名待在自己身边，池幸不确定这是不是正确的选择。她清楚的是，自己根本不在乎周莽是不是一个合格的保镖。

现在身边没有男人，没有趣味，她迫切地想戏弄这位故人，让他真正尝尝"坏女人"的滋味，让他狠狠为少年时的口不择言懊悔。

未等池幸想明白，周莽伸手拈走了她唇间的烟，动作自然。

池幸："……"

烟被扔进垃圾筐。周莽回头说："合约规定，你在进《灿烂甜蜜的你》剧组前一个月必须戒烟。"

池幸："你是保镖还是保姆？"

周莽："都可以。"

池幸又从烟盒拿出一支烟，转身走向楼梯。她不喜欢被人管着，尤其是自己看不上的人。等电梯时她终于跟人借到火，夹着点燃的烟，她挑衅般回头看身后的走廊，周莽三人果然还站在那儿。

墙上挂着峰川艺人的照片，美的俊的，各色各样。走廊另一侧是落地玻璃窗，周莽半个脸、半边身子被火一样炽烈的夕晖照亮，仿似一尊高大沉重的雕塑。他不比墙上精心化妆和修图后的任何一张写真照逊色，只是站着，也直直撞进人眼里心里。

什么事才能激怒周莽？池幸心想，这对她是一个巨大的挑战。

不能再见到周莽脸上的稚嫩和羞怯，实在是遗憾。

她走进电梯之前把香烟摁灭，连同烟盒一起扔进垃圾桶。

电梯门缓慢合上，把周莽的视线切断。

常小雁正在会议室里打电话，假装懊恼："嘻，我又要给池幸重新找保镖了，这个姐姐呀，真不让人省心……"

门扉半掩，周莽敲门走入，等她挂了电话才开口，言简意赅："你好，我接受这份工作。"

常小雁："……"

周莽弯腰鞠躬："合作愉快。"

第二章 新剧

"什么叫基于对保护人的私人情感?"

池幸坐在餐桌边吃提子,脚上穿一双红色高跟拖鞋,跷着二郎腿,一只鞋子便钩在脚尖晃动。

她又加重语气问一次:"你对我有什么私人情感,周莽?"

这是周莽答应担任她贴身保镖之后的第二天,常小雁把周莽与何年何月带到池幸的酒店套房。她跟池幸仔细转述了面试周莽的经过,池幸想了一天,都没找到周莽这么说的原因。

她想不通,自然要问,更何况这问题还能给周莽添堵。

何年何月站得笔直,不由自主瞟周莽。周莽面上没半分波动:"我认识你,我们还有过不愉快的争执。"

池幸不放过他:"就这样?"

周莽话少得厉害,嘴巴紧闭,不说话了。

池幸:"有女朋友吗?"

周莽:"……"

池幸:"你这个样子,容易让人误会你暗恋我。"

周莽:"我对你不熟悉。"

池幸把一颗提子咬破,笑得娇憨:"哎呀,又说假话。"

她没跟常小雁明说自己与周莽曾经发生过什么,显然周莽也没跟何年何月提过俩人之间的关系。周莽身后那三人好奇心都快从眼睛里溢出来了,连常小雁也忘了自己对周莽的警惕之心,眨眼看戏。

周莽平静道:"如果你准备好了,我们现在就出发。"

池幸："你用这种态度对待雇主，小心我炒你鱿鱼。"

周莽："峰川传媒是我们的雇主，你是我们的服务对象，池幸小姐最好分清楚这两者的关系。"

池幸吐出提子核，眼睛笑弯了，上上下下打量身姿笔挺的周莽。

她不知道在别后的十二年里周莽经历过什么，但显然，他和自己记忆中的男孩全然不同。池幸心头有些遗憾，有些惆怅，很快又燃起了熊熊的好奇和挑战欲。

一行人离开酒店，回池幸的家。

小区物业加派人手巡逻，骚扰池幸的那人没再出现过，但也还没被抓起来。池幸输密码开门时，周莽挡在她身边提醒："密码每用一次换一个。"

池幸："那太烦了，我记不住。"

周莽："我记。"

他在池幸之前打开了房门，何年何月闪入室内，检查情况。池幸在门口探头探脑："这么正式？"

常小雁真是恨铁不成钢："他们是专业保镖。"

池幸看着一脸严肃的周莽笑，伸手在包里找烟，随后才想起自己已经决定暂时戒烟。

她当然不满意林述川的安排。《灿烂甜蜜的你》是一部中规中矩的都市偶像剧，并不是池幸喜欢的类型，但她和常小雁都尚未争取到挑选剧本的权力，对林述川的工作安排，也只能咬牙接受。

池幸做事认真，即便不喜欢这个剧，昨天晚上也已经开始看剧本做分析。

没有烟抽，她有点儿烦躁，跃跃欲试地想找周莽麻烦。

还没开口，周莽回头："其他房子最好也去看看。"

池幸："什么其他房子？"

周莽："你的其他房子。"

"我没有房子。"见何年何月检查完毕，池幸走进家门，"这间是租的。"

这情况显然出乎周莽的预料，他眉头微蹙："或者你可以租一个私密性更好的公寓。"

"没钱。"池幸脱了鞋子光脚进屋，先滚到沙发上躺着，长长舒了一口气，"回家真好。"

常小雁和周莽在家里走了一圈，周莽建议在门口也装上摄像头，画面自己保留，不必找物业。常小雁深以为然，回头打算跟池幸商量，发现池幸竟然立刻在沙发上睡着了。

"她住酒店这两天彻夜失眠。"常小雁小声说，"她也不喜欢太大的房子，这种六七十平方米的正好合适。"

周莽："为什么不买自己的房子？这样安全性会更高。"

常小雁："我也不明白她那钱都花哪儿去了。"

何月好奇接话："她是不是认床呀？"

"没安全感的人都这样。"常小雁对正弯下腰准备抱起池幸的周莽说，"不用抱回卧室，客厅专门买这么大的沙发就是给她在这儿睡觉的，拿张被子出来就行。"

周莽："……"他立刻收回姿势，站直。

何月嘴快心直，什么都想问："她平常不会都睡这儿吧？"

"学习的时候就睡这儿。"常小雁扬扬下巴。

周莽回头看电视背后，微微一惊：他原本没仔细看，以为只是一面装饰墙，此时才发觉这面墙上所有的书和影碟，都是真的。书上贴满荧光色的细条，用来提示笔记，用于收藏的碟片稳妥地锁在玻璃匣子里，别的则看得出来常常取用观看。

池幸没化妆，虽然看起来和平时没太大差别，眼下的黑眼圈却实在遮不住。常小雁拿来被子给她盖上，几个人到阳台去商量之后的安保工作。

池幸这一觉睡到了第二天下午，整个人神清气爽。洗漱化妆后，何年开车，何月与周莽陪同，四个人前往峰川传媒开会。

周莽以为她睡醒了又要找自己麻烦，但一路上池幸都很沉默，跟常小雁通过两次电话，剩下的时间就是玩游戏。

他往池幸手机上瞥了一眼，画面花花绿绿，是个帅哥。池幸戴着耳机，不时露出怪笑。

何月接连看了几眼，很想跟池幸搭话。池幸察觉，抬头问："你也玩这个？"

何月没怎么跟她说过话，紧张得结巴："没……没想到你也玩《幻夜奏鸣曲》。"

两人开始热烈讨论，说的尽是周莽听不懂的话。

周莽并不想听，无奈池幸就坐在他身边，身躯温热，声音清晰。她夸某人声音好听，说"晚安"的时候好酥，又夸某某某擅长给变态配音，一开口就好带感。周莽盯着窗外的车流，保持警惕，耳朵却总是不由自主地捕捉池幸说了什么。

抵达峰川传媒楼下，常小雁风风火火跑出来："剧组有变。"

池幸立刻："哦？拍不了了？我可以继续竞争《大地震颤》的角色吗？"

常小雁骂她一句："你脑子瓦特啦！《大地震颤》想都不要想了，是《灿烂甜蜜的你》出了变故，你没看今天的娱乐新闻？"

池幸："还没有，昨天游戏更新，我刚玩上。"

常小雁拉着她往电梯走："你少玩点乙女游戏吧！"

电梯门恰好打开，两人正要往里走，里头走出一个男人。那人冲池幸扬扬手，笑着打招呼："你好，池幸。"

池幸愣在门前，下意识接话："你好……你怎么会在这里？你……"

周莽警惕起来，但眼前三人气氛融洽，并非剑拔弩张。再细细打量那男人，周莽忽然察觉，就连自己这种对娱乐圈明星从不感冒的人，也知道他的名字。

原秋时，最近几年大红的一线演员，因为有一张端正得无可挑剔的漂亮脸庞和一把能酥倒所有少女的嗓音，从出道到现在，蹿升极快。

周莽对他有印象另有一个直接原因：今天池幸起床后站在客厅电视前刷牙吃饭，就是为了看这个人主演的电视剧。连何月也不知呵呵的笑什么，两人连剧集后原秋时的采访花絮也一并看了，耽误出门，周莽相当不满。

原秋时跟池幸握了握手："我特意下来接你的，准备开会呢。"

他仿佛跟池幸已经认识很久，态度非常亲昵。池幸半惊半疑："我和你……开会？"

"接下来就是同事了。"原秋时笑道，"你还不知道这件事吗？"

周莽心想你这握手握得也太久了吧，没有手汗吗？他目光犀利地打量原秋时，刺得原秋时不由得也对他微微颔首。

池幸不是傻子。《灿烂甜蜜的你》剧组投资颇丰，原秋时这样地位的演员不可能在一部普通偶像剧里当配角，她火速扭头看常小雁："男主角不是杨轶吗？"

"杨轶昨晚上酒后驾车撞马路牙子上了，车里还有个女团的姑娘，听说还在包里搜出了药丸子啥的，现在闹得可大了。你手机没推送吗？"常小雁低声答。

"今早起床第一个推送就是我那《一刻问题》的新闻，我看着不是什么好话，应该都是骂我的，我就关了。"池幸嘀咕，"杨轶人呢？受伤了吗？"

"人没事，吓清醒了已经。就是他一直说自己是单身，没有女友，可车上的事情解释不清楚啊，粉丝都炸锅了，投资人那边就有了意见。"

《灿烂甜蜜的你》是几个影视公司与平台合作出品的重点剧目，男主角负面新闻一出，几个投资人立刻做出反应。

"昨晚上出事的时候林述川和原秋时在一块儿喝酒，他最近手上没合适的戏，被林述川强行拉来救场的，满打满算，只拍一个月。"

原秋时在旁连连点头。

电梯门开了，一行人挤挤挨挨进去，原秋时和池幸站在角落。周莽立于电梯门口最重要的保护位置，听见池幸又惊奇又快乐的笑声。

"因为我在剧里所以你答应来？"也不知道池幸是信了还是没信，总之笑得很真实，"真的吗？我这么重要？"

从原秋时演第一部戏开始，池幸就是他的粉丝。

无论外形还是声音，原秋时都是池幸最喜欢的那一款。这人是从海外回国的业内精英，原本做幕后，家里似乎也有些圈内渊源，但池幸不清楚。

原秋时拍的两部戏和两部电影，池幸翻来覆去不停地看。她自己没有微博大号，却注册了小号偷偷关注原秋时，无奈原秋时一年发一次微博，乏味得很。

虽然三番两次撺掇圈内朋友组局，火锅麻将钓鱼打球，什么都好，只要能让她和原秋时认识就行——可往往不是她没空，就是原秋时没空。

今天的冲击接二连三，和原秋时有合作倒也不奇怪，两人都在圈里，而且池幸最近上升势头很猛。但池幸不明白的是，原秋时什么时候知道的自己。

"我看过你演的电影，《虎牙》《冬草》，还有《杜丽娘》。"和池幸从别人那里得来的印象不一样，原秋时并不寡言，相反还十分健谈，

"《杜丽娘》里的造型太好看了。"

池幸："……"

这话戳中了池幸的痛处。《杜丽娘》是她最不满意的电影作品，造型妆发确实是美，美得出尘又耀眼，但电影可圈可点的也只有池幸的杜丽娘而已。影评人和观众难得地在这部电影里达成了一致：如果没有池幸，这部电影完全是彻头彻尾的灾难，但现在它至少成了一部拥有美人的烂片。

造型是美，不过池幸学的唱段、跳的那段舞，在戏里被剪得一干二净，反倒是裸替出场的三场情欲戏不断被人提起。

但……现在夸她的是原秋时。

常小雁静静等待池幸变脸，不料池幸笑得越发开心："你喜欢啊？我有未删减版，一起看啊。"

两人火速交换微信号。

常小雁忍不住咬牙切齿。

说话间已来到会议室门口，何年何月推开沉重的木门，常小雁一把拉住池幸。

虽然声音小，但周莽听得很清楚——"收收你的笑，你别忘了这个戏的女主角是谁。"

池幸："谁？"

常小雁青筋都起来了："颜砚！"

池幸："噢……那我更要笑了。"

周莽随池幸一同进入会议室，留何年何月在外面看守。何年小声问妹妹："颜砚又是谁？"

何月："你今早看采访池幸那《一刻问题》没？"

何年："看了呀，你强迫我看的。"

何月白他一眼："颜砚就是那个'美而不自知'。"

池幸进门的瞬间飞快挽起了原秋时的胳膊。两人边说边笑，走进会议室，颜砚和制片、导演、编剧等人正在聊天。

"哎呀，颜姐！"池幸亲亲热热，"好久不见，你这包怎么也不换一个？"

颜砚扔了个眼色，没看池幸，倒是对着原秋时微微一笑。

"小秋，你姐前两天是不是买了个马场？"她问，"什么时候约我们去看看？"

"是我买的，这个周末一起去玩吧。我姐请了两个法国大厨，东西做得还不错。"原秋时扭头问池幸，"你会骑马吗？"

池幸笑问："你教我吗？"

周莽站在池幸身后，瞥见斜对面颜砚暗忍怒气的表情，很努力才能压下嘴角的笑意。

池幸和颜砚的积怨，要追溯到池幸入行初始。

颜砚是前辈，童星出道，小时候大眼小嘴，十分可爱。因太过可爱，掩盖了演技的缺陷，随着年纪增长，容貌渐渐泯然众人，众人也开始察觉，她演技实在平平：演乖巧可爱的小姑娘演上了瘾，成了惯性，说话动作都带刻意表演的僵硬和不自然。

池幸在处女作《虎牙》中崭露头角，导演接受采访时喝过酒，带几分醉意说漏了嘴，一嘴港味普通话："她比颜砚演得好，好劲，有天分。"

颜砚正是《虎牙》的女主角。

后来峰川签下池幸，两人成了同一个公司的前后辈。

池幸起初见到颜砚，总要恭恭敬敬喊一声"颜姐"，礼貌做足，但往往迎来的都是颜砚半翻白眼的表情。

次数一多，林述川只得委婉提醒她少喊：她只比颜砚小三个月，这声姐喊得颜砚浑身不舒服。

池幸乖乖不喊，但颜砚对她的敌意不减。她自认是后辈，规规矩矩乖乖巧巧，从不主动找颜砚麻烦，坊间传说颜砚在化妆间里命池幸给自己提鞋梳头，池幸也只是笑笑："有这种事？我自己都不知道。"总之从来不正面回应。

她当时是想把那双绝版细高跟扔颜砚脸上的，但心里还想着不该给林述川增添麻烦，咬牙忍了。

两人后来合作了一部武侠电影，颜砚仍是女主角，但风头全被池幸抢走。

观众对池幸的印象还停留在《虎牙》里威风凛凛的三妹上，结果却在大银幕上看到了一位风姿绰约的美艳妓女。池幸饰演的青楼女子前半段扮作花瓶，后半段现出真面目，与男主角有几场死斗，最后死于其手。

特写切来切去，两人目光撞出火星。那俊朗大侠客看她的眼神比看淑女颜砚热烈百倍，连说台词也带上几分真情。

什么"死在我手里，你应该无怨"，什么"是我遇见你迟了"。

剧照铺天盖地，"她和他究竟有没有相爱过"能在论坛吵出几百页。报刊文章一篇接一篇，谈的都是池幸，池幸印象最深的题目是《这部6分影片，却贡献21世纪满分侠女角色》。

池幸找到林述川，问他这些稿件是不是吹过头了。她一直很喜欢看夸自己的文章，可这些文章题目夸张到让人脸红，内文池幸更是皱眉跳着阅读。

里面写的风华绝代之人，除了名字和自己相同，实在没有别的相似之处。

可观众就爱看这样的故事。大侠和淑女配对有什么意思，他们要看大侠被妖女挑逗，要看妖女铁石心肠被热血打动，还要看妖女死在大侠剑下，又怨又恨，临了一声长叹："是我生不逢时。"

大侠如何救淑女、恋淑女，编剧硬拗的情节罢了。大侠和妖女怎么隔着重重桎梏难忍心动，才是爱情的最高真理。

总之讨论越来越热烈，彼时网站上各色剪辑视频层出不穷，配千万种伤心情歌，最后片段总是妖女被大侠的剑钉在戈壁颓墙上，黄沙四起，她眼里含泪，却笑得灿烂，泪水始终不落。

"是我生不逢时。"

话音未落，蒙太奇手法一转，大侠在扬州街头初见骑马而过的女子，纱帽被春风吹起，她容色艳绝，回眸一笑。

说实话，那电影平平无奇，但池幸自己看了剪辑都忍不住心想：我好美。

林述川告诉她：峰川根本没砸钱营销，因为颜砚不高兴。是池幸和角色的热度实在太高太高了，媒体也要吃饭，当然凑着热点上。

吵嚷几个月，许多不知情的人都以为，这电影里池幸才是女主。

后来得知这些都是颜砚竞争对手的招数，已经是风波平息之后的事情。颜砚和池幸积怨更深，一个不甘心，一个很委屈。

换了经纪人之后，池幸总被常小雁耳提面命：不要惹颜姐，她男朋友是谁谁谁，一个指头就能把你捏死。

池幸虽然不喜欢吃亏，但性格被磨了几年，已经大有转变。在这圈子里她没资历没背景没人脉，做事确实不应该高调，从此之后但凡遇到颜砚示威，她总笑笑应对。

不料两个月前颜砚参加真人秀，抹着泪对镜头说起当年的低潮期："有后辈追上来，我本来也不喜欢跟人竞争，但是好多事情，你不争，就会被被人争去。""当时真的是很难熬，也是那时候确诊抑郁症，天天吃药，差点没挺过来。""罢了不说了，都过去了。"

美人的眼泪是可怕的武器。粉丝和观众一推算，翻出旧账：后辈原来就是池幸。

好哇，这可不能过去——无形的刀枪棍棒顿时疯狂朝池幸打来。

池幸一想起自己当年在化妆间里给颜砚梳头、提鞋、拎衣服的事情就来气，纵然常小雁提醒她千万不能说错话，她也没忍住。

当然池幸并不觉得自己说错。

颜砚这种从小拍戏的女明星，怎么可能美而不自知。她太懂得美的含义，是武器，是招牌。

这个时代不喜欢不美的人，外表实在平平，也要硬拗出才华、品德之类没那么好懂的优美之处。

《灿烂甜蜜的你》主创碰头会前后来了十几个人，周莽认得出的，一只手就能数完。

他发现池幸除了跟原秋时和常小雁搭话之外，并不怎么跟别的人聊天。其余人似乎各有各的熟人，并没有和她特别亲近的。

会议谈得拉拉杂杂，一会儿制片聊起自己在欧洲新买的葡萄园，一会儿导演说到给儿子选小学实在是头疼万分。颜砚的经纪人是个身材高大的男人，一口正宗北京胡同口音，聊着聊着岔到国宴菜色上。

周莽听明白了：这是碰头会，也是闲谈会。个个不动声色亮出自己的斤两，好让同一组的人心里有些数。

池幸有什么斤两？

他微微低头，发现池幸在打哈欠，手机大大方方放在台面上，还是《幻夜奏鸣曲》。她刚抽到一张金光闪闪的SSR，帅哥和女主在伞下深情

对视

池幸伸懒腰，察觉周莽的视线，侧头冲他皱了皱眼，像是一个传递秘密的笑。

周莽心想，她不该对我笑，对面的颜砚正看着，不知道又会编排出什么新的闲话。

但，他并不反感这个笑。

回到家里已经是晚上。常小雁和周莽等人相处下来，渐渐也对他们放心，安排助理帮池幸打点，自己回头继续工作。

池幸让何年开车把助理送到地铁站，还给了她一个GUCCI礼盒："生日快乐，跟男朋友好好过。"

她叫了个火锅外卖，外卖到了，开吃的反倒是何年何月。她端了碗沙拉坐在电视前，看原秋时最近参加的一个厨艺节目。

节目播到一半，来了个场外嘉宾，是颜砚。

池幸长腿一伸，闭眼骂道："倒霉，今晚要做噩梦！"

她扭头要跟最爱听八卦的何月骂两句颜砚，却发现兄妹俩都不在。

"物业说在门口装摄像头得去备案，他俩代替你去了。"周莽说。

他站在沙发后，弯腰接过池幸手里吃空了的沙拉碗，放进厨房。

池幸现在没吃饱，还有轻微的饥饿感，一切感官变得敏锐。她目光追随周莽，等周莽走出来，她又盯着周莽的眼睛。

周莽只扫她一眼便走向阳台，池幸亦步亦趋，靠在玻璃推门上问："喂，你讲，我同矩，边个比较靓？ [2]"

她用方言跟周莽搭话，音节脆落，开口就是迅猛的冲劲，周莽不答不行。

周莽发现她没烟抽嘴里也不闲着，含一颗雏红色蜜桃味水果糖，悠然等自己答复。

阳台顶上一盏灯，花盆光秃秃，摇椅上放着毛茸茸的猫咪玩偶。池幸长发简单扎起，素面朝天，宽松家居服下露出两条长腿，模样不像明星。时光回溯，她像过去的少女。

周莽止住自己的回忆，不答。

2　广东话，意为：喂，你说，我和她，谁比较漂亮？

池幸这回没那么容易放过他："我和她谁漂亮？说呀。"

阳台四面密封，外面的人拍不到，里面的周莽也逃不出去。看池幸凑近，周莽只得迅速认输，说出令她满意的答案："你漂亮。"

池幸咚地一下把手拍到周莽身后的窗玻璃上，把周莽困在自己双臂之间。

周莽："……"

池幸比他矮半个头，还要抬高下巴仰视他："我不信，你仔细一点说清楚，我哪里漂亮。"

周莽："你先让开。"

池幸不放，笑道："这姿势原来这么好玩……难怪说女孩子喜欢。有压迫感吗？心跳加快了吗？"

周莽无语，又不敢下手推开她。

池幸咬了咬嘴唇，长而密的睫毛在光洁的脸庞上落下影子："周莽，我哪里漂亮？"

周莽："你一直都漂亮。"

真心话听起来也像敷衍，池幸不满意，几乎碰到他鼻尖："一直？从什么时候开始的一直？"

池幸眼睛湿润明亮，平时那咄咄逼人的光彩仍在，现在还多几分孩子般的好奇和坏："从我们第一次见面开始，你就觉得我漂亮？那你怎么不肯跟我好好讲话，你还瞪我。"

周莽背脊紧贴玻璃，窘迫像受刑。

池幸想了想，直起腰，和他拉开一些距离："喂，你坦白说，是不是从帮我上药开始就惦记我了？"

周莽："……"

池幸："你很坏啊周莽。不仅看人小姑娘不穿衣服的样子，还偷偷在心里想人家。"

周莽："我没有。"

池幸不放过他："骗人。"

"我没有！"周莽低吼道。

池幸盯着他，要从青年脸上找出一丝闪缩的痕迹。

三十岁的池幸善于在男人的言语举止中找出错漏信息，至少比十八岁的池幸要高明。她期待周莽的答案。

同时也确信：不管周莽说什么，自己都不会再被刺伤了。

她已成长、成熟，成为坚强的大人。

周莽直视她的眼睛："你当时……看上去很冷。我只是想……想过，去抱一抱你。"

楼下不知哪家孩子放烟花，隐隐听见物业的呵斥和孩子的笑声。烟火飞不高，在蓝色的避光玻璃上留下发亮的影子，光痕嵌入池幸的眼睛里，一掠而过。

她静静看周莽，眼皮垂了下来，勾唇一笑。

"你啊……"

又一支烟火蹿上宝蓝色的夜空，炸开，洒下一片金色火花。

池幸微微侧头，凑近周莽。

她的吻是蜜桃味的，带甜香，在周莽唇上一触便收。

"你好可爱。"她贴在周莽耳边，耳语般笑着说。

何年何月回到家时，池幸已经回卧室睡觉。两人没察觉什么古怪气氛。

三人既然是二十四小时贴身保镖，自然要跟池幸同吃同睡。

池幸不愿意长久住酒店，她的房子不大，隔开三个房间，正好够安置这么些人：何月单独睡一个房间，何年跟周莽是另一个房间，但周莽一般只在客厅休息。他像个铁人，好像永远不会累似的。

但何月发现今晚跟周莽说话的时候，周莽显然有些心不在焉。

电视上正重播《家事》，是几年前让池幸爆红的电视剧。

池幸在里面演的是一心想往上爬的普通人家女孩，橡皮糖一样黏着男主角，野心写在脸上，却总被男主角识破。

她设计作弄、陷害女主，自己也没讨到什么好，工作没了恋人没了，好不容易巴上一个富二代，被人玩弄后丢在路上奚落："你不就配这些吗？"

剧本把所有光芒都聚集在女主身上，她没有一点优点。她也碰上过爱自己的人，但嫌贫爱富，没有留住。

这个角色太讨人厌，第一集、第二集出场时骂声一片。观众找不到池幸的微博，就在她代言的品牌立牌上乱涂乱画。

但剧再往下演，女二号的口碑一点点逆转。

她吃冰激凌时嚼着坏笑，洁白牙齿咬着小勺，有点儿可爱。

她太好看了，那么俗的红色礼服穿在身上，微昂着头，真的漂亮。

她揪着女主头发把她往墙上撞，明明是这么凶恶的一幕，偏偏表情好生动，和面瘫般流着假眼泪的女主在同一个镜头里，谁的目光都会被她吸引走。

池幸美得直接凶悍，而且跟《虎牙》导演说的一样，她有演戏的天分。她懂得痛苦和快乐在人间百事上如何分布，而最出色的，是她懂得把情绪表演出来，感染别人。

何月凑过去看了一眼，播的是《家事》倒数第三集。

这个剧她翻来覆去看了四五遍，小声说："就是这里，她好惨。"

电视开了静音，连瓢泼大雨也没有声息，安安静静。池幸从车里跌出来，手肘膝盖都摔伤了。"吵什么？有什么好吵的？"男人摇下车窗，"你不就配这些吗？"

车开走了，下山的路上前后茫茫。池幸衣衫单薄，裙摆被撕破一截，赤脚步行。

走着走着她开始哭，雨水和眼泪混作一块儿，她越哭越大声，走不动了，蹲在地上捂着脸。

何年也凑了过来，随口一句："哭都这么好看。"

何月与周莽都扭头看他。何年挠头一笑，周莽忽然开口："我可爱吗？"

兄妹俩如进了冷库，连表情都僵了。

周莽也不像是在问他们，说完这句扭头继续看电视。女主和男主和和美美订婚，接下来再没有池幸的戏份，他觉得索然无味，关了电视。

客厅只留一盏落地灯，催促兄妹俩休息后，周莽检查阳台、门窗和家里的摄像头。

周莽："……"

他竟然忘了阳台也有摄像头，位置正好对着他和池幸……当时站立的位置。

他扶额叹气，打开手提电脑，检查云端存储。

并开始怀疑池幸是否是故意在那个位置吻自己。

想到那个吻，他不禁舔了舔嘴唇。

周莽睡得不沉，很少做梦。但这一晚上他梦见了久违的池幸。

十八岁的池幸。

他看到母亲给池幸剪头发，窗外电光闪动，池幸乖乖坐在电视前，脸上两道泪痕。女人低头问她怎么哭了，池幸倔强地回答："没有。"

第二天傍晚，周莽在海堤边看到池幸。冬季的海风冷得刺骨，池幸衣衫单薄，站在礁石上呆望远方。她站多久，周莽就在海堤上看她多久。

池幸转身爬上海堤，看见周莽，咧嘴一笑。

周莽跟着她走了半条街，池幸回头大喊："我才不会寻死！"

她买了两根冬日特价冰激凌，和周莽分享。两人在冷风嗖嗖的路口吃冰激凌，池幸越发抖得厉害，鼻子脸颊都冻红了。

"冬天吃冰爽不爽？"池幸大咧咧没顾忌，直接伸手在周莽胸口摸了一把，"咦……你没肌肉。"

池幸笑得厉害，那张还带着伤痕的脸在冷风里变换模样，唇彩艳丽，长发缠卷。她贴着周莽的胸膛，仍用十八岁的声音笑道："现在嘛，手感不错。"

肌肤相亲的触感令周莽战栗，他握住池幸的肩膀想把她推开，却被缠得更紧。甜腻的蜜桃香味随着舌尖送入他口腔，搅动弹呓，女人的长发像帐幕一样垂下来，天地倒转，玻璃窗换作柔软的床铺。

周莽喘息、翻身，把她按在乳白色被单里。

她像水妖一样，也有乳白色的身体。

"做什么梦呢？"有人轻笑，抚了抚周莽的眉心，"还皱眉。"

周莽立刻弹起，身上盖了张毯子，是池幸给的。

池幸端了杯水站在一旁，边喝边说："不是吧，亲你一下，你还做了噩梦？"

周莽暗暗咬唇，池幸饶有兴趣地欣赏他的侧脸和身材，在心里盘算该说什么话打击他一下。

灯光里周莽轮廓利落清晰，池幸心想这人要是好好打扮打扮，指不定不输给原秋时。

"你处男啊？"她笑着，"被姐姐啃一口，不乐意？"

周莽抓乱头发，声音低哑："你常常这样做？"

池幸心头那暗喜的小人兴奋得蹿了一下：这可是周莽第一次在她面前流露自己的情绪。

"是啊。"池幸单手叉腰，点头，"我拍哪部戏不跟人亲嘴？"

"我不是说工作，我是说……"

"那交男朋友，肯定也会亲嘴。"池幸立刻接话。

她每说一次"亲嘴"，周莽的眼神就会暗一点儿。池幸心道自己不愧是提名过最佳女主的人，心里分明乐开了花，脸上仍是平静峭然："见你可爱才甜你一口，别飘飘然。"

周莽已经站直："我不会。"

池幸歪头看他，神态纯真。周莽暗暗提醒自己：这人很会演戏。

"周莽，你交过女朋友吗？"池幸问，"你喜欢什么样的女孩子？"

周莽："私人问题，不回答。"

池幸失望耸肩，顺手递给他杯子："洗漱，陪我去跑步。"

周莽愣住，下意识看手表："你只睡了四小时。"

"够了。"池幸走向卧室，"给你十分钟。"

第三章 意外

原秋时周末果然来约池幸去马场玩。出乎原秋时甚至是周莽和常小雁预料，池幸居然婉拒了。她说周末得去上课。

她在《灿烂甜蜜的你》里演一位职场女性，需要恶补各类专业知识。角色设定是上海人，她上课之余又专门请了个老师教她上海话。

疫情影响未完全消失，学校里老师学生几乎都戴口罩，她戴一顶渔夫帽，基本不会被人认出。

倒是周莽等人如临大敌：毕竟进入了一个陌生环境，他们得打起十二分精神。

课上完了，池幸跟老师闲聊。老师问她怎么不去上舞蹈课。

"那电影我演不了了。"

"演不了，那也可以继续学呀。我看你劲头可大了，天天蹦蹦跳跳的，学交谊舞不开心？"

"我又不喜欢跳舞，是为电影而学的。"池幸坐在老师面前抬起双手，做了一个握持舞伴的姿势，"跳舞真的会让人那么开心吗？"

她告别老师，慢吞吞下楼，发现助理没背自己送的包："不喜欢吗？"

"喜欢！"助理小声道，"就是太贵了，我不敢背出来。"

池幸心情又好了点儿，揽着助理的肩膀："送给你那就是你的，只有你能背，大大方方亮出来，怕什么呢……"

话未说完她就结巴了。

教学楼底下的长椅上，坐着个长手长腿的男人，也戴渔夫帽和口罩，冲她扬扬手。

池幸："原秋时？！"

紧随其后的周莽不禁眉头一皱：那人包裹得这么严实，她一眼就能认出，实在厉害。

原秋时是专程过来接她去吃火锅的。剧组的人只有几个演员去了马场玩，原秋时给颜砚等人安排了法国大餐，自己则找借口溜走，来等池幸。

池幸："你怎么知道我在这儿？"

原秋时："我贿赂了小雁姐，她告诉我的。"

池幸嘴上说"哎呀，我这个小雁姐真是大嘴巴"，眼睛笑得弯成月牙。她开朗时讨人喜欢，原秋时和她说话总盯着她的眼睛，一刻都不想放过似的。

一行人分坐两辆车，前往火锅店。原秋时打开自己的车门请池幸上车，池幸回头看了一眼周莽。

"我坐自己的车吧。"她指着周莽，"不然我的保镖会不高兴。"

周莽："……"

冷静——他对自己说，这些都是这女人的套路，她太懂得怎么把男人的心思玩弄于股掌，千万不能被她三言两语骗到。

几个人上车坐好，驾驶座的何年问："莽哥你笑什么？"

周莽："没有笑。"

说完瞥一眼后视镜，池幸坐在后排看后视镜里的他，眼角弯弯："我乖不乖？"

周莽还没想好怎么回答，何月和小助理同时亮出大拇指："乖。"

三个女孩在后座讨论起《幻夜奏鸣曲》更新的内容，不时伴随池幸的大笑。何月不敢过分参与到讨论中，她忌惮周莽投来的威胁眼神。小助理为活跃气氛，聊起了最近影帝恋爱的热门八卦。

何月忍不住问："影帝真的同时跟两个女人拍拖？"

池幸和小助理同时摇头。

何月："不止两个？！"

池幸大笑，揉她头发："这是给后面那部电影造势。"

"哦。"何月恍然大悟，"好多套路。"

池幸手指动得飞快，给常小雁回信息："这不奇怪，我也被漂亮女孩表白过。要不是我心里有男神，说不定就动心了。"

何月傻愣愣地问："你男神是谁？"

周莽在前排竖起耳朵，心里头有点儿暗滋滋的乐。

池幸头也不抬，吐字清晰："原秋时啊。"

周莽神情回复原状，干巴巴提醒："到了。"

这是原秋时朋友开的店，十分热闹，客人众多。

周莽当先踏入店门，立刻察觉不妙：这儿的人太多、太杂，几乎是直觉，他感到一种如芒在背的紧迫感。

在周莽他们之后仍有不少客人涌入，周莽干脆拉住池幸的胳膊："等等。"

他让何月陪池幸在门外稍等，自己与何年进店走一圈，找出通道的位置，观察店内的情况。原秋时怕这保镖惹店家不高兴，一并进店说明。

他出来时表情怪异："你这保镖不错。"

池幸笑道："怎么说？"

原秋时笑而不语。

池幸看他："他只保护我，你可别挖角啊。"

原秋时也笑了："这么重要？"

他只是闲谈，又换了个话题："听说你不演《大地震颤》了，为什么？"

池幸："不为什么。"

原秋时："挺好的故事，不演太可惜。我看你《一刻时间》里讲起它，挺高兴的。"

池幸耸肩笑笑，开口却难掩遗憾："没办法。"

说话间周莽走出来，引着池幸走入。池幸笑嘻嘻夸他："真棒啊保镖。"

周莽根本不应。

包间是店主专门腾出来的，隔音保密。周莽三人和原秋时的保镖在包间里守着，他这才发现，虽然原秋时一派闲适，但身边居然跟了六个保镖。

那六人与周莽他们气质完全不一样，戴墨镜，沉默寡言，身材壮实如铁塔，腰上结实，似是藏有武器。周莽扫了一眼便收回心思，心里暗想，不知原秋时究竟是什么来头。

毕竟在日常的保卫工作中，起动六个专业保镖且携带武器，被保护人级别必定极高。

为不丢池幸的面子，何年何月站得笔直，神情严肃。

只有周莽瞥见池幸看向这边的表情，又是那种似笑非笑的坏。

一顿饭吃得十分高兴，中途又陆续有几个人过来，漂亮的英俊的，都是圈内的人。周莽看池幸左右打招呼，心想，原来她也有朋友。

哪怕是酒肉朋友，也有个吃饭喝酒时说话听话的人，在北漂的时间里不至于孤寂。

酒足饭饱，池幸和原秋时走在最后，还跟店主夫妻聊了会儿天。店主安排他们从后门去停车场，俩人倒是坦荡，也不怕被拍，边说边笑离开火锅店，往停车场走去。

沿途没人，但灯光明亮。何年与原秋时的司机去开车，一行人在路边等待，忽然有几个年轻人小心靠近："您好，请问您是原秋时先生吗？"

原秋时摘了渔夫帽："你们好。"

年轻的少年少女一阵惊喜，原秋时适时伸出食指压在嘴唇上："帮我保密。跟剧组的人一块儿吃饭呢，咱不张扬，好不好？"

他倒是很懂粉丝心态，又是签名又是合影，问了几个人学校和工作，揽着女孩们笑得客气大方。

池幸和周莽几个站得稍远，也有几个人紧张地看她。她顶顶帽子，冲他们笑笑。

于是她也迎来了一通签名合影。末了还有个年轻人问："能跟你握手吗？"

池幸忙点头："可以可以。"说罢伸手与他相握。

她动作太快，周莽甚至来不及阻止。

立刻，他看见池幸脸上掠过一丝诧异，飞快收手。

助理甩出大挎包护住池幸，挡住了那青年手里的锐利刀片。不等那刀片划破挎包，周莽已火速出手，钳住青年的脖子。

一切不过瞬息间。惊叫声中，原秋时的保镖立刻形成人形盾牌围住原秋时，推着他向停车场移动。

"池幸——"原秋时冲出这个包围圈跑到池幸身边，抓起她的手：池幸手心一道刀痕，已经流出血。

"去医院！"原秋时与何月一人一边保护池幸，何月按住她的手腕，三人飞快地蹿上了何年刚刚驶来的车子。

车子还未启动，何年扭头一吼："莽哥！"

周莽制住了那青年，不料青年两手都夹着刀片，另一只手抬起狠狠一划，周莽一闪，刀刃刮过周莽的耳郭。青年不知大叫着什么，周莽狠狠砸了他脸一拳。那人咚地跌在地上。

"周莽！"池幸大喊，不见周莽回头，忙拉住原秋时，"让你的保镖帮帮忙啊！"

那六个保镖除了一个跟着上车之外，其余五人竟对周莽和青年的打斗视若无睹，先后跳上原秋时的车，紧随池幸之后。

"去医院。"原秋时对前排的何年说。

何年还在犹豫，周莽还未上车。何月开口："莽哥说过，无论发生什么情况必须先保证池幸安全。立刻去医院，这种杂碎莽哥会解决的。"

池幸回头，隔着后窗玻璃看见周莽已经起身，青年捂着腹部在地上打滚。周莽耳朵和脖子有血，他踩着青年胸口不让他起身，一手抄出手机拨打电话，扭头看远去的车辆。

两人目光相碰，他看见池幸无声喊了自己的名字。

周莽赶到医院时已经是十一点，他只看到了何年。原秋时带池幸来的是私人医院，周围并无闲杂病人和医护。

周莽报警后，在现场滞留了一个多小时，还去派出所做了笔录。一番折腾，他身体疲累，精神却仍旧亢奋，尤其想到池幸的安危，又不知道那刀片上有什么脏东西，他怕得心头乱跳。

"池幸呢？"周莽开口就问。

"何月陪她在病房里抽血。"何年嘶的一声，"莽哥，你耳朵……"

值班护士拿来酒精和纱布，给周莽耳朵的伤口消毒包扎。伤口虽小，但流了不少血，看起来很吓人。

周莽又问："那原秋时呢？他带人去吃火锅，现在出了事儿，自己跑了？"

何年耸肩："那也没办法，他赶着去录节目。"

周莽忍着不骂，扭头看见池幸走出来，忙大步走到她身边，耳上纱布没包好，差点掉下来。

"怎么样……"

"你的耳朵……"

两人同时开口询问，又齐齐停下。

周莽撕了截医用胶带贴好快要掉的纱布："我没事，一会儿我们得去派出所做个笔录。检查结果怎么样？"

刀痕不深，没有伤到手掌肌腱和神经，可自行愈合。不过抽血化验的结果还要等一等。

周莽最紧张的就是这一点："还不知道刀片上有什么东西。我怎么问他都不肯讲，周围又有人拍照拍视频，我不好打他。警察正在审问，助理在派出所等着。"

周莽担心的，也正是池幸担心的。她甚至觉得手心伤口发麻发痒，但细看又没有异状。

两人在一旁坐下，等常小雁过来。周莽不时看池幸的手："现在只能等结果。"

池幸现在看起来十分凄惨：手腕的石膏还没拆，另一只手手心包着绷带。

"一会儿我就在这医院拆石膏。"池幸举起石膏手，"今天就该拆了，这不是上课吗，我就推迟到了明天。现在刚好，在这里把事情办完。已经好啦！"

但周莽并未放松，紧蹙眉头好一阵才问："是林述川打的？"

池幸看看自己的石膏，恍然大悟，笑着推了周莽一把。

虽然很不喜欢林述川，也乐意让他背稀里糊涂的锅，但池幸此时此刻想跟周莽说真话。

"拍戏的时候摔的。"她收了脸上似真似假的笑，接过何月买来的水，小口喝着，"林述川可没本事伤到我。"

她想起和林述川起争执的时候被周莽听见的只言片语，继续说："我跟他在一起过，都是以前的事情了。他打过我，就一次。"

这些是事实，池幸故意说得详细。她看见隐隐的怒火一丝丝从周莽眼底烧起来，青年看她的目光让她如坠云雾，回到十二年前。

青涩稚嫩的少年带她离开黑暗树林，冲她喊"快走"。他没武器，没体力，带一群十二三岁的孩子去救她。

池幸隐隐地好像逐渐记起了周莽手心的温度。

周莽只觉得心口在烧："……用奖杯砸你？"

"就一下，砸我肩膀。"池幸让他看自己右肩，果真有一道缝线的疤痕，"我去看急诊，想用美容线。结果公立医院晚上的急诊没有，我也不想再乱跑了，就缝了。缝得还挺漂亮是吧？就是会留疤。"

她轻笑两声，低暗颤抖的声线有几分天然的性感："那时候我还没红。我最难过的是什么？是他用我人生第一次拿到的奖杯砸我，那是玻璃的，就这样碎了。"

周莽应不出一句话。

"你知道那是什么奖杯吗？"

"不知道。"周莽回答。

"是大学生电影节最受欢迎女主角。"

"《虎牙》吗？"

"《虎牙》之后好几年的事情了，拍的是一部文艺剧情片，还有点儿悬疑，叫《不良回忆》，看过吗？"说起这件事池幸脸上有清晰的快乐，"一个男的发现女朋友出轨，悄悄跟踪她，结果发现女朋友一堆可怕的秘密。但是结局很好笑，一个大反转……"

周莽静静听她说话，目光总不敢在她嘴唇上停留太久。可池幸的眼睛那样厉害，他也不敢长久盯着，只好游移来去。

"你没看过吗？"池幸推了他胳膊一下。

这亲昵让周莽心里头沉重的东西松了一下。他想安慰池幸，反倒被池幸安慰了。周莽摇摇头："没看过。"

池幸："你这么喜欢我，连我主演的电影都不看？"

周莽："……"

池幸笑出声，她又把这场谈话的主导权握在了手里。

周莽扭头叹气，他已经放弃辩解。这一转头，耳朵上贴好的纱布又松了。那道刀痕还糊着点儿血痂，湿淋淋的。

池幸忽然大声道："别动！"

她捧着周莽的脸仔仔细细看那伤口，半晌才说："幸好没伤到脸。"

周莽无话可说，等她松手才问："这个很重要吗？"

"太重要了。"池幸揽他肩膀，亲亲热热，"我是因为你这张脸才选的你啊。"

何年把何月拉到一旁训斥，何月红着眼圈走回来。她当时离池幸最近，觉得自己既对不起池幸，也对不起周莽。池幸觉得这小姑娘处事利落，很有意思，根本没怪她。

何月嗫嚅半天，目光落在周莽的耳朵上。

"不行莽哥……你……"她回头招呼护士,"他耳朵发炎!都红了!"

池幸登时笑出声,前仰后合。

周莽甩开何年何月八爪鱼般的手,独自走到一旁透气。深夜的玻璃窗是一面镜子,他在镜中打量自己。

可惜左看右看,他也没看出自己这张脸到底有多出类拔萃。

不能再失去分寸了。周莽对自己说:他要牢牢记住自己是什么身份。

常小雁来到医院,又是心疼又是气急,忍不住骂了一通原秋时。

在派出所和小助理碰头才知道审讯尚未结束,她让何年送小助理回家,叮嘱她联系宣传团队的人,盯一盯今晚的网络舆论。

"对了,明天一早记得去医院取检查报告。"常小雁担心坏了,"要是那刀片上有什么病毒,我今天就在这儿撞死算了。"

好在众人熬过一夜无眠,检查结果显示池幸血液中数值一切正常,甚至有点儿营养不良。

刺伤池幸的人经过审问,什么都招了。何年去派出所询问情况,回来时一脸古怪,悄悄把周莽拉到一旁。

"有点奇怪……"他低声道,"那人什么都认,除了一件事。"

他从来没有在池幸回家的路上跟踪过她,更没有在安全通道上尾随池幸,直到回家。

另一边厢,常小雁拉着池幸讨论保镖的事儿。

犯人被抓住了,一切尘埃落定,那么周莽等人已经完成了任务。

常小雁打算继续给池幸安排保镖,但不是二十四小时,更不是周莽他们:"你上次看到原秋时身边那些保镖没有?一出来就给人震撼感、压迫力,保中 top 镖。我想要那种。"

池幸:"周莽他们的工作结束了吗?"

常小雁:"别玩花样了池幸。你选中这个小白脸根本就不是因为他的能力——当然他也挺厉害的,但你心里什么打算你清楚。"

池幸心想,我不清楚。

她现在是真的不清楚。

周莽背对她俩和何年小声说话,肩宽腰窄,背影高挑精瘦,肌肉在白衬衫下若隐若现。池幸的目光黏在上面,摆不脱。

常小雁举起剧本挡住她的眼神："别疯了。"

池幸叹气："舍不得呀。"

常小雁："玩够了就收手。"

池幸委屈极了："还没玩过。"

正小声争执，周莽过来跟俩人详细说明何年打听到的事情。

青年并不是池幸的影迷。恰恰相反，他是颜砚的狂热粉丝。

颜砚和池幸不和是公开的事实，双方粉丝时有争执，年年上演网络大战，旁人如同看戏。

但今年尤为激烈：颜砚在真人秀无意透露池幸导致自己抑郁症甚至有自毁倾向，颜砚的粉丝立刻炸开了锅。

青年曾在池幸居住的小区物业里工作过，去年离职。他熟悉小区里的大门小路，伪造了进入小区的门禁卡，扮作寻常居民进出。池幸这栋楼的密码存在物业系统里，也被此人轻易窃走。

他的目的是让池幸恐惧。警方搜查他的住所，发现了还未寄出的恐吓信。

在火锅店后门遇到池幸完全是他意料之外的事情。他装作粉丝上前，用刚买的刀片划伤池幸的手心，这是没有预谋的突发事件。

但他坚决不承认自己跟踪过池幸。

警方也确实没找到那件出现在监控里的外卖骑手服饰，在他的所有消费记录里，也从未出现过这样的衣服。

池幸听完暗自心惊：一个"私生粉"已经够可怕，居然还有神秘的另一个。

数分钟前常小雁计划的事情落空了，她紧张地嘱咐周莽："你们注意点儿，仔细照顾着池幸。"

常小雁当即决定让周莽他们继续履行职责，并且在对门给他们三人租了间房子，可以分开住。

这安排池幸很满意，一整天都笑嘻嘻的，快乐得连周莽都忍不住问她："发生什么好事了吗？"

"没有。"池幸看着他认真说，"对三十二岁的女人来说，最大的好事就是挣钱。但我最近除了《甜蜜灿烂》，没有别的工作。"

周莽提醒："是《灿烂甜蜜》。"

池幸："随便了，都可以。这剧名腻得我发慌，什么水平。"

片刻后周莽回过神，发现自己又被池幸带着走，他的问题没得到答案。

一切安排停当，已经是一周之后。

原秋时天天电话询问个没完没了，池幸忙于看剧本做功课，渐渐地有些烦了。

"再帅的人也禁不住这么黏糊。"又收到原秋时一条信息的池幸把手机扔到办公室沙发上，跟常小雁抱怨，"他这人在戏里挺好的，现实生活里可太烦了。"

常小雁从几个综艺节目策划 PPT 里暂时分神："大姐，人在追你。"

池幸："可他又不明说。"

常小雁："你们都多大了还必须要明说？"

池幸从剧本上抬起头："我是必须听到明确说法才会确认关系的。"

常小雁跷着二郎腿："如果原秋时明确说他喜欢你，想跟你建立更亲密的关系，你一定会答应？"

池幸眼角一斜，周莽背对她俩，正在倒水。

"当然。"池幸答，"我喜欢他很久了。"

常小雁的目光在池幸和周莽之间游移，冲池幸做了个威胁的手势，无声道：敢作乱，杀了你。

池幸立刻岔开话题："下午有个剧本围读会，你猜颜砚会不会来？"

这段时间颜砚和池幸的针锋相对，可谓跌宕起伏，精彩至极。

先是颜砚在真人秀上含泪诉苦，过去经历被挖出来，池幸成了众矢之的。

后来又有当年现场的工作人员变声接受采访，说了些真实情况：颜砚在片场从来不给池幸面子，池幸当时只是小配角，连自己独立的椅子都没有，颜砚见她坐哪张，就让助理去搬哪张给自己放脚。

"提鞋什么的也是有的，毕竟是前辈……争执？没有没有，没有过争执，池幸脾气还挺好，笑笑也就过去了呗。"录音里那人说，"池幸人不错的。"

颜砚粉丝骂这人居心叵测，无辜录音惨遭剪辑；池幸粉丝动用工具分析录音真实与连贯性，还扒拉出当年两人在《虎牙》片场的许多细枝末节，佐证"颜砚不是个好东西"。

再后来便是池幸在《一刻问题》里回击"美而不自知"。

路人和其他粉丝乐呵呵看戏：打起来打起来，撕响些撕响些。

颜砚参加品牌典礼，难免要被问到这件事。池幸后来看视频，怀疑她的富豪男友给她安排了新的公关团队——她居然用池幸在《一刻问题》里的原话来还击："网络上的废话我从来不关注的。"

战况激烈，难分伯仲。

不料一周前池幸和原秋时在火锅店门口遇袭的事件一出，前一天晚上还高调表示不关注废话的颜砚，不敢再回应任何问题。

她的粉丝们吵吵嚷嚷，不再对外输出，内部乱成一锅粥：有说大难当头应该团结一切力量的，有说应该和极端粉丝割席的，又有说极端粉丝也是重要战力的，还有和事佬在事件话题下不停发颜砚精修美照并配文"love&peace"，号令众人"洗广场"。

总之十分热闹。

何月和助理都是网络冲浪好手，池幸没空看微博，她俩就给池幸转述，三个女孩子总是忽然爆发出一阵狂笑，常把周莽、何年两个男子汉吓一跳。

"肯定要来啊。"常小雁一边翻PPT一边冷哼，"她最要面子，要是不出现，岂不是说明她真的怕了你？"

两人叽叽咯咯笑个没完，小助理敲开办公室的门："幸姐，林总找你。"

池幸拍拍膝盖上的瓜子壳，眼角余光瞥见周莽也随之转身，一副要跟自己同去的架势。

"你去干什么？"池幸故意问，"又没叫你。"

周莽开门："走吧。"

他开始不接池幸的话茬，自说自话。

某种抵抗的新鲜兴趣在他心里生起：要确保不被池幸拉着走，就不要进入池幸的逻辑圈里，她太懂胡搅蛮缠。

池幸也不觉得生气，毕竟逗这个人实在太好玩。她也不清楚周莽是真不懂还是假不懂，总之好玩就是了。

让何年何月留在原地，池幸和周莽一块儿上楼，敲响林述川办公室的门。

"保镖出去。"林述川正看文件，头也不抬，"乱凑什么热闹！"

池幸："不行，为了保护我的人身安全，他必须留在这里。"

林述川忍不住抬头了："人身安全？"

他打量周莽，颇严厉颇愤怒，片刻后忽然彻悟，咬牙道："这是你新玩具？"

周莽："……"

池幸："你刚从猩猩进化过来吗？不侮辱人就说不了话是吧？"

林述川把钢笔扔到桌上："你一进门就要跟我吵架是吗！"

"我不是侮辱你，我只是有话直说——"池幸认认真真道，"你真的是一坨垃圾。"

林述川："……"

池幸："我为什么要跟垃圾吵架，好脏。"

林述川："那你说说你这条狗怎么回事。"

池幸："再多讲一句废话我立刻走。"

林述川冷笑："如果是跟《大地震颤》相关的事情呢？"

池幸表情立刻变了："什么后续？"

林述川狠狠喝了两口水，平静稍许，岔开话题，先问池幸为何这样执着于《大地震颤》。

这问题他问过，常小雁也问过，而且全都不止一次。但池幸总是一副油盐不进的样子，怎么都问不出她心里话。

"这电影峰川有投资，但是制片和导演态度比较硬，我们安排的女主角他们不满意。看来看去还是你合适。"

池幸想了想，公司里和自己同年龄同地位的，能安排进这个电影的，只有一个人："你们推的是颜砚？"

林述川："高兴了？"

池幸："我有什么好高兴的？本来那制片就说我合适，是你不让我去的。现在有什么区别？"

林述川的目光在她包扎的手心停留片刻。

"疼不疼？"

池幸嘴巴痒但又没有烟抽，她又一次确认自己的烟瘾确实是因为林述川而变严重的，每次看见林述川，她就疯狂想抽烟，想把烟气吐到这人脸上。

她没好气地应："关你屁事。"

"原秋时在追你？"

池幸笑了："谁说的？也可能是我在追他。"

林述川无可奈何，只好放弃跟池幸谈心的打算。

"你这次受伤，虽然跟颜砚没有直接关系，但确实让你受了委屈。"他说的话似是安慰，但语气平静无波，"公司经过商议决定，允许你接《大地震颤》。"

这喜讯突如其来，池幸愣住了。

"等等！"她回过神，"你们允许我接，但《大地》那边还要我吗？我和峰川这是出尔反尔，我听小雁说，签意向约的那天，制片脸色可一点儿都不好。"

"所以你得感谢原秋时。"林述川说，"你很幸运，他和裴瑗是青梅竹马的好朋友。"

池幸："裴瑗？刚拿了柏林电影节……"

林述川："对，就是她。她是《大地震颤》的导演。"

常小雁接到电话上楼，正好碰见池幸和周莽离开林述川的办公室。

她这两年很少见到池幸这么开心，张开双臂给了自己一个大拥抱："小雁姐，我能演了！"

林述川在电话里已经简单跟常小雁说了公司的决定，以及池幸的答复。

按道理说这事儿得先过常小雁的手，才能到池幸确认，她不知道林述川为什么跳过自己先找池幸，总觉得事情没那么简单。

"午餐我请，注意看微信，我把地址发你。"池幸乐得快要挽起周莽的手，在常小雁的目光威胁下作罢。

常小雁按按乱跳的眼皮，敲响了林述川办公室的门。

三言两语，林述川才刚把《大地震颤》导演的事儿说清楚，常小雁就气得脸色煞白："这就是你绕过我先找池幸的原因吗！你这是在害她！你忘了《灿烂甜蜜》的制片是谁？"

"陈洛阳。"林述川微微一笑，"怎么了？"

常小雁气得直想给他脸上来一拳："那你怎么可能不知道他跟裴瑗是仇家！你让池幸接《灿烂甜蜜》，又让她接《大地震颤》……你想让她在这圈子里混不下去吗！"

池幸终于拿到《大地震颤》的完整剧本，花整整一天时间读完，投入得饭都忘了吃。

周莽给她端来加奶的咖啡和沙拉，坐在她面前。

池幸抬头："有什么想说的？"

"林述川的条件太苛刻了，而且对你不利。"周莽说，"不能骗人。"

池幸没有立刻回答。她身边能跟她这样直接地陈述"好"与"不好"的人并不太多，常小雁是一个，自己的多年挚友是一个，只是没想到现在周莽成了第三个。

她察觉周莽和自己的距离拉近了。

从什么时候开始？他有什么地方变了？什么地方没变？

这些问题像水滴落在湖泊里，很快消失在池幸心头。

她不想琢磨，只想享受难得的宁静平和。

"你也听到林述川说的什么。"池幸叉起沙拉碗里的生菜和苦菊边吃边说，"我不是第一次骗人。"

周莽静静看她。他的目光能穿透池幸的盔甲。

"为什么对《大地震颤》这么执着？"周莽直截了当地问，"和你妈妈有关？"

林述川的条件苛刻在，池幸若是想得到《大地震颤》的机会，她必须轧戏[3]。

池幸入行以来，工作强度虽然大，但密度远小于一二线的明星。她每一个工作都稳扎稳打，认真对待，而她这样咖位的演员，绝大部分剧组是不允许轧戏的。

林述川要求池幸向《大地震颤》剧组保密，不透露自己参演《灿烂甜蜜的你》。

同样的，池幸也不能与《灿烂甜蜜的你》剧组的任何人——除了原秋时——透露一切与《大地震颤》相关的事情。

池幸不是没有察觉到这条件里隐含的危机，但林述川紧接着抛出了更大的诱惑。

如果池幸凭《大地震颤》拿奖，林述川会答应池幸一直以来最迫切的要求——跟她重新签一份更合理的合约，甚至可以在峰川传媒部分注

3　指艺人同一时间接拍多部戏。

资的前提下，为池幸开设独立工作室。

而相对的，如果池幸无法完成《大地震颤》和《灿烂甜蜜的你》的拍摄工作，哪怕有其中一个出了纰漏，池幸以后都要乖乖听公司安排，不得有任何异议。

这个条件旁人听来会认为不够合理，但对池幸来说是巨大的诱惑。

一是她确实一心想拍《大地震颤》，二是她虽然有过几次奖项提名，但从未捧得过有分量的奖杯。

《大地震颤》整体配置确确实实是冲着拿奖去的，得知导演是刚刚在柏林捧奖回国的裴瑗，这种可能性便越发大了。

而最后，池幸迫切地想脱离林述川。他的控制欲，渐渐变本加厉。

池幸答应了林述川的条件。

周莽："你这是在走钢丝。"

池幸点头承认："我是在赌啊。"

周莽："有必胜的把握吗？"

"没有。"池幸靠在椅子背上，皱眉吃苦菊，嘴角一挑，"不过，多看些八卦，很有用的。"

《大地震颤》剧组效率极高，池幸看完剧本的第二天，常小雁便收到了剧组的开会通知。

又是剧本围读会，池幸打起十二万分精神，给自己的角色梳理剧情线索和心态变化弧线，三万多字的剧本上贴满了半透明的小便条。

谁料第二天一早，池幸顶着一头乱发继续钻研时，常小雁风风火火冲上门："《灿烂甜蜜》要拍定妆照。"

池幸大吃一惊："不是明天吗！"

常小雁把她推进卧室："一小时后就开始，快洗头！"

池幸看了眼时间，心道不好：按照以往惯例，十点开始的活动总要持续到下午两三点。而《大地震颤》的剧本围读会两点准时开始。

她先前已经出尔反尔，今日绝对不能迟到。

一行人风风火火抵达摄影室，结果等颜砚和原秋时又等了一小时。

池幸没有发脾气，她今日温和善良得让常小雁都震惊，尤其是看到池幸冲姗姗来迟的颜砚挥手打招呼之后。

颜砚显然也惊疑不定，犹豫着不知该不该理会池幸。

池幸挥动的是那只还包着纱布的手——实际上绷带昨天已经拆下，谁都搞不懂池幸为什么今日出门前又假模假样地裹上了。

看到那只手，颜砚再装作视若无睹就过分了。

"还没好呀？"颜砚很关切，"昨天我看微博热搜，你已经去医院拆线了哪。"

"美容线，不用拆。"池幸笑道，"去看了下伤口情况，还是不行，有点儿肿，昨晚上还发烧来着，三十八度，今天差点儿进不了摄影室。"

她亲亲热热拉来一张椅子，颜砚坐下后化妆师和造型师立刻动手，池幸则坐在一旁和她聊天。

常小雁竖起耳朵听，池幸说的尽是些不着边际的话。颜砚出于礼貌和礼节性的愧疚，有一搭没一搭地应。

"小周跟我说了他的事儿，太恐怖了，私生粉都偷溜到他家里去了。"池幸叹气，"男的都这样，我们女的更害怕了。"

颜砚其实心里也有些惴惴：毕竟那是她的粉丝，如果那个人是冲自己来的呢？

池幸似是知道她想的什么，又说："你说那个人找我麻烦，我至少还有个应对，要是他迷恋你迷恋到也钻进……哎呀，我说的什么，好可怕。"

颜砚正要接话，池幸拍她的手臂："颜姐，真的，我现在心有余悸。你平时自己也小心点儿，粉丝一多就是会有这种不理智的人，林子大了什么鸟都有。"

正给颜砚烫头发的造型师问："幸姐，你粉丝里有这样的人吗？"

"谁知道呢。"池幸的手仍搁在颜砚手臂上，手心温热，"我觉得这事情不能这样过去。我们得发一个声明对不对——"她扭头看颜砚，"颜姐，我和你一起发声明，谴责这种行为，约束粉丝。"

颜砚怀疑道："有用吗？"

"有用啊，别怕得罪粉丝，谁还不是个人了。"池幸认真道，"咱们又不靠粉丝，是靠工作能力才走到今天的。"

池幸表达的方式让人很舒服，暗暗地捧了颜砚一把。颜砚有几分被说动。

"再多找些人转发……原秋时！张凌！……"池幸像是对这件事充

满干劲，喊了几声棚里的演员，大家纷纷应和。

她对颜砚笑道："咱们都是女人，女人才懂女人怕什么。"

常小雁看池幸油滑自然地做完一出戏，把她拉到一边："你干什么？"

"趁此机会跟颜砚缓和关系。"池幸又吃了一颗蜜桃味糖果，"陈洛阳不是她背后的神秘男友吗？"

常小雁："你知道啊？"

池幸："废话，这圈里乌七糟八的事儿，有哪些是我不知道的。我平时只是不说，悄悄听。"她颇得意地笑。

《灿烂甜蜜的你》，总制片陈洛阳。《大地震颤》，导演裴瑗。

两人曾是夫妻，结婚时轰轰烈烈，才子佳人、门当户对，典礼盛大得如同童话。

半年后，陈洛阳出轨颜砚，被裴瑗发现。

裴瑗悄悄转移财产，收集证据，在结婚一周年的纪念日跟陈洛阳提出离婚。

陈洛阳花巨资压下颜砚这桩丑闻，几乎割了一半身家给裴瑗。他恳求裴瑗放手，跪在裴瑗面前哭着打自己耳光，追忆甜蜜过往。

抬头时却发现裴瑗正拿着手机，直接拍下他的丑态。

陈洛阳出身书香门第，父亲从他人口中知道他出轨离婚的事情街知巷闻，还给前妻下跪打自己耳光，当即气得晕厥入院，至今未醒。

视频流了出去，陈洛阳成为圈内笑柄，他从此对裴瑗恨之入骨。

两人绝对不用与对方交好的人，公开场合从来不提对方的名字。

裴瑗拍了两部女性题材的电影，质量好票房高，跻身一线导演；陈洛阳东山再起，在电视剧圈拼下一方江山。

池幸早记得这些事儿是谁告诉她的，但圈里确实没有秘密。

唯独颜砚和陈洛阳的事情，裴瑗没有跟任何外人透露，陈洛阳也守口如瓶。是近两年陈洛阳开始与颜砚在公开场合出双入对，才渐渐有人拼凑出事件的完整面目。

常小雁听得入神，掐指算了一通："陈洛阳和裴瑗恋爱三年，结婚一年。陈洛阳和颜砚在一块儿满打满算，至少五年了。你说谁是真爱？"

池幸："关我屁事。"

常小雁："你是打算跟颜砚把关系处理好一些，以后若是……颜砚能帮你说说话？"

池幸："对啊。"

常小雁："好一招烂棋。"

池幸作势掐她："这是我手里唯一的棋了。你能帮我吗？"

"废话，我和你就是一体的。"常小雁顿了顿，"那，你能告诉我，你为什么对《大地震颤》这么执着吗？"

池幸又陷入了往常的沉默。没等到她开口，导演和陈洛阳到了。池幸抓了抓常小雁的手："我去工作啦。"

她手心有冷汗，残留在常小雁指尖。

情况如池幸所料：拍摄果然拖延了。

眼看已经两点半，常小雁的手机不停振动，池幸急得团团转。

颜砚换了五个造型，原秋时换了六个。池幸想提前离开，但又没有正当理由。

周莽和常小雁对了个眼神，走到池幸身边，俯身耳语，但音量又足够让正跟池幸聊天的原秋时听到："你预约的就诊时间到了。"

池幸扭头看他，原秋时连忙问："你还要去医院？"

周莽面无表情地阐述："昨晚伤口沾水发炎，三十八度，小雁姐给预约的。"

池幸福至心灵，立刻摆手拒绝："不去不去，烧都退了……"

原秋时匆匆打断："那不行！"

池幸忙拉住他："在工作呢，走不开。我拍完再去也没关系。"

但原秋时还是去找了导演和陈洛阳。池幸心里有些过意不去：虽然原秋时有点儿烦人，但他是真的关心自己，何况又这样帅……池幸怔怔看他和导演、制片说话，视线忽然被周莽的身影截断。

"保险起见，我送你过去。"他说。

有原秋时在一旁帮腔，池幸得以脱身。

原秋时把她送到摄影室门外，池幸郑重向他道谢。

"《大地震颤》这事儿我欠你一个人情，一定还。"池幸笑道，"请一顿是不行的，至少请十顿。"

原秋时："光吃饭？"

池幸："再请你看电影。"

原秋时："看你的电影还是我的电影？"

池幸惨叫："不必了吧！看别人的！"

周莽开车过来，按响喇叭，打断俩人的笑谈。

原秋时瞅一眼周莽道："你这保镖好像不太喜欢我。"

池幸回头冲他挥手："我喜欢你就行了啊。再见！"

周莽一路压着限速狂飙，抵达光彩剧院时，已经三点半。他们整整迟了一个半小时。

围读会在光彩剧院举行，据说是编剧的要求：这个剧院是编剧成名和工作的地方。也就是说，那一直秘而不宣的编剧老师，池幸今天将会见到。

她来不及等电梯，匆匆忙忙跑上楼梯，在会议室前理了理头发衣裳，小心敲门。

"请进。"

周莽和她一同进入会议室。会议室里坐了一圈演员，有几个是池幸认识的。

认识，但不熟悉，见到池幸也没有点头。气氛凝滞，池幸跟众人打招呼，说明迟到缘由："工作上有些耽误……"

"好了，不要浪费时间了。"有个女人开口，"这位是谁？"她看着周莽。

池幸："我的保镖。"

此言一出，有几个人露骨地发出嘲笑。

说话的女人没有笑，静静看池幸。

池幸被她盯得窘迫，继续解释："之前发生过一些……"

"废话不用说了。我先自我介绍。"女人说，"我是裴瑗。"

她指着身边一位光头的精瘦中年人："这位是我们《大地震颤》的编剧老师，麦子。"

麦子冲池幸点点头，笑道："池幸，你好。闻名不如一见，果然名不虚传。"

池幸想起来了。

"白山茶"。

第四章 《大地震颤》

　　麦子写过话剧，写过电视剧，写过电影，坐拥北京四合院，衣食无忧，距离他上一次写剧本已有三年。

　　三年前他写《绝命书》，一个饥肠辘辘的窃贼入室偷窃时发现屋主留下的遗书，吃饱喝足后，窃贼决定去寻找屋主的尸体。电影违规参展，被严厉处罚，即便在影展上获得了极高赞誉，始终不能在院线上映。

　　三年之后便是《大地震颤》。

　　和麦子以往的风格不同，《大地震颤》是一个有点儿温情的故事。

　　三十四岁的女人赵英梅左耳先天失聪，右耳听力也正在飞速消失，仅半年，她的听力就会彻底丧失。

　　而同时，出轨的丈夫正筹划离婚，孩子上小学的名额没有抽中，打工的餐馆准备辞退她，因为她脾气暴躁，总是跟客人吵架。

　　朋友问她打算怎么办。赵英梅答非所问："我想跟王靖跳舞。"

　　王靖，是刚刚在英国黑池舞蹈大赛中获得三连冠的国际舞蹈家，赵英梅的偶像。

　　赵英梅年幼时家境普通，她每天穿过少年宫的舞蹈排练室回家，都会在窗边偷看很久。同龄的少年对镜练舞，舞伴在他怀中绽开如一朵大丽花。

　　少年与她偶尔会对上眼神。

　　于是赵英梅知道了王靖的名字，小小年纪已然成名的少年天才。

　　但王靖并不认识她。

太荒诞、太可笑了。所有人都嘲讽她，不自量力，不识抬举，异想天开。

"我想跟王靖跳一次舞。"这是赵英梅一生中难得的一次毫不迟疑，"在我还能听到的时候，一次就行。"

池幸没跟任何人说过自己为什么会被《大地震颤》打动。

赵英梅让她想起母亲，孙涓涓。

在一塌糊涂的日子里，人会死死攥住手里唯一的光。池幸还记得孙涓涓穿舞裙的样子，她的母亲在舞室的镜前旋转、伸展，幸福得像一个陌生人。

她在赵英梅身上，依稀看到孙涓涓的模样。

这是第一次剧本围读会，除了导演、编剧和三位制片外，来的都是主要演员和剧组的核心工作人员，满满当当围了一圈。

池幸来得太迟，裴瑗和麦子显然都不打算为了她重复之前的流程。人员相互之间早介绍完毕，角色各自归属于谁也清楚，甚至已经结束了前五场的剧本阅读。

池幸只能依靠大家的对话内容来揣测各自的身份。

第六场是赵英梅的孩子在家中发现与女人鬼混的父亲，稚子与父亲有一场数分钟的对手戏。父亲打了孩子一个耳光，赵英梅正好回到家。

池幸的台词只有两句：这是我的房子，滚出去；我嫌你脏。

饰演赵英梅丈夫的是池幸曾经合作过的演员张旻，他近视，戴眼镜的时候看起来文质彬彬。池幸和他那部古装戏去年刚播，反响很好，他在里面演的文臣温润如玉，很受欢迎。

池幸好奇他要怎么饰演一个暴力、狂躁、粗鲁的丈夫。

演她儿子的演员今天没来，因为学校考体测，没请到假，一个才刚刚小学一年级的小男生。麦子代替他与张旻对戏。

两人并未放姿态和感情，只是平平板板阅读台词文字。张旻念了一遍之后，挑出其中一处不协调的地方："洪世峰是山西人对吧，台词太书面语了，说的时候要改成方言口语。"

麦子点头记录："可以，这个没事儿。张旻你是山西人？"

张旻笑道："我爱人是山西人。那行，我让她帮忙改方言。"

道具组组长问裴瑗："这一场要砸电视，这个砸法是全砸坏了，还是只砸屏幕？"

裴瑗："洪世峰，你觉得呢？"

张旻："不至于全砸。洪世峰他没想到赵英梅会准备好离婚协议书，至少这一场还是有点儿震惊的……"他翻下一页，"下一场是在餐馆后面打赵英梅，他才知道自己可能吃亏了，要赔给赵英梅一笔钱。"

道具组组长坚持问："导演怎么说？"

裴瑗："到时候片场看情绪怎么推，怕砸坏了，你就多找两台。"

组长小声道："裴瑗，你以为这是到处都能买到的电视？麦子老师把品牌型号都给限定了，我得去淘。要是淘不到……"

一位制片说："淘不到就做个壳子套上去，多大点儿事。继续吧。"

组长便不开口了。

池幸很喜欢听他们争执。

争执的过程才是剧本围读真正有趣的部分。她还见过演员和编剧拍桌子吵架时，导演扭头问其他人喝不喝咖啡，他直接一起订。等咖啡送到，众人边喝边吵，热烈万分。

但今天看来不会大吵大闹，控场的制片人在。

裴瑗很少说话，她素面朝天，扎一个马尾，大部分时间都在听。

而麦子和网上的形象完全是两个人：礼貌、稳重，并不像池幸想象的，是那种会在网上随便对女性说荤话的人。

因她来得太迟，她错过了之前麦子跟几位主角讲戏的过程。裴瑗与制片跟投资人还有饭局，围读提前结束。

池幸看一眼时间，四点半，不前不后，一个吃饭很尴尬、打发时间又嫌太短的时刻。

众人纷纷离开，张旻冲池幸挑挑眉，朝低头看手机的麦子使眼色。

池幸知道这是提醒她跟麦子聊聊，忙点点头。

"麦子老师，你好。"池幸来到麦子面前，"抱歉，我来得太迟了……"她简单把迟到的原因解释清楚，顺便也说清楚自己带保镖的缘故。

出乎她意料，麦子相当认真地听完了池幸的话，点头说："我听过我听过。那人抓起来了是吗？"

池幸："是啊，拘留十五日。"

麦子："这也太短了。"

池幸笑笑，翻开自己的剧本。麦子看到她剧本上贴满了细小的便条，空白处用铅笔写了笔记。

"你倒是有意思。"麦子忽然说。

池幸一愣："什么？"

麦子："得罪了我，还敢主动来找我说话。"

这下轮到池幸诧异了："不是你得罪我吗？"

麦子怔一瞬，拍桌大笑。

池幸端起了她的招牌笑容，甜蜜美丽，锐利逼人。

"有意思，你真的太有意思了！"麦子说完从烟盒里弹出一支烟，问她，"介意我抽烟吗？"

池幸："介意。"

麦子："我记得你也抽烟吧？兰桂坊那照片上也有烟，抽烟的白山茶，真的漂亮。"

面对面听麦子再说起"白山茶"，池幸倒没觉得有冒犯的意思。她有点儿明白这人不是开黄腔，而是……讲话无所顾忌。

麦子说的时候完全没看她，仿佛在描述自己想象中的画面，未点燃的烟夹在指间。

"看过《风萧萧》吗？白苹，山茶花，知道吗？"麦子热烈地说，"'我'说白苹是今夜最美的玫瑰花。白苹说不，我是所有人的山茶花。绝了，真的绝了！山茶花！厚重，浓郁，死的时候整个一咕噜掉下来，太绝了！"

池幸："……"

麦子沉浸在自己的世界里："徐訏写白苹，他说她是百合花，写了特别多次，笑得像百合，盛装像百合……但白苹说自己是山茶花。为什么？你说为什么？"

池幸："我没看过。"

麦子片刻后睁眼，话题转得突然："所以，一起抽呗。"他把烟盒弹给池幸，"尝尝，我从柏林带的，很辣。"

池幸面不改色地撒谎："已经不抽了。"

麦子便点燃自己的烟："不好意思，你介意我也得抽。那个……保镖，去开一下净化器。我不抽烟不行，脑子里得有点儿刺激的东西，让我亢奋，我才能跟人谈戏。"

他瞥一眼周莽："人总得有个什么驱动力才能去做以往不敢做的事情。女人喜欢什么样的刺激？爱情？欲望？金钱？都给我说说。"

池幸问："你觉得是什么驱动赵英梅产生这种不合理的愿望？"

麦子咧嘴一笑。

池幸拿捏住机会，把他漫无边际的闲扯拉回到剧本上。他反问："你的答案是？"

池幸："是遗憾。"

和周莽走出光彩剧院时，天已经全黑了。

剧院里正上演一出话剧，观众进场完毕，隐隐听见音乐低嗡声震动。

池幸回头跑上台阶，把手放在剧院进场的门上。

木门宽大沉重，随着剧场内的声音隐隐在池幸掌心中发颤。

刚开始看《大地震颤》的剧本时，池幸并不能理解片名的意义。但看到最后时刻，她恍然大悟：失去听力的赵英梅，她站在土地上的时候，世界对她来说是完全寂静无声的。

她能感受到的唯有——灵魂、血液、骨头的震颤。是音乐和他人的舞步，震颤了她脚下的大地。

那一刻，池幸与纸张上尚未显出形迹的女人赵英梅感同身受。

和麦子的交流是顺利的，她没有察觉麦子对自己冒犯。"白山茶""男人看了都想把她留在家里"之类的话，麦子没有再说过。

但当然，他也没有道歉。

男人评价女人仿佛是天经地义的，所有男人天然地拥有这样的评判权力：美不美，欲不欲，好不好拿捏——哪怕这个女人的美、欲和存在，跟他完全沾不上半点儿关系。

池幸对麦子的印象还不能完全扭转。她憎恶这种居高临下的俯视感。

网络上的废话对她并非毫无影响，她其实已经在心里盘算了一堆可以扔回麦子身上的刻薄话。

但发现麦子是《大地震颤》的编剧之后，她那点儿顽抗的勇敢便消失了。

取而代之的，是成年人在生活和工作中习练出来的油滑。

我也不过如此。

池幸扭头走下台阶，脚步轻快。

"我想吃冰激凌。"她对周莽说。

周莽正跟何月索要今天池幸在摄影室里的定妆造型照。

何月在小群里炫耀助理发她的漂亮照片，周莽私戳她。何月乖乖发了一堆过来。

他收好手机，回头打量池幸："你每天宁愿只睡四个小时也要晨跑，中餐晚餐只吃沙拉，你知道一个冰激凌热量多少吗？"

好啊，敢挑雇主——不，服务对象的毛病，池幸心想，这人变了。

她仰头，又一次清晰地表达："我，想吃，冰激凌。"

周莽败下阵来："好。"

他在剧院的便利店买了两个甜筒，和池幸一人一个。两人坐在剧院旁的长椅上，头顶枫树红了大半，被路灯照着，黑夜里一团璀璨。

"你记得我们以前一块儿吃过雪糕吗？"池幸边吃边问，"冬天的时候。"

周莽当然记得。他还没说话，池幸又接着开口。

"我还袭你胸来着……"她张开掌心还裹着纱布的手，往周莽胸前摸去。

还没碰到，周莽忽然抓住她的手掌，不让她移动分毫。

池幸和他僵持，发现这人用的是真力气，她摆脱不了，掌心伤处微微有些疼。

她一皱眉，周莽立刻松手，但手掌滑到她手腕又攥紧了。池幸挣不开。

"不给摸就不摸嘛。"池幸笑道，"凶什么。你这样小气，没有女孩会喜欢你的……"

她穿一件白色帽衫，微卷的长发松松斜扎，堆在肩膀。明明卸了妆，眉目仍旧如墨，夜灯中脸颊是微润的红，嘴唇轻启，故意说着让周莽不高兴的话。

"白山茶"，麦子是这样形容池幸的。

周莽忽然想起她蜜桃味的吻。

他们靠得那么近，只要周莽愿意，他可以再次获得池幸的吻。

仿佛经过漫长的挣扎——实际只不过几秒钟。他很慢很慢地松手，坐正，继续吃手中的抹茶味甜筒。深秋的夜晚是有些凉了，他的胸口和胃一分分冷起来，很不舒服。

池幸的声音轻柔得像撒娇："胆小鬼。"

枫叶慢慢落下。周莽说："我是你的保镖。"

池幸："保镖有什么苛刻的职业道德要求？不能跟雇主……不对，服务对象亲嘴？那你不行啊，你已经亲过了。"她说完又笑。

周莽："工作之外的任何私人关系都不应该发展。"

池幸："这么巧，我最喜欢和别人发展不应该发展的关系。"

周莽心头一震，扭头看她。她盯着落下的红叶，尖翘的鼻尖有橙红色的灯晕。

"常小雁跟你说过什么？"池幸背靠在长椅上，她比周莽自在大方，她从来进退自如。

"在外面的时候要注意周围是否有狗仔队。"周莽说，"除了保护你免受伤害，也别让你的负面新闻被拍下。"

池幸："我有什么负面新闻？跟自己的保镖太过亲密？"

周莽察觉池幸有些微的不快，并且不打算掩饰。

"你做人好辛苦。"池幸说，"不过，我明白了。"

周莽："明白什么？"

池幸几口吃完甜筒，起身冲他一笑："走吧，保镖。"

回去的路上，池幸闭目养神，她没再跟周莽说一句话。

晚上在池幸家中陪池幸的一般是何月。

周莽在对门洗漱完毕，看见何年在客厅里看电视，是池幸和张旻参演的古装戏。

两人演女主角的哥哥和嫂嫂。丈夫蒙冤下狱，妻子携幼妹在衙门面前久久跪着，高举状纸。雪极厚，少女靠在嫂子身上，被冻得几乎晕过去。池幸近乎素颜，嘴唇苍白，唯有眉目点墨般清晰。

红色大门开启，她一个激灵，打起精神，朗声道："民女有冤要陈！"

何年看了半集，发现周莽靠在窗边蹭看。

"她真是你老乡？"

周莽："嗯。"

何年："这台词是原声吧？完全没有一点儿口音，太正了。"

周莽忽然想起何年赞过池幸漂亮："何月说你收藏了挺多她的照片？"

何年："嗯。"

周莽撑着沙发背："看不出来。你是她粉丝？"

何年笑道："那当然不能被你看出来。我们不是在工作吗？总得有些分寸。"

周莽沉默了。

他与何年一口气看了三集，三集之后张旻出狱，池幸一直强撑着的精神在见到丈夫之后垮了，看到张旻的瞬间失声哭出来。

何年又说："怎么有人哭也这么漂亮。"

周莽："闭嘴。"

何年不肯闭嘴，吃定了周莽好说话："她也是不容易，爹妈都不在了，就孤零零一个人在这儿闯。我都不敢想象要是我遇到这样的事情……我好歹还有个妹妹……"

周莽睁圆了眼："什么？"

何年："我说池幸，她是孤儿啊。"

周莽："谁说的？"

何年："采访里她自己说的，具体记不住了，上大学的时候父母已经没了，一直住亲戚家里……"他没说完，看见周莽脸上浮现一种困惑和惊愕。

——"我不是第一次骗人。"

很突兀地，池幸说这句话的表情浮现在周莽心头。

自从光彩剧院那一夜之后，池幸就不再逗弄周莽。

她和周莽仍照旧相处，警惕的常小雁和八卦的何月都没有察觉，两人之间的关系出现了微妙的缝隙。

只有周莽知道，池幸再没有用那种目光看自己。

他不需要竭力回忆就能想起池幸的眼神，隔着人群落在自己身上时，像是刻意和自己分享一个仅两人可知的秘密，有时伴一丝窃笑，一星转瞬而逝的眼尾余光。是钩子、是陨石，痕迹不可消除。

但现在再也没有了。

没有光明正大的暗语，没有乍然的回头。

《灿烂甜蜜的你》开机，都市偶像剧，不需要到影视基地苦熬。回程路上池幸打开开机红包，里面是一千元。

"我入行收到的第一个红包是两百块钱，你们猜是什么红包？"

何年何月猜不出来，池幸笑道："我演尸体哪！那天拍了一场我被人杀死的戏。拍完之后我脸上的血浆还没洗干净，副导演给我一个红包，说每个演死人的演员都有。"

何月懂了："吉祥钱。"

池幸："是啊，惯例。有一段时间我没什么正经戏拍，总是演边边角角的小配角，我常跟林述川说，让我去演尸体吧，尸体能多点儿钱。最好是演墓碑上的人，就提供一张照片，也有红包。"

她像说一桩趣事，咯咯地笑。

周莽透过后视镜看她。以往池幸在后座说些什么有趣的事情，总是有意无意抬头，和他在镜里对一个眼神。

但池幸今天没有。

之后也再没有了。

周莽越发频密地用目光追随池幸的身影。他是保镖，他有这样的光明正大的权利。

只是每多看一眼，心头积郁的难受就增长一分，越来越膨胀，抽走了他心底所有的空隙。

天越来越冷。

《大地震颤》的剧本围读会又举行了几次，《灿烂甜蜜的你》为了凑原秋时的时间，拍摄进程很紧。池幸两边奔波，只能抓紧每一分每一秒的时间休息睡觉。

在车上总是蒙头大睡，抵达剧院或者片场后先原地蹦跶两分钟让身体热起来，精神起来了，她再进入工作状态。

她一天内要当半天女强人，还要当半天没工作的单身母亲，情绪起落非常厉害。

又不能抽烟，池幸认同麦子的话：搞创作真的要时刻有点儿东西刺激脑子。

她每天在包里装两个哑铃和拉力器，拍摄空隙就一边举哑铃一边看剧本，或者边拉拉力器边塞着耳机玩游戏。

"啊，好变态……"剧组里几个演员被她带着玩起了《幻夜奏鸣曲》，连颜砚也下了一个跟着玩，周莽常听见池幸嘀咕，"可是还不够。"

颜砚对这游戏实在没有兴趣，但听听男人们富于魅力的声音是很有趣的："还要怎么变态？"

　　"那你一定得听听这个。"池幸放下哑铃，给颜砚找她心仪的配音演员的片段。

　　两人之间少见的亲昵，当然往往这个时候，身边肯定有人举着手机或摄影机在拍摄。剧组纪录片组的导演一直想拍两人不和的片段，无奈始终没捕捉到。

　　运动促使多巴胺分泌，池幸一直充满活力。

　　原秋时却很担心她。

　　他把池幸拉到一旁，问她两边赶会不会太忙。

　　池幸笑着安慰他："有点忙，但还能忍受。机会来了不抓住它可就溜走了。"

　　原秋时拈走她头发上一片细小的落叶："《大地震颤》那边顺利吗？"

　　池幸又笑："顺利。"

　　原秋时静静看她。

　　"有什么事情都可以跟我说的。"他温柔道，"哪怕我帮不上忙，也可以借给你一双耳朵。"

　　池幸微微一怔。

　　跟她说这话的若是别的男人，她不会为之而动。但她确实一直吃原秋时的外貌，又喜欢他的声音，两样相加，是自己的男神正跟自己说这样的话。

　　池幸一时没抵挡住："我累了可以跟你打电话聊天？"

　　原秋时从她手中轻轻抽走手机："借我。"

　　池幸："做什么？"

　　原秋时退出游戏："把你的紧急联系人设置成我……"

　　他停手了。

　　"我以为紧急联系人会是常小雁。"原秋时笑笑，"怎么是周莽？"

　　他直视池幸的眼睛："我改了啊。"

　　池幸把手机拿回来："不用。我已经记住你的号码了。"

　　原秋时微微眯眼：池幸油滑，但油滑得可爱，让人生出挑战欲。

　　"谁改的？"他问了个太冒进的问题，"你、常小雁，还是……周莽？"

池幸不答，只是笑。

副导演在一旁喊原秋时，池幸借机把他推走。

墙角另一侧，颜砚刚刚接完陈洛阳的电话。

她迅速拨给经纪人："你听过《大地震颤》吗？"

经纪人正在吃饭，含糊回答："知道，江路他们筹备的新片子，保密做得挺好，编剧和主演都不知道是谁。"

颜砚："制片有江路？导演是谁？"

经纪人笑："哎呀……"

颜砚冷笑："江路制片，那导演必定是裴瑗了。"

经纪人："颜砚，陈总跟裴瑗现在没任何关系，你不必……"

他讲了一堆，颜砚一个字都没听进去。她把散发别到耳后，轻声道："你认识裴瑗身边的人吗？"

这一天晚上，离开片场已是九点。好在今天拍戏的地方距离光彩剧院很近，麦子最近很友善，会给池幸安排单独的讲戏时间，而且总是顺着池幸的安排来。

"池幸，你有冲劲，但……"麦子今夜没有讲戏，他微微皱眉，吐出一口烟，"但人最忌不自量力。你不能什么都要。"

此时两人正坐在空无一人的剧院舞台上。送池幸过来的仍然是周莽，他忠实履行保镖的职责，站在舞台下，偷偷竖起耳朵。

正翻动剧本的手停了，池幸心头掠过一种突然的不安。

"这个圈子里很少有秘密，尤其是剧组和剧组之间，只要有心人一问，破绽很容易找。"麦子说，"不过裴瑗和陈洛阳都不喜欢听闲话，他们身边也很少有念叨闲话的人。"

池幸背脊蹿起一股寒意："老师……"

"很巧，《灿烂甜蜜的你》的编剧是我的学生。"麦子说。

池幸肩膀塌了下来。

"为什么呢？我不明白。你不是傻子，你不会不知道裴瑗和陈洛阳之间的关系。"麦子笑道，"野心那么大，有时候不是好事。"

"我和峰川签了二十年的长约。"池幸说，"这是一次赌注。"

连麦子也被这个数字吓了一跳："二十年？你们怎么分成？"

等池幸细细说完，麦子竟笑了："你才拿四成？那你整个宣传营销团队，是谁养？"

池幸："我。"

麦子长声大笑："林述川牛啊，真牛。"

他把烟头按进灭烟器："不过你应该已经有了离开峰川的实力，我是说在资金上和名气上。"

麦子太抬举她了。池幸摇摇头。

她是近两年才在屏幕上红起来的，因为《家事》里演了一个飞扬跋扈、令人憎恶的角色。此后林述川给她找的大部分剧本也都是同类型的角色，要不是常小雁竭力给她开拓电影市场的机会，她已经成了恶毒女二号专业户。

这不是池幸想要的。

但，林述川偏偏就要这样控制她。

"一年有百二十万吧？"麦子问。

池幸点头。

麦子："不行，峰川这合约……还是苛刻了。"

池幸微微笑道："其实已经很多了，和普通人比起来。"

"你是普通人吗？"麦子笑，"你家里是做什么的？在北京有房子？有生意？"

"没有。"池幸不愿多说，"我家比较偏，县城里。"

麦子便没有多问。周莘听得认真，也很困惑。一年收入百二十万的池幸，为什么会租住在一个这么小的房子里。她完全有能力住更好的地方。但是就连常小雁也不知道这些钱她到底用在了哪里。

麦子又说："理解你的迫切，但是真的很难瞒。而且和裴瑗相比，陈洛阳才是最难解决……"

话音未落，剧场的门忽然被推开。

裴瑗大步走进来，携带着深秋的寒意。她在舞台下笔直地站着，一串车钥匙在指尖打转，表情冷峻麻木。

"你接了陈洛阳的戏？"她问池幸。

池幸胸口狠狠一揪，满头满脸热起来，因为羞愧。

但她深深呼吸，把微冷的、充斥二手烟气味的空气收进肺部，奇异地冷静下来。

她没有什么可恐惧和紧张的。

既然决定骗人，那就该知道总会有这样的一天。她是被选择的，被抛弃也很正常。可替代自己的演员在圈子里实在太多太多了——但她立刻想起林述川曾说过，裴瑷她们认为，她最合适。

"可以给我一个解释情况的机会吗？"池幸跳下舞台，与裴瑷面对面。她竭尽全力诚恳、坦白，想让裴瑷相信站在她面前的女人实在有苦衷、有难处。

裴瑷哈地一笑："看来你知道我跟陈洛阳的关系。"

麦子不抽烟了，抓抓自己光溜溜的头皮，像起哄的观众："解释解释呗。"

裴瑷："她这样的人我看得多了。我在柏林拿了个奖，《大地震颤》又是你写的，多香一块肉，现成的，谁不想要？"

她站在池幸面前，却完全不看她，用"她"来指代。池幸知道裴瑷是真的生气，她正想说话，麦子又开口了。

"我想听解释。"他总是笑嘻嘻，"池幸牙尖嘴利，我想听听她会怎么解释。"

池幸立刻抓住麦子给她的机会，在裴瑷再一次拒绝之前飞快地说："我确实想拍这部电影，但我在答应之前并不知道导演是你，也不知道编剧是麦子。"

麦子插嘴："这个我可以做证。她要是知道我是编剧，绝对不会说我……是网络上的废话。"他乐得拍膝盖，哈哈大笑。

"接触《大地震颤》的时候，我看到的只是一份一万多字的剧本大纲。甚至大纲的内容跟目前的成稿也有很大区别。"池幸接着说，"导演，我想拍这个电影，是因为我想演赵英梅。"

"谁不想演赵英梅？"裴瑷仍是冷笑，"这个人物谁演都出彩，人物设计得这么好，只有傻子才看不出她的价值。"

麦子又笑。

池幸："她让我想起我的母亲。她和赵英梅很像，普普通通的家庭妇女，突然兴起，跑去学了国标舞。"

在说出下面这句话时，池幸迟疑了一瞬间。在这一刻，她完全是下意识地，看向了剧场里唯一一个与她有联系，并且潜意识明白"他会保护我"的人。

周莽正看着她，专注、炽热。

池幸冷静了。

"她爱上了教她跳舞的那个男人。"

孙涓涓没有嫁给池荣之前，在县城里已经很有名。

她是照相馆里冲印照片的员工，小小的相馆橱窗里都是孙涓涓的照片，化着美丽的妆，穿着美丽的裙子。

曾有人趁夜砸碎橱窗玻璃，偷走孙涓涓的照片。这不是可耻的事情，是一种荣誉：身为一个男人，能短暂地占有县城里最好看的女人的两张照片，足以让他在酒桌饭局里吹嘘好几年。

池荣那时候已经是出名的混混，净干偷鸡摸狗的事情，满大街撩漂亮姑娘的裙子，人够狠够恶，谁都不愿意惹。

那年孙涓涓二十多岁，同县城中学的一个数学老师谈恋爱。她总坐在老师的自行车后座，迎着阳光笑，光洁的手臂把数学老师的腰搂得死紧，春风里裙摆翻飞。

谁也不知道出了什么事，半年后孙涓涓和数学老师分手。听人说那男的喝醉酒，边哭边号啕："我没用，我没保住她。"

很快，孙涓涓和池荣结婚了，她像死人一样坐在婚床上，任喜婆往身上泼廉价的糖果和花生瓜子。

她的肚子已经微微隆起。

池幸的名字是孙涓涓起的。若是按池荣家家谱，女孩儿没有正式名字，她应该叫池盼娣。

为了池幸这个名字，孙涓涓被池荣打过几次。她怎么都不肯松口，逼得池荣屈服，认了"幸"字。

池幸小时候也不晓得什么是幸福，爸爸和妈妈不打架就行了。孙涓涓不是任人欺负的性子，但她娇小、瘦弱，池荣对她挥手，她没法招架。有时候亮出菜刀棍棒，整条街都能听见孙涓涓的哭叫和池幸的号啕。

池幸很少见孙涓涓笑。笑容对她来说太过沉重，她苍白的脸支撑不起来。

事情是从池幸六岁生日，接受了陌生人赠予的一件裙子开始的。

池幸尤其钟爱那件白纱裙，她常常穿着到处去玩，人人看到都要夸她两句，说长大了谁要是娶了她一定有福气。池幸不晓得什么是福气，她学电视里的小姑娘，左右拉开裙摆，弯腰鞠躬，乖巧伶俐："谢谢。"

有一次，她在街上看到一个和自己同龄的小姑娘。那姑娘也穿着白纱裙，和她一模一样的裙子，只有腰带的颜色不同：池幸是蓝色的假钻石，她是粉红色的假钻石。小姑娘被一对夫妇牵在手里。

池幸背着学前班的小书包，一路跟随，看那一家三口进了一栋楼。

她回家告诉孙涓涓这件事，说的是原来还有一模一样的裙子。孙涓涓却把这事儿挂在了心头。

百货大楼里就两件小孩穿的白纱裙，售货员说，另一件正是被悄悄付款的神秘人买走的。

第二天，她去接池幸放学，抱着池幸走进那栋楼。

门卫听池幸的描述，立刻知道那是谁，指着小楼一层的走廊："尽头，尽头就是钟老师的教室，他专门教人跳舞。"

后来池幸总是想起那条短短的、狭窄的走廊，尽头半扇窄窗，乐声嘈杂。

孙涓涓会知道走廊尽头的教室藏着她一生唯一一次的舍身和忘我吗？

如果知道，她还会往前走吗？她仍会一头栽进那光亮、宽敞的练舞室，站在钟映面前吗？

池幸没有答案。

苍白憔悴的母亲抱着她推开了练舞室的门。木地板踩起来声音清脆，四面都是镜子，漂亮的、脸色红润的小女孩们穿着白色的芭蕾舞裙，把白袜子覆盖的小腿搁在杠上，尽力弯腰。

钟映刚刚拉开窗帘，傍晚红色的霞光浸了一地。他穿白衬衫，衣角松松地掖在裤腰，身材又高又瘦，却有结实的肩膀和手臂。县城里只有混混才留长发，可他也留，但他跟混迹街头的那些邋遢男人完全不一样：微卷的黑色长发在颈后松松扎一束，头发上还乱七八糟地别着小女孩才用的花朵形发夹，那是一次恶作剧的遗迹。

练舞的小姑娘们嘻嘻捂嘴笑起来，指着他头上的发夹，笑他在陌生人面前丢脸。

他扭头看孙涓涓和池幸，笑容轻松，好似一生中从未遭遇过任何沉重的事情。

"你好？"

他声音很好听，有点儿软糯的普通话。池幸有些羞怯，回头抱住孙涓涓，用后脑勺冲着钟映。

"来学跳舞吗？"男人的手随意拍拍池幸的脑袋，他竟然已经走得这么近了，声音清晰得如同在耳边，"这么害羞呀。"

她听见自己的母亲用一种从未被她听过的神奇语调说话："你好，钟老师。我有事情想问你。"

六岁的池幸被她轻轻放在地上。池幸仰头看她，孙涓涓仿佛一个陌生人。

她的母亲声音温柔，姿势优雅，像被什么巫婆仙子，施了一场魔法。

池幸为母亲保守了一个秘密。

孙涓涓穿上压箱底的裙子。她仍是少女时代的身材，腰带一别、高跟皮鞋一穿，鲜鲜亮亮。

池荣回家看见，又打了孙涓涓一次，下手比之前任何一回都要狠。池幸捂着耳朵缩在角柜里大哭，她听到无法复述的恶毒谩骂，父亲撕破了母亲身上的碎花裙子，把母亲拖进卧室。池幸动也不敢动，她哭得越来越大声，拼命让自己的声音压过卧室里沉闷的耳光、痛苦的呻吟与喘息。

孙涓涓把所有漂亮的衣服、鞋袜装进一个背包里。她跟池荣说，要把这些扔掉。

只有池幸知道，她没有扔。

她把衣服鞋袜寄存在街上姐妹的服饰店里。每天结束在照相馆的工作，她会去接池幸，把池幸带到店里，然后在镜前换上裙子和高跟鞋。

她的伤在背部、胸口、腹部和大腿，瘀青很久才消。她在池荣面前乖得像一具人偶，恳求他允许自己每天下班之后去姐妹店里帮忙，挣多一点钱。池荣当然愿意她挣钱，他要买烟、赌钱，一切都要仰赖孙涓涓。

后来池幸想，那间小小的服装店是一间魔法屋，里面藏了一个童话，母亲每每走进去，就会变成挺拔好看的孙涓涓。等跳完舞再进入，普通沉默的孙涓涓便回来了。

钟映没收孙涓涓的钱。每天傍晚结束授课，他会免费、单独给孙涓涓上一节半小时的课程。

　　池幸是这场秘密约会的见证者。她与母亲共享这个幽暗快乐的秘密。

　　她会看到钟映的手，那只漂亮、骨节分明的大手紧紧贴在母亲背后，像长在一起似的不可分离。她会看到母亲被钟映带着，在练舞室中央旋转、发笑、侧头，她瘦削的腿在地板上踩出令人心跳的脚步声，笃笃笃，笃笃笃。

　　池幸看见镜子里的孙涓涓笑。她从未见她有过这样的笑容，一个池幸不认识的女人借孙涓涓的躯体和钟映的手，重新降临在这世界上。

　　池幸很久之后才知道那是一种绽放。她的母亲在钟映的怀里，蓬勃、灿烂、激昂又绝不回头地迈入注定惨败的迷梦。

　　孙涓涓想过放弃。她揣着三百五十块钱去找钟映，手里牵着上二年级的池幸。

　　池幸那天在练舞室里又看到了钟映的女儿，一个比她高、比她快乐的女孩子。她显然是在爱里长大的，温柔可爱，会小心地牵池幸的手，发现池幸尾指的瘀青，又惊讶又害怕地问："谁欺负你？"

　　池幸不敢说这是池荣醉酒的常态，他或者冲孙涓涓发火，或者冲池幸发火，昨夜醉得狠了，几乎把池幸的手指拧断。

　　小姑娘跟她分享书包里漂亮的小糖果，回头问钟映："爸爸，我想把所有巧克力都给她，可以吗？"

　　池幸眼睛追逐着穿芭蕾舞裙的小姑娘，完全忘记去注视母亲。

　　所有的小孩都离开后，孙涓涓把钱交到钟映手里。她说第一天见钟映的时候就已经想还钱了，无缘无故，一个陌生人给她的女儿这样贵重的礼物，她一直都在害怕。

　　钟映不肯收，两个人推推搡搡。池幸专心吃着钟映女儿给的一块巧克力，她想起来了，那小女孩高她一个年级，是学校里出名的漂亮人物。

　　镜中的人影凌乱，她抬头去看，猛地发现钟映正紧紧抱着自己的母亲。

　　孙涓涓没有拒绝，也没有挣扎。她紧紧攥着钱，在钟映臂弯里发出似哭似笑的声音。他们吻在一起，完全忘记了池幸在场。

　　"妈妈！"池幸害怕了，她大声地喊。

　　两人猛地分开。钟映又牵住孙涓涓的手，在她耳边说话。

　　池幸永远都不会知道那是什么话。她只是看见母亲朝自己走过来，嘴角噙一丝羞怯甜蜜的笑。她温温柔柔地把鬓角垂落的头发别到耳后，来之前在唇上涂的薄薄口红糊了，她边走边抬手擦去，眼神飘在半空。

池幸忽然害怕了。她提着书包转身跑出练舞室。

孙涓涓在门口把她追上，死死拉着她的小手："你要去哪里？"

她握住池幸的肩膀，看进孩子稚嫩的眼睛里。池幸恐惧、紧张、不安，她还不懂，但又似乎都懂了。

孙涓涓忽然紧紧抿着嘴唇，她抬手拍了拍池幸的小脸，那力道仿佛一记轻轻的耳光。

"为什么这样看我？"她眼里蕴着恨，"世上所有人都可以骂我唾弃我，唯独你不可以！要不是因为你……"

池幸哇地哭起来。孙涓涓如梦方醒，忙把她抱在怀里，不停道歉。

池幸在学校里偶尔会遇到钟映的女儿。

女孩儿穿漂亮的衣服，校服永远整整齐齐干干净净，长发梳成辫子，发夹上的蝴蝶会随着她跳跃而一颤一颤。

池幸从不跟她打招呼。她给池幸的巧克力，池幸也没有吃完。初生的罪恶感像融化的糖果黏在她手指上，她代替孙涓涓感到羞愧、污浊。

她再也没有去过钟映的练舞室。

世上没有不透风的墙，尤其是这样的小县城里。

池荣在邻县有另一个家，孙涓涓从不过问。消息还未传到池荣耳朵里，钟映的妻子先知道了。

越是有教养，越是讲体面。钟映的妻子也是个老师，文化人，她不跟钟映吵，也不跟孙涓涓吵。

她是池幸小学的教导主任，升旗仪式结束后，她让池幸上主席台。池幸茫然紧张，站在全校人面前，她扭头看身边打扮入时的老师，听见她用和钟映一样漂亮、准确的普通话大声对麦克风说："二（3）班池幸，你没有干净校服吗？你家里没有人帮你洗衣服？你这儿都破了，你爸又打你？连衣服破了都不给你换一套？穿这种衣服上学，你妈妈呢？"

放学时池幸被堵在学校角落。钟映的女儿叫上几个孩子揍了她一顿。优雅漂亮的芭蕾小姑娘不见了，女孩跳着脚骂，用她学会的、贫瘠的脏话一遍遍骂："坏女人，你们都是坏女人……"

"张一筒！打她啊！"她尖声对表哥大喊，"你不是说帮我出气吗！"

那天池幸被打得很凶，她咬了一筒的手指，太过用力，几乎听得到骨头碎的声音。

书包被扯断了背带，头发也被挠得凌乱，校服脏兮兮，她顶着绵绵的秋雨走回家。

刚拐进街角，池幸就看到孙涓涓从家里走出来。她穿了件酒红色的裙子，撑一把黑色折叠伞，快乐地、微微昂着头往前走。她又要去跳舞了，哪怕钟映现在并不能天天出现在练舞室，她也仍然每天都去。她宁可一个人在镜前，和不存在的男舞伴跳舞、旋转、弯腰，也不愿意留在家里。

街边闲坐的人窃笑，指指点点。孙涓涓浑然不觉似的，腰背挺拔。她真漂亮，纵使女人们再怎么骂她，也得承认她漂亮。

她也唯有这一件事可以让自己昂首挺胸了。

她很快走远，没看见自己狼狈的女儿。

池幸蹲在街角哭了很久。只有两只同样瘦小的流浪猫陪她，乖乖趴在她被踩脏的鞋子上。

空气清冷，香烟的烟气越发清晰地钻进鼻腔。

池幸和裴瑷站在冷飕飕的露台上。是裴瑷听完她说的话，想跟她"聊聊女人心事"。

从半开的门扉里看到局促的周莽，频频回头张望。麦子不停跟周莽搭话，带着坏笑，想要打探什么似的。

"你保镖挺俊。"裴瑷慢慢吐出烟气，"拍个戏露个脸，应该挺受欢迎。"

池幸不禁笑了："那也要看我这保镖愿不愿意。"

裴瑷："他喜欢你吧。"

池幸："为什么这么说？"

裴瑷："看你的目光不一样。"她指指自己的双眼，又指指周莽，"听了你的故事，有人会觉得你惨，会同情你、可怜你。但他看起来很想去抱住你……还有点儿后悔？痛苦？真复杂。为什么？"

池幸摇头："谁知道。"

风吹散了裴瑷烟上积的烟灰，她问："你恨你妈妈吗？"

池幸："……"

沉默很久，裴瑗换了个问题。

"钟老师没了的时候，你妈妈什么反应？"她像探索，也像追问。

钟映的死讯是池荣带回来的。

他从邻县回来，在车站门前目睹了一场车祸。雨天路滑，一个老头摔倒，手里东西掉了一地。钟映弯腰帮忙，一辆急匆匆拐弯的小车从他身上碾过去。

孙涓涓那时候正为池幸换校服的钱发愁。池幸五年级，个头蹿得老高，校服越来越小。夏季冬季各两套，还有参加班级合唱比赛要穿的格子裙，加起来得好几百块。孙涓涓跟池幸说没关系，她会想到办法的。

母女俩一起吃晚饭，池幸发现母亲今天吃得很快，还发现她指甲上新涂了甲油，非常亮润的红。

池幸立刻猜到，孙涓涓今天会跟钟映在练舞室见面。

雨下得不大，天阴沉沉的。池荣回家，脸上带着喜悦。

"钟映死了。"他乐滋滋地欣赏孙涓涓的表情，"我亲眼看见医生蒙了白布，救不活了。"

孙涓涓眼睛都没抬，冷哼一声，继续吃菜。

池幸产生了可怕的预感，她立刻要护着母亲。池荣动作比她快，背包狠狠砸在孙涓涓手臂上。

孙涓涓扔了筷子起身："疯够了没有！"

池幸很少见母亲发火，尤其在跟钟映有来往之后。她愤怒、暴躁的部分被钟映、被练舞室、被轻盈漂亮的舞裙抚平了。

但每每回忆起那天，池幸都觉得恐惧，甚至是恐怖。

她才十一岁，对人世的事情充满懵懂的理解。她生来第一次看见一个人如何渐渐丧失生气，如何一点点地死去。

池荣绘声绘色地描述车祸现场。他说得好详细：钟映的鞋子被撞飞了，他那头微卷的黑发沾满血，白衬衫上像开了一个洞。他的眼睛一直闭不上，妻子和女儿匆匆赶到，撕心裂肺地哭，想帮他捂住伤口，但血啊，那是血，血怎么捂得住，它从指缝里滚出来，染红了那一对母女的衣裳。

孙涓涓真的成了一具人偶。她一动不动，脸越来越白。精心烫过的卷发松松堆在肩上，她自己用烧热的铁棍烫的。她也给池幸烫过，"妈妈厉害吗？"她还会这样问池幸，笑眯眯地梳理池幸微硬的头发，"女孩子太漂亮，不是一件好事。"

此刻的她只是睁大了眼睛，看池荣的目光像看一个死神。

池幸害怕地去牵她的手，她甩开了，把头发捋好，连伞也没拿，直接走出门。

孙涓涓没能离开这个家。池荣揪着她的头发把她拖回家，拖进卧室。池幸哭着去拍那扇门，用椅子砸。卧室里是闷响、斥骂，孙涓涓拼了命地反抗，直到池荣把她打晕。

池幸出去找人帮忙，左邻右舍探头探脑，有几个胆子大的在院子里吆喝两句，见没有回音，笑说"两夫妻的事"就作罢。池幸去派出所，张一筒的表舅在值班。他跟池幸来到家里，池荣正好束着皮带出门。

两人相约去喝酒了。池幸跑进卧室，孙涓涓已经爬了起来。

她光着半个身子，坐在镜前化妆。但被殴打的痕迹很难掩盖，她不停往脸上抹粉，想遮住额头、眼角和嘴角的伤痕。

时间到了，她应该出门。她要穿过秋雨，撑着她黑色的伞，走进一个轻盈、光亮的梦里。

只是脂粉刚涂上去，又被眼泪冲走了。

到后来那已经不是哭，是一种困兽濒死的嘶吼。

"我初一那年我妈就走了。"池幸仰头看天，光彩剧院在四环外，秋天风大，能看到冷冷的天和星星，"她最后那两年没有一天开心过，心事太重了。县医院的医生说，她的病是因为太苦了，心里没法过去，熬出来的。"

"你怎么办？住哪儿？"裴瑗问，"那个家还怎么待？"她眉毛秀气，微蹙起来时，有几分愤怒，也有几分忧郁。

"住姨妈家。"池幸跟她解释，这个"姨妈"其实就是孙涓涓开服装店的姐妹，没有血缘关系，却是从小的好朋友。孙涓涓让池幸喊她姨妈，在知道自己不久于人世的时候，反反复复叮嘱池幸：去找姨妈，跟姨妈住，她会保护你。

池幸后来从姨妈口中得知，孙涓涓尝试过离婚，在池幸两岁左右的时候。她连池幸都不要了，一个人跑回邻县的老家。

池荣带池幸去找她，腰里揣了家中的两把刀。一夜过去，孙涓涓乖乖回来，从此再也不敢动离婚的念头。

"后来我长大了点儿，姨妈看不过去，她劝我妈逃走算了。这么大的天地，总有池荣找不到的地方。"池幸笑笑，"她还劝我妈不要带上我，我毕竟是池荣的种，当初我妈怀上我，根本不是心甘情愿。"

裴瑷："她为什么不走？因为那个钟老师？"

池幸不知道钟映是否跟孙涓涓承诺过什么，但她在姨妈家里玩的时候，曾听孙涓涓和姨妈聊过钟映。姨妈让她问钟映借千把块钱，先逃了再说，以后钟映可以找机会离家，和孙涓涓会合，两人一块儿逃遁。

孙涓涓哑然失笑，边换衣服边答："他不可能跟我走的，玩玩而已，你以为他有多认真。老婆体面，女儿乖巧，傻了吗，跟我走。"

"和钟老师没关系。"池幸说，"她说：'我不能走，他打不了我，会打幸幸。'"

头顶太清明了，不像北京的夜空。像南方，像湿漉漉的小县城。池幸鼻子酸涩，视线晃动模糊。

自孙涓涓走后，再没有人喊过她"幸幸"。她不再是谁最珍爱的小宝贝了。

"我已经不恨她了。"一个延迟的答案从她口中吐出，"我可怜她。"

孙涓涓的故事打动了裴瑷，加上麦子细说了峰川传媒和池幸的合约不合理的事情，她没再生气。

"我不是最难搞定的。"裴瑷说，"在我和陈洛阳的关系里，一开始确实是我恨他，恨不能杀了他。但现在我走出来了，做事业谈恋爱，是他还恨着我。"

说到这里，她狡黠地笑："因为我手里做得红火的两个公司，原本都是他陈洛阳的。"

告别时她提醒池幸，池幸吃两家茶礼的事情是身边人告诉她的："你是不是得罪了什么人？"

池幸还没开口，麦子接话："她这张嘴，得罪的人可不少。"

池幸没想出是谁，只能耸耸肩。

"学跳舞开心吗？"裴瑷又问，"《大地震颤》里，你可得好好表演啊。"

说不上开心，但心情会很好。很多时候，跳舞的技术是肌肉记忆，池幸还没练到那个程度，但她似乎有一点明白孙涓涓的心情：在大汗淋漓的舞动中，人确实会忘记不开心的事情，何况，她还有机会穿上那么美的裙子，和心仪的男人共舞。

离开剧院，周莽和池幸并列而行。池幸感觉到他想说什么，但他一直没开口。

路过便利店，周莽问："还吃冰激凌吗？"

池幸："不吃了，回家吧。"她觉得冷，也觉得累。回忆往事让人疲倦、难受，她没跟任何其他人说过自己的家事，就连常小雁和林述川也没知道得那么详细。

她回想起来，总感觉是周莽注视自己的目光，向她输送了勇气。

为什么？为什么被他看着，我就有开口的底气？我看到他就不会再害怕吗？

池幸打住了思绪。再往下想，实在很危险。

她回头，周莽站定了，在不远处。

"你想吃啊？"她笑着问，"想吃就直说，去买啊，我等你。"

"对不起。"周莽说。

池幸捋了捋头发，秋风把长发吹乱，她才想起鸭舌帽落在剧院，竟忘记带走。她是有些失魂落魄了，但在周莽面前，总得维持好自己一贯的态度。

"什么？"池幸故意装作不懂。

周莽没有回避，他铁了心要在这事情上给池幸道歉："我以前说了些不好的话，对你，还有你妈妈。对不起，我当时不知道详细的情况，我……"

"我忘了。"池幸把鬓角乱飙的头发别到耳后。

周莽对孙涓涓是"坏女人"的印象，当然来自他周围的人。孙涓涓没了之后，县城里越发流传着她的传说。她勾搭男人，她轻浮浪荡，她不守妇道，她……很坏、很坏、很坏。

而跟孙涓涓一样漂亮的池幸，自然也要归属于这一行列。

所有人都盯着池幸，等待她做出和孙涓涓一样的事情。

周莽怔怔看池幸。池幸忽然想起十三岁的周莽站在路灯下的模样。

他眼里有怯意，却又勇敢鲁莽，换作任何一个浸淫在那小城中太久太久的少年，池幸不会得救：所有人都知道张一筒的凶恶、张一筒的背景。少管闲事，多嚼舌头，是那座潮湿小县城的信旨。

唯独周莽。他不知道，或者知道了，但也不当一回事。

黄叶在夜空里翻飞，池幸紧了紧身上的外套，笑道："看好你自己啊，弟弟。我提醒过你的，不要喜欢我。"

出乎她意料，周莽朝她走过来了。他比池幸高，比池幸强壮，站在池幸面前，冷风立刻绕道，吹不到池幸的胸口。

"你是说过。"周莽有一双明亮如星的眼睛，眼皮低垂时含几分缱绻温柔，"但我没答应。"

第五章 抢戏

池幸后来回忆这一天晚上发生的种种事情，慢慢察觉，自己在对裴瑗、麦子和周莽敞开心扉谈论往事的时候，似乎也……打开了周莽的某个闸门。

那天的谈话最终被常小雁的一个电话打断，她家里人带了非常好的大闸蟹，刚刚蒸上，让池幸也去尝尝。池幸喜欢这一口，她立刻催促周莽去开车，态度转变之快，仿佛周莽说的话已经被风吹跑吹散。

周莽当然知道池幸试图逃避。在两个人的关系里，池幸习惯出击，还不知道怎么防守。

周莽太直接了，她一时间还转不过弯，加上今夜实在很疲倦，周莽想了又想，没有把话题继续下去。他让池幸先喘一口气。

路上，池幸坐在副驾驶座打瞌睡。她半睡半醒中忽然一个激灵，问周莽："周姨被他打过吗？"

周莽："没有。"

池幸松了口气，嘀咕："每个跟他在一起的女人都会被打。"

周莽："因为他怕我。"

池幸恍然大悟。周莽那时候虽然上初中，但足够高、足够有力气，真要较量起来，被酒色掏空的池荣不是他的对手。

周莽等待池幸的下一句话，很久之后池幸才开口，自言自语似的："我要是男孩就好了。"

很快，她缓和气氛地笑："我要是男的，你就不会去救我了对吧？"

池幸问周莽当年和他一块儿见义勇为的男孩们都叫什么，周莽一一告诉了她。他还告诉她，母亲不久后离开池荣，在街上开起小吃店，几年前再婚，日子过得很好。

池幸听着听着，渐渐睡去。周莽开车平稳，她从来都信任他。这一个短觉不知睡了多久，池幸醒的时候发现自己还在车里，车已经停在常小雁楼下。周莽手里提一个保温饭盒，正在车外看手机。

周莽没察觉她醒了，眉头微皱，不知在看什么。他似乎对手机里的内容十分不满，看着看着，还会嘴角一抽，嘲讽地笑笑。

路灯与车灯构成的光场里，周莽像立在舞台中央。他平时脸上表情不多，池幸觉得他这种状态挺有趣，暗暗笑起来。周莽会演戏吗？他适合演什么？池幸心想，他适合演那种磊落光明的大侠，被妖女勾走心魂，得知真相却还要紧追不舍，说些"天涯海角也可以，我都随你去"之类让人又哭又笑的话。

有些话只有周莽这样的人讲出来才让人信服。他不说谎，不圆滑，真心没被世事磨砺，粗糙里含有微光。

周莽和她有感应似的，抬头瞅一眼，开门钻进车里。

"你睡着了，我没叫醒你。"他晃晃手里的保温饭盒，"常小雁给的，刚蒸好。"

饭盒揭开，是三只红彤彤的大闸蟹，池幸立刻闻见蟹黄的香味。她深深一吸："好，吃吧！"

周莽："在这里？"

池幸："才三个，回去怎么分？你我，何年何月，四个人呢。"

周莽答不上来，池幸已经擦净手，小心揭开蟹壳。蟹黄满得快要流出来，在蟹壳上颤颤巍巍晃动。池幸饿得狠了，睡了一觉回复了些精神，直接开吃。

看她吃了一会儿，周莽也拆了一个。池幸顾不上和他说话，吮完一只蟹的蟹黄才叹一口气："太好吃了……我一年的配额就两个，只能吃两个。"

周莽："常小雁这样对你？"

池幸被他语气里的诧异和不满逗笑。周莽又说："她住大别墅，至少让你租个复式公寓。"

池幸歪头："你现在是在开玩笑吗？"

周莽："我像开玩笑？"

池幸又笑，周莽把手里的蟹壳递给她，他用蟹爪挖了一壳子的黄膏："今晚可以吃三个。"

目光在满壳蟹黄和周莽脸上来回移动，池幸犹犹豫豫。周莽直接把蟹壳递到她嘴边，她壮士出战一般吼道："吃！"

周莽还是一张认真严肃的脸："我不会告诉常小雁。"

池幸吃得蟹黄沾到嘴边，她用手指抹去、舔净，眼睛笑弯成月牙："你好……"

周莽一看她这笑就知道，她恢复了，她又要逗自己玩了。他火速截住池幸的话："别说我可爱。"

池幸鼻子一皱，故意把声音放软："你好坏。"

周莽："……"

他揉揉耳朵，耳朵微微热起来了，在池幸得逞又嚣张的笑声里。

回程路上，池幸把两个手机都玩到没电。她跟周莽要手机，想用他的号刷抖音上的猫子狗子小鹦鹉。周莽没有抖音，池幸边说他落后，边给他下载软件。

屏幕上忽然连连弹出几条信息。

何月：看完了吗？不说点儿感想吗？

何月：无端端为什么要找池幸前男友的照片啊？

何月：莽哥，你有事情。

池幸："……"

周莽察觉她扭头看自己，笑得很古怪，心中陡然生出警惕："手机还我。"

"我什么都没点，是它自己跳出来的。"她晃晃手机，"所以啊，你为什么要找我前男友的照片？"

池幸每段恋爱都坦坦荡荡。第一任经纪人林述川，第二任 IT 新贵某某某，第三任大学教师某某某，第四任音乐制作人某某某。和音乐制作人分手的时候双方粉丝还吵了一架，一方说池幸红了就不认旧情，一方说摇滚圈子这么乱抱走女神不约不约。

事件用一段视频平息了。池幸生日，音乐制作人自弹自唱，给她唱了一首自己写的歌，《送给我永远的缪斯》。

除了周莽已知的林述川之外，似乎每一任男友对池幸的印象都很好。即便分开了，他们也会用怀念的语气谈起池幸，说她身上真纯快乐的美，说她不饶人的嘴巴。

"周莽同学，所以呢？你看了这些盘点，有什么读后感？"池幸问。

周莽现在学会了和池幸说话时必须厚脸皮。但凡他流露一丝不愿多谈的回避之意，池幸立刻紧追过来，绝不会放过他，一定要问得他招架不住。

周莽决定坦白："都是同一种类型的。"

池幸："什么类型？"

周莽："斯斯文文，读书人，长挺帅，看上去脾气不错。"他在"看上去"三个字上加重了语气。

"对啊，我就喜欢这类型的男人，赏心悦目。"池幸乐滋滋翻看何月发来的前男友照片。

"原秋时也是这类型的。"周莽说。

池幸放下手机，盯他的侧脸。周莽看着前路，一路绿灯，他开得很稳。

他们都没你可爱。池幸心想。

她把手机放在胸口，这动作被周莽看见了。周莽不满又嫉妒，勉勉强强说："怎么了？帅到舍不得？"

池幸："嗯哼。"她又继续看照片，笑个不停。

今夜她可能会一直难受，因为想起孙涓涓，想起过去的事儿。可能会无眠，可能会忍不住又喝酒抽烟。但现在，池幸知道，自己会睡个好觉。

《灿烂甜蜜的你》开拍一段时间，片场里有心之人都隐隐看出，原秋时对池幸很殷勤。

按理说男一女一对手戏最多，交流也应该最多，但原秋时就爱跟池幸凑在一块儿。偶尔他没安排，也会跑到片场，美其名曰"探班"。

夜戏拍得久了，原秋时总要反复问池幸要不要自己送她回家，视池幸身边三个保镖为无物。何月对帅哥十分宽容，何年非常不满，常暗暗撇嘴，一脸不屑。

整个剧组里，原秋时身边保镖的数量倒是渐渐增多，从六个增到十个，最近池幸和颜砚没事就数，这一天竟数出了十二个。

池幸咋舌："也太多了吧，片场是什么龙潭虎穴吗？"

颜砚最近不知为何，对池幸的态度好得不得了，常小雁说她肯定干了些坏事儿，现在是暴风雨前的宁静。池幸不知她做了什么，其实也不大想知道。光是两个剧跑来跑去，就耗了池幸的全部精力。

"你不知道呀？"颜砚边补妆边说，"原石娱乐地震了，现在掌权的是原秋时的大姐。听说他大哥大姐还没争清楚，这些保镖估计都是来保护原秋时的。"

池幸最近才听说，原秋时背后是娱乐圈里数一数二的原石娱乐，她忙压低声音："豪门争产？"

颜砚："几十亿呢，你争不争？"

两个跟组编剧很年轻，颜砚说话她俩不敢吱声，一个劲地看池幸。

池幸走到一旁，她大概猜到出了什么事："又要改戏？那得跟我经纪人谈。"

"幸姐，是改戏，不过是往好的地方改。"跟组编剧压低声音，"我们的编剧老师跟制片沟通过了，他觉得你的戏份太薄弱，人物性格单一，所以打算给你加戏。"

池幸："……"

她蹲下来，两个小编剧也一起蹲下，紧张地看她。

"给我加戏？"池幸小声嘀咕，"你们没忘记这个戏女一号是谁吧？你们知道她跟陈洛阳……"

"陈老师已经答应了。"编剧立刻说，"你是主角的对立面，你足够强大，主角的强大才显得更加可信。"

两个编剧都是科班出身，说起话来一套一套的。池幸看似认真，但其实没怎么听进这些理论，毕竟心里已经惊涛骇浪：她有生以来头一次，从主角手里抢了戏！

在《灿烂甜蜜的你》里，池幸的角色名为蒋昀。她是男主角晏阳的未婚妻，门当户对。

两人自小相识，青梅竹马，但蒋昀性情高傲，她和晏阳都把这桩家族联姻当作不得已的选择、顺其自然的结局，彼此之间并无任何炽烈感情。

况且，晏家财力逊于蒋家，晏阳父母对趾高气扬的蒋昀有诸多不满，无奈两家生意上来往颇多，必须攀上这根高枝。晏阳无从选择，蒋昀则乐于看见同龄人中最优秀、最出色的男孩紧随自己身边。

蒋昀起初并未意识到自己对晏阳的感情，直到晏阳身边出现欧阳雪。

她与欧阳雪有过几次合作，渐渐察觉晏阳的心思跑偏了：他开始追逐欧阳雪的身影。

微妙陌生的妒忌心就此生起。

虽然一开始对蒋昀，甚至对这部剧并无太大兴趣，但池幸看了现有的剧本之后，喜欢上了蒋昀。

她性格里有池幸非常中意的底色，强硬刚烈。

"编剧老师下午过来，会跟您细说详情，他去福建取材刚回来。"跟组编剧问，"我们是想先跟您聊聊，您觉得这个角色，目前有什么可以补充的地方吗？"

池幸忽然想起——麦子说过，这个编剧是他的学生。

这次奇特的"加戏"和麦子有关系吗？池幸不知道。她为这事儿高兴，但隐隐又觉得不安。

两个编剧目光殷殷，池幸想了想，斟酌着自己的语言："蒋昀太硬了，至少前半部分，我没看出她有什么讨人喜欢的地方……"

下午，编剧许静果真来了。池幸跟他打听颜砚的态度，许静："不必担心，陈洛阳已经说服她了。"

一句话就堵上了池幸的嘴。

因部分情节改动、剧情调整，有不少地方要重调拍摄方式。

池幸和常小雁看了编剧新写的人物小传与剧情大纲，发现蒋昀这个角色的家庭剧情线增加，她本人的性格也调整得更为复杂。最重要的是，她与男二号高朗有了明确的感情线。

总而言之，不像一个工具人，是一个活生生的角色了。

池幸其实挺喜欢新改的内容，但她没显出一丝雀跃。常小雁已经跟制片方谈过，这个改动方案获得了几个投资商的肯定，常小雁跟许静细聊其中几处复杂的情节部分。

"蒋昀后期是要给欧阳雪下绊子，但眼看欧阳雪家破人亡也不肯施予援手，是不是太冷酷了？"常小雁问，"这跟蒋昀前期的性格反差有点大，她前期还挺欣赏欧阳雪的。"

许静皱眉："女人一旦嫉妒起来，不都这样吗？"

常小雁眼角一皱，这是她觉得不屑的标志性表情，越发认真："蒋昀这么有修养的人，就算下绊子，也不会这么低级。她欣赏欧阳雪是因为欧阳雪工作能力强啊。蒋昀是女人，但也是公司董事，是管理层，这样处理她的性格，观众就会觉得，这什么破公司什么女强人，也没多大能耐嘛……"

常小雁一张嘴比池幸厉害得多，她跟人谈合作，天马行空又逻辑清晰，讲的话轻易能戳中对方在意的地方。许静被说得连连点头。

池幸一边听，一边翻看蒋昀的新小传。

她其实隐隐感觉到，新写的这份小传更为详细，而且能察觉许静对蒋昀的一丝偏爱。

在时间上，最初遇到欧阳雪的是蒋昀。

蒋昀常去的咖啡店里发生纠纷，打工的服务员欧阳雪被客人骚扰，愤怒之下泼了客人一脑袋咖啡。蒋昀旁观但不出手，离开时发现欧阳雪穿着便服与店长在门口争执：她虽然被当场辞退，但已经在店里工作了两周，应该有两周的工钱。

蒋昀等待司机，竖起耳朵听。欧阳雪据理力争，换来店长一句"滚"。

数日后，蒋昀在公司新招的实习生中，看到了欧阳雪的简历。她对这个女孩留了点儿印象，执拗，但人挺有条理，遇事情不沮丧，遇挫折不撒泼。蒋昀把她安排进晏阳的投资项目里，让她学点儿东西。

蒋昀日后不不断地后悔。是她把欧阳雪推到了晏阳面前。她怎么也没有想到，晏阳会对这个平平无奇的女孩产生兴趣。欧阳雪聪颖，有一点儿小狡猾，身上还有年轻人的莽撞稚气。

修改后的蒋昀，至少能让旁观者理解她有多么委屈。这个故事若是站在蒋昀的角度去写，便是另一个令人心酸的狗血恋爱剧。

池幸偷偷跟常小雁吐槽过，这个剧最不合适的地方，是找颜砚来演欧阳雪。

欧阳雪是一个刚刚大学毕业的年轻人，二十三岁，满脸朝气。颜砚已经三十多岁，她当然依旧美丽，在健身、医美、爱情和昂贵护肤品的加持下，她的容貌毫不褪色，甚至有时候与二十来岁的年轻女孩同框，她看起来更为年轻漂亮。

但她的眼神已经不一样了。那是一双三十岁的眼睛，有阅历有沉淀。

故事从欧阳雪二十三岁开始说起，在欧阳雪与晏阳重逢的三十五岁结束。

池幸旁观了颜砚的几场戏，着实有些吃惊：颜砚的演技一直都在及格水平线上下浮动，她一贯是靠出众的美貌来维持工作的。

但这一次，颜砚显然下足了功夫。

二十来岁的年轻女孩，走路时连蹦带跳，脚底像装了弹簧。她们没有低垂的眉毛，看人时眼睛微微睁大，带敬意和好奇。欧阳雪更是个未语先笑的活泼性格，颜砚不知从谁那里学来的方法，她舍弃了一贯以来温柔优雅的笑容，咧着嘴，露出洁白的烤瓷牙，眼睛弯弯。

池幸旁观久了，恍然大悟，猛地击掌。

常小雁坐在她身边嗑瓜子："她学的是你啊。你二十五岁拍的那部《青春劫》，连扎马尾的造型都像。"

池幸哼了一声："我这口牙是原装的，不是假货。"

常小雁："颜砚这是铆足劲了。你们上一次合作是那部武侠电影，《青君》对吧。她这人很记仇，这个剧里，她是一定要压过你的。"

池幸："来呗，谁怕谁。"

两人正嘀咕，副导演在不远处喊池幸的名字。原秋时已经着装完毕，开拍前最后一次过剧本内容。

这是池幸和原秋时的一场对手戏，蒋昀与晏阳结伴去参加一个宴会，两人相约在蒋昀公司楼下见面。但晏阳并没有如期赶来。他陪欧阳雪去领养小猫了。

一条拍下来，导演并不满意。

"再冷酷一点，原秋时。"导演说，"你的态度还是太绅士了。"

夜里太冷，原秋时鼻尖被冻得发红："再凶一些？"

他看池幸。池幸披着大衣，打了个喷嚏，凑在他身边看剧本。原秋时乍然想，池幸倒是像小猫儿，挠起人虽然毫不留情，但乖的时候特别乖。

原秋时努力凶恶起来，又念了一遍台词："不过是一次无所谓的应酬，你去不去又有什么区别！"

池幸大笑："渣男！"

导演皱眉，摸下巴："还是不对，不是凶，也不完全是冷酷，是……"

"是憎厌。"池幸接话。

原秋时饶有兴致地看她："怎么说？"

池幸背台词的时候，除了自己的，也爱揣摩对手戏演员的心态。她站直了，默默想了一会儿，扭头对原秋时说："不过是一次无所谓的应酬，你去不去，又有什么区别。"

原秋时心中微微一震。

池幸比他略矮，说这话时挑起眼皮瞥他一眼，目光却没有落在原秋时脸上。她看的是原秋时的下巴。同样的台词，她用更低沉的语气说出，略带几分掩不住也懒得掩的不耐烦，眉心始终微微蹙起，说了半句立刻拧头直视前方。她不止不愿意看原秋时，连跟原秋时说话的耐心都没有。

导演："对了，就是这个调调！"

池幸笑出声，方才冷淡的神情消失无踪："跟不喜欢的男人分手时，我都这种态度。"

原秋时微微一笑："原来如此。"

他点头表示懂了，各人就位。池幸听见他问自己："以往的分手，都是你提的吗？"

"一般都是。"池幸问，"你没有过这样的经历吗？"

"一般都是女人甩我。"原秋时侧头对她笑笑，"我是绅士，绅士可不能让女人伤心。"

池幸失笑："分手算什么伤心，跟不喜欢自己的人分开，那是大喜之事。女人宁愿选择真心的浪子，也不想要虚伪的绅士。"

原秋时没来得及接她这句话，场记板敲响了。

同场景有几场夜戏，池幸匆匆忙忙换衣服。在换装的间隙，她从镜子里光明正大地看周莽。

化妆间里有人来来去去，周莽一脸警惕，偶尔和镜中的池幸对上个眼神。满脸欲言又止，碍于人多，又不好说话，神情越发低沉纠结。

池幸看着他，只想笑。化妆师让她绷紧表情，池幸才连忙正襟危坐。

等待的间隙，池幸坐在场边看剧本，周莽趁常小雁离去，坐到池幸身边。

"片场好玩吗？"池幸问。

"你一直都是这样工作的吗？"周莽反问，"和我想象的不一样。"

池幸好奇："你想象中是什么样？"

气派的场地，恭恭敬敬的人们，池幸只需要漂漂亮亮地打扮好，在镜头前说几句话，走几步路，就完事了。

他没想到一个不足三分钟的场景，能反反复复拍二十多次。更没想到片场里三不五时也会爆发争吵：导演嫌跟组编剧飞页写得不行，总要求编剧按照他的口述改；饰演配角的流量演员嫌台词对自己不好，派出工作室编剧和策划骚扰跟组编剧；颜砚时不时挑剧本台词的刺，甚至打算自己出手改，改好的台词高明得令导演都不得不沉默。

两个跟组编剧无力招架，干脆抬出许静。许静当然不肯改，风风火火赶到片场。他骂人方式高明得很，在片场走一圈下来，每一个都骂到了，但没一句带脏字。

导演不高兴，颜砚不高兴，流量演员也不高兴，耽误了拍摄进程，原秋时背后的原石娱乐更不高兴。陈洛阳不得不亲自到片场，安抚这个又安抚那个。

至于其他人，灯光和摄影三天一小吵五天一大吵，道具永远忙忙乱乱；副导演总是跑来跑去，身上的几部电话响个没完没了；制片主任像个杂工，但什么都懂，最擅长处理纠纷事件；群众演员为争一件没有汗味的外套，吵着吵着简直要打起来。

周莽只觉得大开眼界。

他看着听着，但极少说话。片场的人都认识池幸的三个保镖，周莽是其中公认最难沟通的一个。

"张倩想要你微信号，你说我给不给？"池幸问周莽。

周莽想了想："谁是张倩？"

"颜砚的小助理呀，最漂亮那个。"

周莽想起来了："别给，她问我要过。"

池幸嘿嘿笑："好冷酷啊，帅哥。"

周莽不吱声，静静看池幸。片场大灯小灯已经布好，映在周莽身后。周莽鼻梁很高，沉默看人的时候眼神专注，像静夜里无波无浪的海。

池幸有些心惊，自从那天之后，周莽常用这样的眼神看她。

这比所有语言和动作都更令她紧张。

那目光里藏着无声的欲念和话语。

"来跟我对台词吧！"池幸把剧本塞到周莽怀里，打破了这古怪的气氛，"你是晏阳，我是蒋昀。"

周莽慢吞吞打开剧本："我？你确定？"

池幸闭目靠在椅背上，装作迅速入戏："晏阳，你可以玩，但别忘了我们的婚约。"

等待片刻不见周莽出声，池幸睁开眼。原秋时站在她身后低头笑着："找人对戏，应该找我啊。"他淡淡一瞥周莽，"没经验的人，怎么带你入戏？"

周莽起身走开，原秋时坐在了他的位置上。

池幸松了一口气，又有点儿不舍得，打量原秋时："你今天不是拍完了吗？"

"我想问你要个答案。"原秋时合起剧本，"虚伪的绅士，是说我吗？"

池幸心道不好，她刚刚一时口快，说错了话。

"不是说你，你紧张什么！"池幸亲昵地拍他的肩膀。

原秋时笑笑，点头："那就好。我还以为我被你讨厌了。"

池幸笑道："谁会讨厌你啊。"

原秋时："那么，不讨厌我的池幸老师，我能和你一起吃顿饭吗？"

池幸忽然想起了自己的允诺，她还没跟帮自己在裴瑗面前说好话的原秋时道谢。她立刻挑起眉毛："我请，请你吃十顿！"

"先一顿吧。"原秋时笑道，"明天上午排的是你的戏，下午是我。我晚上去接你。"

一堆保镖护着原秋时走了，池幸打了个哈欠，她已经困得快要就地睡去，但颜砚的戏过不去，她得等着，最后一场才是她的。

周莽又回到她身边，沉默半晌后忍不住问："你们明天要去哪里？"

"谁知道呢。"池幸又恢复成那个漂亮且没心没肺的坏女人，"男士提出的约会，我只要带着好奇和期待等他接我就行了。"

第二天下午，周莽送池幸去上舞蹈课。

确定获得《大地震颤》的角色后，舞蹈课自然也恢复了。

"赵英梅。"周莽对她喊。

池幸站直，笑了。这是她对周莽的要求，每次上课之前，都要用《大地震颤》里的角色名字称呼她。

她是在学舞，也是在体会赵英梅的心境。

一个如此平凡、落魄、毫无希望的女人，她的梦想看起来如此荒诞。

王靖是标准组的冠军，华尔兹、狐步都是他擅长的。赵英梅想跟王靖跳的是华尔兹，最容易入门的一个舞种。

舞蹈老师身材高挑，他命令池幸保持握持姿势站立，检查过后微微流露不满："这两天在家里没练习？"

池幸心想，这两天我睡在家里床上的时间，满打满算不到八小时，哪里还有机会练。她在《灿烂甜蜜的你》片场不敢练，去光彩剧院研读剧本的时候才能趁空隙时间练基础舞步。

一节课一个半小时，池幸大汗淋漓。

华尔兹看起来优雅轻盈，跳起来却很不容易。光是维持站立姿势后仰上半身这个动作，池幸就练了很久。

"你基础是不错的，练过瑜伽，也保持健身，还是要多做练习。最好是有舞伴，没有的话，就自己假装有，调动想象力。"老师离开时说，"你要是有空，再跳半小时吧。"

池幸长发在头顶扎成个厚实的揪揪，戴了黑色头带，越发显得五官鲜明突出。她很高，胸臀丰满，腰和手臂却很细瘦，微微显出肌肉的形状。

保持身材是残酷的修炼，意志力和勇气，缺一不可。尤其在娱乐圈，竞争残酷，这种只能算是初级试炼。池幸宁可一天睡不到四小时，每天凌晨五点的晨跑是雷打不动，必须做到。

没有舞伴，她独自一人练习，想象自己是赵英梅。空气中有一个王靖，握着她、带领她，是她狼狈人生中不可触碰的理想。

赵英梅仰慕王靖，但不是爱。

麦子听过孙涓涓的故事后，重新琢磨了赵英梅的心理状态。池幸提出，赵英梅真正喜欢的不是王靖，而是王靖的舞伴。她渴望成为王靖怀中的一束花，一个漂亮女人，一场数分钟便戛然而止的梦。

麦子狠狠拍大腿："对！"他在舞台上走来走去，猛地抽烟，展开手臂又收回。他也是个练家子，跳的是摩登舞，步幅大，身姿优雅。

"果然是女人最了解女人。"他嘀咕，又似自言自语，"赵英梅……哎，赵英梅。"

音乐中断了，又被周莽按响。池幸喝了两口水："谢谢。"抬头看见周莽脱了西服外套，挂在挂钩上。

这人身材特别好，池幸的目光上下一打量，坏笑。

"热？"池幸故意说，"暖气是有点足，要不多脱点儿。"

常小雁老提醒她"玩够了就行""吃过了就松口，别当真"。池幸每每听到，心里全是哀叹：没玩过，也还没吃过。想倒是想过，但也不敢想太深，不然醒来看见周莽，会有错位和愧疚感。

周莽向她走来，边解开领带边说："我和你跳。"

池幸怔住："啊？"

周莽站在她面前，这回开始解衬衫衣袖的扣子。他把衣袖折起，固定在自己肘部，解开了领口的纽扣，微微歪头看池幸："我不够格？"

池幸几乎呆住："你会跳？"

周莽背脊挺拔，站立如松，双臂张开，是一个极其标准漂亮的握持姿势。

"大学毕业晚会上，我是华尔兹的领舞。"他目光垂落在池幸脸上，嘴角浮起一丝得意的笑，"业余组冠军，够资格当你的舞伴吗？"

周莽的手似乎有天然的热度。它握住池幸的手掌时，力道不容置疑。

手心、手腕、胯部……每一个接触点都契合，周莽的身高和池幸的身高恰好合适，他是一个完美舞伴。

华尔兹中，男舞者引领女舞者，女舞者只需要跟随。池幸被带领、指引，她只需要牢记老师的指导，视线对准舞程线，顺着周莽的动作就可以。

肩部打开，胸部打开，收紧下颚，微微昂头。快乐地、甜蜜地、享受地，跨出去。重心放在脚掌，不会打滑、不会跌倒。信任你的舞伴，信任引领你、和你在一起的人。

一种轻飘飘的眩晕感在池幸心中升腾而起。

她有一种全新的快乐，油然布满全身，细小的火星从她和周莽接触的地方炸裂。她觉得自己手心几乎要出汗了，这是很不礼貌的行为，她应该道歉，应该停止这次舞动——但周莽握紧了她的手，不让她脱逃。

赵英梅看到的王靖，是这样一个不容置疑的、强壮优雅的舞者吗？

池幸甚至顾不上想象。

旋转中，她在镜中看到自己。灯光里她仿佛身穿一件舞裙，裙边滚了一圈黑红相间的羽毛，胸口的 V 形开口性感漂亮，她绾起了一头黑发，发间插一个羽毛发饰，那发饰也是红色的。

镜中人不是她，是孙涓涓。

孙涓涓在钟映手里像花一样疯狂绽放。她甜美、满足、喜悦，平平无奇的人生骤然有了新鲜意义。钟映这样紧这样牢地把手掌贴在她的背脊，光裸的肌肤与手心接触，汗和欲念一同生起，油淋淋，湿漉漉。她喘息，笑得透亮，耳语时又娇声娇气，说话动作不像一个母亲，不像孙涓涓。

池幸心头剧跳，幼时的恐惧在她心底复苏。

她来不及细细想清楚自己究竟恐惧什么，抬头时猛地撞入周莽眼中。

有许多人这样注视过她，但他们都不是周莽。

他们没有周莽这样深邃又纯真的眼睛。在那样一双眼睛里燃烧起星火，烫得池幸脸颊发红。

她被周莽的目光完全笼罩。被那样注视着，她是个渺小、赤裸的人，只能不停、不停地展开自己，任由周莽引导。她不需要看前路，跌进周莽怀里，一切都会被屏蔽在外。

周莽看她，是看十八岁的薄薄雨夜里，身着单衣、瑟瑟发抖的她。她的一部分永远停止生长，只能驻扎在周莽的眼睛里。

池幸已经忘了自己是否曾被人这样凝望过，疼惜、怜悯、爱、珍重、遗憾，还有欲望。所有色彩混杂在一起，乱纷纷朝她身上倾倒。而她还在迈步、旋转，周莽手心真热，他完全控制住池幸，池幸心头剧跳的声音比音乐声大。她看见周莽露出很怜惜的笑。

恐惧越胀越大，池幸背脊战栗，脑中混沌。

音乐停下的时候，动作也随之结束。周莽只看老师跳了两遍，已经把舞步记熟。他鼻尖微微沁出汗珠，灯光照亮他的眼睛。睫毛真长，眼睛明亮，池幸从没有这么近地在明亮之处看周莽，时间仿佛停滞，只有呼吸。

周莽忽然捧住了池幸的脸。

池幸还在眩晕和震惊中不能回神。她不抗拒周莽的吻，甚至带着些微的期待。她还记得周莽唇上柔软的触感。

气息渐近，呼吸全搅在一起，池幸不由自主地把手放在周莽的腰上。

在嘴唇相碰的瞬间，手机响了。

池幸回到人间，忙把周莽推开。

来电的是原秋时。他问池幸在什么地方。

池幸给他分享了位置，脸上余热犹存。刚刚那个吻已经落实在自己唇上了吗？她一时间分辨不出。

"我跟原秋时有约，你先回去吧。"池幸头也不抬，抄起背包走出门口。

她换了衣服，穿得简单轻便，离开更衣室时，周莽还在。

"我送你过去。"周莽恢复成保镖，一板一眼地说。

"他来接我。"

"去哪里？"

池幸不想讲。她在水龙头下洗了一把脸，彻底清醒，只想回到半小时前抽自己两个耳光。

身为经验丰富的女演员，她恢复得很快，但一时半刻还不能端起架子来面对周莽。抬头看周莽时，很难不回想起方才发生的一切事情。

她最终没让周莽跟上。她上了原秋时的车，问清楚地点后才告诉周莽。周莽回她一个"好"字，简简单单，连标点符号都没有一个。

池幸心里又觉得不是滋味了。刚刚都那样了，你就给我回这么一个敷衍的字？

她一会儿生自己的气，一会儿生周莽的气。

原秋时看她变化的表情，笑着问："你就穿这个去？"

池幸打量自己，羽绒服和白色薄毛线衣，开口时微微带气："衬不起你吗？"

原秋时笑而不答，也不问她因为谁而生气。

等到了那家店池幸才知道，这是需要着正装才可进入的法国餐厅。

原秋时面子很大，打了两个电话，便牵着池幸走进去。

餐厅里人不多，男人女人各个精美漂亮，身穿臃肿羽绒服的池幸企鹅一般在孔雀们的诧异目光中走过。

"对不起，我真的不知道是来这种地方。"池幸道歉，"这大冷天的，你说去吃饭，我还以为是吃火锅。"

"好主意。"原秋时笑道，"我明天就让这个店搞法式火锅，一定红火。"

"这是你的店吗？"

"过两天就是了。"原秋时认真道，"刚刚那经理说不是正装不能进，我已经把这店买下来，办好手续就是我的。"

池幸惊呆了："你疯了？就为这件事……"

原秋时细细打量她，片刻一笑："出什么事了吗？怎么今天对谎言没有鉴别能力了？"

池幸："……"男人的嘴，骗人的鬼。

餐点非常美味，摆盘精致，原秋时和池幸东聊西扯，谈得愉快。

舞蹈教室里发生的一切正在缓慢消失——池幸希望如此。

原秋时谈话技巧高明，他不会跟池幸聊法餐的历史渊源，也不谈自己的学业事业。吃得半饱之时，他忽然聊起了《虎牙》。

"从《虎牙》开始，我一直都很想跟你合作。"原秋时和她碰了碰酒杯，浅金色香槟在杯中晃荡，"林述川当时跟我说《灿烂甜蜜的你》男主角酒驾出事儿，拜托我来救场，我起先是不愿意的。"

池幸想起两人头一回正式见面，原秋时那自来熟一般的热诚亲昵。

"原来你还是我的影迷，失敬失敬。"

"我一定是你最早的影迷，电影没上映，我就记住你了。"原秋时神秘笑笑。

他的话果真勾起池幸的好奇："你看过没剪辑的版本？"

原秋时笑笑："我在片场里。"

池幸没反应过来："什么？"

原秋时："我当时就在《虎牙》的片场里。《虎牙》是内地和香港合资的影片，内地部分，原石娱乐是主投。我去美国上学之前，给了自己一间隔年，用一年的时间熟悉片场和电影摄制。刚好《虎牙》在拍，我姐把我塞进去，当了个摄影助理。"

池幸呆住了，她没想到两人竟然有这样一段渊源。

"你试镜三妹那一段，就是我拍的。"原秋时似在回忆，片刻后一笑，"很有趣。"

池幸被他笑得脸热。她真诚直接："对不起，我那时候太紧张、太慌，也太生气了。我根本没记住片场周围都是些什么人。那天下来我就记住了两个人，一个导演，他跟我吵架，一个副导演，他说他负责给我发钱。"

原秋时大笑，引得周围精致的男女不满。他全然不顾，笑道："对啊，这就是你啊。"

他笑够了，眸色一沉："我当时就跟自己说，我一定要找这个女孩拍戏。拍我自己的戏。"

池幸这才知道，原秋时在国外学的是制片和编导，本来考上的是金融专业，他自己悄悄转系，气得家里人断了所有经济来源。他便独自打工挣钱读书。

"单纯亚洲人的脸庞在那边是不太受欢迎的，但我混了一点儿外国血统。"

池幸追星数年，怎么可能不知道这件事："我从你第一次在国内演戏就追着看，我记得。"

原秋时晃了晃酒杯："那你愿意给我一个机会吗？"

池幸："拍戏？好啊。钱给够了，都好说。"

原秋时看她："除了拍戏。"

池幸："吃饭？随时叫我，多少顿都请你。"

原秋时默默看她，笑笑："你今天跟以往不太一样。"

池幸："比以往更漂亮？"

原秋时："一直都漂亮，只是口才没那么灵活了。你刚刚是为《大地震颤》练舞吗？发生什么了？"

"跳得不好，伤心了呗。"池幸笑答。

原秋时用餐巾按按嘴角，起身，冲她伸手："和我跳一场？"

周围人开始鼓掌。一直慢悠悠拉琴的大提琴手换了个乐曲，池幸听不懂的语言在周围环绕，人人撺掇："好啊！好啊！"

她微微低头，故意让目光曲折，流露一丝不得已的哀求："我把脚扭伤了。"

原秋时轻轻颔首，他并未原地坐下，而是走到池幸面前，牵起她的手。餐厅二层有一个宽大的温室，里头开满了各色不属于初冬北京的花儿。池幸惊讶地东瞧西瞧。

原秋时没再说跳舞的事情，也不问池幸是否真的扭伤，他告诉池幸，这个温室是朋友的作品，里头有许多有趣的巧思。池幸跟在他身旁听他一点点地给自己介绍，思绪却飞回了舞蹈教室。

显然，和周莽相比，原秋时绝对是一个更完美的舞伴。

但池幸不想握原秋时的手。周莽手心的热度还隐隐温暖着她的手掌。这一点儿在寒夜里渐渐散失的温度，她要把它留得久一点儿。

第六章 吻

十二月底，《大地震颤》秘密开机。

裴瑗在片场转悠一圈，叹气："这个戏最难的部分，是给池幸化妆。"

制片人江路是裴瑗的多年挚友，便问："那你和麦子为什么坚持要选池幸？她外形上明显就不符合赵英梅的设定啊。"

赵英梅是人群中最普通、最平凡的女人，而池幸不一样。她的鲜亮美丽是卓然的。

麦子正在微博上和人吵架，他手写速度很快，边写边说："因为试镜视频里，池幸是最特别的一个。"

周莽和何年在化妆间外等着，两人都不由自主竖起了耳朵。

《大地震颤》选择演员的时候，接到了三百多份试镜视频。彼时裴瑗和麦子还在柏林参加影展，这选角消息传出来之后，不少同样在柏林的演员纷纷来见裴瑗，一谈就是一个小时。

裴瑗和江路疲于应对，两人和麦子拒绝了所有见面的请求，在麦子的公寓里看试镜视频。

试镜视频是剧本里一段简单的剧情。

从医院出来的赵英梅拿着诊断书，走向公交站。天下起雨来，赵英梅想到自己即将失去的听力，还有争执要离婚的丈夫、无法上学的孩子，失控地哭起来。这一段没有台词，裴瑗打算用一个长镜头拉完，但她自己其实也还没想到更好的表现方式。

大部分人的试镜都是千篇一律地走着走着，忽然哭出声。有的演员经历丰富，离开医院时会把检查结果塞进包里，因为下着雨。有的善于拿捏人物的感情变化，哭戏富有层次，看得江路眼圈红红，拽着裴瑗说："选这个吧，我也哭了。"

江路性格细腻，看个公益广告也能哭，裴瑗向来不把他的泪点当作标准。

大概看到第一百五十个试镜视频，三个人都累了，互相推搡对方去做饭。麦子在阳台给情人打电话取消约会，裴瑗在公寓厨房里思索是煮面还是炒饭。两人忽然听见江路大喊："我的天！这个，这个太厉害了！"

两人懒洋洋凑到客厅："你又哭了？"

江路睁大眼睛："我没哭！这个演员没让人哭，但是很高明。"

视频里出现的是素颜的池幸。裴瑗才看一眼立刻说："不行，长相不符合赵英梅的要求。"

结束简单的自我介绍后，镜头拉远，池幸站在一个空房间里开始了表演。她把微卷的长发在脑后扎起，头发凌乱。

拎着一个纸袋，她慢慢走出医院，在门口站了片刻，看看天，抹了把脸。

下着雨，她一步一步朝公交站走去，不时在脸上抹一把，甩去雨水。

麦子："还不哭？再不哭时间可就过去了。"他和裴瑗都没看出这有什么高明。

话音刚落，屏幕里的池幸忽然站定。她微微震颤，受惊一般，眼神瞬间抬向高处。

画面仿佛定格了一瞬。

池幸眼神紧盯高处，下巴微仰。数秒钟后，她瞳仁颤动，又轻轻抖了一下。

比哭还凄楚的笑在她脸上绽放。笑到半途，她牙齿咬住下唇，无声无息地流泪。

裴瑗恍然大悟。麦子还没从跟情人吵架的气氛中恢复："这是怎么了？"

江路："下着雨呢。雷声！她听到了雷声！"

巨大的、不可逃脱的惊雷，砸在赵英梅耳朵里。她还能听到这声音，这是何等的幸运——可下一刻她想起，不久之后，即便是这样庞大的声音，自己也没办法再听见了。

她又笑又哭，伤心之余，也无可奈何。

裴瑗坐到江路身边，把视频又重新看了一遍。

池幸有自己的设计和心思。她懂得控制表情，懂得何时释放眼泪，这些都需要训练，但珍贵的是她准确地抓住了赵英梅的心理。平凡普通的女人，被生活里突如其来的灾难砸蒙了，她没有可依赖和倾诉的人，只敢在路上偷偷流一会儿眼泪。雷声是她眼泪的引子，但试镜视频的描述里没有写到"打雷"。

是池幸加上了这一点。

裴瑗回头问麦子："她是谁？你一定知道。"

麦子挑眉："我怎么就一定知道了？"

裴瑗："这么漂亮的人，你必定过目不忘。"

麦子确实过目不忘。裴瑗也因此记住了池幸的名字。

制片江路欣赏池幸的演技，但池幸的长相和赵英梅确实太不符合。他想找一个长相中上，侵略性没那么强的女演员。

裴瑗为了了解池幸的水平，找了些作品。她越看越喜欢，漂亮先撇一边去，池幸对"表演"这件事的用心，很能打动她。

她翻池幸的履历，看得惊奇。

池幸不是科班出身，大学期间开始接戏，毕业后正经八百当了演员。她去充电，去上台词和形体课，在明星导师开设的表演学校里学习。接的戏说上不上坏，但也一直不怎么好，是换个漂亮花瓶也一样能演好的角色。

但偏偏池幸出现在镜头前，就是让人觉得不一样。

裴瑗认识《虎牙》的导演，她问他为什么当时选池幸。

导演想了半天，还是那句话："她有天赋。"

什么天赋？

表演天赋，察觉痛苦的天赋。

察觉和演绎痛苦的天赋，是老天爷赏的饭。大半以上的演员做不到。流泪是一回事，让观众体会人物的痛是另一回事。

控制流泪和躯体肌肉可以后天锻炼，但有些更深层、更内里的东西，需要人从小浸在世事之中，才可勉强学会。

裴瑗敲定了池幸。

池幸化完妆出来，头一个见到的是周莽。

周莽打量她，很新奇，很诧异。

因为《灿烂甜蜜的你》对造型有严格要求，裴瑗权衡之下，同意池幸保留现在的发型。她一头卷发，长至蝴蝶骨，现在草草扎起，黑发里有无数参差的灰白发丝。造型师挑乱了她的发型，被冷风一吹，乱发有些狼狈。

眼下、鼻梁细细点了斑点，皮肤故意做得粗糙，嘴唇因缺乏血色而苍白。眼皮耷拉，因休息不足而显得疲累。赵英梅在池幸身上苏醒了。

周莽看了又看，笑。

"笑什么？"

池幸问他，一双眼睛又迸出不依不饶的亮光。这表情不像赵英梅了，还是池幸，不服输、不甘心的池幸。

和她演对手戏的张旻理了个潦草的光头，浓眉上一道伤疤，肌肉虬结，叼一支烟坐在旁边打发时间。

池幸看到时心头一突：她还以为看到了池荣。

两人看到对方的造型都放声大笑。裴瑗等人跑过来，纷纷点头："可以可以。"

周莽静静旁观。池幸在《大地震颤》片场拍戏的时候像换了个人。他觉得很有趣。

对池幸的了解越多，越觉得她与自己印象中的女孩同又不同。她敞亮的部分、阴郁的部分，种种糅杂，成为池幸。

可爱，对了，是可爱。

周莽嘴角一翘：他可不喜欢池幸用这个词形容他。

笑的时候远远看见池幸冲自己看来。周莽迎着她的目光微微昂头，像挑衅。

舞蹈教室那一场似有若无的缠绵和没落实的吻，周莽还记着。

池幸装作无事发生，周莽却不能够。

两部戏同时开拍，池幸忙得急剧消瘦。《灿烂甜蜜的你》的拍摄进程已有半个月，原秋时留给剧组的时间仅剩十五天，导演急得眼红，忍耐不住的时候也会在片场对没法过戏的颜砚破口大骂。

连池幸他也骂。

"你演这么多，她又接不住！"导演跳脚，"直给，直给就行了！"

想了一会儿又过不了自己那关："颜砚，你多想想啊，你现在知道蒋昀是你的情敌，但你不是恨她啊，你是愧疚，懂吗？蒋昀可以说是你的伯乐，是你的师父，你把'师母'抢走了，你心里不愧疚吗？你瞪眼你发火……你发什么火呀！"

剧本卷成筒状，他砰砰敲在桌上。

颜砚脸色不悦，原秋时在一旁问演男二号高朗的演员："我是'师母'？"

"师母"这个称号在池幸的推波助澜下，在剧组里悄无声息地传开。

原秋时不生气，他让池幸也这样喊他。每次池幸一喊，他就笑眯眯地看池幸，很甜蜜很深情。

池幸自己也分不清这人究竟是不是在演戏。

和他对台词，对到一半池幸捂着胸口："啊我不行了。我还玩什么乙女游戏，你本人就是乙女游戏的主角。"

她挑出剧本里晏阳对欧阳雪表白时候说的话，让原秋时念给自己听。

原秋时清清嗓子，开口时放了十二万分感情："你说你不够优秀，但在我眼里你特别好。碰上你，和你在一起，我有时候做梦都要笑醒，我是天底下最幸运、最快乐的人。我想每天醒来都见到你，你开心的时候、不开心的时候，我想紧紧抱住你。"

池幸用剧本捂脸："哎呀我的天……"

看着原秋时的脸，听他用那把磁性低沉又性感的嗓音念羞耻的台词，她老脸红透，嘿嘿怪笑。

被她撵走并远远站在一边的周莽面露狐疑之色。

原秋时正色说："所以你什么时候给我答复？"

池幸眨眼，从剧本上看他。她眼睛生得漂亮，黑白分明，今天的妆容又强调眼部，很动人。

"我跟蒋昀的性格有一点点像。"她说，"我们都不喜欢主动进逼的男人。"

"我跟晏阳的性格也很像。"原秋时说，"喜欢什么人就会坦白说出来，遮遮掩掩不是我的作风。"

他生得俊朗，好家世养成的好修养，举手投足尽是优雅贵气，池幸追星几年，全因被他的外貌和气质吸引。此时就算是表白进逼，也依旧彬彬有礼。

"你不给我答复，我就每天问你一次。"他又说。

池幸："我不答应呢？"

原秋时："我会继续努力，每天问你两次。"

池幸大笑："这可不是绅士所为。"

原秋时认真道："真正的绅士首先不能欺骗自己，不能虚伪。我很喜欢你，我想和你在一起。这是我的真心话。"

池幸的脸热腾腾地红了。

纵然是她这样年纪的女人，经历过几段也好也坏的恋情，被原秋时这般完美的男人表白，也会忍不住心跳加速，脸红心热。

见她尴尬沉默，原秋时岔开了话题。

"你不喜欢什么样的方式？告诉我，我会注意。"

池幸叹气："你太好了吧，我没有什么不喜欢的。"

原秋时屡屡受挫，却没有一丁点儿气馁，高高兴兴点头："那我知道了。"

池幸："别送车送钻石啊。"

她的直白让原秋时大笑："我不会。这种俗物哪里配得上你。"

池幸："这倒不至于，我很俗的，我需要很多钱。"

两人胡乱扯来扯去地聊。池幸聊得高兴，偶尔瞥一眼周莽，心里头被猫儿爪子挠过一样麻麻痒痒的。

能在周莽脸上看到混杂不悦和嫉妒的表情，真是太有趣了。

这一天的夜戏拍到将近凌晨。片场外围着不少粉丝和群众演员，都是等待主演离场，请求合影和签名的。

池幸走出来，果然有一堆人朝她靠近。周莽挡住蜂拥而来的人，何年何月开道。

"幸姐！"人群里有小姑娘们喊。

池幸认出其中几个，又惊又喜："你们怎么来了？什么时候来的？这么冷的天！"

那几个粉丝并非北京人，池幸在横店拍戏的时候常跟她们碰面，还吃过饭。她有点儿心疼，停下来给她们签字合影。

周莽提醒："快走。颜砚和原秋时已经离开，现在都是来围你的人。"

池幸："好的好的好的……"

嘴上这样说，手上仍签个不停。

人群熙攘，手机闪光灯亮个不停。周莽心头烦躁，但常小雁在工作伊始就叮嘱过，面对手机时务必注意保镖和艺人的形象。他抿嘴沉默，狼一样紧盯池幸周围的人。

头顶的大灯闪动两下，竟灭了。

几乎就在一瞬间，片场的灯全部灭了，只有还未离去的原秋时的应援车车灯仍大亮着。

周莽条件反射，立刻把池幸护在身后。趁着黑暗，许多只手朝池幸伸来，摸她的胳膊和身体。

"何年，开车。何月，拦住她们。"周莽当机立断，抓住池幸的手掌，转身便走。

身后仍有闪光灯亮起，也不知明天上了娱乐新闻会是什么情况。池幸被刚刚的突发事件吓了一跳，茫茫然随周莽往后走，朝安全通道去。

周莽紧握她的手，就像从来如此，本该如此。

今夜片场设置在商城内部，周莽边走边看时间，想起曾接到通知，电路维修，十二点后这一区域将会灭灯。他和池幸进入安全通道，通道的紧急电源启用，墙角隐隐亮起微光。

这处安全通道极短，可直接通往停车场。

但出口的门被锁紧了，挂一张牌子，上书保卫科电话：开门请联系。

周莽回头，通道外忽然传来一片嘈杂人声。

"池幸是走这边吗？""哎呀我还没拍到她！""找一找呗，快快快。"

池幸和周莽躲在安全通道的门后，有人通过门上的玻璃往通道里张望，池幸下意识往后缩，撞进周莽的胸膛。

"为什么我们要像贼一样躲在这里？"池幸扭头轻声说，"还有这商城，安全通道居然打不开，这是消防隐患吧。这里太闷了。你是保镖，你没有接到停电提醒的通知吗？做事这么不靠谱，真的很难让人信任……"

她的话罕见地多起来。

周莽垂眼看她，突然凑近。

太近了。池幸屏息后退，但身后就是墙壁。周莽把她堵在门后。

门外、玻璃之外，是走廊上嬉笑吵闹的人，夹杂着商城保安的怒斥声。

吻果真落在她唇上了。

周莽的吻和他的名字一样带着莽气，不管不顾地压下来，堵得池幸没空反应。

他倒是有余裕，把手垫在池幸脑后，像护着她后脑勺。

这余裕让池幸吃惊之余又觉得生气：说明这人是有备而来，是早就打算好了要偷吻自己。

周莽这一吻很快收回，略略拉开距离，但仍是很近。眼睛黑沉沉，他等待池幸开口。

"你……"

池幸只说得出一个字，周莽托她的下巴，侧头又准确吻住她柔软的嘴唇。

这一吻比方才的试探热烈。在他手指的力道下，池幸微微张开嘴。周莽的吻有麻醉般的力量，她被控制，没有抵抗之力。

一门之隔仍有无数声音，人们在找她，脚步和谈话纷乱，掺杂欢笑。

但周围的一切仿佛都陷入暗色迷雾，唯有面前人清晰炽热，是熔岩内部的火芯，把池幸由里到外轰轰点燃。

在周莽揽住她腰的瞬间，池幸忽然回过神，猛地把周莽推开。

她脸热得厉害，心里却慌乱。周莽怎么能吻她？这种野兽一般的力度和侵略性，令人热欲充盈，头晕目眩。

他无礼，简直恬不知耻，她应该扇他一记耳光，就像年轻时被同组男演员强吻时一样的反应。她甩人耳光又疼又准，应该这样做。

池幸心里这样想，说出口的却是另一句话："技术不好。"

周莽松了松领带，闷热难当似的。他伸手拍在池幸身后的墙上，眼眸一垂，竟然笑了。

池幸没法再把他看作当年的男孩。他用十二年时间长成了一个新鲜、强壮、英俊的男人，懂得反客为主。

"那你教我。"周莽的目光在她眼睛和嘴唇梭巡，声音低沉，如掠过海峡的一片狂风。

紧急出口的大门传来响声，紧接着被人从外侧推开。

何月拿着钥匙，与周莽、池幸面面相觑。

周莽还维持着把池幸堵在墙角的姿势，何月犹豫一会儿，把住两扇门："我……先关了，一会儿再来？"

池幸回过神，高跟鞋在周莽鞋上重重一踏。

周莽痛得跌倒，连忙扶住墙。池幸从他身边走过，昂头挺胸，气势很足。

就是在看见何月脸上古怪表情的时候，她罕见地感到一种突如其来的羞恼，霎时间耳朵热起来。

这热度持久不散，池幸回到家里，卸妆洗脸，洗澡刷牙，在飘窗上坐着玩了会儿《幻夜奏鸣曲》，还上网站看了一堆原秋时和自己的视频剪辑。都是自己粉丝剪的，谁不知道她池幸视原秋时为男神，谁不知道她池幸喜欢原秋时喜欢得不得了。

可耳朵还是热，被周莽捏搓过的耳垂总是残留他手指的温度似的。

池幸恼怒极了，在床上打滚，把脸埋进枕头嗷嗷地闷喊。

睡也睡不着。她迷迷糊糊蜷缩在被子里，听见有人说下雪了，连忙睁开眼。

豪华的宫廷式房间里除了她还有另一个人。窗外果然飘着大雪，窗帘像是在红酒里浸泡过一样深沉浓郁，重重垂到地上。她从床上坐起，伫立窗前的人一身黑色衣裳，回头说："来看雪吗？"

池幸一阵眩晕：这不就是她刚刚玩的乙女游戏里的剧情？可这俊美非凡的吸血鬼怎么就长了一张周莽的脸？

她睁开眼，心头狂跳。梦里来救她的骑士和吸血鬼打得不可开交，身材修长的祭司举起法杖，念诵咒语。她被一堆俊美男人包围，个个都要抢她、爱她。

可个个都长着周莽的模样。

坦白说这不是美梦，是噩梦。

池幸去厨房喝水。边烧水，她边坐在餐桌边上发呆。

桌上有一罐海鲜酱，是周莽推荐给她的。她吃过，很喜欢。

"胆大包天，以下犯上……"池幸敲敲海鲜酱的瓶盖，"一定交过很多女朋友吧，故意装不懂……"

周莽那样的人，太容易招人喜欢了。池幸甚至心想，何月是不是也对周莽动过心思？

她疑神疑鬼，开始怀疑周莽身边出现过的所有女人。

随即很快厌弃自己：她有什么资格怀疑？她凭什么怀疑？周莽就算是一坨金子，也不能担保人人喜欢。

"我不喜欢。"她自言自语，"我怎么会喜欢……"

手指在海鲜酱盖子上打转。池幸想起自己第一次尝这东西，惊奇得连连舔勺子，周莽一脸禁不住的得意和开心，眼睛都不眨地看她吃。

完了，又热了。池幸捂着脸，抓头发跺脚，气自己白长这些年岁，白谈了之前的几次恋爱，竟会因一个粗糙的吻晕头转向。

在她的恋爱史中，除了第一回跟林述川谈恋爱时全程被拉着走，其余几次，主导的人都是池幸自己。

周莽怎么能打破她的习惯？他怎么就有能力打破？

她在厨房水龙头下掬水洗脸，小声叮嘱："冷静！冷静！"

抬起头时，穿着睡衣的何月站在冰箱边上，很诧异地看她。

两人回来之后并没对何月看到的那一幕有过任何交流。池幸心头忽然一乱："不是你想的那样。他脚疼，我扶了一下。"

何月："……"

"我也不是因为这个事情睡不着，是想着工作。工作太忙了，两个戏都要开拍，《灿烂甜蜜的你》下周还要去上海，我没有时间想这种事情的。"

何月："嗯嗯。"

"我就是来喝水。我没有失眠，我睡得很好。"池幸端着水杯往卧室走，"晚安。"

水此时才烧好，咔嗒一响。

何月不知道要不要提醒池幸，她手里那杯子是空的。

"我什么都没说。"何月嘀咕，"我也什么都没想。"

周莽也没睡好，何年听见他半夜起来，在客厅里做俯卧撑。

何年也不好说什么，偷摸给对门的何月发信息：莽哥咋了？

何月：我什么都不知道！不要逼我！

好不容易熬到四点半，一夜没睡的周莽精神奕奕，洗漱穿衣服，还罕见地用何年的面霜抹脸。他精心梳了头发，把皮鞋擦得光亮，打开门时一愣。

何月和池幸已经站在电梯口。

"莽哥，今天我陪幸姐跑步。"何月原地小踏步热身，"你回去休息吧。"

周莽走近："你回去，我来。"

何月："呃……"

她看池幸，果不其然，池幸戴着口罩，一双眼睛锐利如刀。

何月火速回答："不行，我爱跑步，我就要跑！"

两个女孩钻进电梯，下楼。周莽在电梯门前抱臂站了一会儿，哼地轻笑。

以往陪跑任务都由周莽完成，何月还是第一次充当陪练。

池幸一般只在小区内跑，跑完一圈何月就不行了，天气太冷。家里明明有跑步机，她也不明白池幸为什么偏偏要在这几度的天气里熬自己。

但多亏寒冷的温度，池幸沸腾一夜的大脑彻底冷静。她运动了一个多小时，对何月说："走，带你去吃早餐。"

将近两个小时后，饥肠辘辘的何月把车停在了一间咖啡馆门口。

店刚开张，没人，店员在里头打扫和收拾。池幸走进店门便摘了口罩，跟店里的人都很熟似的："老板呢？"

店员指指角落。何月抬头看去，一个短发女人坐在被植物和木质间隔挡住的沙发角落，正在敲打笔记本电脑键盘。

池幸大咧咧地在她身边坐下，相互介绍："何月，我保镖。曾谧云，我闺密，灵魂挚友。叫她云姐就行。"

曾谧云短发剪得十分利落，右耳上两串耳环，右手中指一个纤巧文身，只辨认出是一串字母，看不出意义。

何月乖乖坐在旁边，留两人独处。

池幸靠在曾谧云肩上，一句话不说，先长长叹气。

曾谧云是她大学室友，同寝四个人之中，两人关系最好。当年和她一起去《虎牙》剧组当群演的也正是曾谧云，因为苹果箱，俩人都跟导演吵，池幸拦住她不让她发怒，吵着吵着，把自己吵成了电影里的"三妹"。

她还记得《虎牙》的导演对身材要求很高。三妹是一个长年焦虑、失眠、极为瘦削的女孩。他要求池幸减肥，拍戏时还要跟武师练武，腿上绑十公斤的沙袋，重得几乎抬不起脚来。

好几次跌倒了脚崴了，都是曾谧云背她上下地铁、回学校。池幸痛得在她背上呜呜哭，曾谧云还在夸她漂亮，夸她演得好，和她一块儿盘算拿到片酬去哪里吃饭。

一晃十二年过去了。

池幸挽着曾谧云的胳膊，看她核算店里的出入账目。

"我被一个男人强吻了。"

曾谧云咬着根棒棒糖："我帮你打他。"

"他很帅，是我喜欢的类型。而且跟我有点儿渊源。"

曾谧云继续言简意赅："你自己搞定。"

池幸："你怎么知道我想什么？"

曾谧云："满脸春色，一进门我就发现了。什么男人？敢强吻我们幸姐，给我照片看看。"

"没照片。"池幸说，"先不给你看。"

曾谧云捏她脸："怕我抢了？我有老公的，我老公天下第一帅。"

池幸思索怎么形容周莽的长相："他跟《野草茫茫》里张君亮的……"

"张君亮？！"曾谧云声音都变了。张君亮是她心里唯一一个比老公帅的男人，她一把抓住池幸的手，目光狂热。

"张君亮的手下野子很像，连气质都像。"池幸咧嘴笑，"野子救女主角的时候很帅的。"

曾谧云叼棒棒糖，冷静地转头看账目："没兴趣。"

沉默片刻，她忽然想起和池幸一块儿看《野草茫茫》时，她喜欢野狼一般的男主角，池幸却偏偏中意那个愣头青一样的野子，野子死的时候她还哭了两滴眼泪。

"是你之前跟我说过的那个人？"曾谧云比画，"你的英雄，救过你的那个弟弟？"

池幸用眨眼代替点头。

曾谧云一把攥住她的手："冲啊姐姐！"

池幸被她这一喝弄得清醒，霎时间就要脱口而出"好"了。但话到嘴边，绕了个弯："不行。"

"比原秋时帅吗？"曾谧云想到了可能性，"你前不久不是说，原秋时好像在追你？"

池幸闭目比较两人的长相模样，比较良久，没有答案。

曾谧云愣住了，又捏她的脸："比较标准是你的男神原秋时啊，姐姐。你犹豫什么？那弟弟到底有多帅？让我看看！"

池幸靠在她肩上，抱着她的腰。她喜欢这个姿势，有一种彻底释放自己的松快感。在曾谧云面前，她什么都能说，反正最落魄潦倒的时刻曾谧云也见过。

"我不想要他的同情。"她小声讲。

曾谧云不出声，摸小猫一样抚她浓密的长发，也反手抱住她。

"但你心里还是很想选他。"

池幸："……"

曾谧云："我说得不对？"

池幸又气又笑："对是对的。"

曾谧云坏笑："真是少见啊，我们幸姐居然为一个弟弟这么伤神。"

池幸左右看看，周围没人，她压低声音："其实还有另一件事。"

下周《灿烂甜蜜的你》剧组去上海拍戏几天，原秋时邀请她参加一个家宴。

我姐姐很喜欢你，她一直想认识你——原秋时是这样说的。

"他姐姐？原石娱乐的老板？"曾谧云霎时间懂了，"幸，这是机会啊！要是原石娱乐帮忙，你就能跟峰川解约了！"

和曾谧云待了大半天，池幸得到的建议是"选原秋时"。

原秋时当然是最正确、最好的选项。池幸自己也知道。她诧异自己的犹豫，又为这犹豫感到心惊。

今儿白天并没有池幸的戏，《灿烂甜蜜的你》拍男女主对手戏，《大地震颤》拍摄地水电出了问题，正在维修。池幸回了一趟公司，签两份代言合约，紧接着又去练舞。

周莽和何年在公司与她会合，池幸边吃辣条边走出公司大门："何年。"

何年应声。池幸跟他说了舞蹈教室的地址。

周莽立刻开口："我送你去。"

此前一直是周莽负责接送，何年何月都不清楚池幸在什么地方练舞。

池幸坚持："何年送我去。"

周莽也坚持："我是安保小组负责人，舞蹈教室所在地的各通道、电路、监控路径，我全都熟悉。何年代替我去，他还得再重复一次我做过的资料收集，这是浪费时间，也会耽误你的课程。"

池幸想反驳，可实在找不到任何理由。何月帮腔："有道理。我和何年还得给小雁姐干活。"

池幸："你们是我的保镖，干什么打杂的活儿？"

原来常小雁手里的另一个年轻艺人小周此前遭遇过一些不好的事，现在去哪儿都提心吊胆，常小雁最近陪他去参加综艺节目，干脆把何年何月也带上了。

池幸："……"

她明白了，自己只是周莽他们的服务对象，确确实实不是雇主。峰川怎么安排，他们就得怎么去做。

最终还是周莽坐上了驾驶座。

舞蹈课上了两个小时，池幸依旧留下来自己练习。

周莽仍和之前一样在教室里陪她。看出池幸不想跟自己说话，他也没提出充当舞伴的请求。

他静静看池幸跳舞，池幸竭尽全力让自己忽略他的目光。但是不行。

周莽眼神跟得太紧，池幸背上都是热汗，心神不定。

她调整表情跳完两遍，回头去拿水杯。周莽把杯子递给她，池幸没好气地说："不想见你，你出去。"

趁她喝水，周莽按停了音响："为什么撒谎？"

池幸很少这样被人挑衅，尤其现在片场个个喊她"池幸老师""幸姐"，更是越发少见比自己年轻的人直接不留情面地同自己说话。她心想，是自己给周莽太多许可和自由了，他蹬鼻子上脸了，不仅敢强吻，还敢顶嘴。

池幸按下按钮，华尔兹舞曲的旋律在教室里流淌，她盯紧周莽："出去，我要一个人练习。"

周莽又关了音响，他铁了心要和池幸对着干似的。

"为什么说自己父母双亡？"

池幸一下愣住。

"关于你爸的事情，为什么要撒谎？"

一瞬间，池幸真切地恨他。

和池荣有关的一切事情，她已经很久很久没有再想起过。残留在印象里的只有那张暴戾、可怕的脸。

她直视周莽，用真正冰冷的语气一字字应："和你无关。"

周莽被她呵斥得有点儿伤心，一个人在走廊等她。

结束练习后，周莽去停车场开车，池幸一个人站在楼道里，抓起手机听各色人等发来的语音。

这舞蹈教室也在楼里，也有一条走廊，但走廊两侧光亮，和潮湿小县城里的练舞室完全不一样。

身后有人喊她的名字，池幸回头，竟然是林述川。

林述川是来接练舞的侄女的，小姑娘瘦瘦小小，和朋友打闹着跑开。林述川看了池幸一眼："你也在这里练舞？"

"嗯。"池幸不大想搭理他，反正左右无人，她头也不抬。

林述川却没走，把手插进大衣口袋里，长舒一口气："听说，原秋时在追你？"

他和原秋时确实是同一个类型的男人，斯文英俊，身材高大，仿佛衣服架子，永远风度翩翩。良好的家世让他们自小学会待人接物、察言观色，擅长和颜悦色说话，谈吐有礼。池幸当年正是被这样的林述川吸引了。

毕竟，他看上去这样安全，和任何可想象的暴力都扯不上关系。

"关你屁事。"池幸答。

林述川也不生气，笑笑："我得防止他把你挖走。原石娱乐重组之后，原家大姐很有野心，搜刮了不少人才。"

池幸笑："原来我在你心里是人才？"

林述川："没用的垫脚石当然也要一两颗，否则怎么显得人才难得？"

池幸仍旧是笑，亲昵里带三分嘲讽："不舍得我就直说。"

面前的男人不应，靠在身后的墙上，与她面对面。池幸被他这样一看，下意识地就往外套口袋里摸索。她又忘了，她没有烟，没有让林述川不悦的工具。

"原秋时不是好对象。"林述川说，"你选他，真的还不如选我。"

池幸心思有点儿跑偏了。她想起林述川和自己分手后陆陆续续交往了几个女孩，常小雁和她八卦：那几个女孩至少在外形上都和池幸有五六分相似，只是性格完全不一样。

"你选他，也不过是随波逐流吧？"林述川微笑，"你不过是想让人爱你喜欢你，没条件没底线地纵容你。原秋时做不到的。你和他，两个人都是刀子，跟他在一起，你一定会头破血流。"

池幸没应。她站在林述川面前，已经不需要时时提防，思绪又飞了：原秋时是刀子？什么刀子？哪里有这么好看的刀子？不过若他是刀子，那周莽是什么？

她的分神如此明显，林述川脸上的笑容消失，显出几分愠怒："我在跟你说话！"

池幸："听着呢，都是废话。"

林述川忽然欺身靠近，池幸没来得及反应，长发已经被他一把抓住，狠狠往下拉。池幸痛得仰起头，正对向林述川的脸。那张脸是愤怒的："池幸！你搞清楚自己到底是什么东西！你爸的事情全靠我帮你才压得下来！你别忘了，要是没有我，你现在什么都不是……"

池幸右手正拎着水瓶，周莽给她灌了满满一瓶水。她甩动水瓶，刹那间像抓回握住砖头的手感。

林述川嗷的一声，捂着额头倒地。池幸右腕一抖，把水瓶抓在手里。她扯住林述川大衣的衣领，重重往下砸。

但手被人拉住了。

周莽把她拉起护在身后。林述川刚坐起身，脸上又遭了重重一记拳头，砸得他晕头转向，呻吟瘫倒。

周莽拉住池幸的手往外走。水瓶在碰撞中松了，洒了池幸一身的水。周莽脱了她的外套，让她披上自己的外衣，问："发生了什么事？"

池幸："你不知道发生了什么？那你还打他？"

周莽咬牙："早就想打了，好不容易碰上个机会，不能错过。"

池幸："哎，你好傻。"说完迎着冷风笑出声。

对付乱碰自己的男人，池幸的方式从来直截了当。

年轻时剧组聚餐，男主角借着敬酒的说辞往她身上蹭，摸手摸背，她二话不说，泼了人一脸水。

被林述川拉去无聊饭局，胖脸胖肚的老板聊起文玩与佛学，喝得满脸通红，揽住池幸。林述川阻止不成功，池幸哗啦一声砸了红酒瓶子，一桌人全都被她这生猛劲头吓得静止。

后来身边有了常小雁，也认识了圈子里真正的几个好朋友。酒桌饭局上当然也有不愿意凑合的男人，会有人帮她说两句打圆场的话，哈哈一笑，也就过去了。

但帮她揍人，周莽还是第一个。

池幸觉得好新奇，无论是现在发生的事，还是自己心里的喜悦。

周莽不是第一次帮她揍人。可为什么总是他？一直是他？池幸不明白，也不必要明白。她知道自己又快乐起来，这就够了。

方才对周莽的怨怒已经无影无踪，她钩住了周莽的手指。

"笑什么？"周莽问。

路曲曲折折，车子开不过来，天又干又冷，五点已经黑透了，街上没人。他没放开池幸的手。

来到车子旁边，地上一片薄冰，池幸没站稳，也可能是顺势，她往周莽怀里跌去。

周莽一把抱住她："小心！"

池幸心想要是被拍下来了怎么办？常小雁又要焦头烂额了。

……管他呢，拍就拍吧。她顺势揽住周莽的腰。这人高大又健壮，腰却挺细。

她现在知道周莽是什么了。水一样无孔不入，温度比她体温略高，这拥抱短促但汹涌，几乎把她淹没，周莽和她各自松手的时候，池幸像从水里钻出来，狠狠透了一口气，心口畅快，又有些依依不舍。

周莽还在装傻："腿软了？"

他打开门，池幸看见车顶落了细细的雪花。还没过元旦，北京竟下雪了，这可真是稀罕事儿。

"我去买东西。"池幸说了个地名。

周莽顺口问："买什么？何月去帮你取就行。"

池幸生出坏心眼。

"买新衣服。"她微笑，眼睛弯得像月牙，盈满甜蜜的情意，"原秋时带我去见他家人。"

第七章 启程

　　池幸去的店坐落在朝阳大望路的 CBD 后面。开车经过时，周莽听见池幸在身边说："周莽你看这栋楼，我以前常来。"

　　那是一间平平无奇的酒店。城市华灯初上，那酒店各个房间也亮着暖灯。"里面很多剧组，导演都在这儿选角，没背景没依靠的小演员，只能常来这儿看通告找机会。"

　　周莽本来不想应，又觉得如果不说话，显得太生硬。

　　"你不是签了峰川吗？"

　　"一开始还没签呢。"池幸语气里有些怀念，"一个单人间，密密麻麻坐满了人，演员和经纪人一个接一个地跟选角导演聊。一天能收几百份简历。我和曾谧云一人拿几十份简历，挨个房间递。漂亮女孩和男孩真太多了。"

　　周莽心想，曾谧云又是谁？

　　"走廊上也都是人。逃生梯上随时随地有人在练戏，好热闹的。"池幸笑着，"后来我跟林述川闹翻，他不给我安排新经纪人的时候，我有时候也会自己来这儿投简历。"

　　池幸有那么一段时间，过得确实很不好。周莽没再应声。

　　他沉默地开车，七拐八拐，停在一个小区后门。

　　池幸要去的店子是她熟悉的设计师自有品牌。设计师笛子是池幸、曾谧云的师妹，池幸当了她毕业设计的模特，惊艳四座。三人一直是非常好的朋友。

　　笛子早早在门外等着，看见池幸，立刻小跑过来。她亲热极了，先给池幸一个拥抱，两人挽着手小声说大声笑，往店里走去。

周莽跟在池幸身后，踩在她影子上，亦步亦趋。

他当然知道池幸是故意的。坏女人，她过去不是，但现在显然是了。她故意告诉周莽原秋时的存在，故意用甜蜜幸福的眼神口吻来演绎一场约会的前兆。

她演技那么好，周莽起初分辨不出这人什么时候认真，什么时候是逗弄自己。

他现在有些懂了。池幸笑得漂亮甜美的时候，一般都打坏心眼；她真正愠怒时，眼睛不回避不掩饰。

池幸"父母双亡"的家庭背景他一开始是听何年何月说的。他不理解，自己慢慢地在网上搜索。

相关的信息很少很少，少到连周莽也觉得不自然，就像是有人刻意压下来了似的。他猜测，是池幸或者峰川传媒不乐意公开这些私人信息。

留下痕迹的是一个陈旧视频。

大约十年前，池幸在电影见面会上提过自己的家庭。节目里主持人原本问的不是她，而是颜砚。俩人在武侠电影《青君》里，一个饰演淑女，一个饰演妖女，都与大侠主角有一段纠葛。大概是因为电影中池幸更为抢眼，几乎成为影迷必谈的话题，颜砚被问到家庭情况的时候，扭头把问题丢给了池幸。

池幸明显一愣，她那时候还不懂得精妙的伪饰，无论是表情还是肢体，都明显抗拒。

她也没有细说，一句话带过："都不在了，我上大学之后没回过老家，放假大多在学校里，或者回姨妈家住。"

主持人还要再问，身边人递上一张纸。他立刻换了目标，开始转向男主角。

低质量的画面里，周莽看到池幸坐在沙发上，维持着笑容。但她的心思显然已经不在这个采访上了。

这段画面后来也被人提起过。人们批评的是主持人故意戳池幸的痛处。

周莽知道她为什么心不在焉。她撒了谎。池荣并没有离世。

这种谎言实在太容易戳穿了。池幸越来越红，被更多的人熟知，包括那个潮湿、贫瘠的小县城。又有谣言四处流窜，很多都不堪入耳。但这些谣言最多只在口头流传，网络上很少见。

周莽反复思考，确认一定是有什么人在处理池幸的背景。

在这样的事情上，他是帮不了池幸的。

所有人都能看出，对池幸来说，原秋时是绝佳的选择。她不应该犹豫踟蹰。

就连周莽也这样认为。

但理智如此劝说，不代表感情上他甘心。一路沉默，他露骨地表达不满。而和往常一样，他越是流露不满，池幸就越是兴致盎然。

她在试探周莽，通过这种轻巧的、不致命的痛楚。

"周莽？"池幸在试衣间里喊。

独立的试衣间很宽敞，笛子拿来了几件适合参加宴会的裙子，低调不张扬，又能衬托池幸的发色肤色。

周莽以为自己听错。试衣间布帘拉开一角，池幸从里面探头出来："来帮我个忙。"

周莽："……"

池幸看他："屁股长胶水，黏凳子上了？叫你呢。"

周莽："我去找笛子。"

池幸："她有大客，正接待着，你别去添乱。"

周莽只得起身往试衣间里走。不知这里用什么香氛，被室内暖气烘得轻盈，连带他脚步也踩不实在。

哗啦扯开布帘，他悬着的心落回原处：池幸已经选好了衣裳，只是背上一根衣带打的蝴蝶结系不上。

礼服是一件长及小腿的裙子，低沉的宝蓝色，大露背，勒出池幸丰满的臀型与细腰。她三十岁出头，最好的年纪，不靠玻尿酸维持脸上的弹性，眼睛明亮有神。把卷曲长发拨到胸前，她让周莽帮忙系好那根不听话的衣带。

雪白的背脊没一丝瑕疵，像……像周莽梦里的水妖。

他匆匆忙忙系衣带，宝蓝色绸带该松该紧，他拿不定主意，越过池幸的头顶，在镜里看她。

池幸也正瞅着他，微微一笑："好看吗？"

周莽："系好了。"

池幸扭身照镜子。礼服是一字肩，她颈上没有佩饰，耳上没有耳环，总是少了些什么似的。好在人明艳，搭配上的小缺憾反倒把人的注意力引到她脸上去。她表情快乐，在镜里看背后的衣带："笨手笨脚。"

试衣间本来是宽大的，周莽却觉得逼仄起来。弧面大镜子，两旁都是衣架，悬挂许多好看的衣裙。周莽的目光不知落在何处好。池幸的作弄有时候对他而言是煎熬。

"你觉得原家人会喜欢我这种装扮吗？"池幸貌似认真地问，"还是太张扬了？再保守一点儿？不过我有件披肩，乳白色，倒是很衬这裙子。"

周莽只答："好看。"

池幸又笑了："你反射弧这么长？"

她左左右右走了几步，装作在镜前端详自己，实则是借镜窥看周莽的反应。

周莽只偶尔瞥她一眼，很匆忙，不敢多停留。池幸心里装一头迅猛的小兽，四肢扑腾欢跳，停不下来。

周莽顿了很久才回答她方才的问题："谁看了都会喜欢你的。"

池幸忍不住放弃镜子，回头看周莽。

她朝周莽逼近，周莽只得后退，背撞在衣架上，哗啦乱响。他下意识回头去扶那快倒的衣架，不料领带忽然被人抓紧。

他顺着力道低头，撞进池幸的吻里。

这不是浅尝辄止的吻，池幸仰头，颈脖线条漂亮流利，一头黑色卷发洒在肩上。她闭上眼睛展开这个主动的吻，手始终抓紧周莽的领带，不让他退避分毫。

急促的呼吸过后，周莽的手贴上池幸的耳朵。他加深了这个吻。

唇齿缠斗，心如擂鼓。笛子和助理的声音从外间飘进来，还有男人说话的声音。她领着客人穿过这个试衣间外围，往另一个方向去。

周莽骤然紧张。池幸和他分开，抹了抹嘴唇。

"看来不用教。"她轻轻松松地笑，好像方才发生的一切都是寻常事。

周莽没放开她的腰。他隔着一层光滑的布料，似乎能触碰到池幸腰侧的肌肤。

他眼睛里藏着一点儿伤心。池幸只是在逗他玩，他比谁都更清楚这个事实。

还没想清楚，池幸抬手揉乱他的头发。

周莽问："你会选原秋时吗？"

池幸心中一哂：这人真不会挑气氛。

"你猜？"她笑着整理周莽的领带，仰头看他，柔软温顺，"你希望我选他吗？"

原秋时打了个喷嚏。

笛子的助理忙道："我把暖气再调高一些？"

"谢谢，不必。"原秋时点头，他只是来帮大姐取衣服，速战速决即可。

笛子拿出他要取的衣服，配饰有三种，原秋时代替姐姐选了其中一种。他第一次到这家店里来，感受很新鲜："你会考虑在上海开店吗？"

"我在上海也有店子，只不过这根腰带是买手今儿才带回来的。原总不急着要的话，我周末带去给她。"

"没关系，都给我吧。"原秋时笑道，"我正好明天去上海。"

等待衣服打包的间隙，他听见有人在另一侧说话，声音很快乐。原秋时只听一耳朵，就认出是池幸。

池幸换好了衣服，离开试衣间找笛子。她没想到原秋时也在这里，吃了一惊。

她没涂口红，脸上只化了一层淡妆，看上去仍旧十分美丽，和以往的池幸相比有一种清淡的新鲜感。

"都准备好了吗？明天就出发了。"原秋时说，"你如果不打算跟剧组一起走，可以坐我的飞机。"

池幸下意识掩了掩嘴巴，又被"我的飞机"吓了一跳。她没坐过私人飞机，更没想到原秋时也有私人飞机。

"我跟剧组一起走。"池幸笑，"你的行程被人盯得这么紧，我不想惹事。"

"会惹什么事？"原秋时也冲她笑，忽然想起什么，"你那个保镖呢？"

周莽躲在试衣间里，现在不便出来。池幸和原秋时往前走，边走边问："你想找他？聊什么？"

原秋时便不问了："如果他不在，我正好可以送你回家。"

池幸："我不会请你上楼喝茶。"

原秋时："没关系，你已经答应我的约会了。别紧张，我没跟大姐说会带你回家，我说的是，一个好朋友。"

池幸狡黠："那是约会吗？"

原秋时挺认真："我觉得是。"

第二天中午，《灿烂甜蜜的你》一行人启程前往上海，开始了为期一周的紧张拍摄。

这是原秋时在剧组的最后一周。他友情救场，一开始只给一个月，现在实则已经超期了。

周莽、何年何月和池幸一同启程，常小雁没来，她走不开。林述川被池幸砸、被周莽打，常小雁低头认错，曲里拐弯地劝说他放过池幸。周莽提醒常小雁，林述川骚扰池幸的地方有监控。池幸不知道后果如何，总之全交给常小雁去对付。

机上，何月和小助理玩塔罗牌占卜，抽出了一张逆位的命运之轮。

它代表突如其来的变故、无法逾越的障碍和方向偏离的道路。

上海比想象的冷，室内没有暖气，空调烤得人口干舌燥。

颜砚仍旧是拍摄的最大难题，她和导演、编剧的矛盾也越来越严重。

严重到需要陈洛阳亲临上海，斡旋解决。

导演是陈洛阳三顾茅庐请来的，化妆、造型、服装、摄像、灯光全都是赫赫有名的电影班底。传说《灿烂甜蜜的你》是陈洛阳重金为颜砚量身打造的，许静光是剧本费就收了六百万。

虽然再多钱，它也只是部都市偶像剧，但重金砸出来的质感气派果真是不同。

剧组里，人人都知道颜砚和陈洛阳的关系，更传说这部戏拍完后，陈洛阳和颜砚就会结婚。唯有编剧许静与导演不买账：钱是好东西，收也确实收下了，但两人对成片质量把控很紧，在片场里天天吵架，不是他俩互相吵，就是跟别人吵。

有一次吵得厉害，旁人不敢拉架，许静在导演面前踹翻了他的椅子。

椅子滚两滚，砸到池幸脚下。周莽立刻站起，风风火火，把瞪着牛眼发怒的两个中年秃顶男人隔开。

吵架的缘由，大半是因为颜砚。

颜砚会做人，镜头后面对所有人都圆滑周到，无奈镜头前不会演戏。

导演和制片要把控进度，不会演就配音，不会演就滴眼药水，再不济就降低标准，剧本里别给欧阳雪加这些没必要的挣扎犹豫，愤怒就瞪眼骂人，难过就挤鼻子大哭。皆大欢喜，"过了过了"。

但编剧宁死不肯改剧本，导演一面说着"不错了不错了"，一面过不了自己心里这关。

矛盾重重。

落地后的第一个晚上，剧组在外滩拍摄。清场租铺，时间仅有一晚。

这里有两场重头戏，一是原秋时和颜砚的：曾误会过欧阳雪的晏阳在这儿向她求婚，满心歉意和愧疚。

二是颜砚和池幸的：年轻的欧阳雪坦白自己和晏阳真心相爱，恳求蒋昀放手，跟蒋昀道歉。蒋昀给了她一耳光。

先拍男女主戏份，两人用妆容把自己变沧桑，穿西服大衣，在冷风瑟瑟的外滩上走来走去。

拍了八条，都没过。一瓶眼药水几乎滴完，颜砚冲到导演面前砸瓶子。经纪人个子高大，立刻拦住她。

池幸躲在咖啡屋里喝热咖啡，看到这场景，兴奋得手舞足蹈："打！打起来！"

她打算到现场看戏，推门走出两步又缩回室内。风太大、太冷了。

捧着热咖啡，她对演男二号高朗的演员说："谁要是在这种冷天里跟我求婚，哪怕他给我奉上海洋之心，我也绝不会答应。"

"高朗"和"蒋昀"在这里有对手戏。

蒋昀扇了欧阳雪一耳光之后，没走多远就遇到了高朗。蒋昀一直强硬倔傲，她与高朗、晏阳从小相识，是真正的青梅竹马。高朗安慰她，帮她脱下坏了的高跟鞋。蒋昀穿高朗的皮鞋，低头看给自己系鞋带的男人，吞声低泣。

池幸和他互对台词，俩人都专业，商量好了表演的细节，无奈谈来谈去都等不到实战机会，开始闲聊八卦。

圈里传闻原秋时在追求池幸，池幸可能要被原石娱乐挖走。池幸听得眼皮子直跳：这事情八字没一撇，也不知道谁传出去的，她心里头不安。

"我跟原秋时是正正经经的朋友关系，聊得来就多聊呗。"池幸说，"这部戏是陈洛阳投资和制片的，颜砚是他的女朋友，原秋时可不得避嫌？他跟我关系好，跟你关系也好啊。你们去吃火锅不叫我，我记仇了。"

三言两语，把话题岔到了火锅上。池幸扭头看窗外，发现颜砚竟捂着脸哭了。

"哎呀……"池幸坐不住了，噌一下跳起来。周莽福至心灵，给她递来大衣。池幸不接，直直往门口走，周莽便给她披上。池幸道谢，手拉住大衣紧了紧，指尖和周莽的手指相碰，似有若无的温度。

江面吹五级风，又潮湿又冷。颜砚捂脸大哭，但没有眼泪，这情景也不好滴眼药水。

池幸憋着笑，导演和编剧各自冷脸，经纪人给陈洛阳打电话求救。片场所有工作人员全都面无表情，这一夜看来必定十分漫长。

看见池幸走来，导演忽然眼前一亮："池幸，你来演。"

池幸："……"

这话仿佛咒语，一时间片场里只剩风声掠过，呼呼作响。

池幸当作没听见："啊？什么？"她笑嘻嘻装傻充愣，给导演更正这句话的机会。

导演和编剧对个眼色，重复道："你来演一次这场戏。我知道你跟小秋练台词，你记得住这场景，来来来，试试。"

颜砚顾不上假哭，抬头瞪她。池幸不敢和她对上眼神，那双眼睛里愤怒的烈火几乎要烧掉她的头发。

这要求无礼荒诞，池幸当然不会答应，没料到许静也在一旁点火："对，你去演，让她看看、学学。"

池幸干巴巴地笑。颜砚一甩头发，对经纪人冷笑："什么人，也敢跟我抢戏。看来是拎鞋拎得还不够，没学会怎么当二流货色。"

池幸本来已经在想辙拒绝。许静和导演的用意简直不要太明显：池幸和颜砚都是峰川传媒的人，但级别咖位不同。颜砚去片场，经纪人永远随身服侍，池幸身边除了助理就是三个不吭声的保镖。

而谁不知道池幸和颜砚的不和年深日久，用没后台没背景的池幸来刺激颜砚，再好不过。

原秋时打完电话回来，没料到现场已经剑拔弩张。他连忙开口："我跟颜砚再聊聊这戏，给我们十分钟……"

"试试就试试。"池幸把大衣甩给周莽，压紧被吹乱的头发，"也难得跟你演这么温情的一段对手戏。"

她讲话时连眼尾余光都吝于扔向颜砚，只笑盈盈对着原秋时。

"你不像是这么冲动的人。"灯光与走位一早定好，池幸与原秋时并肩站在一块儿，听见原秋时低声说，"为什么突然变了？"

池幸直视前方："是人都有气。"

原秋时："做大事的人总是比较能忍耐。"

池幸："你被人这样奚落过吗？每年都被嘲笑，台上台下找到机会就要讽刺你，你还不能反驳，不能顶嘴。这部戏本来和我没有任何关系，小雁帮我谈别的戏，角色和剧本比这个好太多，但颜砚和陈洛阳一句'找池幸演女二号'，我就必须放弃《大地震颤》，来这儿吃她的白眼。"

原秋时说不出反驳的话，他确实没遭遇过这些事情。

池幸倒不见生气，她温温柔柔地说："能刺激她也好，让她生气更好。学我的演法也没问题，反正她一直在偷学。我只希望顺利拍完。"

原秋时点头。

池幸声音甜滋滋的："这儿实在太冷了。"

原秋时失声而笑："你真的很有趣。"

这场戏已接近结局。晏阳和欧阳雪相约谈合作，一个在口袋里揣了戒指，一个对对方的心思了若指掌，却装作一无所知。

池幸陪原秋时熟悉台词时，两人曾经讨论过晏阳与欧阳雪此刻的心态。

一别多年，各有成就。晏阳对欧阳雪的求婚更像是一种对内心遗憾的求偿。欧阳雪正是因为了解晏阳的心态，所以一路上只是沉默听晏阳谈论往事，却并不应和。

场记板打响，两人迈步。

晏阳感慨上海变化之大，他说两句话就看一眼欧阳雪，但欧阳雪并未注视他。她看着江面、楼群、在水面上缓慢行过的大船。

往事水一样流淌而过，导演的剧本里此处注明"叠化"，两人回忆往事。欧阳雪忽然想起，自己在这座大城市打拼的小小梦想，是在遇到晏阳之后才变得具体的。

"我们……"欧阳雪说，"我们认识好多年了。"

她像是要故意把这呼之欲出的暧昧气氛打破，笑道："咱们第一次见面，好像也是这么冷的冬天。对吧？哈，你还用雪球砸我。"

只想用池幸刺激颜砚的许静一怔，扭头问："她真记得住欧阳雪的台词？"

"当然。"导演津津有味地看，"她天天跟原秋时一起对台词，欧阳雪和晏阳所有的对手戏，她都能演。"

原秋时打开戒指盒，但没有像跟颜砚对戏一样跪下来。他站在池幸面前，沉默片刻，很轻地开口："对不起，是我迟了这么多年。"

池幸看他，看戒指，惊诧里带两分了然与坦荡："这是怎么了？"

原秋时此时此刻是痛悔的晏阳。他误会了自己最爱的女孩，带着对她的不满和怨怒远走他乡。蒋昀遭遇家族剧变后请求晏家帮忙，无意说漏嘴，晏阳才知当年的许多误会，都是蒋昀一手造成。

他拿着戒指的手微微颤抖，是忏悔也是赎罪。

池幸的表演和颜砚完全不同。她没有哭，只是眼里浮出水光，很快别过头，望向辉煌的城市灯幕。

在晏阳看不到的角度，她微微用牙齿咬住下嘴唇，眉心紧蹙，是在忍耐。

晏阳说再多的甜言蜜语，也已经很难打动她。她的眼泪并非因为欣喜，而是难过。被最爱之人误解、分别，连解释清楚的机会都没有，这件事成为她心头多年不能解开的心结。

她渴望和晏阳面对面说清楚，然而当这一刻真正到来之时，欧阳雪仅因一句"对不起"就释怀了。

她耿耿于怀的，只不过是一句"对不起"。

并非放不下，只是当年委屈万分、煎熬痛苦的自己，必须要从晏阳口中获得一份歉意。

她已经大踏步往前走，有自己的事业，正寻找自己的爱情。多年前在机场踟蹰痛哭的女孩等待的不是戒指，是真心实意的愧疚：是我主动放手，错过了你。

池幸省去了两段台词，笑着回头："不必了，谢谢你。"

她已原谅晏阳，也原谅过去的自己。

许静一打响指："好脆。"

导演接茬："省掉确实好很多，就是情绪上不太足。"

许静："没关系，我再加两场……对对对，就是这样，这里要脆一点儿准一点儿，不拖泥带水。之后晏阳重新追求她的那一段才好看，怎么打动冰山美人，对吧？"

他越说越兴奋，揪着两位跟组编剧到一旁讨论。

颜砚最为不满："这算什么？连眼泪都没有，我看不出她有多激动。"

导演叹气："说一万遍了，这儿的欧阳雪不激动，没必要流这么多眼泪。她成长了啊，不会再因为晏阳瞎哭，你到底有没有听我讲戏？"

颜砚一哼："我对人物有自己的理解，我也有我自己的表演方式。"

导演暗暗白眼。他放弃说明："许静改飞页，你就按池幸这方法来演。"

颜砚当然不肯，她连连冷笑。副导演适时在一旁提醒："导演，咱们时间还剩俩小时。"

"陈洛阳来也没辙。"导演说，"导筒在我手里，该怎么演，你得听我的。我相信你的模仿能力。"

颜砚气得说不出话，狠狠跺脚。

池幸和原秋时回到棚里，趁机问："这条若过了，接下来就是室内戏？"

室内戏是蒋昀和欧阳雪的对手戏，一场小高潮：蒋昀狠狠甩了欧阳雪一个耳光。

助理给她披上大衣，池幸坏心又起，故意问："颜姐，咱们俩可得配合好，这戏才好看。一会儿你说我是真打呢，还是做做样子？"

颜砚目光如刀，上下剐她一眼："你说呢？"

池幸暗地活动手指关节，甜笑道："懂了。"

第二场戏在室内拍摄。灯光重新调整，一片亮堂。化妆和造型给颜砚重新装扮，池幸坐在一旁最后一次看剧本确定情绪。

导演过来跟她说戏。他很放心池幸。池幸是这个剧组里的优等生，和原秋时一样，总能交上合格的答卷。他问池幸有无不确定的地方，池幸摇头。

导演低声问："一会儿记得留手。"

池幸也压低声音："不管我留不留手，她一定会让这个耳光变成真的。"

颜砚不是第一次因为在剧组里跟别人产生矛盾而故意在拍摄中制造轻微事故，令别人陷入舆论压力。池幸记得不久前颜砚在真人秀综艺里喝了一口汤，因为"太烫了"而失手打翻。节目播出之后粉丝立刻揪着那舀汤给颜砚品尝的女孩不放，颜砚此前跟她在买菜时争执过价钱，这成了一条导火索。

女孩辩解称汤虽然是滚烫的，但她舀出来之后放在灶台上十来分钟，已经降至温热，绝对不会烫嘴。

遗憾的是，那汤到底烫不烫，颜砚已经洒地上了，谁都不知道。她捂着嘴巴眼圈红红，笑着说没事没事，模样实在我见犹怜。对方的辩解显得尤为无力，平白又被粉丝扣上"那你的意思是颜砚诬陷你"之类的帽子。

彼时池幸网上冲浪，看颜砚做作演假戏，好开心；今日这事情落到自己身上，她才知个中滋味难忍，不得不提前想办法避免这种争议。

"我以为你不怕吵架。"导演笑，"你不像怕事的人。"

"是不怕事，但也不想惹事。"池幸嘀咕，"谁跟她似的，仗着有人撑腰……"

说着想着，她忽然轻轻拧了拧左手中指的戒指。在剧情中，这是她和晏阳的订婚信物。

颜砚的光替和池幸坐在小桌两侧确定的打光位置，等机位定好，颜砚才姗姗来到。她重新化了妆，又成了二十来岁的欧阳雪，眼线精致，圈出两枚戴美瞳的无辜大黑眼珠。

根据剧情，在欧阳雪表达自己确实和晏阳彼此相爱之后，蒋昀气得拍桌站起，狠狠甩了她一个耳光。池幸和颜砚对一遍台词，没有问题，进入试拍阶段。

全组人都盯着颜砚。颜砚的表现决定他们的收工时间。

坦白、短暂争执，欧阳雪终于说出"我承认在我和晏阳的关系里，我是无耻的坏人，但我们是真心相爱"这一句关键台词。

池幸起身、扇人，动作一气呵成。

但巴掌声没响。颜砚在她手掌碰到自己脸上的前一瞬抓住了池幸的手腕。

池幸一脸不解："嗯？"

颜砚看着她左手中指那枚戒指。戒指由品牌赞助，戒身光滑，上有精美的琢刻。她攥紧池幸的手腕，几乎是咬着牙："你不是右撇子吗？怎么用左手打我？！"

池幸惊讶道："你没看到我右手边摆着水杯吗？不方便。左手不行吗？"

颜砚："你左手有戒指！"

眼看两人又吵起来，导演一声长叹，飞速赶到："又怎么了？"

三言两句说清楚情况，导演心中立刻明白池幸的用意。

"我打完欧阳雪之后，是愤怒、不甘。所以我离开这里，遇到高朗，才会在这种不甘心中哭出来。用左手打也是因为有戒指，戒指在欧阳雪脸上划了一道，就那种很小的痕迹，不会留疤。"池幸有理有据，"我边走边摸戒指，很愤怒，同时不甘心慢慢变为伤心。因为这不是寻常戒指，是晏阳妈妈的遗物，他给我的订婚信物。"

许静在一旁帮腔："这个细节处理得很好啊。"

颜砚一声不吭，目光在面前三人脸上梭巡，最后落到池幸身上。

池幸说："颜姐，咱们再练一下，配合配合。"

颜砚终于笑出来："行啊你。"

池幸也笑："颜姐总是教我很多。"

在扇耳光这样的动作里，配合是最基础的要求。池幸以为颜砚还要再闹腾一会儿，但出乎意料，颜砚很快平静，接受了池幸的设计。她和池幸练习几次，最后对池幸说："你力气可以大点儿。"

她这么一讲，池幸反倒觉得奇怪，不敢使出真力气了。

颜砚的配合让这场戏顺利结束，剧组收工时已经凌晨两点，一天中最冷的时候。

陈洛阳来到，见大家疲惫不堪，便称明天请众人吃午饭。颜砚和他见面就手牵手，亲昵得不顾旁人。池幸与原秋时跟陈洛阳打招呼，陈洛阳对原秋时说："你姐上次说的那种酒，我找到了，后天给她送去，一起尝尝。"

原秋时："那可太好了。"

陈洛阳："Eric 回来了吗？"

原秋时："今早上刚到的上海。"

陈洛阳："我和他有两年没见了，他还玩冲浪吗？"

原秋时笑，低声道："还玩，你别跟我姐说，她会不高兴。"

两人谈话的内容十分亲近，颜砚偶尔也插两句话，和那个神秘的 Eric 有关。池幸不知这何许人也，打算告辞离开。此时陈洛阳转头对她说："那就先这样，后天见。"

池幸："噢，好，再见。"

等陈洛阳与颜砚离开，她拉住原秋时："你姐的家宴还请了陈洛阳和颜砚？这么多人吗？"

原秋时轻咳一声，有些不好意思："抱歉，我忘记说了。我姐还请了一些关系好的朋友。"

池幸略有不满，但没有表露。她笑着问："Eric 是谁？"

原秋时："这个家宴就是为他准备的。他是我姐的孩子，今年毕业，我姐打算让他在原石娱乐里多学学经营的本事。"

池幸心想，原来如此，我不过是原秋时带去的陪衬。不过这下她反而放下心来，她以原秋时"好朋友"的身份去参加这样的家宴，不过分正式，很得体。

就是想到到时会见到颜砚，她心中不免有几分郁阎。

回去的路上，她闭目在保姆车后座假寐，塞着一侧耳机听《幻夜奏鸣曲》里喜欢的角色说情话。何月跟小助理低声聊天，池幸耳朵忽然竖了起来。

她与原秋时配合试演的时候，何月跟小助理都在导演身边，他们听见了导演、编剧的谈话。

池幸摘下耳机："何月，许静那句话怎么说的来着？"

何月完整复述，连带语气也模仿得惟妙惟肖："她真记得住欧阳雪的台词？"

池幸碾了碾手中的耳机："原话？"

何月和小助理同时点头。

周莽回头看她："怎么了？"

"很奇怪。"池幸轻轻摇头。

她记得当日两个跟组编剧找来的时候，说过是编剧许静主动提出要给池幸加戏的。他嫌蒋昀的戏不够丰满，人物特质太弱，不能成为与欧阳雪抗衡的反面角色。

池幸一直以为许静认可自己的演技，至少他知道自己能演到什么程度。可许静今夜说的这句话十分古怪：池幸背台词又快又准确，可许静居然惊讶于这一点。

如果许静对池幸的演技并不认可，或者说并不了解，他为什么要给池幸加戏，还亲自说服了陈洛阳？

池幸坐直，立刻给常小雁拨电话。

常小雁劝她安心。

合同没有任何纰漏，不管是许静还是谁决定给池幸加戏，都不会损害池幸的利益。目前拍摄的进度十分顺利，池幸的表演在恶和苦之间找到了微妙的平衡，常小雁认为没有任何问题。

"休息吧。"她的声音带着鼻音和倦意，"我也好累，儿子发烧了，我还在医院陪他打点滴。"

池幸不敢再打扰，挂了电话。

但她心里头的忐忑并不能简单就消除。迷迷糊糊睡了两个小时，她强撑着醒来，拉上何月一起到酒店健身房跑步。

曾谧云给她打来电话，让她帮忙从上海的店子里捎两包特殊的咖啡豆。池幸总算逮住个能听自己发牢骚的人。

"我怎么觉得这里面有个坑啊？"曾谧云说，"是不是那颜砚给你设的坑？"

"那她干吗给我加戏？"池幸不解，"为了给自己添堵吗？"

曾谧云笑："自己短暂吃点儿亏，让你以为你得到了大便宜，结果更大的问题在后面等着你。她是能做出这种事的人。"

池幸想不出任何有指向性的可能，头渐渐开始疼。她岔开话题，聊起了原秋时的家宴。

听到还有其他演艺界人士参与，曾谧云兴奋极了："张君亮呢？"

池幸："好好好，我要是见到他，我一定跟他合影发给你。"

曾谧云："能让他给我打个视频电话吗？"

池幸："姐姐，我不认识他！厚着脸皮求合影已经是极限了。"

曾谧云笑完了，认认真真问她："所以，你已经决定选择谁了是吗？"

池幸很久不答。她在做锻炼后的拉伸，忽然看见周莽与何年也走进健身房。看到她在打电话，周莽只远远瞥一眼，没有走过来。

试衣间一场热吻，像是不曾存在过。池幸的吻没有让周莽有更进一步的动作，他已经看穿了池幸的想法。所有欲拒还迎都是作弄、是挑引，里头没有多少真心。

掂量、比较，池幸仿佛在市场里购买商品，她反复挑选，不能立刻做出决定。但既然是购买商品，当然是选择最好、最准确的选项。

人不应该在正确答案面前，还选择做蠢事。

池幸眼神扫向窗外。天微微亮起来，雾气茫茫。

"原秋时。"她对曾谧云说。

两日拍摄很快过去，原秋时不跟剧组人员同住，颜砚和陈洛阳住在上海的家里。这天晚上七点左右，原秋时的车抵达酒店楼下，接池幸。

池幸穿笛子设计的礼服，披一件乳白色披肩，一颦一笑都异常动人。原秋时认真看她，像欣赏一个新鲜花瓶："很美。"

他为池幸打开车门。驾驶座上坐着沉默寡言的司机，原秋时与池幸坐进后座。这是原家的家宴，外来的闲杂人不得进入，池幸打算只带何月同去。

何月一身利落的黑色西装，头发扎一束马尾，不带妆，神情严肃。她打开副驾驶的门正要上车，周莽把住车门："我去。"

何月惊呆了："幸姐要带我去见世面。"

周莽还是那句："我去。"

原秋时开口："女宾带女性保镖会方便很多。"

周莽已经坐进副驾驶座，回头："我是池幸女士安保小组的负责人，合约规定，池幸女士参加任何大型活动，我必须在场。"

池幸哑然，眼睛无声地笑弯。周莽正散发古怪的敌意，原秋时接收到了，扭头对池幸笑笑："你这个保镖真尽责。"

池幸："他很可爱，对吧？"

周莽脸色一黑，原秋时若有所思："可爱吗？"

他让司机离开，何月负责开车。四人总算安排停当，车子驶了出去。

池幸偶尔瞥一眼后视镜。周莽坐得笔直，眼神也笔直，没有和她对上过哪怕一次。

"似乎会下雨。"原秋时看着窗外说。

第八章 风波

还跟林述川在一起时，池幸随他去过林家的家宴。

说是家宴，其实跟晚宴也差不了多少，池幸不擅长分辨个中区别。宴会一般在别墅庄园里举行，庄园不是在山里就是在郊区，只有偶尔几次在市区内，位置绝佳，露台能望见故宫。

别墅若是在山里，一路上幽静深邃，路灯藏进修剪好的树丛里，暖光把白玫瑰白蔷薇照成橙黄。车在山下过一道大门，蜿蜒爬到半山腰，足足十分钟。山腰里一泓灯光泼开，照得人眼睛花花。男人女人，灯红酒绿。

她往往是作为林述川的女伴出席。宴会大都露天，灯光灿烂，天星也灿烂。在北京少见那么亮的天。来往的人笑谈饮酒，孩子们和保姆在草地花园里玩，大狗吐着舌头，又乖又温顺。

只有一次，池幸印象深刻，那是一场真正的家宴，出席的全都是林述川的家人。他的父亲坐在首座，身边是妻子和大儿子林述峰。林述川终于正式介绍池幸，称她为"女朋友"。

池幸记得清楚，林述川的母亲一直打量她的手。池幸把自己那双还未消除所有辛苦痕迹的手藏在桌下，那一顿她吃得很少很少。

离开之后林述川狠狠骂她。她让林述川丢脸了，她连醒酒器都不懂，说那是"玻璃瓶"。

残留的记忆让池幸被原秋时引下车的时候，心里还有些惴惴。原秋时应该不是那样无礼粗暴的人，然而她不敢完全肯定。

她挽着原秋时的手，穿过精巧的拱门。道路两旁栽种耐寒乔木灌木，冬季也绿得从容。夜露深重，穿过一段铺好地毯的石阶，拐入避风处，池幸才略略松了一口气。

原秋时侧头说："我好冷。"

池幸被他的体贴逗笑。

宴席设于室内，这是原秋时大姐原臻为儿子 Eric 买下的房子，富丽堂皇，极尽奢华。原秋时甫一亮相就成为众人的焦点，众人先看到他，又看到池幸，纷纷露出恍然大悟的表情。

原秋时也不解释，打了几个招呼，带池幸去见原臻。

原臻很少在公众面前露面，她比原秋时大十几岁，保养得宜，身材高大，正气冲冲从楼上走下来。

"去找人啊！"她一脸怒气，"今天他不出现，这宴会还是宴会吗！"

Eric 不知躲去哪里，原臻心情不好，见到原秋时才略略缓和。她伸出手，池幸握了握，原臻打量池幸，扭头对原秋时说："你交过这么多女朋友，这次这个最好看。"

原秋时："姐，池幸是我的好朋友。"

原臻笑了笑，这回总算正眼看池幸："我看过你的电影，很不错。旭峰夸过你好几次，能被他开口夸的人，我两只手就能数完。"

旭峰，《虎牙》的导演。池幸心头一跳，又是感激，又是惊讶。原臻没等她说下一句话，扭头指着员工："去球场找！车库呢？车库看过了吗？不知轻重，吾真是气色特了[4]！"

有贵宾进门，她洋洋欢笑，一口上海话，亲亲热热："窝里相宁好伐[5]？"

原秋时有些尴尬，池幸扭头笑道："我饿了，咱们去找点儿东西吃吃？"

草草吃了些东西，有人把原秋时叫走。是他美国留学时的朋友，一小撮人有说有笑聊得欢畅。都是家境相近的人，不少原本从事科技、地产的，最近也打算投资影视。原秋时想叫池幸来结识新朋友，回头却不见人影。

池幸正和麦子在露台聊天。

4　上海方言：我真是气死了。

5　上海方言：家人怎么样？

在这里见到麦子，池幸也是吃惊的。

"都是认识的人。"麦子伸手朝着会场比画一圈，"这圈子嘛，就真的是一个圈。"

《大地震颤》最近连连出事，先是拍摄地水电被切断，好不容易修复好了，才开拍一天，总局下来通知：剧本不过关，要重写、重审，拍摄中止。

麦子当场摔了本子就走，骂骂咧咧。

裴瑗和麦子原本来上海是跟投资人会面，想找人从中斡旋，减少阻力。不料昨晚临时接到通知，总局召集《大地震颤》的制片导演和编剧，聊聊剧本里出现的毛病。裴瑗和江路等人立刻返京，麦子不肯回，赖在上海。

"剧本有什么毛病？"池幸不解。

"赵英梅下岗那一节不过关，涉及国有资产被侵占，比较敏感。"麦子说，"呸，这是实实在在发生过的事情，一笔带过的背景，几句台词而已，有什么敏感？"

池幸："那你改掉就成了呗。"

麦子："不能改。改了连赵英梅老公和王靖的故事线都得改，味儿就不对了。"

他对自己的作品有异乎寻常的坚持。

剧本中，赵英梅老公与赵英梅同是下岗职工，两人自食其力，相识后结婚。王靖的父亲正好是赵英梅原厂厂长，清退大部分职工后，单位变成私人所有，他摇身一变，腰缠万贯，能为儿子的舞蹈梦想源源不断提供支持。

麦子在《大地震颤》里埋设的这一条暗线是赵英梅人生悲剧的引子。她仰慕的舞池王子，实际也是不断、不断把她推入深渊的另一只手。

他在冷飕飕的露台上抽烟，跟池幸发牢骚。池幸觉得有些冷，紧了紧身上的披肩。她可以回到温暖的室内，但不知为何，这遍布冷风的地方反倒让她感到舒适。刚刚喝下去的两杯酒微微烧热胃部，她垫了些食物，但似乎不够。

"你是选原秋时了？"麦子忽然问。

"不可以吗？"

她的回避让麦子眯眼一笑："那保镖小伙儿呢？周莽是吧？长得精神，人又俊，我很喜欢。"

池幸装作不懂："我的事情跟他有什么关系。"

麦子不说话，狠狠抽一口烟，无声地盯着池幸笑，要从她脸上找出撒谎的端倪。

因喝了酒，灯光里她鼻尖和耳垂微红，像不经意的羞赧。

麦子看她："哎，当时兰桂坊那照片是谁给你拍的？真好看，我觉得比你什么杂志写真都漂亮。"他的北京腔有一种不做作的实在，音节脆落，说得笃定。他说好看，那就是实实在在的好看。

池幸几乎都要信了："是吗？"

麦子："你不是都看到镜头了？没瞧见人？"

池幸："别再提什么白山茶了，我不喜欢这种形容。"

"白山茶哪儿不好？"麦子耍赖一般摸自己光滑的头皮，"有一种山茶，白底，红点，特别罕见。我觉得你就是那样的。我这是夸奖……"

池幸白他一眼，知道他烟抽多了。她转身走回室内。

一个人正好为她拉开门，是周莽。

池幸眼睛有点儿干，被风吹得微微发酸。她抬眼看周莽，眼睛湿润，鼻尖微红，神态像诧异的少女："你怎么在这里？"

周莽："我送你来的，忘记了？"

池幸："保镖不是不能进来吗？何月呢？"

周莽："何月在外面。麦子说我是他表弟，把我带进来的。"

池幸："……"

隔着门扇，麦子冲周莽和池幸笑着摆摆手。

池幸去找吃的喝的。周莽和她拉开一点儿距离，忠实地扮演保镖。

"你好僵硬。"池幸递给他一小碟刺身，"人一看就知道你是保镖，不是什么麦子的表弟。"

周莽接过，大方开吃。

"一会儿跟我跳舞吗？"池幸问，"等我和原秋时跳完。"

"不跳。"周莽说，"要不你第一个跟我跳，要不我不跳。"

池幸笑了："第一个跳的是原臻和她儿子。"

周莽不认得这些人，皱皱眉头，继续吃。

会场中陆续有人向池幸打招呼，顺便也朝周莽投来好奇的目光。人人都知道池幸是原秋时的女伴，她和周莽看起来似乎相识，没见过周莽的人用眼神示意池幸开口介绍。

宴会上英俊的男士很多，但有周莽这般硬朗气质，又不因脂粉显得油腻的很少。周莽看人时眼光不客气，带点儿凶悍，加之理着普通平头，不言不语，和此地格格不入。

池幸把麦子的谎言贯彻："麦子老师的表弟，叫……你叫什么来着？"

她笑盈盈问周莽。周莽扫她一眼，从侍应托盘里拿一杯水喝光，走开了。

池幸："哎呀，这脾气，跟麦子老师一模一样，真是有个性。"

众人附和："对对对，一模一样。"

她笑得停不下来，周莽的脸色又黑了几分。

因为一直找不到 Eric，原臻不得已在他缺席的情况下宣布宴会开始。姐弟俩跳了一支舞，原秋时回头邀请池幸，低声说要检查她上舞蹈课的成绩。

原秋时是高手，领着池幸，两人优雅漂亮，风姿楚楚，如一双并颈的天鹅，无论笑嗔都自然天成。

他握着池幸的手，看池幸的眼睛，眼里盈满笑意："你今天很漂亮。"

池幸心头却忽然涌起鲜见的愧疚。

给她上舞蹈课的老师有两个人，都是男性。而无论和他们跳，还是和原秋时跳，她都没有曾在周莽怀中感受过的眩晕和震动。

周莽握她的手，掌心火热，能把池幸烫得心脏乱跳。她记得当时的感受，她就像初次与心仪之人共舞的少女，除眼前人之外一切都不存在，如雾水般影影绰绰。

周莽，周莽……周莽第一次碰她，是给她上药。那种温柔、怜悯的小心翼翼，刀片一样，切入十八岁的池幸心里。她被这稚气少年的疼惜弄得愤怒，愤怒里还有自怜。天长日久，那伤口好像已经愈合。不料重见周莽的时候，盐和蜜一同灌进去。

它永远痊愈不了。

旋转中，她看见周莽站在舞池之外的人群里。他卓然于所有人，瞳孔里压着复杂的情绪，目光始终锐利，紧紧追随池幸不放。

漂亮的女人总是会被男人盯着，那目光像鹰盯视猎物。但周莽不是。他看池幸的眼神会让池幸坠入轻巧的梦里：她变成周莽不敢伸手触碰的东西，生怕一碰就散了。他总用这样的目光笼罩池幸。

"想什么呢？"原秋时忽然问。

"在想神秘的 Eric 是什么样子。"池幸回过神，笑道，"他和你姐姐像吗？"

"像我姐，也像我，非常帅。"原秋时说，"我姐夫是法国人，所以 Eric 是混血儿，很好认。"

纵然方才还想着周莽，池幸也被原秋时这话勾起熊熊好奇："和你长得很像的混血儿？"

原秋时完全知道她在想什么。他低头在池幸耳边说话，声音磁性沉厚："只要你见过他一眼，就会牢牢记住他的长相。"

渐渐地，对这位不露面的 Eric 的好奇，让会场里其他宾客也跃跃欲试，想要找出他来。

麦子抽完两支烟回到会场，撺掇原臻搞一个捉迷藏大赛，胜者可以获得 Eric 的一个法式热吻。

原臻一把揪住他的衣领："你是不是知道他在哪里？"

麦子哈哈地笑，泥鳅般滑走，去跟池幸聊天。

池幸正跟原秋时小声说着什么，那画面看上去又美又和谐。不少人偷看偷笑，不料两人间突然冒出一个光头干瘪的中年男人。

"我也没去过你们家那马场，怎么光邀请池幸不邀请我？"麦子接着两人的话茬问。

原秋时："好啊，一起。"

池幸忽然想起一件事，忙问麦子："许静老师是你的学生对吗？"

麦子："对。"

池幸跟他说了加戏的事儿。麦子还没听完，立刻否定："不可能。"

池幸心头一沉："什么意思？"

《灿烂甜蜜的你》的剧本，许静给麦子看过。坊间传说他收了六百万剧本费，实际上每集只给了十万，拢共算下来，是三百多万。许静有自己的制作团队和编剧工作室，他看在陈洛阳的面上接下这个活儿，但写作过程中，陈洛阳和颜砚干扰太多，他写得并不高兴。

而麦子对许静十分了解。这个人是绝对不会因为"演员演得好"或"角色不够丰满"，而在剧本已经过审的情况下改戏的。

能让许静改戏，唯一的可能性就是——陈洛阳加钱了。

"许静说服陈洛阳给你加戏？不可能。"麦子笑道，"三百万编剧费，还要分给工作室的编剧，要养团队。这是许静的友情价，就这么点儿钱，还想他主动改戏加戏？那剧本改完得再送审，谁会没事给自己找事。"

正聊得热络，原臻和陈洛阳、颜砚过来了。

陈洛阳是个风度翩翩的中年人。

生活富裕的人，往往很容易从外表看出来，他们不急不躁，行动稳健，举止得体优雅，与人说话时总留几分距离，喜怒不形于色，叫人摸不着底。陈洛阳就是其中典型的一位。

他三不五时会去剧组探班，因颜砚的关系，他和剧组里的人很熟悉。

见池幸和麦子聊天，颜砚惊讶道："你们认识？"

麦子打个哈哈："不打不相识。"

陈洛阳与原臻对圈子里的边角八卦不熟悉，听麦子说了原委，恍然大悟。

"你这破嘴，就是招人骂。"原臻笑道，"说话多过过脑子，天天得罪人。"

麦子现在与裴瑗合作新电影，陈洛阳听见"裴瑗"这名字就黑脸，他也不大乐意跟麦子说话。众人识趣，都绕过这个名字。

颜砚挽着陈洛阳的手："池幸和原秋时现在是我们剧组最核心的两个人，真的特别特别棒。我们原先还担心许静老师新写的戏和原先不同，池幸演起来可能有点儿吃力。但她完全没有一点儿障碍，台词背得特别溜。"

池幸笑笑。她敏锐捕捉到颜砚话里的细节——"我们"担心池幸演不好许静老师的戏。

我们？池幸那颗一直悬着的心，哐当落地。她明白了。

果然，颜砚紧接着笑道："当时我跟洛阳提出改戏的时候，他还说我多事。"

池幸："原来是这样！"她很快乐地用恍然大悟的口吻道谢。

原秋时和麦子都没吭声，倒是原臻开口了。她似乎对其中的弯弯绕绕并不了解，直接问："为什么要改戏？现在剧本审核不是严了？要是改戏，总局还得重审剧本，不会拖慢拍摄进程吗？"

原臻最关心的自然还是原秋时的行程问题。结束《灿烂甜蜜的你》，原秋时要马不停蹄地进组，拍摄另一部被寄予厚望的刑侦剧。

陈洛阳解释，是颜砚认为原剧本过分削弱了蒋昀的角色内涵，只关注功能性。她提出给池幸加戏，是为了让整个剧更加合理丰满。

原臻连连点头。旁人听来，是颜砚关心陈洛阳的事业，也关心整个剧的质量，只有池幸、原秋时和麦子心中嗡嗡大作警铃。

池幸当然要继续道谢，感激陈洛阳提携。陈洛阳知她跟颜砚不对付，话里有话："当时林述川把你推荐给我，我从没和你合作过，确实挺担心。但颜砚说服了我。"

对《灿烂甜蜜的你》，陈洛阳是有很大期望的。颜砚说服他允许改戏，两人又说服了许静重写蒋昀这条线。蒋昀是国产都市剧里少见的硬朗女性形象，陈洛阳笑笑："当然，你自己也折服了我。池幸完完全全就是蒋昀。这戏出来，必定是全城话题。"

这一小撮人秘密谈笑，气氛融洽。原家两姐弟都在，加上池幸、颜砚，还有陈洛阳、麦子这两位圈里出名的人物，这个角落隐隐地成了场内焦点。

"剧本的问题真是不容易。"原臻突然颇自然地开口，"裴瑗本来也来的，这不，被叫回北京，紧急开会了。麦子，你到底写的什么呀？"

陈洛阳对"裴瑗"二字已然产生条件反射，脸色一沉。原臻倒不怕陈洛阳翻脸，笑看麦子，等答案。

《大地震颤》项目保密级别高，麦子只是笑笑："等片子剪好了我第一个叫你去看，好吧？"

原臻："光是看吗？这什么片子，你和裴瑗这么紧张，我也投点儿钱玩玩。"

陈洛阳的脸色越发不对劲了。裴瑗确实是他的命门。

麦子："总之是好片。"

原秋时在麦子背后拉拉池幸的手。池幸手心沁出冷汗，他想带池幸离开。

颜砚这时把目光扫了过来："池幸知道啊，问她就行了。"她笑眼盈盈。

陈洛阳和原臻一同看池幸，前者眼神惊愕，后者好奇。"你怎么知道？"原臻佯装生气，"麦子跟你说的？"

陈洛阳没接茬，他眼神阴冷，竟先看了颜砚一眼。

颜砚暗咬后槽牙，把想说的话一口气说完："你不是《大地震颤》

的主演吗？"

原秋时攥紧池幸的手。池幸一动不动。

如果一个人的愤怒和狼狈能够直观地看出来，陈洛阳和她该是两个极端。

她脸色有点儿白，接不上话，也不能立刻回答颜砚的问题。

原臻的目光在她与颜砚、陈洛阳之间扫来扫去，一副看戏的表情。

倒是麦子反应最快。他不理会颜砚的问题，也没看陈洛阳，自顾自重新点了根烟，露骨地冷冷一笑。

"你从哪里听来的？"麦子问，"是谁说的？"

麦子只有在舞台上讨论剧本才会随剧中情绪流露自己的情绪。池幸几乎没见过麦子真正生气。他说话时忽然没了那种戏谑、浑不在意任何事的腔调，又硬又直接。

陈洛阳重重把香槟杯放在桌上，酒液溅出。他一张脸黑沉沉，看池幸的眼神带刀带刺。

"你，很好。"他说。

他松开颜砚，转身就走。池幸忙跟上去，想要和他解释。察觉她靠近的陈洛阳忽然大怒，扭头吼道："滚！"

他转身动作太大，拂倒身边侍应的托盘。托盘上几杯红酒，池幸没能躲开，全泼在她的身上。白色披肩立刻红了一大片，血一样。

乐声还在继续，乐队并未停下手中的工作，人群却像是被按下定格键，连嗡嗡的议论声都消失了。有人偷偷拿出手机拍摄，被身边人按了下去。

"你很好，很好。"陈洛阳笑了一声，指着池幸，"跟我玩心机，你还不够格。有我陈洛阳一天，你池幸别想在圈子里出头！"

他拂袖而去，脸色难看。原臻连忙追上去，颜砚小跑着，拉住了陈洛阳的手："洛阳……"

陈洛阳的好心情已经彻底被破坏。他用比方才对池幸更恶劣的语气，一个字一个字地从薄唇挤出完整的话："我一生最恨的，就是自作聪明的蠢货。"

说罢拂开颜砚的手。

面对原臻，他倒是显得缓和平静，又恢复成了体面的有钱人："我先走了。"他皮笑肉不笑，"小秋想要那女的？"

"怎么可能？"原臻笑了，"秋时有未婚妻，正派人家的姑娘。"

突如其来的争执让宴会产生了小小的骚乱。地上一片碎玻璃，原秋时命人打扫清理，抬头时已经不见池幸，连麦子也没了踪影。

他连忙寻找，迎面撞见走回来的原臻。

原臻带着笑，安抚宴会上神色各异的人们。见原秋时要出门，她微微一笑："秋时，你过来。"

听出她话语之中的不容置疑，原秋时产生了一瞬间的迟疑。

"给 Freesia 打个电话，她今天本来是要过来的，航班延误了。"原臻带笑带嗔，压低声音，没听见她说话内容的人，只会以为姐弟俩正愉快地沟通，"你对她太冷淡了。"

原秋时捂着额头长叹："你……你又误会了什么？我已经说过，我跟她不合适。"

原臻眼神冷了几分："秋时，你要认清楚你自己的身份和位置。"

原秋时："我很清楚。"

原臻："既然这样，就不要把乱七八糟的女人带到家里来。"

原秋时浓眉皱起："就算你不喜欢她，她也是我的朋友。你不尊重她，就是不尊重我。"

原臻："好，那我说一句对她好的话。你记得你是什么人，别让她产生错误的期待。"

原秋时："你允许我邀请她来这里，就是为了羞辱她吗？裴瑗和江路想让你投资《大地震颤》，他们是不是已经告诉过你池幸的事情了？"他忽然恍然大悟，"所以你才会邀请陈洛阳。"

面对原臻的沉默，原秋时想起原臻今晚与预想中完全不一样的态度，心头涌起难以控制的烦躁和微痛："姐，今晚即便颜砚不开口，你也会说出来，是吧？"

"如果我确定投资，那么池幸这样轧戏，你认为我可以接受？"原臻问。

"道理都在你这里，从来就这样。"原秋时低声道，"Eric 说了几十遍他不愿意回国帮你看生意，也不愿意办这种宴会。你从来没认真考虑过别人的感受。"

原秋时不想和她争执，扭头就走。原臻找不到自己儿子，又被原秋时气上一气，脑袋嗡嗡响，端庄富贵的一张脸登时扭曲。

　　庄园太大了，原秋时在花园里找了一圈，所问的人都说没见过池幸。他来到正门，看见大门敞开着，麦子正从山道往回走。

　　"你见到池幸了吗？"原秋时忙问。

　　"已经走了。"麦子指指身后的路，"她没车，步行下山。"

　　原秋时："你不陪着她？"

　　麦子奇道："女人想独处的时候，男人当然不能打扰。"

　　原秋时扭头命保安开车过来，麦子在他身边笑道："你这人真有意思，跟你姐不一样。"

　　原秋时按捺心中的不悦："你是不是已经知道我姐要投资《大地震颤》？裴瑗不会是过来拉投资的。她在柏林拿了奖，编剧又是你，这电影怎么可能缺投资。是我姐把裴瑗、江路叫过来的。"

　　他说得笃定，麦子也没有否认。

　　"你知道一切，你为什么不告诉池幸？你可以让她提防，让她不要来。"原秋时有点儿焦躁了。

　　"这样很有趣。"麦子咬着烟笑，"你不觉得这一切就像是一出活剧吗？我喜欢设计戏剧，也喜欢看戏，今晚我非常开心。诚然，这场戏剧的导演是原臻，我和颜砚不过是各有所求，推波助澜。"

　　他想了想又说："你也是我这戏剧里的一员。"

　　原秋时完全无话可说，他甚至顾不上自己一直恪守的体面与礼节，低声道："不可理喻！"

　　保安把车开来了，原秋时不再多话，上车沿主路离开，一路寻找池幸。

　　麦子在门口掸了掸烟灰。他看着保安，笑道："陷入爱情的男人真有趣，盲目不是恋爱中的女人的特权。你看，他忘了问我池幸那俩保镖去了哪里。"

　　保安一声不吭，站得笔直。

　　"不过要是问起，我还真没想好怎么回答。"麦子自顾自说，"这戏还不够圆满，我得检讨。"

　　此时在庄园侧门，池幸冷得发抖。披肩洒了酒，她抓在手里。一如原秋时所说，下起了小雨，她实在受不了，又把披肩披上，慢慢沿着山道往下走。

侧门山道比正门狭窄，不便行车，要走上一段才能与正门的大路汇合。远远地，池幸看见有车从大路经过，离她颇远，只从浓密的林子里透来车灯明亮的光线。

池幸在身上摸索，才想起手机给何月保管，她没带在身上。方才宴会场地很混乱，麦子牵着她离开，直到把她送到侧门才走。他来过这别墅几次，熟悉地形，叮嘱池幸一路往前走。

池幸一分钟都不想待在此处。她不蠢。原臻、陈洛阳和颜砚，个个都有自己的盘算。甚至连麦子也有。她在这个陷阱里，根本没有脱身的机会。

她把披肩搭在头上挡雨，眼角余光瞥见路边的灌木丛里翻出来一个人。

那男孩棕色及肩长发，穿着这天气明显不够暖和的帽衫，手里拿一根鱼竿。

两人诧异地相互打量。

在这孤清的山路上，一个漂亮女人盛装打扮，却把披肩当作头纱般披着。男孩笑了，问："Corpse bride（僵尸新娘）？"

池幸："……"

她看那男孩一眼便猜出他是谁。冲他伸出手，池幸用理所当然的口吻说："Eric，借我手机。"

Eric 摊开手掌："我没有。"

池幸："借我，放心，我不会把你的行踪告诉任何人。"

Eric："我跟我妈妈玩捉迷藏的时候，从来不会把手机带在身上。"他口音很标准，偶尔几个字平卷舌不分，故意拗儿化音，生疏中有拙劣的趣致。

凑近池幸身边，他像个绅士一样弯腰："需要我把你送回城堡吗？"

池幸："我刚从你的城堡逃出来。"

Eric 拍掌大笑："原来你是长发公主。"

池幸被他的烂笑话弄得心烦，Eric 拈起她的披肩："这是血吗？公主，你受伤了？"

他没什么分寸，但脸上的担忧很真诚。正伸手要捏池幸的肩膀，斜刺里伸来一只手，猛地攥住他的手腕。

池幸一颗乱跳的、不安的心几乎瞬间就定了下来。

是周莽。

周莽打量 Eric，说："找你的人就在附近。"

Eric 立刻攥紧鱼竿，潇洒挥手："再见，公主。再见，骑士。"说完又钻进灌木丛，三两下便没了踪影。

周莽收起池幸的披肩，脱下自己的外套披在她身上。

"你怎么知道我在这里？"看到周莽的瞬间，池幸浑身力气松懈，她甚至在这一时刻有了流泪的冲动，但很快控制自己，"后来怎么没见到你？你去哪儿了？"

周莽并不知道池幸在室内出了什么事。池幸和原秋时跳完舞之后，何月把周莽叫了出去。周莽的身份被察觉，不得不正经八百地跟庄园管事报备身份资料。

报备完之后，才发现室内似乎起了争执，有些混乱。周莽无法进入，与何月准备强硬冲进去时，麦子抽着烟出现。

"他告诉我你在侧门等我。"周莽说，"他还把自己的车借给了我们，何月去了停车场。"

池幸："……"

她完全猜不到麦子在想什么。

周莽看她鞋子。这双名贵的高跟鞋不适合在铺了沥青的山路上行走，太高了。池幸哪怕站着也摇摇晃晃。他托住池幸的手肘："把鞋子脱了吧。"

池幸："我得走下去，这条路太窄，何月开车进不来。"

周莽："我背你。"

他不容池幸反驳，蹲在池幸面前，抬头看她。

周莽背着池幸慢慢往下走。寻找 Eric 的人并没有出现，池幸趴在他背上，圈着他的脖子，心想这个人原来也擅长说谎。

周莽不问她发生了什么，池幸也不说。她不知道从何说起，只感到很倦的疲累侵袭全身。

"我挺重的。"她说，"我也不算瘦。"

"我可以背着你跑起来。"周莽说，"你比何月轻太多了。"

"你背过何月？"

"嗯。"周莽说起以前的事儿。他跟何年何月认识好几年，是关系极好的朋友。上一份工作，三人也协同执行任务，保护一个富商去香港谈生意。中途发生了点儿矛盾，很是惊险。何月被流弹擦过脚踝，何年护着富商狂奔，是周莽背起了何月。

这十二年里周莽度过了怎样的生活，池幸完全不清楚。她听周莽说这些事情，感觉像黑帮电影，狐疑道："真的吗？"

难得见周莽笑。他笑得很开心，胸膛震动，池幸听得清楚。她拧周莽的耳朵："你骗我。"

"是真的。"周莽正色道，"后来我们三个一合计，不行，这些事儿太危险了，所以辞职了。"

三人辞职，从南方来到北方，投靠何年何月的舅舅。舅舅自己开了安保公司，承接各类保安任务，其中最轻松、来钱最多的就是给娱乐圈明星保驾护航。他当然要把这种肥差安排何年何月。

兄妹俩极其信赖周莽，于是连带周莽也蹭了个彩头。

"原来如此。"池幸笑，"那我得谢谢何年何月。"

周莽沉默了，却微微笑着。池幸也不说话，耳朵贴着周莽的耳朵，两个人在蒙蒙的秋雨里前行。

心跳声原来是这么嘈杂纷乱的声响。

池幸摸他的头发，短而硬，和他的性格有几分相似。冰冷的湿润的空气涌进她的鼻腔、肺部，她贪婪地呼吸。呼吸到最后，狠狠抽了抽鼻子。

"我以后可能没法拍戏了。"她说。

周莽脚步没停，路走到了尽头，有一个小小的拐角，一丛蓬勃的小菊花在路边绽放，湿漉漉的金色。他背着池幸继续沿路行走。

"原秋时不帮你吗？"周莽问。

他不知就里，池幸沉默片刻："他帮不了的。"

周莽眉头微皱："他喜欢你，他应该帮你。"

池幸被他这话逗笑："没那么简单。而且……不是他。我要的人不是他。"

她说完，胸口越发震颤得厉害。

已经来到大路边上，却不见何月和车子。周莽把她放下，池幸倚着路灯柱，拨了拨黑色的长发。长发被雨丝染湿，贴在她白净的脸庞，一缕缕的，像黝黑的笔迹。

周莽没回答她。实在不习惯这样的羞涩尴尬，池幸牵了牵裙摆，跳着舞一般笑起来，生硬地转开话题："你看过《爱乐之城》吗？"

"你应该选他。"周莽看着空空的路面说。

池幸忽然失去了力气。她蹲下来，脚跟疼得厉害。半晌，她笑着说："原秋时有未婚妻，麦子跟我说的。"

周莽呆住了。

"他们那个圈子里的人都知道。"池幸手指勾着头发打圈，"只是没人告诉我罢了。"

她的眼泪忽然之间涌了出来，太突然，根本无法抑制。

池幸心里有一块地方知道，她是确实想选原秋时的。

为什么要避开正确选项，去走更难更曲折的道路呢？人人都会选原秋时，池幸不够聪明，但也不是傻子。原秋时喜欢她，她知道，也感受得到。他足够真诚真心，池幸信过他。选一个爱自己的人有什么不对？她很努力去说服自己。

池幸有时候会怀疑，是不是自己天生注定没有好运气，所以总是被欺瞒、蒙骗。

世上就是会有这样的人，做什么选择都是错的，任何好事都会绕道而行，和她毫无关系。

她已经很久、很久没有这样哭过。这不是单单为原秋时，也不是因为那华美奢侈但与她毫无关系的宴会。

不是因为颜砚，不是因为陈洛阳那杯酒和奚落。

她哭得仓促，来不及思索自己为何在这冷雨里号啕。心里隐隐想起上一次这般大哭不是在戏里，是在母亲的葬礼上。孙涓涓的黑白照片放在她的遗体前，她走之前干瘪得不成样子，照片却还是漂亮快乐的，迎着阳光笑得开朗。

池幸甚至没机会哭完。她跪在照片前哭得浑身发颤，被池荣拎起来扇了两个耳光。太晦气，这样哭，会让孙涓涓不肯甘心走。池幸认不清面目的亲戚议论纷纷，说她不孝，故意拖住孙涓涓投胎转世的脚，故意让池荣心里头犯怵。

今夜没人打她。她在周莽面前才敢这样哭。哭到摇摇晃晃时，周莽单膝跪下，抱住了她。

良久，池幸平静了一些。她试图推开周莽，周莽力气很大，一点儿没动摇。

池幸放弃了，她靠在周莽肩上，声音嘶哑，黏糊糊的，听不清楚："我总是有很多事情想不明白……往前冲就是了，可能也没有答案。我不该因为别人对我好一点点就飘飘然，就开始乱想。世上的事情，还是要分资格的。"

周莽拍拍她的背，很轻地摸她的头发。

池幸想起周莽家里那只被他温柔抚摸的小猫咪。

她又难过了。周莽怎么能让她选原秋时？

池幸挣脱了周莽的怀抱。她毫不客气地用周莽的西服外套擦脸，把衣服丢回去给他时，周莽准确接住了。

山道上终于有车灯渐近，是麦子那辆古董车。

"明天总会好起来的，对吧？"池幸让自己露出笑容。

第二天早上，一夜未眠的周莽收到了接连不断的推送消息。

一篇狱中犯人亲笔书写的观影笔记被人拍下，发在了网上。

笔记写于四年前，犯人看的电影是《准绳》。电影讲述一个基层民警在日常工作中察觉一件案子的玄机。他历尽艰辛，缉拿真凶，洗清了一桩冤假错案。

池幸在《准绳》里饰演民警的女儿。她对父亲的工作充满了不理解，性格乖张，总是和父亲争吵。

观影笔记八百余字，犯人在落款处签的名字是：池荣。

字迹拙劣，但他深情地回忆自己的女儿，说她如何优秀、如何坚强，与电影中跋扈的少女截然不同。

这是监狱里受到表彰的优秀笔记，据说曾在系统里获过奖，也曾经展出。

四年前的照片被翻了出来。人们像嗅到了奶酪的老鼠，围在这张照片周围，议论纷纷。

很快，池幸曾经说过的谎言与池荣的身份都被扒了出来。

她的父亲没有死，而是因为诈骗和严重的故意伤人，被判入狱三十年。

人的本性钟爱热闹，追逐八卦更是社交本能。

池幸的事情一被爆出，舆论很快哗然。一是惊讶于这个素来坚持有话直说之原则的女明星竟然会在这种大是大非的事情上说谎，二是被池幸父亲池荣这案子的细节震惊。

池荣十年前入狱，彼时池幸刚刚大二，《虎牙》上映不久，她偶尔会穿着租借来的便宜礼服，在影展上走一个来回。观众记住了"三妹"，但没多少人知道她的名字。

在池幸读高中时，池荣加入了一个赌博团伙，以球赛输赢押注，挣得不少。他赌瘾越来越大，不仅开庄，自己也赌，要交给上头庄家的钱流水一样从他手里消失。

很快，池荣被清除出团伙。没了经济来源，更没了孙涓涓这样一个任由他索取的女人，池荣拎刀去找孙涓涓家里人"借钱"。借了两次，他再去时已经人去屋空，一家子早不知跑到了哪里。

池幸上大学之后就没再跟池荣有过任何联系，接到姨妈电话才知他被抓了。

他捏造了一个做船骗局，伪造假证和许可书，四处说服别人一同出资，有模有样地商量：船造好之后去做远洋捕捞，按季度分红，一年有二三十万。

小县城靠海吃海，普通人家里有一艘船，那是不得了的财产，光是吃补贴每年就有一大笔钱。赌桌上有人被他说动，陆陆续续地给钱，最后发现这是一场骗局，几个债主带着家族里的兄弟姐妹上门去讨说法。

池荣点头哈腰，答应还钱，不料当晚便潜入一个债主家里，把一家五口人打得不成人样。他存了杀鸡儆猴的心思，下手很重。救护车赶到时，已经来不及。

事实确凿，证据充分，半年后审判结案，池荣获刑三十年。他名下没有房产，唯一的房子已经抵押给高利贷获取赌资，债主最后只得到三千五百元赔偿。

案件事实在网上传来传去，人人都化身法学家，分析案情。

摊上这么个父亲，同情池幸的人渐渐多了。但很快，仿佛是为了遏制这一波同情和怜悯，更多的"事实"和"细节"被翻出来。

池幸的母亲孙涓涓走得早，池幸是被池荣带大的，但池荣入狱至今已有十年，池幸从来没探望过，也没有寄过只言片语和任何物品。池荣手头拮据，基本没有额外的开支消费，偶尔想在内部买点儿吃的用的，专用的卡里没有一分钱。

——父女感情淡薄至此，也没有办法。就是会让人怀疑，这样的人真的有能力演好需要充沛感情的戏份吗？

——难怪她在《准绳》里演得这么好，让人看到就想打，原来是本色出演啊……

如此这般的议论没持续多久，更多的爆料陆续出现：小学和初中同学一个接一个冒头，爆完料叮嘱"厚码，谢谢"。三五个人，身份年纪不同，涂去头像和 ID 之后，爆料说的是同一件事——池幸曾经和他爸在街上打过架。

据说当年才高一的池幸，举着拖把追了池荣半条街，污言秽语，骂得爆料人的父亲或大哥或邻居听不下去，现身劝架，"好丑都系你阿爸[6]"。

结果池幸连劝架的人都一并痛骂。

——我也不知道为什么这么多人喜欢她，长得好看又怎么样，本质就是个女流氓啊。

——很烂的，真的很烂。我小学初中都有人认识她，是大姐头那种人，没人敢惹的。不过进了娱乐圈当然就要收敛吧，本人真的真的不是电视上那个样子。

——再怎么样，也不至于光天化日打爸爸吧？还是人吗？

骂池幸的人有，支持池幸的也有。大 V 和 KOL 们悉心引导，女性网友举起"女人就是要反抗男性霸权"的大旗，男性网友痛呼"来了来了，性别女就是特权，什么都可以原谅"。池荣做了什么、池幸做了什么，渐渐不再重要，分列阵营，尽情吵就是了。

与"池幸"名字相关的搜索内容绝大部分都是负面信息。

圈内人不甘寂寞，现身爆料：峰川传媒旗下女团成员沈瑛子和几个姐妹透露，曾有一场重要饭局，事关一个 S 级综艺的筹备，更有圈内大佬出席。为了不让沈瑛子等人抢了自己的风头，池幸故意恐吓威胁，不让沈瑛子她们几个姑娘赴宴。

还有某次饭局，池幸喝多了，一言不合，当着所有人的面砸了酒瓶，

---

6 广东方言：多丑都是你爸。

用破瓶子威胁一个根本没对她做过什么事的大佬。好在大佬有涵养，给她面子，当时没吵上台面。

更有匿名的副导演透露，池幸拍戏时跟导演、制片调情，导演制片行得正坐得直，她没得手，恼羞成怒，居然把聊天记录发给了导演老婆和制片女友。有人就问，池幸惯用肮脏的手段，可为啥这么久都没人知道？"那都是大佬宽宏不计较，也不想断了年轻人前途，从来不说她一句不是。"

——怪不得啊，本来就是这样的人。

——我一开始就觉得她不是什么好东西。

人们恍然大悟般点头。她入行时如何扰乱片场秩序、跟名导吵架，如何一洗过去的淤泥，装腔作势贴了金脸面把自己打扮成优雅美丽的化身，在《一刻时间》的采访更是被截图成表情包，"美而不自恃"变成"丑而不自知"。

池幸始终没有发声。更多的吃瓜路人等待着接下来的猛料。

在事件迅猛发酵的第二天，有一个名为张一筒的中年人接受了自媒体的采访。

视频访问中，张一筒的脸被精心打了马赛克，他跟自媒体透露了一件与池幸有关的往事：池幸进过局子。

张一筒年轻时是县城一霸，池幸喜欢他，死乞白赖要跟他表白。表白不成功，竟然在林子里撕自己的衣服，污蔑张一筒欲行不轨，甚至下手打伤张一筒。可怜张一筒不跟女人计较，不还手，受了不轻的伤。

好在派出所民警查得精心仔细，还了张一筒清白。

自媒体去派出所调查，被拒绝后又辗转找到当年经办此案的民警。民警的脸同样被打了马赛克，声音苍老："对，案子是我办的。"

民警怜悯池幸单亲家庭，尚未成年，家境贫困又没什么背景，说服她认错后并没有把案子记录进档案。

"调解嘛，调解完了就可以了。张一筒本人心也比较好，没追究。"老警察说，他现在还保存着池幸当年写的检讨书。

检讨书上字迹一笔一画，整齐倔强：……我暗恋张一筒，表白不成功才迁怒张一筒……我不该威胁殴打张一筒……我认错……我保证不再骚扰张一筒……感谢张一筒宽宏大量……我一定吸取教训，好好做人。

自媒体的记者问："池幸当时十七岁，她怎么打得了二十多岁的张一筒？是只有她一个人吗？"

"对，她一个人。"打了马赛克的老汉说，"张一筒人好啊，他不打女人。"

采访视频瞬间被转发了接近一万次，评论和转发里全是"我的天，绝了""本人的故事都可以拍电影了""一家人都是违法者"云云。

有空白头像评论：胡说八道！明明是张一筒带人想整池幸。这个老头是张一筒表舅。我是当事人，我哥带我们去帮了她一点儿忙。

这评论被何月翻到了，她连忙高举给何年看。何年点进去一看，评论已经消失了。

"被删了……被删了那就是真的。"何月连忙压低声音跟周莽说，"莽哥，你不要信网上这些话。删得这么快，肯定是心虚。"

她义愤填膺，何年却有些幻灭似的，呆坐发愣。

三人此时正在池幸家的厨房里，客厅隐隐传来说话声。

原秋时家的宴会结束后，池幸在上海的拍摄原本还有两天。但池荣的事一出，导演就给池幸放了假。这是制片人陈洛阳的意思，和他同声同气的其余几个制片人当然也没有说话。

害怕演员负面舆论影响电视剧口碑的投资商们更是三缄其口，纷纷摆手："换人换人。"

池幸回到北京，一下飞机就接到了常小雁的电话：《灿烂甜蜜的你》已经决定替换池幸，启用其他演员。池幸已经拍好的片段会用AI技术换脸，尚未拍摄的片段，则由该演员接手。

池幸从机场一路冲破重重封堵，回到小区，之后再没出过门。

不拍《灿烂甜蜜的你》，她又开始喝酒抽烟，彻夜地睡觉，房子里都是酒气烟味，东西乱扔。

今天常小雁和林述川来家里找她，林述川进门看见满地狼藉，忍不住发了脾气。池幸镇定得诡异，不跟他吵闹，甚至没看他一眼。

林述川啰唆又暴躁，池幸听他训了半天，忽然转头问："沈瑛子为什么要说那样的话？当时是什么情况，我知道，她们知道，林述川，你也知道。"

她狠狠抽了一口烟："峰川决定放弃我，所以才允许沈瑛子胡说八道吧。"

林述川："如果放弃了你，我还会来这儿找你吗？我是站在你这边的，池幸。"

池幸冷冷看他："我明白了，沈瑛子现在是你大哥的人。"

林述川坐到沙发上，脸色阴沉，不吭声。

猜对了的池幸独自梳理思绪，眼角余光瞥见周莽从厨房走出来，手里拿着手机。

林述川恰好此时开口："开记者会，跟大众道歉，然后去看一眼你爸，这事情就结了。"

池幸："不去。"

常小雁坐到她身边，握住她的手："池幸，我知道网上那些都不是真的，但现在重要的不是真假呀，是先平息舆论。咱们尽量真诚一点儿，把事情说清楚，好吧？你家里的那些事情，跟大家交代了，他们也就懂了……"

池幸甩开手："不。"

常小雁："现在事情继续发酵，对你没有好处。"

池幸："把我家里的事情都说出来就有好处？"

林述川抢过她手里的香烟扔进酒瓶子，扑哧一声响，冒出轻烟。"你现在还这样无动于衷？这事情对你来说是大危机。"

池幸现在尤为憎厌听到他的声音。《灿烂甜蜜的你》是林述川强行安排到她身上的，为了能参与《大地震颤》，她接受了林述川的这个条件。林述川已经预见到以后可能会发生这样的事儿，甚至可以说，必定会发生这样的事儿——这圈子不大，池幸轧戏，即便现在没被陈洛阳发现，等《大地震颤》上映，有心人只要往前一推时间，就会暴露。

池幸并没有很强烈的懊悔。她已经做好了迎接最坏结果的准备。只要能演《大地震颤》，她可以咬牙承受这一切。

真正让她难受的是，她竭尽全力想要脱离的阴影，重新又紧紧地缠上了她的手脚。

她站起身，直视林述川："林述川，当年我跟你们签约的时候，我已经说过，家里的事情我绝对绝对不会在公众面前披露。这是我跟峰川签约的一个条件，你们不能用我家里的事情当作卖点。是谁在综艺里把问题扔给我，让我回答的？是颜砚。你们记住了，我从来没有在公开场合说过池荣和我妈妈的任何事情。你也答应会帮我解决好这类负面的舆论。是你没有做到，为什么把我推出去？"

她当时还年轻，不懂得应付。换作今日，如果再面对颜砚这样的人，她有千百种方式暗讽，好让她下不来台。

片刻沉默，常小雁低声说："就算是公司没做好舆论控制，但在别人眼里，说谎的人就是池幸你而已。"

池幸："那我也不会道歉。我要跟谁道歉？在我心里，这个人已经死了，我没有爸爸。"

气氛僵持，林述川意识到对池幸发脾气没任何作用，他按捺着自己的火气。常小雁还要再说什么，周莽走近了，递来手机。

手机上是麦子的来电。

"你手机关机了，他找不到你。"周莽说。

池幸现在看到"麦子"二字就有些烦。她接过电话："你好。"

麦子还是那副大咧咧、没任何烦恼的快乐腔调："剧本的事儿搞定了，十二点之前过来，下午继续拍。"

池幸愣了："你……你确定？"

麦子轻笑："记住，你现在是《大地震颤》的女主角。别迟到。"

第九章 底线

《大地震颤》剧本搞定，麦子实际上一个字都没有改。

让总局改变态度的，是最近播出的一部现实主义题材电视剧《跌不倒》，每晚黄金档，播了两个月，收视率从第三集开始一直到结局始终高居榜首，甚至在网络点播率上也一骑绝尘，平均收视率高达 8%。

《跌不倒》从主人公童年时经历的东北三省下岗潮切入，壮阔跌宕，其中的情感共鸣几乎覆盖了所有电视收视人群。剧本大小情节相扣，矛盾重重，无论幼年、青年还是中老年演员，都极有观众缘，在视频网站上同样高居榜首，讨论话题接连不断。

连麦子这样绝少看国产电视剧的人也禁不住追了下去，给徒弟们安排拉片子的任务，三番五次提点："这剧本简直就是范本，你看看人这节奏、这台词！"

现实主义题材的作品开始受到关注，业内对这个题材的讨论声也越来越高涨。总局最近这段时间收的一百多个成形剧本里，包括《大地震颤》在内，有十几个现实主义的本子。

经过谨慎考虑，总局放松了对这一主题本子的审核，但相应地加大了拍摄过程的监管和检查。

裴瑗可以接受，麦子发了两天牢骚，得知自己的剧本一字不改，也高高兴兴接受了。

常小雁陪池幸一块儿去片场，打算帮她挡一挡可能出现的媒体。但片场没见一个记者，裴瑗边吃饭盒边走过来打招呼："今天咱们这儿没有闲杂人，放心。"

没人聊起池幸那些八卦新闻，张旻和小演员楚云浩比池幸来得稍早，今天要拍的大多是一家人的戏份。楚云浩小脸大眼，模样天真可爱，他是裴瑗找的苗子，一声不吭看人时有种紧张的怯懦，池幸看到他的第一眼，感觉就像看到剧本里自己的儿子"诺诺"。

池幸也坐了下来，今天的戏一直排到晚上，台词量不大，但情绪转切很剧烈。她很快进入状态，跟张旻讨论剧中的情绪交流和对手戏的细节，楚云浩坐在大椅子上，伸直双腿，他穿了一双十分昂贵的童鞋。

池幸知道他家境富有，母亲是北影的老师，他从小就学习音乐和表演。她按住楚云浩的小脑袋："诺诺，看什么呢？不专心。"

楚云浩："妈，我看到一个好漂亮的大哥哥。"

张旻抬了抬眼："对了，今儿演王靖的演员也到场，还有裴瑗他们请的一个舞蹈老师，专门给你和王靖调整现场的。"

正说着，裴瑗和麦子领着两个人走了过来。当先的男人身材极好，肩宽腰细，高大潇洒，明明是这样冷的天气，他穿毛衣和风衣，一点儿也没颤抖。

"姜岑，也就是咱们的王靖。"裴瑗笑道，"刚从青海回来。"

张旻与他握手："你好你好，青海……是拍《狙击手》？"

姜岑笑道："对的对的，你怎么知道？"

张旻："你手上这茧子，能不知道？"

姜岑："《狙击手》太苦了，真的太苦了，我真吃了几天的雪。幸好味道不错。"

他性格开朗，看到池幸又聊起她的作品，顺手摸了一把楚云浩的脑袋："浩浩，你爸妈呢？"

接下来他们聊的话题池幸只是听着，并没有很大兴趣，也不想插嘴。这部电影是裴瑗和江路那几个制片人攒的局，找的也尽是圈子里他们熟悉的人。在这个圈子里，有能力和有背景，都是运气的一部分。

姜岑、楚云浩这样的人，只要有志走这一条路，他们面前的障碍比一般人少太多太多。

但池幸同时也想起，她去学校上台词和表演课，老师有时候会聊闲天，说一些并不耸人听闻的八卦。有的人一生顺利，但也只是顺利；有的人出身平凡，长相普通，偏偏极有观众缘。

"这也是运气。"老师跟池幸说，"你这样的长相是运气，能站在这里也是运气。不过做人做事，若总是单凭运气，就没什么意思。"

这时，麦子身后另一个青年扬手冲池幸打招呼："公主，你好。"

他一头棕褐色及肩长发，有点儿乱糟糟，穿的居然还是那天的薄帽衫，外面套一件羽绒服。

池幸："Eric？！"

麦子乐了："咱们剧组的舞蹈指导老师，艾锐，叫他 Eric 就行。"

池幸："这是真名吗？"

Eric 和她握手："当然不是，我中文名原锐。但我妈不允许我做这些事情，我就给自己起了个化名。"

池幸："既然你妈不允许，你还……"

Eric："我喜欢跳舞，不喜欢搞生意。凭什么舅舅能拍戏，我就不能跳舞？不讲道理。"

他很努力地学京腔，时不时还是会带上点儿软糯的上海腔调。和池幸握了半天手，麦子嘲笑他看到漂亮女人就撒不开眼，Eric 忽然瞥见池幸身后的何月，连忙凑过去抓住何月的手："女侠！"

他异常热情，麦子和裴瑗面面相觑。池幸解释：何月当晚在原家庄园停车场把鬼鬼祟祟的 Eric 错认为贼，出手制服。

何月面白如纸，她已经知道 Eric 的真实身份。

Eric 强行和她交换了微信，叮嘱："女侠请一定教我功夫，谢谢、谢谢。"

麦子和 Eric 的交易早在 Eric 回国之前已经达成，Eric 宴会当日出逃钓鱼，也多亏他打掩护。池幸总觉得麦子有种唯恐天下不乱的看戏心态。

姜岑今日并无戏份，他只是来现场跟众人打个招呼，旁观众人拍片。池幸和张旻化妆出来，坐在一旁聊天的姜岑和 Eric 都惊呆了，围着面目大变的两人看个没完。

先拍摄的是赵英梅和丈夫的一场争执。争执最后以张旻一个耳光作结。

丈夫在卧室里翻箱倒柜地找钱，赵英梅把他打了出去。她脸颊红肿，强忍眼泪收拾满地狼藉。一直躲在厕所里的诺诺来到她身边帮忙，从一片凌乱的衣物里找出一件小小的紫红色舞裙。舞裙上嵌满亮片，穿过灰尘与玻璃的阳光照亮它，一个闪动的旧回忆。

这是赵英梅的舞裙。她小时候在少年宫偷看过王靖跳舞，少年宫的老师去学校开免费兴趣班招徕学生，她鼓足勇气前去，穿上表姐不要的旧舞裙。

旧舞裙是紫红色的，裙边滚半透明白色蕾丝，非常普通庸常的设计，裙上的亮片掉了不少，但穿在小小的赵英梅身上，她觉得自己也是个可以跳舞的人了，脚步轻快，小辫子一甩一甩。

免费的舞蹈班上了一天，她好开心、好兴奋。结束的时候老师叮嘱学生回家拿钱，一个月五百块，每星期两节课。小赵英梅愣住了，她以为这是不要钱的。

她迟疑很久，等所有人都走完了，去找老师。她没有钱，父母也不可能为一个不实际的兴趣支付这么昂贵的学费。她问老师，自己可否在后门听课，她可以帮舞蹈教室扫地擦镜子。

老师扫她两眼："是什么人就做什么事，你没有跳舞的天分。"

旧舞裙被赵英梅扔进池塘，她一路哭回家，想想又不舍得，回头拿了根竹竿子，把舞裙从水里挑出来。将小裙子洗干净，女孩把它仔细妥帖地收在旧衣服里，渐渐便忘了。

儿子找出来的舞裙，点燃她心头熄灭很久的火光。

赵英梅举起舞裙，她看不到亮片掉落后的缺损，也看不见横七竖八乱冒的线头。舞裙一直闪闪发光，并将永远闪闪发光。

她没有天分。可她忽然之间有了新的渴望：她要和王靖，跳一次如同绽放一般灿烂的舞。

池幸与张旻争执的戏份拍得很顺利。第一次打耳光张旻没有真的下手，他借位了。裴瑗不满意，池幸让张旻真打，她可以躲开。

张旻凶起来非常可怕，他完全进入角色，池幸在他面前，有一种本能的、陈旧的恐惧。

第二次两人配合得很好，但裴瑗还是不满意。她让池幸去看监视器："这个阶段你已经不怕他了，你恨他。眼睛别闪缩，别怕，好吗？再试试，再试试。"

裴瑗知道她为何恐惧，说戏的时候十分温和周到。张旻跟她配合几次，笑道："今晚夜宵，我的。"

池幸彻底放松。片场的一切都让她回到了风波未掀起之前，她只需要拍戏、拍戏、拍戏，偶尔接受采访，一点点慢慢攒钱。生活没什么大的波澜，但每进一个新剧组都有新鲜的事情，新的人，新的钩心斗角，她一点儿不怕。

她从小学会的本领就是，保护自己的最好方式是攻击别人。

池幸心想，其实躲起来也很好。

世上有这样一个让她缩紧逃避的地方，她很喜欢。

这部分最后拍摄一次，顺利结束。

机位调整，池幸独自坐在沙发上，保持方才的情绪。

今日是内景，这逼仄房子里所有的道具布景都很真实，就连窗外打的灯光也无限接近阳光。她看见满地破碎狼藉，充满了荒凉的无力。

收拾碎片、拾掇家具。赵英梅从地上捡起毛巾与枕头走进卧室。卧室同样逼仄，不到十平方米的地方被一个小阳台、一张一米五的床、堆放杂物的架子和一个衣柜积得满满当当。

地上、床上全都凌乱不堪，为了找到赵英梅私藏的钱，男人翻箱倒柜。

赵英梅和诺诺无声地收拾，孩子小小的手拧不干毛巾，仍努力把冰凉的湿毛巾贴在母亲脸上。以往他被父亲揍，母亲也是这样为他冷敷的。

孩子找到了舞裙，他扭头问赵英梅："妈妈，这是女孩子穿的？"

憔悴的女人接过舞裙，微微举起。是啊，这是女孩子穿的。她恍惚间想，自己也曾是女孩子，也曾穿下过这样细窄的漂亮衣裳，做过轻飘飘的美梦。

"Cut！"裴瑗忽然开口。

池幸和楚云浩回头。

裴瑗摆摆手："不对，情绪不对。"

她走到池幸身边，把楚云浩撵走，和池幸一起坐在地上："当我们还是个小姑娘的时候，听到童话，我们是会信的，对不对？赵英梅并不是从小就是这样的赵英梅，她也曾是小姑娘，相信童话，相信王子——王靖就是赵英梅的王子。找到舞裙的时候，赵英梅其实是有那么一瞬间，她回到了过去，又变成了偷看王子的小姑娘。"

池幸点头："也是一种对现实的回避。"

"这种回避很好的呀。"裴瑗说，"你刚刚被自己的丈夫打了一顿，又知道自己耳朵要失聪，工作要丢，儿子的小学名额抽不到，你非常沮丧、焦虑，而且没人能帮你。说极端一点儿，你是在绝望的边缘……"她伸出两根手指模拟走路的双腿，"走来走去。你很痛苦，所以这个舞裙意义非凡。就像灌了三碗中药之后，你吃的第一颗糖。"

池幸点头："我明白了，我懂。"

但第二次开拍，仍旧不行。裴瑗认为池幸情绪不到位。

第三次、第四次……连拍六次，裴瑗冲池幸招手："过来过来。"

她让别人走开，池幸和她并肩坐在监视器后面。

"池幸，你小时候怕打针吗？"裴瑗忽然问。

池幸："很怕。"

裴瑗又问："打针之后有什么快乐的事情，能让你忘记针的痛吗？"

池幸怔住了。

一时半刻，她竟然回忆不起来。

平时看裴瑗是个风风火火、脾气急躁的人，但她进入工作状态，性情就会大变。说戏指导的时候，她有温柔平和的耐心。

池幸竭力地想。六岁生日获得裙子，她是很高兴的。可后来这份喜悦被戳破了。

她后来常常在想，孙涓涓在县城里是出了名的漂亮人物，钟映真的不知道吗？三百五十块不是个小数目，他真的可以平白无故、毫无目的地为不相识的小姑娘支付这笔钱吗？

池幸隐约摸到答案，但不敢确认。她不愿意去细想真相，孙涓涓一生最好最放肆的梦，她不想戳破。

母亲的秘密是两个人联手编织的。这张网原本只应该笼罩钟映和孙涓涓两个人，但窥破秘密的池幸，成了共犯。她那时候太小，揣着这点儿心事，根本快乐不起来。

"完全没有吗？"裴瑗又问，"家里如果没有，那学校里呢？或者你会看什么电视剧、听什么歌？"

池幸眯起眼睛，托着下巴。她小口喝水，目光游移中捕捉到周莽。周莽被 Eric 缠得面色不悦，何年倒是热情，给 Eric 演示八段锦，骗他说这就是功夫的基础。周莽身上好像装了感应器，无论什么时候，池幸一看他，他就会知道。

抬头时两人目光交汇，这次是周莽先低头。

傻子。池幸心里想着，嘴角却不自觉一翘。

"想到了什么？"裴瑗立刻问。

"想到一个很好笑的人，好蠢好傻。"池幸说着居然笑起来，她还想到周莽捞起那只小花猫，挠它小耳朵，有与外表不相符的温柔，"如果你十八岁的时候碰上一些不好的事儿，有人挺身而出保护你，你会不会永远记住他？"

"男人？"

"男孩。"池幸说，"才十三岁，跟我一样高。其实没什么本事，就仗着人多胆子壮。打起架来还没有我的气势大。而且那件事跟他完全没关系……"

池幸说个不停，抱怨那男孩不懂事、幼稚、天真。裴瑗咬着一根烟，笑道："啊，你喜欢他。"

池幸："那时候没有。"

裴瑗："他很特别。"

池幸："嗯。"

裴瑗："难道'喜欢'什么人，是要有把发令枪，砰地一扣扳机，枪响了，才算'喜欢'上吗？总是想着一个人，那就是喜欢了。"

池幸这回没有否认，她仍托着下巴笑，微微皱眉："别抽烟，二手烟致癌。"

摁灭烟蒂，裴瑗说："想着你十八岁时认识的男孩，咱们再拍一次。"

池幸确实懂得裴瑗的意思，旧舞裙是赵英梅生命里稀少珍贵的一点点光。

她明白，但她不能从自己的经历里找到与之相符的情境。"懂得"和"理解"是两件事，"演绎"是第三个关键。

第七次拍摄，麦子凑到监视器前。三个机位，其中有一个是池幸单人特写机位。他看了一会儿，"嗯？"地发出疑问。

画面中池幸举起旧舞裙，眼里盈满了柔软的笑。这表情对池幸来说也是罕有的，她拍的戏大多大开大合，情绪激烈。但赵英梅不能激烈，许多强烈的东西都要收回体内，积攒力量等待爆发。此时的池幸完全不像池幸了，有一个别的人——可能是赵英梅，可能是另一个麦子不认识的女人——她从池幸身上活过来了。

任何人，都能从池幸的表演中读懂，她的怀念、羞涩和快乐，何等遥远却又珍贵，闪光却又唏嘘。

"她想着什么呢？"麦子无声地问。

裴瑗没回答，直到镜头摄制完成，她冲出去，给了池幸一个紧紧的拥抱。

"你做得到嘛！"她非常快乐地说，"快乐的事情，仔细想想还是有的。"

江路带其他几个制片人来剧组吃了顿晚饭，叫的外卖。五六个人端着饭盒坐在楼梯上边吃边聊，时不时掺杂麦子的几声斥骂。

也不知他骂的什么，但语气听上去十分开心。

池幸、张旻和姜岑凑一起，楼梯间烟味儿太大了。吃完晚饭，江路留在片场看进度，Eric十分八卦，问池幸江路和裴瑗是不是恋人。池幸不大想理他。Eric又问："你生我舅舅的气吗？"

原秋时联系过池幸，池幸没接到他的电话，刚按下接听键，手机没电了。她之后没充过电，手机一直是关机状态。原秋时和裴瑗关系好，如果他真心想打听池幸的消息，应该知道池幸已经恢复工作。

池幸问周莽要了个移动电源，给手机充上电。开机后果真涌入无数讯息和未接来电，池幸翻看一会儿，倦了，开微博登录自己的小号。她没有微博大号，只有一个看新闻看八卦的小号，关注了原秋时。

原秋时的微博一年发一条，都是"新年快乐"。池幸登录微博，发现原秋时赫然就在首页。他破例了。

"Tomorrow is another day."

还罕见地配了一张照片，黑白的片场照，乱糟糟闹嚷嚷，人们走来走去，影子模糊。黄金分割点处一蓬白色灯光，照着灯下一个正低头换鞋的女孩。女孩披着大衣，白裙黑发，看不清脸。

池幸不知道他什么时候拍的自己。

评论里粉丝有祝他工作顺利的，有猜测这女孩是谁的。"这个是颜砚吗？要开始为新剧炒作了吗？你从来不做这种事情的。"付出真心的姑娘们愤愤不平，"要洁身自好。"

有人发着吃瓜的表情："不是颜砚，是某个最近很出名的女演员，原本同组，现在被炒鱿鱼了。想嫁入豪门，也不看自己有没有那个本事。"

评论里有几个跟帖的人：

"她真的是被原家弄掉的？不至于吧？"

"但是我听业内朋友说，是她得罪了别的大佬啊。"

"那她那些八卦都是真的吗？我之前还挺喜欢她的。"

"你们说的谁？"

"呵呵，苍蝇不叮无缝的蛋！"

池幸关掉了微博，卸载，打开《幻夜奏鸣曲》开始玩。Eric没见过这游戏，看得入神。

池幸恨不能立刻把他打发走："女侠也玩这个，你想拜她为师，赶快学学吧。"

这一天一直拍到晚上十点多。江路又给裴瑗带了些夜宵点心，裴瑗邀请池幸一块儿吃。

她问池幸和峰川的合约具体是怎么回事。池幸搅动小火锅，静静地看她。

裴瑗笑："随口问问。"

池幸挑了些能说的跟她说了。

峰川传媒一直由林述峰和林述川兄弟俩把控，最近似乎在投资经营上有了些矛盾，林述峰试图从弟弟手里夺回一些权力。池幸这次的事件直接和陈洛阳相关，而陈洛阳和背后资本又是峰川传媒的合作伙伴，不能轻易得罪。

池幸是林述川手底下的人，林述峰和陈洛阳之间达成了协议，撤下池幸，换林述峰手底下一个水平相当的演员顶上。林述川被将了一军，现在正与大哥顽抗。

也因为集团里这些矛盾，池幸的公关做得并不到位。常小雁手底下的团队一夜之间被林述峰抽走，去负责正参加综艺选秀的沈瑛子等人，常小雁只能启用峰川自己的公关。

但公关部门的人是林述峰管理的，他们不允许常小雁和池幸单独回应，而集团的回应直到张一筒的视频公布并传播，才终于发出。

公告中最大的问题是，它并不否认传闻事实的真假，模糊地打太极，只挑出几位网友，声称他们侵犯名誉，保留诉讼权利。

裴瑗："这不就是变相承认都是真的？"

池幸笑："不承认也不否认，留下争议和遐想的空间。"

裴瑗："你倒看得开，这就根本不是解决问题的态度。上次麦子说你和峰川的合约定得很死，想过解约吗？"

来了。池幸咬着一块老牛肉，面上分毫不动，回答："违约金六千万。"

裴瑗差点把签子咬断："你在峰川……有十二年了？挣到这么多了吗？"

池幸："当然没有。"

近两年才因电视剧《家事》彻底红进大众眼里，此前不过是演些普通影视剧，或是在大制作里演些漂亮花瓶般的小配角而已。商务约偶尔也有，但极少，是常小雁接手之后才努力为她争取到的。

裴瑗又拿起一串烤羊肉："原石娱乐应该能跟峰川有商有量。"

两人对了个眼神，都笑了。池幸确实想过通过原石娱乐，或者说通过原秋时和原臻，帮自己解约。但现在看来，这个打算是完全落空，没任何希望了。

"你入行的时候没人提醒你，是比较吃亏。我们这一行有个说法，就是绝对不能跟自己的经纪人谈恋爱。"裴瑗伸出两根手指，"只有两个结局，要不就分手，你完全被经纪人把钱掏空，以后别想继续混下去；要不两人必须结婚，不结婚没法收场。"

池幸连连点头。

裴瑗又问："那你以后有什么打算？"

池幸狡黠一笑："全看《大地震颤》了。"

裴瑗大笑，她一点儿也不讨厌池幸直白地表露自己的野心和欲望。

"我挺喜欢演戏的。"池幸说，"而且我什么都不懂，只会演戏。"

演戏的时候，池幸可以变成另一个肆意洒脱的女人。她无所畏惧，敢爱敢恨，跌撞进很多人的人生里，尝遍苦辣酸甜。这是过去在家乡咬牙忍受一切的池幸从来没想象过的生活。

"那你尽全力吧。"裴瑗看着头顶冷冷的天空说，"你得让人觉得，非你不可。"

池幸没答应林述川和常小雁的要求：跟公众道歉。常小雁每天都要给她电话唠叨很多次，后来没再说过，反倒是池幸主动问她："还需要道歉吗？"

最佳的公关时机已经过去，没必要了。

但事件的影响仍旧持续。池幸手头几个商务约都已明确，到期不会再续约，影迷会散了又重开，池幸不认识现在负责影迷会的人，只按照常小雁的叮嘱，以池幸的名义寄去一些礼物。

暂时也没有新的剧本送来，陈洛阳是业内出名的制片人，软性封杀令已经悄然铺开。眼看峰川年会将近，常小雁发现，池幸连品牌的当季衣服和首饰都借不到了。

她焦头烂额，池幸倒是热情满满，全身心投入《大地震颤》的拍摄中。

舞蹈课也继续上，陪她去的总是周莽。

她和周莽现在相处得越来越像护卫对象和保镖，没有太多的闲话。偶尔几次眼神交流，周莽总是先扭头回避的那个。

池幸心想，是自己之前故意一直提原秋时，让周莽伤心了？是自己主动的吻吓到他了？

但那回避之中总是有些无法控制的真情，从一些不经意的动作里流露出来。

池幸饶有兴味地等待周莽避无可避的一刻。

这一天周莽仍陪她去上舞蹈课。舞蹈教室里的气味和以往不同，是一种很淡、很舒服的香水味儿。池幸嗅了嗅，她辨认不出来。

教室里一个女孩正在独自压腿练习，听见声音才回头。

女孩身材高挑但绝不瘦弱，长期练舞，她的四肢和背部都有漂亮的肌肉，被舞衣包裹覆盖。她走向池幸，步态优雅，扎成马尾的栗色长发活泼甩动："是池幸老师吗？"

"你好。"池幸放下背包水瓶，"陈老师不在吗？"

"好像是你手机一直没开，陈老师联系不上你，跟你经纪人说了。"女孩笑道，"他要出国处理一些事情，接下来两个月的课，我来代替他上。我叫唐芝心。"

她指指胸前别着的姓名小标牌。

池幸跟常小雁确认这件事，常小雁一拍脑袋："对对对，我忘记跟你说了！那小唐老师是陈老师的学生，也是厉害人物，你要是不满意再换。"

池幸已经过了入门阶段，她对眼前素面朝天的好看女孩油然生出好感，挂了电话与她握手。

"多多指教。"唐芝心笑起来非常讨人喜欢。

她跟池幸打完招呼，略抬高手，对池幸身后的周莽露出更热烈的笑。

"好久不见。"她说。

周莽没有很快回应唐芝心。他沉默打量，片刻才点头："你好。"很客气生疏。

他越是客气生疏，唐芝心反倒越是笑得热烈，池幸心里冒出各种心思，回头瞅了他几眼。

唐芝心上课比之前的老师要亲切，不斥责池幸，说话柔柔软软，十分温柔。她跳男舞者的步法，池幸感觉到她身上藏着强劲力气，举手投足、推拉挽揽，手脚被力量浸满。

她自小学舞，背脊笔挺漂亮，站立像一棵挺拔的树。休息时池幸看她，唐芝心回头笑："怎么了？"

"你气质真好。"池幸坦率。

"我小时候看见跳舞的人，觉得她们特别特别漂亮，缠着爸妈要学。"唐芝心笑道，"兴趣变成了工作，这么多年也习惯下来了。"

"你是专门学竞技舞蹈的？"

"不，我小时候学芭蕾。"唐芝心坐到她身边，拿出蛋白棒和她分享，"基本上什么都能跳一点儿。有芭蕾的基础，学竞技舞蹈会容易很多，我跳得最出色的是探戈。"她笑得眉眼弯弯。

池幸："探戈我也想学，你教我呀。"

"可以可以。"唐芝心笑道，"认识你也是缘分。要不是陈老师告诉我，我都不晓得大明星来这儿学舞。听说是你新电影的内容？"

《大地震颤》已经顺利立项，基础剧情信息公布在总局网站，除了个别演员的选择，其余已经不是秘密。池幸简单说了情节，唐芝心似是少看这一类故事电影，没显出什么兴趣。

"我以前做过别人的替身。"唐芝心说，"古装戏要拍女主角跳舞的段落，演员自己只拍特写，在高台上跳舞的是我。还挺好玩的，就是要反复拍很多次跳很多次，有点儿累。你肯自己来学，一定很喜欢这部电影吧。"

池幸点头："它会让我想起以前的一些经历。"

唐芝心："什么经历？"

池幸笑笑，不细说。

唐芝心拿手机简单检索，惊讶道："跟你演对手戏的是姜岑？他很厉害的呀。"

池幸："他是我偶像，电影里的。我特想跟他一块儿跳舞。"

唐芝心笑："你会爱上他吗？"

池幸："是倾慕，憧憬。"

唐芝心："姜岑结婚了。"

池幸盖上水瓶盖子，并未应声。《大地震颤》里，王靖一开始也以为赵英梅对自己有些非分之想，他起初是看不起赵英梅的。但赵英梅渐渐地流露出了她被粗糙生活掩盖的妩媚本色，王靖被她吸引。

但这跟池幸、姜岑这两个演员有什么关系？

她察觉到唐芝心言谈里有几分古怪。这时周莽敲门走入，提醒池幸到点回家。

池幸到更衣室换衣服，出来时看见周莽和唐芝心在楼梯拐角说话。唐芝心背对池幸，池幸只能看到周莽神情严肃。察觉她走近，周莽脸上一缓，唐芝心回头，又是一张甜美温柔的笑脸。

"下节课见。"她冲池幸摆手。

最近池幸的八卦实在太多了，乱七八糟，什么都有。她上车之后呆坐思索，心想是最近传说她想从颜砚手里撬走陈洛阳结果两边不讨好，还是……

周莽坐上驾驶座，池幸扭头问他："你前女友？"

周莽怔住："什么？谁？"

池幸："唐芝心。"

周莽嗤之以鼻："不是。"

他态度古怪，池幸越发好奇："那是什么关系？"

周莽："以前认识的人。"

池幸："她看起来脾气挺好的，怎么好像不太喜欢我？"

周莽："我不知道。"

池幸伸手去捏他的脸，周莽立刻躲开："我对你们女人的想法不清楚。"

扑哧一声，池幸笑了。她安静坐好，拿出手机玩游戏。刚点开《幻夜奏鸣曲》，周莽开口："这个人不要深交。"

池幸："我们已经约好明天一块儿看电影了。"

车子吱一声猛地停了，周莽扯下池幸的耳机，一字字道："不行，取消！"

当然没有这样的约会。在风波彻底平息之前，池幸不可能出现在公众场合。她故意骗周莽，想让他紧张，计划成功后她越发笑得灿烂："除非你告诉我原因。"

周莽："我从来不在背后嚼舌根，尤其是嚼女人的舌根。我只是想提醒你，唐芝心不是你看到的那样。"

池幸心想，看来这唐芝心和周莽是真的发生过什么事情。她忽然感觉兴味索然，和让周莽紧张相比，一种陌生的醋意更快地把她淹没了。

"她跟你表白过？"

"我们只是普通朋友。"周莽说，"曾经是搭档。"

池幸长长地"哦"了一声："你们一起跳过舞？"

这问题让她心头如同被一把烈火燎过，辣得难受。

周莽没否认。

池幸鲜明地感受到自己在嫉妒。

她跟周莽跳过舞，她知道周莽看舞伴会是什么表情。她在他手里曾短暂绽放过，这种如鲠在喉的苦涩令她坐立不安。

女人是惯于折磨自己的，池幸自嘲地想。她从周莽这里得不到答案，就去拐弯抹角问唐芝心。每次课后和唐芝心闲聊，池幸都有意无意扯到周莽。唐芝心倒没有周莽这么戒备，她大大方方地承认："我们是比赛的搭档，或者说，我也算是周莽的舞蹈老师。"

她与池幸年龄相当，周莽上大学时，她在艺术学院里当助教，是舞蹈协会的指导老师。周莽被舍友拉入协会，唐芝心对他印象深刻：他是那一届综合条件最好的会员。

唐芝心点名让周莽当自己的舞伴，只是最后周莽参加业余组比赛的时候，唐芝心身为专业舞蹈演员，不能以周莽的舞伴身份上场比赛。

"毕业之后就没再见过了。"她笑着，"他比以前还要高大。"

她给池幸看自己和周莽的合影。大学毕业晚会上，跳第一支舞的正是她和周莽。

二十三岁的周莽和现在相比，稚嫩许多。他不是平头，留着一头粗硬的黑色头发，烫得微微卷曲；身材高大，黑色燕尾服，胸口别一支小小的白色兰花。

"我最喜欢的花儿。"唐芝心点开视频给池幸看，轻笑，"我强行给他戴上的。你看他一脸不高兴的样子。"

池幸看不出周莽有任何不高兴。他明明笑着，一种胸有成竹、掌控一切的表情，油然在他脸上蓬勃。他控制着自己美丽的舞伴——即便池幸只看周莽，她的视线也不得不一直牢牢被唐芝心吸引。

穿上舞裙的唐芝心才真正像黑夜里浓烈绽放的白山茶。

开舞之前，周莽牵她的手步入舞池，唐芝心的舞裙在大腿侧边开了一条缝，她轻轻拎起裙摆，笔直润泽的腿部线条在黑色长裙中若隐若现。这不是竞技场，她和周莽都没有拘束自己的发型，长卷发堆在一侧肩膀上，有人喊她的名字，她抬头冲镜头微微一笑。

周莽的眼神长久地停留在唐芝心的脸上。

池幸不想看，她把手机放了下来。唐芝心坐在一旁跟周莽聊天，似乎是单方面的热络。周莽没应答，只静静听。池幸又低头看手机，视频中，两位舞者终于随音乐起步。

池幸第一次从第三者视角看周莽跳舞。这样的周莽好陌生，他的神情、姿态、动作，水一样流畅而强劲。灯光打在他们身上，池幸勾住自己的头发，不停打圈。她想象自己是周莽的舞伴，但唐芝心太完美，她没法代入自己。

懊悔和不甘心，铁丝一样捆住池幸的心脏。

回程路上她不说话也不笑，甚至不愿意和周莽待在同一个密闭空间里。想起周莽跟唐芝心的舞，她浑身不舒服。

她实在不应该试探，也不应该若即若离。周莽从来不止她一个选项。

池幸微微咬住自己的手指，真正开始后悔，但又不想对任何人承认。在真正剧烈的爱面前，她居然像木雕一样聋哑。周莽跟平常来往的男人怎么一样？她怎么能把他和他们归到同一种类？

下车时周莽给她披上大衣，《大地震颤》的拍摄仍在持续，池幸忘了自己还没吃饭，也没休息。

天气越来越冷，她前胸后背和腿脚贴好几张暖宝宝，一说话便冒出白色的雾气。进入片场，成为"赵英梅"，得以让她暂时摆脱对周莽的复杂情绪。在这么多人面前，她继续当池幸，周莽继续当保镖，规规矩矩的关系。

娱乐圈里从来不缺少八卦，年轻演员们谈了恋爱，被狗仔队拍下在街边牵手接吻的照片，又火速分手。池幸不明白：能炽烈到牵手逛街、随时随地兴起亲嘴的兴致，也能这样火速地分开？她一点儿不觉得年轻人们轻率。她钦佩年轻人对自己、对恋人，都一视同仁地狠。

是做大事的人。

这样的八卦新闻多了，吵吵嚷嚷的，渐渐地也没多少人还记得池幸那些事情。

不就是摊上个渣爹？不就是不想承认父女关系？不就是费尽心机要上位？好正常的，在娱乐圈里好正常的——网络舆论也不管事情真假，有人试图为池幸辩解"那场饭局我表哥也在，不是那样的""那个剧组的导演就是喜欢撩女演员，池幸骂过他"，统统被扣上"水军"的帽子。

其实也没人在意真相，人们只是天然地对光彩人物背后的醒醍事儿感兴趣罢了。增添些茶余饭后的谈资，和邻居朋友热谈两天联络感情，谁管真假死活，反正跟自己没半点关系。

化妆时池幸安慰常小雁："再过两天就淡了。"

常小雁忙得憔悴，摇摇头："这回要搞死你的可是陈洛阳。幸啊，你手上现在除了《大地震颤》，别的工作是完全没有了哇。"

池幸一怔："等等，之前不是要补录那部电影的配音吗？"

常小雁："后期还没做好呢，审查出了点儿问题。"

池幸沉默了。

"林述川跟我聊这事儿，陈洛阳他和峰川都得罪不起，他打算让你停了这边的工作。"常小雁说，"陈洛阳恨死了裴瑗，你继续在裴瑗这边工作，他是一定要踩死你的。"

池幸想都没想："我不可能放弃《大地震颤》。"

常小雁："我知道，所以我跟林述川对骂一顿，他现在连我也讨厌上了。"

两人面面相觑，最后都笑出声。裴瑗进屋子里暖和，正巧听见她俩在聊陈洛阳，冷笑道："陈洛阳那心跟他眼珠子一样小，不像个男人。"

常小雁问她："他怎么就这么恨你？退一万步说他死要面子，气你把他下跪道歉的视频发出去，气你拿了他这么多身家，这也不像他那书香世家的做派啊。"

"气我弄没了他老陈家的儿子呗。"裴瑗笑。

池幸和常小雁面面相觑。

"我和他离婚的时候已经怀孕了，但我没说。"裴瑗说话时音节利落，

"签完离婚协议书，我就把孩子给打了。陈洛阳后来不知道从哪里听到这件事，气得上门来找我讨说法。"

池幸："你真不容易。"

"说我不尊重他，不珍惜这婚姻和家庭。他珍惜？他珍惜怎么还珍惜到颜砚床上去了？"她乐了，"对了，他跟颜砚也分了。"

池幸呆住：明明今早还看到颜砚在昨晚的某某大典上全方位多角度地展示自己无名指上的硕大钻戒。

"分手礼物嘛。"裴瑗笑道，"陈洛阳对女人很大方，当时不也分了我这么多身家？面子就是他的命。"

说笑完，裴瑗看着池幸："所以他肯定没那么简单就收手。你现在和我是同一边的，他动不了我什么，肯定会往死里整你。"

池幸笑："他还真能一手遮天了？"

裴瑗轻轻摇头："陈洛阳没底线的，而你呢？池幸，你总有自己不愿意说的事儿。"

当天晚上八点，裴瑗的预言应验了。

一篇名为《池幸：明知不可为》的人物报道，洋洋洒洒近万字，连同池荣、孙涓涓和她的童年少年，把她从不谈论的糟烂过往，彻底抖搂得干干净净。

写文章的是个高手，春秋笔法练得纯熟。

开头一段足够吸引人："家乡人回忆池幸，爱说她猛、野，不服管，胆子大。她从父亲池荣身上继承了一个街头烂仔必备的素质，只要走岔走偏一步，池幸将不是现在的池幸。"

池幸认得署名的记者，她就是在《一刻时间》里采访过自己，问出"美而不自知"这个事件的年轻人。稿件写得极好，沉稳冷静，娓娓道来：池幸的坏脾气和嚣张跋扈原来有迹可循，"烂仔"是她家乡的方言，流氓的代称，这个词足以概括池幸本该拥有的人生——一烂到底。

她的母亲，县城里传说般的人物，因为漂亮和不检点，多年后仍是人们津津乐道的话题。她的父亲，和母亲有一段不光彩的结合，但县城里人反倒说他厉害，他的暴力就是他的厉害之处。两人唯一的女儿继承所有好和不好，这是池幸能成为娱乐圈一朵奇葩的原因。

记者调查得非常仔细，连同张一筒和他表舅的事儿一并写入，当然事件细节和之前网上流传的一模一样：纯良的张一筒，恼羞成怒的池幸。

还有老师的佐证：池幸一直长得漂亮，学习不专心，和学校里很多男孩都有来往。

文中模糊地用"中学时代"概括，但池幸知道，记者没有去采访她的高中老师。

她高中时去城里读书，脱离县城环境，身边再没那些古怪的流言蜚语。

潮湿的小县城，有时候像养蛊的罐子。

整篇文章一半是池幸的童年，连带以"舞蹈老师"为代号，一笔带过钟映的车祸以及孙涓涓的死。字里行间充满暗示：池幸和孙涓涓是一样的人。

剩下一半则细数池幸入行十二年的成绩。为什么《虎牙》导演以凶悍不讲理出名，偏偏选了她？为什么《青君》里她仅是配角，却比主角颜砚受到更多关注？为什么观众可以抛掉正确的道德观，在电视剧《家事》里对她饰演的反面角色倾注这样多的同情？

"娱乐圈的门槛越来越低，出众的容貌成为最好的敲门砖。在接受《一刻时间》采访时，池幸曾面对记者坦言，她认为真正的演员不会在乎美不美，'美而不自恃'才是最佳状态。诚然，在容貌之外，池幸的能说会道也是她深受欢迎的原因。事实上除了'美'，你很难在她身上找到第二个更强烈显著的标签。"

池幸看得很认真。她忘记了自己尚在片场，冷飕飕的风灌入没有暖气的棚子里，她的手冻得发红，顺手摸索，最后伸进周莽的大衣口袋。

周莽站得笔直，一动不动。

池幸和他在片场里偶尔举止会显得亲密，除了麦子、裴瑗，没人多嘴询问。他低头看池幸的手机屏幕。那篇文章他刚刚看过，边看边觉得心头如被火烧过一般灼热。

他衣服口袋里放了两块巧克力，不知道池幸有没有碰到。

陈洛阳这一记很直接，也足够狠。池幸在公众面前仿似完全赤裸，她再没有什么遮羞布。文章宣判她"始终努力摆脱与生俱来的耻辱，摆脱的方式就是彻底否认自己的过去"。

她是汇聚了父母所有污水的低洼处，却又偏要从脏水里爬出来，笨拙地洗净身上的脏东西，努力变得体面。

池幸看完，咬着一直没点的烟靠在柱子上，暖和够了的手抽出来，却被周莽一把抓住。

池幸最受不了他这一点。他习惯怜悯池幸，但凡池幸遇到一点儿不如意和伤心，周莽就会时光倒流，又变成十三岁的孩子，总想要做些什么保护她。她哪里需要别人怜悯？否则这十几年时光岂不白活？

但，这怜悯若是来自周莽，池幸总是难以抗拒。

"你看过了吗？"她笑道，"通篇都在夸我漂亮对吧？连她也不能否认我漂亮，值了。"

周莽掏出巧克力，问她吃不吃。池幸睁大眼睛："这么可怕的食物，你居然问我吃不吃？"

周莽撕开包装，是池幸能接受的无糖低脂黑巧，香气里没有多少甜腻。池幸看他一眼，笑，又看他一眼，表情带节奏似的。周莽知道她又想逗自己玩了。

估计是顾及周围人多，池幸没有就着周莽的手吃。她自己掰了一块，吃的时候眉头微皱。周莽以为她要说些不好听的话，毕竟那文章很让人生气。

但出乎他意料，池幸微微眯眼，巧克力在她口中融化。她高高兴兴、开开心心，少女一般歪头对周莽笑。

"谢谢你。"声音浓得像蜜。

常小雁仔仔细细把文章看完，在一些细节上跟池幸核对，比如老师说的话，比如张一筒和张一筒表舅转述的事实，比如孙涓涓的过往，等等。

稿件没有篡改事实——目前能找到的所有有据可查的事实，确确实实都重写了"真相"。池幸即便知道当年一切和张一筒等人所说的截然不同，她也找不出可靠的证据来反驳。张一筒和表舅手里有她亲手写的检讨书，而她唯一能找到的只有人证：周莽和他的朋友们。

"真高明。"常小雁冷笑，"又攻击又防守。"

池幸看周莽，周莽还没回答她关于报道的问题。

"全都是胡说八道。"周莽开口。

池幸要捏他的脸，周莽躲开。池幸皱眉装出可怜的模样，周莽再也闪不开，任由她捏上自己的下巴，笑得脆响。

何月和小助理一头雾水："这情况，你们还能笑出来？咱们不反击吗？"

池幸转头笑："等的就是这东西。明枪易躲暗箭难防，他明刀明枪亮出来，反而不那么难。"

裴瑗匆匆走过，喝彩："好！把棋盘都给他掀了！"

池幸："……"

长文面世不到二十四小时，便因为接到被侵权方投诉而消失在网络上。

出手的是峰川传媒。文章写到了池幸在林述川那段恋情里曾蒙受欺骗，签下极其不合理的经纪约，违约金高达六千万。林述峰认为这对公司声誉有影响，狠骂林述川一顿之后，着手让人去处理。

不料文章被删除后，激起的声浪反而更加大了。"池幸"成了"不可提及之人"，各色绰号层出不穷，指责池幸试图以这种方式操纵舆论的声浪也渐渐增加。

池幸仍旧安静拍戏，不回应外界舆论。她现在除了拍戏之外，也没有其他的活动需要参加。

几天之后，常小雁兴高采烈来到片场。

峰川传媒向刊载文章的公众号和媒体投诉，撤下文章。池幸比峰川还要更直接：她对写这篇文章的作者提起了民事自诉，对方侵犯了她的隐私权和名誉权，相关事实更有捏造的可能。

"她道歉了。"常小雁把手机递给池幸。

记者在微博和论坛公开发表致歉书。她承认长文未经过池幸许可，并且在长文中捏造了部分事实，引导舆论。

"撤诉吗？"常小雁问。

"当然不。"池幸答。

"告她也伤不了陈洛阳。"

"无所谓。"池幸笑。

事情仍在发酵。这一日池幸结束工作，和张旻等人在片场吃夜宵时，常小雁带来了一个年轻的女孩。

池幸一眼认出，对方就是那个初出茅庐的记者。

在这件事中，她与常小雁配合默契：她是白脸，常小雁是红脸。记者道歉后池幸仍旧不撤诉，小姑娘急了，找到常小雁恳求她给自己一次当面跟池幸道歉的机会。

池幸的自诉案子，她索要百万赔偿，这不是一个记者能支付得起的。

"为什么会想到写我呢？"池幸把一碗热腾腾的八宝粥推到她面前，示意她吃点儿东西御寒，"你采访过我，其实我对你印象挺好的。"

记者年纪还小，她向主编报的选题无一例外都被毙了，最后是主编给了她这样一个足够轰动的题目，连带无数资料。

她没有选择，又极力想做好这件事。成稿十分漂亮，主编只调整了部分内容，文章在公众号发出后不到半天已有十万阅读量，转载到微博和其他媒体平台，更是瞬间成为讨论热点。

她去感谢主编，主编只是笑笑，叮嘱她继续努力。

池幸跟她聊了很多很多，从自己小时候的故事开始，一直到《虎牙》片场和导演的争吵。

最颠覆舆论印象的，无非是池幸曾因为告白不成而殴打张一筒，最后进了派出所，写下几十份检讨书。

"这件事有另外一个真相，你要是真有兴趣，不妨放下你们主编给的资料，自己去我老家看一看，问一问。你不要问我，你问我老家的人，张一筒到底是什么东西。"池幸笑道，"你能找到一个夸张一筒的人，我就撤诉。"

女孩很尴尬，一直低声嘀咕"对不起"。

"社里老师给你的资料当然也有真的，比如我父母的事情。"池幸说着打开自己的微信，和她加了好友，"你认为我有选择吗？"

女孩："什么选择？"

池幸："成为另一个池幸的选择。就像你说的那样，摆脱所有过去的影响，否认自己的过去。"

女孩不答。

池幸喝完自己那碗八宝粥："没有人帮我，我只有自己去摸索。就像现在的你一样，你的老师怎么不帮你出头啊？"

女孩的眼泪顿时下来了。池幸索偿的金额太大，她根本无力支付。

而她的文章给社里带来负面影响，遭受的投诉源源不断，组长暗地敲打她：找下家吧。

"别哭别哭。"池幸给她纸巾，漫不经心地说，"我可以撤诉，但，你得帮我一个小忙。"

女孩脸色微变，她已经成了惊弓之鸟。

"这个忙对你、对我都有好处，只不过会稍微让你的老师头疼一阵子。"池幸笑道，"舆论的事情，就继续让舆论解决，你说对不对？"

离开片场时，只有周莽还在池幸身边。虽然时间已经很晚，但麦子在光彩剧院里监督即将上演的话剧，他极力邀请池幸去看看。

话剧是麦子的徒弟写的，两个对门的邻居在某天深夜同时发现楼上传来古怪的声音，两人一个胆小，一个鲁莽，为弄清楚楼上到底为何总在凌晨三点开始剁肉，各自用自己的方式去调查。是一出灵活运用舞台空间的有趣话剧，池幸来的时候已经排演到一半，她从中途看起，笑个没完。

麦子要求极高，总是不太满意，跟话剧导演又吵了一会儿。

周莽侧头低声对池幸说："他怎么去哪儿都要跟导演吵架。"

池幸笑着耸肩。《大地震颤》的片场里，大家起初都非常害怕看见麦子从椅子上豁然站起，冲裴瑷奔去的场景。这预示着俩人又有各自的意见，又得吵架。但后来吵得多了，众人渐渐习惯，偶尔一两天不吵，一个个东张西望：麦子没来吗？好久没听见他那嗓门了。

池幸脸上的妆没卸完，看起来脸色憔悴苍白。麦子把她介绍给自己的学生和台上的演员们，众人知道她参演《大地震颤》，纷纷与她握手打招呼，有人给她端来热水和点心。

在这里没人提起她最近的舆论风波，导演拉过池幸，要让她给自己和麦子评理。话剧编剧一声不吭，挺好的年轻人，慢吞吞在一边喝枸杞水，脸上带着看好戏的笑。毕竟以往夹在中间磨心的都是他。

"导演说得对。"池幸毫不犹豫。

麦子："你说什么？"

池幸："各司其职，这剧本不是你写的，这剧也不是你导的。谁负责谁有理。"

麦子："这剧院是我的。"

导演："也是我的。"

两人大眼瞪小眼，最后是麦子服输："好吧，就按你说的来。"

快十一点了，最后一次排演。音乐一起，两位主演各自钻进舞台上的床铺，重新开始演出。

池幸跟麦子告别，麦子心不在焉，全神贯注盯着舞台，草草冲她挥手。

"麦子这个人倒也不是坏，就是他的心全放在戏剧上，对其他事情不在意。"池幸说，"他也不怕得罪人，所以什么都敢说，什么都敢做。"

周莽问："他这种性格，没被人打过吗？"

池幸乐得直笑："你不知道吗？麦子老师年轻时是出了名的暴脾气，有人抢了他女朋友，他单枪匹马，扛了根木棍，把人酒吧砸得稀烂。后来他出国读书，回来的时候那酒吧经营不善已经关张，他又掏钱买了下来。"

周莽一脸"这人傻子吗"的冷峻表情。

"他把酒吧老板请了回来，让他继续干，还跟人结拜为兄弟，现在关系好得很。"池幸说，"下次我带你去那酒吧玩玩，有个驻场歌手特别帅。"

周莽："他总是这么开心吗？"

池幸摇头："他病得很严重，失眠，酗酒，灌安眠药，都干过。他老把戏剧挂嘴上，看什么人都是自己剧里的角色，魔怔了。不过也可能，这种魔怔让他快活吧。"她走出光彩剧院，打了个喷嚏，"戏剧是他的避难所。"她笑着。

池幸似乎是真的没有因今天的事情而有一丝低落，说话又脆又快，和周莽一起走入冷风之中。

她并不想立刻回去，远远看见街角一个摊子卖烤冷面、馄饨和煎饼果子。摊子正热闹着，池幸拉起周莽就要过去。

路上安静，只有夜间送外卖的骑手不顾红绿灯，飞速抢道。周莽握住她的手等待通行信号。

"你醉了？"池幸问。

周莽茫然："什么？"

池幸："你居然敢用这种方式牵大明星的手。"她拉起周莽的手，故意挪动手指，与他十指相扣。

周莽一脸无解的表情，看她高兴地摆弄两个人的手指。他以为池幸会受这次事件打击，至少有几天一蹶不振，或者像以前一样，不高兴了就躺在床上一动不动，话也不说。

但这次没有，完全没有。她面对最不堪示人的过去，竟然好像忽然间生出强硬盔甲，能抵御一切。

他要对池幸说些什么时，绿灯亮了。空空的车道上没有一辆车，池幸牵他的手走上斑马线。"北京天黑得太早，也太冷，没啥意思。"池幸说，"我想吃烤冷面，你去买吧。"

周莽听令行事。几辆小推车在街角形成一处小小的热闹场地，两张小桌小椅，八九个身穿羽绒服的青年，清一色背着线条简洁的书包，都是刚下班的码农。

池幸戴上口罩，是御寒也是为了阻挡灰尘与可能存在的细菌病毒。但口罩上有烟味儿，她摘下想了一会儿，估计是在剧院沾上的，麦子是个大烟枪。

把口罩揣进兜里，鼻尖被冻得通红，羽绒服毛茸茸的帽子套在头上，她远远看周莽在烟火里等待一份烤冷面。

身边有人匆匆走过，未几又折回来。池幸没反应过来，帽子忽然被人从脑后一扯，头发登时被冷风吹得乱拂。

她下意识捂住口鼻回头，迎面就是一个黑魆魆的手机，插在自拍杆上。

"池幸，是女明星池幸！"一个男人举着手机，兴奋地把镜头举向池幸的脸，"各位老铁，咱们今儿可挣大发了，就是那个池幸没错！哎，你好啊，我是你粉丝，好多人都是你粉丝，打两句招呼呗？"

池幸立刻抬手挡住镜头。

"好憔悴，是不是最近没工作了？人都说你是女流氓，你有什么要讲的吗？"男人说个不停。

池幸恼了，扬手去推他的手机。不料自拍杆突然松了，那手机掉到地上，屏幕瞬间暗下去。

池幸和那男人都愣住了。男人只怔了一秒钟，火速从大衣口袋掏出另一台手机，按亮，继续直播："池幸！是池幸把我手机打坏了！赔！赔！老铁刷起来！赔钱！"

池幸气极反笑："大哥，您做直播还挺专业。"

她本想往夜宵摊子那边跑，此时被大汉气笑，反而镇定下来。这男人明目张胆，绝不是跟踪骚扰她的人。池幸把被大风吹乱的头发别到耳后，微微低头。她脸上还带着几丝饱受困扰的窘迫，赵英梅的妆没卸干净，眼皮耷拉，眉毛稀疏，眼角有皱纹，唇色更是苍白。

也不知道这直播开没开美颜。池幸掏出钱包，边打开边想：最好别开。

她戏瘾上来，眼角眉梢，尽是怯懦与楚楚可怜。从钱包里翻出仅有的几张纸币，她数了数，拢共八百多块钱。数完又从背包里拿出《大地震颤》的剧本，撕下最后一页的空白部分，写上了常小雁的联系电话和邮箱地址。

池幸不紧不慢，做这一切时，面色沉静，毫无怨言似的。摘下一枚发夹，池幸用它夹紧钱和纸，弯腰，慢慢放在那台屏幕碎裂的手机上。

"你干啥？干啥？"男人站着，居高临下地拍池幸，"这么点儿钱，打发乞丐呢？"

池幸又别了别鬓角头发，抬眼。她知道自己这个角度很好看，配上被干冷天气刺激出的一点儿泪水，说一句我见犹怜并不过分。

"对不起。"她只看那大汉——或者说，那手机镜头一眼，轻轻一叹，有无穷歉意与疲惫似的，"我身上只有这么多，不够的，你可以再联系这个号码。"

眼角余光看见周莽正飞奔而来，池幸火速站起，最后冲大汉点点头，模糊地笑笑，飞快朝周莽走去。

"别别别，别过去。"背对那男人时池幸终于咧嘴笑了，死死抓牢周莽的胳膊，"Ending很重要。"

周莽一头雾水，池幸挽着他的手臂，孱弱不堪似的靠在他身上。

周莽："你又做了什么？"

"你别回头！听我的，做戏做全套。"池幸依偎着他，小声地笑，两人走过夜宵摊点才回头，那大汉已经无影无踪。

隔天一早，何月来喊她晨练，忙不迭把手机递给她，满是困惑和惊奇："幸姐，你又上热搜了！"

第十章 起舞

昨晚遇上的直播博主原来是健身狂人,他酷爱夜跑,大冷天也会准时出门运动,用近乎虐待自己的方式来增强体魄,或者说吸引粉丝。

光彩剧院就在他每天必经的路上,遇见池幸完全是一场意外。

他和池幸那段争执,完完整整、没有任何修饰剪辑,直接呈现在直播间粉丝眼前。

池幸有一张憔悴的脸,眼神不太善良。但她道歉和赔钱,举止很得体,恰到好处的惶惑和不安为她原本就足够俏丽的五官增添了无辜,偶尔几个躲闪的眼神掠过镜头,让人心生不忍。

"虽然她不是什么好东西,但漂亮是真漂亮。"这个评论获得了八千多个赞,随着视频疯转,还在不断上升。

博主没开美颜,他在结束夜跑之后会大吃一顿热腾腾的夜宵,这是直播间粉丝最喜欢的时刻——因此,他开的是为食物增色的滤镜。那滤镜让池幸的脸蒙上一层淡黄色,越发显得疲惫。

奇妙的是,对池幸不慎把博主手机推掉的片段,没有人责备。所有人都指责博主太过分了:即便她是明星,即便她有这么多不好的传闻,但大晚上的,一个孤零零的女孩子,满脸横肉的大汉去骚扰,任谁都会害怕。

害怕之后做出抵抗,这很正常。

而且那也不是池幸的错:博主跑步的时候已经说过几次"咱这自拍杆不行了,快断了"。池幸之后翻尽了钱包里所有现金用来赔偿,还写下了联系方式,足以表达她的诚意。

其实这是池幸在此前的种种风波之后第一次在镜头前亮相。仍旧好看，只是像所有遭遇压力的人一样，眉眼浸透了倦意。

池幸一边洗脸一边拿出自己的手机，一开机便吓了一跳：常小雁发来几十条信息，从凌晨三点到七点，前半部分都是骂她乱来，后半部分开始讨论这个机会可以怎么利用。

昨晚的事情确实是突发事件。池幸自己布置的舆论事件还未上场：她说服了记者帮忙，曾谧云也做好了准备，但一切都比不上一个突如其来的机会。

她联系记者。姑娘一早就发现了网络上热议的池幸直播事件。为了逃避池幸追偿，为了解决自身危机，她是铁了心要帮池幸。池幸给她和常小雁拉了一个微信群。

出发去片场的路上，"池幸"从热搜上下来了，是网站在刻意降低热度。但点进话题，讨论声浪仍旧不绝。

在几个知名大 V 的引导下，人们讨论的重心已经转移到"艺人隐私是否应该让位于旁观者的好奇心""身为艺人是否必须坦白自己的一切身世"等话题。

池幸快速浏览，她用的小号，不担心被逮住，边看边笑。

原秋时给她发了几条信息，问她好不好。《灿烂甜蜜的你》里他的戏份已经全部结束，他现在正在东北拍摄一部被寄予厚望的刑侦剧。池幸回复他："我挺好的，祝你工作顺利。"

那直播博主终于睡醒，面对十几万条批评辱骂，他也怒了，发出一段短小的视频，配几个截图。

视频里池幸从镜头前小跑离开。她迎着一个男人奔去。男人身材高大健壮，背后是热气腾腾的人间烟火。池幸挽着他的手臂，像是求助又像是依恋，紧紧靠着他往前走。男人低头和她说话，池幸微微仰头。镜头只拍到两人的背影，拍不到表情。摊点老板揭开一锅滚热的馄饨，雾气如浪，扑盖了两个相依的人影。

池幸睁大了眼睛，一看再看。

博主配文：她有男人！我这才是劲爆信息！完整视频议价可卖！

评论转发里清一色的斥骂："你有毛病吧，谈恋爱碍你的事了？是你先去骚扰她的。"

池幸匆匆瞥评论一眼，她看得头疼。无论是骂这个大汉还是骂她，大家都说着差不多的话，她仿佛看见墙头上摇摆不停的柔弱青草。她其实也不恼，或者说根本恼不起来——这博主摄影技术不错，她没想过自己和周莽走在一起，居然这样般配好看。

视频她下载了，照片也火速保存。常小雁要是看到一定又会骂她，对了，林述川也必定会打来电话，阴阳怪气问一通。池幸不喜欢应付这些事儿，可她莫名其妙地开心着，脑子里充满了轻飘飘的东西，它们可能都是些甜蜜无害的气体。

她把那照片看了又看，嘴角的笑怎么都压不下来。何月和小助理莫名其妙，面面相觑。何年边开车边从后视镜看她："幸姐，又有人骂你？"副驾驶的周莽随之从镜中瞥她。

"没事。"池幸头也不抬，把照片和视频转发给周莽。

周莽的手机响了，他解锁观看。片刻后何年嘀咕："莽哥，笑什么？"

周莽也用和池幸一模一样的语气回答："没事。"

片场里一片热闹，Eric和姜岑跳完探戈跳恰恰，池幸被热气烘得冒汗。人人举着个手机拍摄，姜岑还不忘指点Eric："性感，探戈就是要性感。对，表情，你心里要笃定自己就是舞场的女王。"

Eric大汗淋漓，反驳："我怎么是女王？"

姜岑："你跳女舞步当然是女王。来来，看我，用最热烈的眼神看我。你爱我，你要用眼神跟我讲，来，来爱我。"

Eric肩膀一抖，收手："不跳了。"

姜岑大笑："那我们换一换角色？"

Eric冲他做个鬼脸，转头看见何月，几乎蹦着跳过来："女侠！想跳吗？我教你，我教人很会。"

何月："别烦我，我打人很会。"

池幸去换装化妆，翻开剧本。今天要拍的内容很多，但她的台词并不多。这是重头戏，电影的高潮部分之一：赵英梅第一次在偶像王靖面前跳舞。

麦子边吃早餐边走进来，冲她直笑。池幸不知他笑什么，麦子凑到她耳边小声说："周莽不错的。"

也不知周莽有没有听见，他跟何年在片场转悠，察看现场道具、灯光布置情况。上回灯没安稳，差点把小孩砸中，周莽紧张了好几天。

池幸不答，闭目微笑。她昨晚那一场随机应变，其实跟电影情节有那么一点儿关联。

《大地震颤》里，赵英梅得到王靖的关注，是因为有人在网络上发布了一段视频。视频里的赵英梅表情紧张茫然，看着镜头就不大会讲话，好在开了口便自然许多。她对镜头说自己想跟王靖跳舞，说了些自己对王靖的仰慕。

视频放出，一开始引来许多嘲笑。其实拍摄者本意也是想取笑赵英梅，他是赵英梅打工那饭馆里的厨师，赵英梅被开除后，两人吃过一顿饭，或许是喝了一点儿酒，被他一激，赵英梅说了很多话。

她实在太粗糙、太平凡了。有的梦想，小孩说出口是天真活泼，令人感动；她这样的妇人说出来，落魄里平添几分难看。许多人在视频下疯狂大笑，但渐渐地，反问"这有什么可笑的""她很勇敢也很美啊"的反驳声越来越多。

赵英梅和丈夫离了婚，找了份超市理货的新工作。她不知道在自己的世界之外，有无数的人为自己争吵。有媒体记者找来，认认真真采访她。她把头发梳平整，迎着温润的光，一字字说："我想跟王靖跳一支舞。"

事有凑巧，王靖彼时即将退役，他回到故乡看望老师，意外听说这件事，哑然失笑。成名的舞蹈家对自己的舞伴有极高要求，赵英梅什么都不算。老师却记得赵英梅，那个提出要帮忙扫地的没钱的小姑娘。戴着老花镜的老人仍旧有挺拔的背和颈脖，她握着王靖的手，温柔劝说："就当可怜她。"

于是王靖答应了。

是这一段剧情给了池幸小小的灵感。她在那大汉面前演出虚弱、愧疚和不安，这对她来说驾轻就熟，毫不费力。

池幸昨晚睡得不好，她半闭眼睛假寐，头发打理好才睁眼。镜子里的她——或者说赵英梅，比以往明媚许多。为了在自己的偶像面前不丢脸，她甚至画了眉毛、涂了口红，脖子上挂着廉价的假珍珠项链。珠子在灯下反光，池幸摸了摸它，很轻。

机器就位，灯光布好，所有人都等待剧情上演。

赵英梅鞠躬、问好，和王靖握手。她手心有汗，不知王靖是否察觉，王靖只是很轻、很快地握了握她的手指，不忍心碰触和识破一串假项链似的，目光在赵英梅脸上一掠而过。

赵英梅羞恼得脸颊涨红，她在自己的外套上把手擦了又擦。

虽然北京仍是冬天，可《大地震颤》的剧情已经进展到春季。室内暖气开足，温暖得甚至有些燥热了。池幸穿一件格子衬衫，头发绾起，整齐干净。姜岑本身气质便有些疏冷，他沉浸入角色之中，用小孩的话来讲，"让人怕怕的"。两人站在镜头前定位灯光，最后一次交流剧情。裴瑗举手示意，场记板一声脆响。

王靖是眼睛长在头顶的人，看人时眼珠子懒得动弹，在赵英梅面前，他是偶像，是因为老师要求，他才答应下这桩没有任何益处的麻烦事。他不能给赵英梅什么好脸色，他看惯了滋润、美丽的女性，赵英梅被生活榨得近乎干瘪，他眼皮一翻，手匆匆一握："跳一跳吧。"

赵英梅愣住："跳？"

王靖："让我看看你的水平。"

赵英梅越发窘迫："我不太会跳。"

王靖没笑，哪怕他知道自己笑一笑，能令这凝固般的羞窘松缓一些。他指着舞蹈教室中央，那里被灯光和四面镜子映得光亮。

"跳一跳。"他严肃地重复，指挥赵英梅往教室中央走，"四三拍。你听得懂什么是四三拍吗？"他说话时漫不经心，语气加重，有几分苦恼，为赵英梅木头般的肢体、茫然的眼神。

而赵英梅的脸瞬间因极度的羞惭而红热，连双耳都辣了起来。

从拿起舞裙的那一刻起，"跟王靖跳舞"的愿望就在赵英梅心里扎下了根。

没人比她更清楚这个愿望多么可笑，多么不合时宜。但它总归是个愿望，雾夜里一盏小灯，有影影绰绰的光。

赵英梅还没有给自己准备舞裙，她只是在每一天早晚稀少的闲暇时间里，在手机上不断、不断地看王靖比赛的视频，从华尔兹最基础的步法，自己慢吞吞地学。

会为她叫好的只有儿子诺诺。

赵英梅在王靖的注视下走到教室中央。她想起这教室也是自己熟悉的：少年时很多个她独自回家的傍晚，她会背着书包，躲在窗户后面偷偷地看王靖跳舞。

没有音乐，王靖问："要我帮你打节拍吗？"

他每多说一句，赵英梅就越发难堪。她闭目摇头，并腿站直，抬起手臂。

没有舞伴，她总是独自在家中练习。当日老师斩钉截铁地说她没有天分，赵英梅也认了。她幼时没有天分，如今三四十岁，天分也不可能凭空落到她头上。"不用了。"她小声回答，仍闭着眼睛。

不存在此处的音乐从她心里响起，流淌出来。赵英梅幻想自己是王靖怀中的舞伴。她知道那女孩的名字，和她不同，是柔软漂亮的字词。女孩的腰肢柔若无骨，手脚却强壮有力，舞裙像初冬早晨最浓的雾，轻纱里缀满星星。她在王靖的引导下旋转、展开、摇摆，像鸟雀，像花朵。

赵英梅伸展手臂，乐声里有灯火与河面倒影，摇曳如星。她感到自己也摇摆起来了，随着音乐。她忘记了这里有一个王靖，有他挑剔不客气的眼神。

她面前再不是不存在的、空气般的人。那人有一个具体的形象，但不是王靖。是比王靖更强悍的躯体，有比赵英梅所想象更勇敢的眼神。他会注视赵英梅，他们一起扭头，望向舞程线。身躯在舞程线上滑动、滑动、滑动，赵英梅成了一艘摇荡的小船。

她瘦削，腰肢后仰不充分，动作总有些僵硬。但面上的快乐骗不了人。她轻快得迥然不同，原本羞怯、尴尬的红晕变成了油然的喜悦，这让她那张苍白的脸忽然间有了活泼的生气。

哪怕是重复的舞步，哪怕她的动作还称不上标准，哪怕她双耳渐渐空白，要竭尽全力才能听见外界声音……哪怕有千万个"哪怕"，赵英梅不怕了。

在无数次反复的练习里，池幸学会了华尔兹的步法。她虽然练得纯熟，当化身为赵英梅时，她仍要扮演一个生涩的新手。

生涩时的喜悦和纯熟时的喜悦，同又不同。池幸在舞蹈教室里幻想自己是舞场中的女王，是最受瞩目的选手——是孙涓涓。

母亲的一部分扎根在她生命里，她舍弃不去，也不想舍弃。她始终不明白当日在母亲脸上看到的喜悦为何会令幼小的自己恐惧。她恐惧什么？

在无数次大汗淋漓、收势定点的时候，她站立如一株骄傲的山茶，秀气挺拔。她在镜里看见自己的脸，人人都说她有一双孙涓涓的眼睛，有孙涓涓的鼻子和嘴巴。那个已经死去的女人在人间残留着一缕信息，还有一缕遗憾，全都附生在池幸身上。

她明白了孙涓涓为什么要去跳舞，为什么即便钟映不在舞蹈教室，她也要穿上漂亮的酒红色裙子，高高兴兴往那梦里走。

那不是梦，不是舞蹈教室。是她小小的、安全的避难所。

明白这件事的晚上，池幸哭过一场。她当时恐惧什么？她什么都不恐惧，只是被重重吓了一跳。

孙涓涓期望她"幸福"。但当年幼的池幸第一次看见母亲脸上绽放真正的幸福时，她被那种不受控制、不能掌握的狂喜和甜蜜吓住了。

孙涓涓的快乐卑鄙无耻，又敞亮欢畅。池幸那时候还不能懂，所有孩童不能懂得的东西，都会令幼小的灵魂大受惊吓。人原来是可以这样高兴的吗？成日哭泣、怨恨、阴沉着脸庞的女人，她的妈妈，原来是有资格这样快乐的吗？

池幸坐在床上哭，她想起母亲落在自己脸上的那一巴掌。很轻，像用力的抚摸。

她没资格责备她，也没资格怜悯她。

"Cut！"

池幸停了下来。她还维持着舞动的姿势，双手搭在那不存在的舞伴的背上、手上。

"王靖？"裴瑗喊了一声。

池幸回头看姜岑，姜岑忘记了台词和自己的戏份，呆呆站在窗边。她走向姜岑，姜岑耳上竟然蒙一层薄红，他意识到自己失态了，慌忙道歉。

裴瑗看热闹不嫌事大："看着迷了？"

姜岑："嘻。"他笑笑。

池幸和他看拍摄下的镜头，几个机位分别对准池幸和姜岑。池幸一开始羞涩、紧张、僵硬，但跳到中途，她像换了一个人。没有人能把目光从她身上移开，她是一块磁石。

连麦子也过来赞她："太好了，这场戏一遍过！"

姜岑忙道："对不起，我忘了说台词。"

麦子摆手："不用台词，不需要了。就用你刚刚的表情和状态，裴瑗，行吗？"

裴瑗和他是同一个想法。剧本里看完赵英梅这一段练习之后，王靖对赵英梅的态度有了转变。他从这个平凡无奇的女人身上看出了一点儿未经雕琢的妩媚，他新奇、诧异，竟被这反差微微吸引。剧本里有两句台词，但全都比不上刚刚姜岑突发的失态神情。

之后便是补拍池幸的特写。姜岑旁观，他像沉思一样，注视池幸的身影。

池幸本来有些丰满，为赵英梅这个角色，她狠狠锻炼减肥，瘦了一圈。衣服不显身材，她微微缩着肩膀，背挺不直，在姜岑扮演的王靖面前满是畏首畏尾的紧张和怯意。

脱离开拍摄的氛围，姜岑从第三者角度去看池幸的表演。他心里头有暗暗的惊叹：池幸的表演仿佛经过计算，又像是浑然天成。她明明是个明艳漂亮的美人，在化妆、服装和肢体动作的改造下，却俨然就是赵英梅本人。

赵英梅一侧耳朵失聪，另一侧也在逐渐丧失听力，池幸与人说话的时候会有一个不自觉的动作：她偶尔会突然飞快地、幅度极小地侧头，瞬间又恢复。

是赵英梅在用她几乎消失殆尽的听力，捕捉已经听不太清楚的声音。她又怕被王靖看破，总是飞快地控制住。

池幸刚开始出现在剧组里的时候，除了跟她有过合作的张旻，其他人都觉得她不合适。简单来讲，她太漂亮，太引人注目了。谁都不会相信赵英梅是这样的一个人。

只有张旻，听见周围人议论时一声不吭，只是笑。姜岑问他笑什么，张旻只说一句话："等着看吧，她会给人惊喜的。"

麦子走过来，随口道："池幸没男朋友。"

姜岑笑："说什么呢？之前不是传说原秋时在追她吗？"

麦子："黄了，池幸不喜欢原秋时。"

姜岑："她喜欢什么样的？"

麦子打量他："反正赵英梅喜欢王靖这样的。"

他答非所问，姜岑没被他绕进去，反问："不是吧？咱们剧本围读的时候，你不是说明过，赵英梅对王靖不是那种感情吗？仰慕，倾慕，憧憬，这可都是你说的，我写在剧本上了。"

麦子故作惊讶："是吗？我说过吗？"

姜岑知道他是故意的，笑笑："老麦，我可不止一次听见你开池幸和她那保镖的玩笑。你怎么回事？生怕事情不够乱是吗？"

"是啊。"麦子大咧咧承认，"乱才好玩，才出戏。"

这一场拍得极为顺利，一向精益求精、苛刻到底的裴瑗也挑不出任何毛病，反倒不断在监视器后面鼓掌，喊着："好！好！"

池幸从助理手里接过水瓶，周莽从姜岑和麦子身后走回来。

"偷听到什么了？"池幸随口问。

周莽还没开口，摄影助理和灯光师恰好经过，两个人都蹦过来："幸姐，刚刚跳得太好了！演得也太真了！我要是王靖，我也得被赵英梅迷住，这也太……"

周莽面无表情，目光锐利。两人浑然不觉，说了半天才高高兴兴离开。

池幸左右一看，发现何年何月不在，便知道又被常小雁叫走了。助理拿来饭盒，众人聚在一块儿吃。周莽吃到一半，池幸把沙拉里两块鸭胸肉夹给他。

池幸对面的麦子、姜岑和 Eric 看得专注。

周莽顿时有些食不下咽。他准备起身暂时挪开，不料池幸递来一瓶水，他接过拧开，池幸却不接，他一时走不了。

Eric 摇头："还是女侠好。"

池幸仰头问周莽："你说呢？"

姜岑和麦子一边疯狂嚼饭，一边专注看戏。

周莽只得闭嘴不答。

池幸对 Eric 说："周莽功夫比女侠好得多。"

Eric："哦？"

麦子与姜岑："哦——"

周莽已然练就泰山崩于前而色不变之能力，把水瓶子拧好放在池幸身边，端起饭盒跟道具师蹲一块儿吃了起来。

年会将近，常小雁焦头烂额。池幸借不到当季礼服与首饰，她甚至动了花钱去买的念头。

池幸非常喜欢五年前去东京电影节参展时穿的一件白色露背长裙，她想穿那件去。但常小雁不允许。

"礼服穿一次就不能再穿了，你是想被人取笑吗？"

"但我穿起来最好看。"

常小雁也不得不承认，那件礼服实在衬得池幸玲珑浮凸，纯真之中又有浓欲。那时候池幸还不红，这礼服上过报刊，有人称赞，但没什么影响力。

"就它了。"池幸说。她根本懒得理会这些事情，麦子昨日约她吃饭，席上介绍了一位德国的独立导演给她认识。那导演手上有个片子，池幸听了之后非常喜欢，麦子想办法帮她拿到了一些资料。她正艰难地用手机翻译软件逐字逐句地看德文。

挂了常小雁的电话，池幸抬头看周莽。

家里只有她和周莽，距离出门还剩一小时，周莽在厨房里给她煎牛排，衬衫袖子卷到手肘，池幸的目光在他背上、臀上和腿上来来回回，扫个没完。周莽头也不回："好好看你的资料。"

正想跟他开个坏心眼的玩笑，周莽的手机响了。他关火，关上厨房门，听电话。池幸坐在饭桌边，有些心不在焉。从周莽背后抱他是什么感觉？池幸非常好奇。

十多分钟后，周莽走出来："有人去查你的事情。"

来电的是周莽的旧日同学，也是当年被周莽拉去解救池幸的伙伴之一。

周莽远离家乡，这几个初中同学都在县城周围生活工作。池幸在网上被人歪曲事实污蔑的时候，他们几个身为当事人，相当不忿，也曾认真争论过。由于池幸和峰川的冷处理，这事情已经淡了许多。池幸打算就这样让这事儿过去，不料从上周开始，有不愿透露来历的人先后找到周莽的几个旧同学，十分详细地询问当年事情的来龙去脉。

"问不出来历，我的同学没说什么重要的细节。"周莽说，"他们怕是有心人又要害你。"

池幸想了想："今年我得给他们几个也准备年货。"

周莽："先解决当下的事情吧。"

池幸："没什么可解决的啊。人不肯透露自己的来历，我们怎么查？你一会儿把这事情告诉小雁姐，她想怎么处理就怎么处理。"

周莽："那你……"

池幸冲他嫣然一笑，用铅笔戳他的手背："你保护我就行了呀。"

她用一种娇俏的少女口吻说这话，周莽知她又在做戏，又在捉弄自己，可他……又真的很吃这一套。

"好吧。"他坐下来，开始用刀叉把牛排切成小块，方便池幸取吃。

神秘人没有隐藏很久。当天晚上，在剧组吃完晚饭的池幸，接待了一位意料之外的客人。

裴瑗和原臻走进化妆间时，池幸还在跟楚云浩玩游戏。

"原总，你好。"池幸客客气气和她握手，"我们之间还有什么事要讨论的吗？"

原秋时和她的联络已经很淡，池幸认为一切应该已经算尘埃落定。

"有的。"原臻坐下来，裴瑗领着楚云浩出门了，房间里就剩她和池幸两人，"关于你以前的事情，还有你未来的规划。"

池幸心中猛地一跳。

"我是以原石娱乐掌权人身份来见你的，池幸。"原臻微笑着说。

原臻给池幸带来了一份她梦寐以求的新合约，一切条件都符合池幸的要求，甚至比她想象的更丰厚。原臻更是直接承诺，会帮池幸解决她和峰川传媒之间的那份二十年长约。

换言之，原臻打算代替池幸支付违约金。

池幸当然不相信这是天上掉下来的好馅饼。

说实在话，她看见原臻在片场出现，第一反应居然是狗血偶像剧里的经典桥段出现了：男主角的父母长辈出面来找身份低微的女主角，甩出支票，砸下狠话"我给你钱，你立刻离开他，永远不要再回来"云云。

池幸和原秋时之间从来不是这种关系。但这不妨碍她小脑袋瓜窜出幻想：如果原臻真的甩出支票，她就开价六千万。

只是没想到，原臻居然是为了另一个目的来的。

池幸并未立刻答应。新合约她也不能给常小雁看，常小雁虽然对林述川有很多怨言，但她毕竟是峰川的人，在一切还没有眉目之前，池幸要保护好自己的秘密。

她翻看合约，心想这件事跟原秋时应该没有关系。如果是原秋时建议原臻签下池幸，原臻只会更加愤怒。她，此时此刻，是把池幸当作一个商品、一个人偶来看的。

"是裴瑗吗？"池幸问。

原臻并不否认："她非常欣赏你。托她的福，我也在这电影里投了一些钱。"

池幸完全明白了。

她心头的石头倒是放下来一块。商业的事情就正经地谈，不掺杂任何感情因素。

"我会好好考虑的。"池幸中规中矩地说。

原臻能为了这件事专程来找她，这已经足够说明诚意。池幸不蠢，能让原石娱乐的掌权人亲自出面，其中固然有裴瑗和麦子的人情关系，但也让她心中隐隐地有了个底：自己的商业价值，是足够让原石娱乐支付六千万巨款的。

原臻起身告辞，临走时又折回来："这件事我弟弟还不知道，你不要告诉他。"

池幸心情太好，她忍不住说了一句以往绝对不会出口的话："你不觉得自己管原秋时管得太多了吗？"

原臻没生气，回头扫她两眼。

池幸："原秋时并不是会任人拿捏的软蛋。"

原臻："你很了解他？"

池幸："你不了解他？"

原臻："……"

她朗声大笑，紧了紧大衣："就是因为不好管，才更要管。我是原家老大，原秋时只要一日没结婚，就一日都在我的管理之下。"

池幸耸耸肩，把她送到化妆室外面。她认为不了解自己弟弟的其实是原臻。原秋时一心扑在自己的演艺事业上，对与原臻争夺原石娱乐的股份和权力，兴趣并不大。原臻这样钳制、提防他，事事都要管着他，只会令原秋时对那个家越发厌倦而已。

原秋时是好人，相当好的好人。但池幸知道，他和自己并不适合。

还没走回化妆间，原臻离去的方向忽然传出一句高亢愤怒的——

"Eric？！"

剧组的人装作忙碌，不停走动，全朝着那个方向张望。池幸远远只看到一个瘦削的人影飞快逃窜，转眼就从片场遁走，无影无踪。

第二天，Eric 没来。第三天，Eric 也没来。

天天被他纠缠的何月松了一口气。麦子被裴瑗骂得狗血淋头：原来 Eric 跟原臻撒了谎，说自己出国玩，被困在外面回不来。原臻天天担心得睡不着，不料这忤逆孩子居然在剧组里当起了舞蹈指导。

Eric 每次来片场，都乐得像只花蝴蝶。他调整过赵英梅和王靖的舞蹈，根据池幸的练习成果重新设计过舞蹈动作。姜岑本身练舞，两人常在片场跳舞、讨论，池幸看得出来，Eric 非常快活。

或许这儿也是他的避难所。

裴瑗打算重新找一个指导老师，麦子坚决不同意。他背个小包，亲自飞上海，说要劝服原臻，把 Eric 带回来。裴瑗斥他"唯恐天下不乱"，麦子紧紧握住她的手："知我者裴裴也。"

池幸本想推荐自己的舞蹈老师唐芝心，只好作罢。

周莽得知她的打算，皱眉短叹："别跟她来往太多。"

池幸的好奇心膨胀得近乎爆炸："你对她意见这么大，以前到底发生过什么事？"

周莽不肯说，她转而去问何年何月。平时旁人询问池幸的事情，兄妹俩嘴巴像上了拉链，比寺庙里的罗汉像还沉默，眼神又冷又酷，换作池幸来问周莽，没有十分钟，连周莽只爱穿什么内裤牌子都说完了。

可他俩也不知道唐芝心和周莽之间发生过什么。

"莽哥以前好像是说过，他大学时发生过一些不愉快的事情。"何月边吃饭边回忆，"莽哥练武的嘛，上大学时还是武术协会的人，后来又去跳舞，他其实很受欢迎。可能是跟女孩子之间有些纠纷？"

池幸浓眉一蹙："都是什么纠纷？"

何年："他学校后门有个商业街，街上有酒吧。有时候会有混混在街上骚扰女孩子，莽哥跟他们闹过。"

池幸笑："怎么闹？他打人呀？"

何月又露出崇拜的表情："莽哥练武术好多年了，好像是初中就开始拜师学艺。他就算不打人，人一看他就知道他是练家子，当然服气。"

池幸："初中？为什么？"

兄妹俩面面相觑："初二开始吧，不清楚原因。"

池幸撑着下巴，往回推时间。她也不想笑，但人心里头装了什么快活甜蜜的东西，表情素来是不受控的。

她现在有一种强烈的后悔。她应该在大学之后回一次家乡，至少见一见周莽。那个不断拔高、健壮的男孩会站在她面前，跟她展示自己越来越雄壮的肌肉吗？会亮出已经足以保护她的手臂，再一次提出送她回家吗？

"我想起来了！"何年忽然打断池幸的思绪，"学校里出过一件事，有个姑娘晚上从操场回宿舍，突然头晕，摔进了河里。那姑娘是追周莽的人之一。"

池幸："人没事吧？"

何年："没事，被路过的学生救起来了。莽哥还去医院看过她。"

何月收到Eric发来的信息，他成功把麦子解救出来，正准备飞回北京。何年很不喜欢这个长相过分漂亮的男孩成日纠缠妹妹，兄妹俩被Eric的事情引去注意力。池幸边吃饭边琢磨刚刚听到的事儿。

这日是最后一次上舞蹈课。唐芝心给池幸准备了礼物，池幸拆开一看，是一瓶香水。她曾跟唐芝心提过，但没料到唐芝心竟然一直记在心里。

她为自己曾短暂怀疑过唐芝心是当年推姑娘下河的人感到一丝愧疚。

上完课，池幸约唐芝心一起吃饭。唐芝心还有一节课，池幸晚上没安排，便在舞蹈学校里闲逛等她。天下了点儿小雪，小池塘结了冰，树枝干瘪枯黑，在灯下像嶙峋的爪子。池幸看见路边有人卖烤红薯，食欲大起，让周莽去给自己买。

周莽还没回来，她远远看见姜岑从停车场走来。

姜岑是来这儿找朋友的，他知道池幸在这里学舞。"周莽呢？"姜岑和她站在一块儿，"他不是你的保镖，怎么不陪着你？"

池幸指指围满了人的红薯摊。

姜岑看了两眼，忽然侧头问："我看到之前的视频和照片了。你和他，是真的？"

姜岑在片场和池幸很少这样亲密直接地聊天，池幸知道他对自己有好感，便洒脱笑着："快了。"

姜岑点头："真是想不到。"

池幸："我和他的组合很奇怪吗？"

姜岑："是啊，我以为你会选择一些更……"

池幸微笑："他很出色。"

姜岑也笑了："我以为你会选择一些对事业更有帮助的人。"

池幸挤挤眼睛："你呀？"

姜岑也坦率："对啊。"

"不一样噢。"池幸低声说，"他和你们不一样的。他是我的……"

她不肯把话说完，姜岑想起麦子老在片场瞎嘀咕的话，接口："英雄？"

池幸笑得越发欢畅："嗯。"

——也是避难所。在心底里，她无声回答。

眼角余光瞥见周莽走回来，姜岑忽然坏笑："我帮你加个速吧。"他说着，忽然抬手拍拍池幸的肩膀，垂头凑近她的脸颊。嘴唇没碰到池幸的皮肤，但那动作远远看去，就像一个吻。

池幸："你都是这样勾搭女孩子的？"

姜岑："可惜这次不奏效。"他挥挥手，得意地笑着跑走了。

周莽果然加速奔来，面带不快。他买回一个热腾腾的烤红薯，池幸罩好帽子，不理会他带着困惑疑问的眼神，绕过小池塘往栽种松林的草坡走去。

她等待周莽问方才的事情，但周莽不吭声。池幸回头看他，周莽冷淡一瞥，并没任何反应。

"姜岑绯闻多吗？"池幸问。

周莽不答。他其实也并不知道。

"他人还不错。"池幸掰开烤红薯，把一半递给周莽。周莽摇摇头，不接，池幸便左一口右一口地吃。

"演王靖的时候，我真的会被他迷住。风度翩翩，太帅了。你懂吗？赵英梅……不对，不止赵英梅，和姜岑跳过舞的女人都会爱上他。"

松树常绿不凋，针叶浓密，挡住了细小冰凉的雪粒，很快已累积一层薄薄的积雪。

池幸又用少女的口吻问周莽："怎么办呢？"

她当然是故意的。她要故意让周莽知道，自己是永远值得被人追逐和爱的。她知道周莽早就看破自己的把戏，但那也没关系。反正这个把戏总是会奏效。她和周莽，彼此都是愿者上钩。

周莽果然有了回应："你想选他？"

池幸眼里原本盈着一汪笑。她静静看周莽，那轻佻的调笑一点点干涸，只剩一双太好太明亮的黑眼睛，清水一样透彻。

"我想选你。"她说。

后背撞上松树躯干，周莽的手托在她脑后保护她。碎雪被风震落，冰凉湿润。

吻先落在鼻尖上，落在唇上，穿过轻吁的叹息，往更深处游潜。

这是周莽第二次吻她。池幸仓促中没察觉到什么不同，周莽中止了这个吻，拉开一点儿距离看她。无声语言从眼睛里流淌出来，会把人淹没。

周莽又靠近，这次越发认真，双手把她抱得死紧，是男人的力气。那吻里没了踟蹰与怀疑，相反，它沉重准确，志在必得。

池幸被他吻得喘不上气，心里头一团热碳滚来滚去，还要提防手上拿着两半烤红薯，别弄脏了周莽的衣服。

也多亏了天冷，多亏了这恰到好处的小雪。小雪落到人头上就成了冷雨，男人们戴上羽绒服的帽子，女人们举起伞，路上行人少得可怜，没人注意到这曲里拐弯的小路上，一棵松树下，正发生什么炽热的事情。

周莽吻得细致，慢条斯理。池幸在轻微的窒息和眩晕中想，这人经验丰富。她平白无故地嫉妒起曾领受周莽这种亲吻的姑娘。她没了调教的可能，甚至有些埋怨周莽过去的历史，心里头又被他的力量勾起新的念头。一个懂得太多的、强壮的男人……

"想什么？"周莽忽然问。

他的声音和气息一同萦绕在池幸唇舌之间，吻轻轻落在池幸鼻尖，周莽又说："不能反悔，也不能退货了。"

池幸用古怪的姿势抱住他，双手还拿着不知怎么放置的食物。她一言不发，埋头在周莽怀里。那些早盘算好、计划好的逗他玩他的话一句也说不出来，哪怕呼吸再重一点，她都怕破坏气氛。

在一次剧本围读会结束后，麦子跟池幸聊起她过往的情史。

跟林述川分手之后，池幸接二连三地谈恋爱。遇到周莽之前她已经空窗两年，这是很罕见的。每段恋情相隔不到两三个月，这才是池幸的常态。

当时舞台上只有她和麦子两个人，保镖们坐得远，听不见谈话。池幸看着头顶的大灯，坦白说："我很喜欢谈恋爱。"

麦子抽烟，若有所思地用不标准的粤语哼一支歌："我这么容易爱人……"

林述川毕竟还是了解她的。他对池幸的判断并没有错：池幸就是想让人爱她，无底线地纵容忍让她。书上都这样说的，世上所有的爱都是这副面目。

她没得到过，没见过，现在长大了，想方设法要证实那不是虚言。

麦子说，你还是对它有怀疑。

有的人怀疑什么，就会拒绝什么。拒绝是她们的防御力，拒绝了爱，就杜绝了被伤害的可能。但池幸反其道而行之。她不拒绝，她不停地敞开和接受，过去没学过，她要疯狂补足。

然后见识得多了，就再也不会轻易被它击垮。

"也不过如此"——每一次分手、每一次恋爱，都伴随心底这样一声旁观者的叹息。

但周莽与别人完全不一样。她被周莽抱着、被他亲吻，只感到自己浑身是湿漉漉的，冰冷的。她站在十八岁的河渊里，原来一直等周莽走近，等他一次次、一次次救自己，把自己打捞出来。

那渐渐冷了的烤红薯，最后周莽还是吃了半个。池幸要钩他手指，周莽不应。

"又在戏弄我？"他开始要对池幸之前的种种坏心眼收债。

池幸强行拉他的手，藏在自己羽绒服的袖子里："你想怎么罚我？"

周莽又不应，反手把她温热的手指抓在掌心里，揉着搓着，把不好出口的热烫的话揉进池幸的指尖。

池幸心里藏有一肚子的话想说，大半都是废话。但没办法，恋爱就是靠废话支撑起来的，你一句我一句。她想了半天，开口的居然是："唐芝心是不是喜欢你？"

池幸绕过许多弯弯绕绕，直接问中核心。周莽不说谎，只是迟疑一瞬间，不能立刻作答。

池幸便懂得了答案："好冷酷啊，莽哥。"

她学何年何月的腔调，周莽忍不住嘴角一扬："你不喜欢酷的吗，幸姐？"

"喜欢死了。"池幸说，"别打岔，快坦白，你跟她究竟是什么关系？"

"没任何关系。"周莽这回变直接了，"她表白过，但我拒绝了。"

池幸不会轻易放过他："那你怎么老提醒我别跟她玩一块儿？"

她的头发藏在兜帽里，周莽伸手抚摸。

"喜欢你的姑娘掉河里的事情，是不是跟她有关系？"

周莽的手一顿。

池幸："你说话的语气，就像是明明白白提醒我：唐芝心很危险。"

周莽不得不服气。

那件事发生在周莽快毕业的时候。

他在学校里很出名，因个头高大，长相端正英俊，对女孩温和有礼。他交往过两个女友，虽然分手，但前女友从不说他坏话，被人问起也只是一句："我和他不合适，但他是个很好的人。"

临近毕业，为了舞会不断排练，他和唐芝心走动较多。唐芝心向他表白，精心挑选了日子、场合，还准备了礼物。

周莽没答应，礼物也客客气气地拒绝。唐芝心是舞蹈协会的指导老师，他是学生，周莽此前没想过唐芝心会对自己有这种感情。

唐芝心没显露出太多的失落。这事儿似乎就这样过去了。

或许是因为临近毕业，想要勇敢一把的人越来越多，跟周莽表白的姑娘三五时就有一个。其中有一位在球场边上看周莽他们班打球时被周莽的错误传球砸中，周莽送她去校医院，陪她直到检查完毕，再送她回宿舍。

他当然也拒绝了。

这事儿原本这样也就过去了，不料第二天，那姑娘竟意外掉进了河里。

周莽担心是昨天被那球砸的后遗症，连忙去医院看望。同去的还有宿舍的另一个男生，告诉他把女孩从河里救出来的，恰好就是唐芝心。

女孩已经醒了，只是因为受惊和呛水，还在医院里观察。她哭着告诉周莽，推自己下去的正是唐芝心。可先推人下水，再把人救起来，这不合逻辑。再追问，女孩说出更多细节："救人"时唐芝心还在水里拼命地把姑娘脑袋往水里压，若不是来的人渐渐多了，只怕会出事。

这流言渐渐传开，唐芝心被停职。她去找校领导，在办公室里泣不成声。她说自己是冤枉的，女孩是因为濒临死亡，太慌张，把事情搞错了。

声援唐芝心的人也不少，都是当时在河边张罗救人的学生老师。其中最先赶到现场的是在附近进行社团活动的学生，几乎人人都听见河边先传来一声"有人落水了"，扭头去看时，便见唐芝心跳进河里。

学生们跑到河边，看到的是唐芝心朝那姑娘游去。姑娘不会水，在河里浮沉挣扎，唐芝心扯她后领子，被她抓住手臂，一个劲地往河里拖。

当时情况危急，学生们也说不上来到底有没有故意把人往水里按的事情。又有老师学生跳进河里帮忙，把两个女人拖上来时，唐芝心趴在河边呕吐，看上去比落水的学生还要狼狈。

这事情后来如何解决，周莽并不清楚。

毕业舞会时他跟唐芝心跳开场舞，当时唐芝心除了排练之外，不再跟他说任何别的话，分别时却忍不住拉着他问："你信我吗？"

池幸心想，显然是不信的。如果信的话，就不会多次提醒自己，别跟唐芝心一块儿玩。

她确信和唐芝心的相处中，周莽肯定还从一些别的地方察觉这个女人的不对劲。但周莽实在不乐意谈论异性的不是，他三缄其口，池幸问不出更多详情。

人太绅士也不好。池幸把吃光的红薯皮放他手心里："你和唐芝心见面那天，她不是高高兴兴跟你打招呼吗？挺正常的。"

"嗯……"周莽皱皱眉，"总之……"

池幸："我今晚就跟她吃一顿饭，吃完就走，再没瓜葛。"

周莽："那至少，自己的垃圾自己扔。"

一顿饭吃得宾主尽欢。除了唐芝心之外，池幸还请了之前教自己跳舞的两位老师。常小雁也到场了，名片发得殷勤，池幸一瞅，原来是她老公新开的火锅店的广告。

唐芝心话不多，但每每说话就搅热气氛。她漂亮优雅，说起冷笑话倒也有板有眼，池幸心里藏了个疙瘩，面上还是和以往一样，同她说说笑笑。

饭毕，众人离席。常小雁走在最后，接听林述川的电话。她面色不对劲，池幸便稍稍走慢几步，想听听林述川到底说的什么。行至楼梯拐角，唐芝心匆匆从楼下走上来："我忘了拿车钥匙。"

包厢在三楼。常小雁走到二楼拐角的窗户边上讲电话，池幸便在二三楼之间的平台等候。唐芝心很快下楼，见到池幸，微微一愣："不走吗？"

池幸指指常小雁的背影："等我家经纪人。"

唐芝心忽然想起什么，打开手提包翻找："对了，我还给你准备了一个小东西。"

池幸来了兴趣："什么？"

她忽然意识到，自己和唐芝心的站位有问题。

唐芝心站得比她高一阶，池幸背对楼梯，只要唐芝心伸手推搡，她就会从楼梯上滚下去。

几乎在意识到的一瞬间，池幸抓紧了扶手。同一时刻，唐芝心忽然朝池幸身后喊："周莽！"

她声音很大，连常小雁也吓了一跳，攥着手机回头时，恰好看见唐芝心和池幸摔下楼梯。

常小雁条件反射，身体先于脑子做出反应，拔腿、伸手，要去拉她俩。

从这个高度摔下去，池幸会成为唐芝心的垫子。

在唐芝心那一声"周莽"出口时，池幸下意识地回头。唐芝心的手在她肩膀一撞，她瞬间失去了平衡。

脚下一空，她往后仰倒。完全是本能，她另一只没扶住楼梯扶手的手迅捷伸出，一把攥住唐芝心的手腕。

唐芝心没站稳，被她拉着一块儿往下滚。

两个人的重量，池幸一只手吃不住，也没撑住。但那只从扶手松脱的手成了轴点，池幸和唐芝心身体一旋，方位已经改变。

砰的一声巨响，两人齐齐跌在地上。池幸头晕脑涨地爬起。唐芝心正好垫在她身下，一句话没说出来，只瞪她一眼，立刻晕了过去。

私人医院保密性佳，但医院外头总有各种各样的眼睛，随时准备着拍下京中富贵人士的就医新闻。池幸坐在急诊室外头的沙发上，走廊清空，只有医生护士在，常小雁喋喋不休地唠叨。

"你怎么能这么不小心呢？那样的楼梯也能摔？幸好检查没什么事，要是真出了啥问题，你怎么跟剧组交代？你怎么跟自己交代？"常小雁唠叨时，用公司里的人的说法，简直就像池幸的妈，"给你雇一百个保镖也保护不了你。周莽怎么能自己先下楼？啊？"

池幸："不是你让他先去开车的吗？"

常小雁一拍额头："要不是唐老师拉你一把，现在在里面治疗的就是你了！"

池幸沉默。

常小雁："周莽呢？这么大的事情，他去哪儿了？"

赶来的何年何月面面相觑，最后是何年开口："莽哥去店里查监控了。"

常小雁："查监控？查什么监控？为什么要查监控？？？"

在场诸人，只有池幸知道周莽的用意。

是唐芝心用力推搡，才会有现在这样一遭。幸好池幸抓牢了扶手，反应又快，否则很多事情说不明白——虽然现在也一样说不明白。

唐芝心伤得比池幸重，背上青了一片，腿骨有小裂纹，要静养一两个月。她又是教舞蹈的，这两个月不能工作活动，唐芝心坐着轮椅离开检查室，一双眼睛又红又湿，还兀自坚强地对常小雁笑："没事的，我也正好休息休息。"

常小雁暗暗踢一脚池幸。她也诧异为什么池幸今天这么不礼貌、不厚道。

吃饭的地方还有别的客人在，常小雁担心这事儿又会被有心人闹大，池幸家里那些麻烦事现在好不容易渐渐消停，她满脑子都提着警醒。叮嘱何年何月照顾好池幸，她接到林述川的电话，风风火火回了公司。

唐芝心等医生开药，池幸走到她身边坐下。两人静了片刻，都望着候诊室墙上一台正播放无声电影的电视机。电影频道旧片回顾，是池幸主演的《虎牙》。

"这是你第一部电影对吧？"唐芝心看得津津有味，"我第一次是在电影院看的，好好看，你真漂亮。"

池幸扭头看她。唐芝心有一张温和娴静的脸，毫无攻击性，水一样清透。她说话的声音也像水，细细的软软的，和她舞蹈中流露的爆发力完全不一样。

池幸记得，唐芝心说自己最擅长探戈。Eric 和姜岑在片场跳过探戈，火热激烈，让人血脉偾张。池幸想象不出唐芝心会在脸上流露出像 Eric 和姜岑那样赤裸、坦率的激情。她好奇，搜索唐芝心的名字，发现她参加过不少专业的探戈舞比赛。

比赛视频里，唐芝心如一束燃烧的火花。她眉眼都含情，笑得坦荡欢畅，手脚柔软却又强劲，张扬恣肆，美得惊人。

池幸老在片场看，连姜岑和 Eric 也凑来一同围观。"跳得很好"，姜岑这样说。

池幸说，这个选手自己认识，平时的状态和舞蹈的状态很不一样。池幸绞尽脑汁想形容词："平时是阿尔温，在舞池里变成了莎婷。"

姜岑倒是平静："阿尔温演过《偷香》，莎婷也演过淑女贵妇。这没什么。"

池幸心想，这是不是意味着，唐芝心是一个绝佳的演员？

她想了很久才应和唐芝心的话，并决定不拐弯抹角："你很讨厌我？"

唐芝心惊讶："怎么可能？我看过你很多电影和电视剧，而且你本人性格那么好。"

池幸还要再说，唐芝心很快又道："我很喜欢你的，要不然那时候也不会条件反射去拉你。"

池幸："……"

面前的女人满是真诚的笑容："不必多说了，我已经当你是朋友。"

池幸心底万分震惊，嘴上一个字也说不出来。

如果她不是当事人，她一定认为唐芝心说的是真话。毕竟她比自己伤得还要严重。甚至她也开始隐隐约约怀疑是否自己记忆错误：唐芝心只是拍了拍她的肩膀，没有试图推她。是她池幸慌里慌张中抓住唐芝心，才牵连了这个好心善良的人。

"你当时为什么冲我身后喊'周莽'？"池幸问，"周莽去开车，他根本不在那楼梯上。"

"是吗？"唐芝心诧异，"哎呀，那就是我看错了。天太黑。"

她笑起来眼睛闪光，亲昵地牵池幸的手："总之，你没事就好。"

回家的路上，池幸问何年，他舅舅的安保公司搞不搞侦探业务。

"搞啊。"何年应，"你要查谁？"

"唐芝心。"

何月问："唐老师怎么了？"

池幸不愿过早地把自己对唐芝心的忌惮暴露，笑道："我想知道她跟周莽以前发生过什么事儿。"

何年开着车，从后视镜看池幸："哦。"

兄妹俩已经看出池幸和周莽之间暗潮涌动，便不好再说什么。

周莽回得很迟，他敲响池幸家门时，池幸已经快睡了，只是一直撑着在等他。

店里监控没拍下唐芝心对池幸做了什么，镜头恰好对准楼梯，偏偏两人站立的位置是两个镜头之间的盲点。

"我看过了，在唐芝心站的那个位置，可以一眼看见监控镜头。"周莽说，"墙上有装饰品，挡住了一点儿。"

池幸低声道："是她动的手。"

周莽起初还有些犹豫，后来池幸主动钻进他怀里，他便把人牢牢抱住了。两人坐在沙发上，也不顾忌厨房里探头探脑的何月。静了好一会儿池幸才说："为什么啊？她就这么喜欢你？"

她想起曾见过周莽和唐芝心一脸严肃地谈话。

周莽与唐芝心许久不见，是唐芝心主动问周莽现在是不是在池幸手底下做事。"与其说她对我感兴趣，倒不如说她对你感兴趣。"周莽给池幸梳理头发，"她问了些你的事情。"

"你是木头吗？"池幸戳他胸口，"她明明就是对你爱而不得，心怀怨恨，所以盯上我了呀。什么兴趣不兴趣，她心里一定想着，我拿不下的周莽，居然天天围着池幸这种坏女人转悠。"

周莽失笑："我偏偏喜欢坏女人。"

两人在沙发上腻歪，何月端水走出来，不停咳嗽。周莽收好手，坐得笔挺。池幸起初想看他不正经是什么样子，现在更想看他假正经是什么样子。何月毫不客气地给周莽下逐客令："莽哥，一点了。距离我和幸姐起床晨跑还有四个小时。"

池幸把周莽送到门口。俩人今天才算确定心意，成了恋人，但连好好坐下来一块儿说话的时间都没有。于是这恋情变得不切实起来。

池幸钩着周莽的手指："要不明天你陪我晨跑？"

周莽："好，让何月多睡一会儿吧。"

池幸又高兴起来了，两人牵着手在门口，也不说话，就这样你看我我看你。玄关的灯光把池幸照得柔软，周莽手撑住门框，在她唇上落下一个吻。

"晚安。"他笑道，"好梦。"

池幸一晚上没睡好，先是兴奋得乱滚，想到唐芝心，心头突突，很快想到周莽，又抱着枕头打滚。

连梦里也见到周莽，牵手打怪，从山上跳下，滚进河水里，怎么左冲右突，都没放开彼此的手。

这也是好梦，只不过好梦做得池幸混混沌沌，手机响起时脑袋一阵阵地痛。

还没到起床时间，差五分钟。来电的是林述川。

池幸一肚子脾气："干什么？"

林述川："醒了？"

池幸："有话就说有屁就放。"

以前跟林述川谈恋爱时，这人就很喜欢深夜给她打电话，扰乱她的睡眠，占据她的休息时间。分开后池幸没再惯他这个毛病，时间不对的电话一律不接。

林述川："别挂，有事问你。"

池幸："什么事？"

林述川："原臻去找过你？"

池幸："你片场到底插了几个线人？"

林述川："原石要签你？"

池幸："她来骂我的，说我不要脸，勾搭她弟弟。"

林述川根本不信："她出了什么价位？"

池幸胡扯："三亿。"

林述川："你值吗？"

池幸："想吵架是吗？"

林述川不吭声了，良久才咬牙道："原秋时怎么就不肯死心？"

"这跟原秋时有什么关系？"池幸被他闹得清醒，鲤鱼打挺坐起来，"林述川，你看看现在几点？专程打电话来，就是讨我骂？你这么想讨骂就早说啊，跟常小雁约个时间，我日程排得不满，可以匀出一小时单独骂你。"

林述川就像没听见似的："你跟原秋时进展到什么程度了？他在东北拍戏，封闭式，这样你都能勾到他，我还真是小看了你，池幸。"

池幸真的爆了："你嘴巴放干净点儿！这事儿跟原秋时没半毛钱关系！我不靠男人就什么都做不了吗？我入行这么多年所有的障碍不都是你林述川给我设计的吗？"

对面静了一瞬，林述川很愉快地笑了："所以，原石娱乐想签你这件事儿，确实是真的。"

池幸："……"

"怎么回事儿啊池幸，"林述川语调轻松愉快，"怎么变迟钝了？不像你。"

池幸："你想怎么样？"

林述川自顾自地说："恋爱谈得开心吧，嗯？勾肩搭背，够亲密啊。女人果然一恋爱，智商就下降。"

池幸挂了电话。

片刻后林述川发来信息：八点公司见，谈谈周莽。

和周莽结束晨跑，两人同时接到了常小雁的信息。八点整，池幸和周莽、何年何月来到峰川传媒，常小雁让池幸先上楼，林述川正等着。

等池幸离开，常小雁对周莽等人开门见山："雇佣合同中止，从今天开始，你们不再是池幸的保镖。"

林述川的办公室里，他亮出手机，问池幸："有什么可解释的吗？"

池幸这段时间忙于拍戏、接触新电影项目的资料，甚至还请了个老师教自己学德语，网上的纷争她已经抛到脑后。但那照片她实在太熟悉了。

"有什么问题吗？"池幸问，"左边是我，右边是周莽。地点是光彩剧院门外的夜宵摊。"

照片里她挽着周莽的手臂，只给镜头留下两人在食物烟气里渐渐消融的背影。

"他是你的保镖。"

池幸装糊涂："他又不是我经纪人。"

林述川："我很忙，不想跟你吵。"

池幸："那你说话可以再客气点儿。"

收好手机，林述川问她到底怎么想的。照片这事儿确实早已在网上议论纷纷，但没拍到神秘男人的模样，网友猜了一长串人，没一个对的。

这个问题要是放在几天前，池幸可能还会跟他打迂回，多绕几个弯子。但现在她心里笃定，没什么可怀疑的："我跟周莽在一起了。"

林述川看她，像看一个巨大的谜团。

"你疯了。"他说，"一个保镖！他本职事情没干好，昨晚上出了什么事，我可都一清二楚！要不是有人拉你一把，你还能拍《大地震颤》？"

池幸开门见山："你要惩罚周莽？他和何年何月跟我这么长时间，一切事情都妥妥当当。我拍《大地震颤》这件事儿，直到裴瑗公开，公众才知道。这跟他们三个的周密保护分不开。"

林述川一听她为周莽说话就头疼，截断话头："合同中止，他们和你再没关系。"

池幸愣了片刻："好。"

林述川被她的乖顺吓了一跳："好？"

池幸点头："好啊。那你们是不是还得再找别的保镖？在门把上涂洗面奶的人抓到了，可那个悄悄跟踪我上楼的还没有线索。"

林述川："我当然会保护你，你现在还是峰川的人。"

他在"现在"一词上加重了语气。

池幸笑了笑。原石娱乐的橄榄枝是伸了过来，她也确实有兴趣，但这件事最终拍板的不是她，她几乎没有任何斡旋的余地。林述川很清楚，只要峰川肯松口，原石肯赔偿违约金，池幸绝对不会选择留下来。

他换了个说辞："你去原石，也不过是和现在一样，签长约，给原臻打工。"

池幸喝了一口水："那也比给你打工舒服。"

林述川："……"

他以为池幸会说些更难听、更容易激怒自己的话。但池幸平静冷静，全然没有一丝恼怒。

林述川心中有一块地方绞着般发酸发疼。池幸对他愤怒，至少证明自己还有本事挑动池幸的情绪，但池幸一旦平静，他能清晰地感觉到，自己和池幸之间那些固执长久的痛楚，终于要被池幸自己亲手剪断。

他以为谈论周莽可以激怒池幸，或者在说明周莽要脱离她之后，池幸会怒气冲冲，像以往一样拍桌砸杯。

但池幸的反应完全出乎他的意料。

见林述川一脸沉思，似乎没有别的话可说，池幸顿觉索然无味："说完了吧？"她起身，"那我走了。"

出门时她还回头冲林述川摆摆手，笑了笑。

在公司餐厅里吃了点儿东西，池幸等来了常小雁。

常小雁已经用最快的速度处理好周莽的解聘工作。常小雁手底下的另一个年轻艺人小周非常喜欢何年何月兄妹，跟她提了好几次想把人挖到自己身边，因此何年何月的工作约比周莽的容易处理。

这样一来，必须离开的只有周莽。

"我帮你瞒了几天，但没瞒住。"常小雁说，"早提醒过你，你……唉。"

池幸的手机上，周莽发来了信息："我没事，晚上见。"

林述川安排了公司的司机和保安跟着池幸，但池幸不喜欢这些人贴身保护，只允许他们在工作时间出现在自己身边。拍戏间隙，她和姜岑、裴瑗去饭馆吃饭，裴瑗还不知道周莽等人已经离开，她左右张望："周莽呢？"

往常池幸去新馆子吃饭，周莽和何年总会在池幸进门之前先走一遍馆子内部的安全通道，观察监控镜头的位置和范围，裴瑗对他俩的行动印象非常深刻。

池幸把这事儿简单一说，姜岑当即明白："是公司的惩罚？"

池幸耸肩，就当承认。

姜岑："你平时多注意点儿。昨天在舞蹈学校里，我是没看见有狗仔，但有人瞧见你俩亲亲热热吃红薯。"

池幸："你啊？"

姜岑："还有个老师，挺年轻漂亮一姑娘。你俩在树底下吃红薯，那位置刁钻，就楼上一个窗口能看见。"

姜岑起初在那窗口等待朋友，瞧见池幸和周莽往树下走。他不喜窥人隐私，便扭头不看。进了朋友教室再出来时，他看见有人站在自己方才那位置，一言不发地注视窗下。姜岑心里一突，怕被无关人等看见池幸的私人事情，又生事端，忙笑嘻嘻走过去，扮作张望："雪停了吗？"

那姑娘不知看了多久，见他来到身边，便让出窗口位置，微微一笑："还没。"

姜岑扫了一眼，池幸和周莽正在分红薯。再扭头，那姑娘已经向他道别离开。

池幸："她什么模样？"

姜岑匆匆一眼，只记得人长得清爽漂亮，很温柔的模样。道别时他朋友正好走出，喊了那姑娘一声："唐老师。"

池幸便懂了。那学校里就一个姓唐的。

是因为嫉妒吗？池幸百思不得其解。就算唐芝心看见她和周莽在树下拥吻，可他们去吃饭的那地方是常小雁选的。即便唐芝心怨恨自己夺走周莽，要报复，她也不应该选择这样一个不周密的地方。

她那时候太愤怒了？太激动了？池幸完全不能理解，总觉得还有什么是自己没法理清楚的。

委托何年舅舅的公司调查唐芝心，这件事池幸没跟周莽说，何年何月也不敢跟周莽开口。毕竟池幸说了，是想调查周莽和唐芝心过去发生的事儿。

《大地震颤》的拍摄一切顺利，应该可以按计划在春节之前杀青。元旦快要到了，裴瑗要在元旦当日出国参加一个电影研讨论坛，剧组的拍摄暂缓，工作全交给 B 组导演。池幸也因此得到了珍贵的四天假期。掐指一算，再过一周，她就能享受愉快的元旦假期了。

她带着好消息回家，打开家门，抬头便看见周莽托着两碟菜从厨房走出来。

周莽的安保小组已经在今日收拾好一切行李搬离这个公寓，何年何月请示过公司之后，接手峰川其他艺人的安保工作，公司直接把何月擢升为小组组长。周莽暂时没什么可做的事情，池幸让他等自己回家吃饭。

助理识趣，约定好明日的见面时间便走了。池幸把大衣甩到沙发上，穿着拖鞋钻进厨房，从背后抱住周莽。

她老想着周莽那腰和背，现在真切地抱上了，才觉得和想象中大不相同。以往拍戏也常和男演员有亲热戏份，有时候在剧组里待久了，相处时间多，难免生出些似有若无的情绪。抱他们的时候当然也会心跳，但毕竟周围有这么多人和镜头，又要说台词、放情绪，心动得极其有限。

现在则是轻松放松，尽情心动，她抱得很紧，心想这人的腰比姜岑和 Eric 的还细，真是可恶。

"我还要舀饭。"周莽左手拿一个空碗，右手是饭勺，"有什么想做的，吃完再说。"

池幸故意压在他背上，手圈住周莽腹部："你想做什么？"

周莽："你又想做什么？"

池幸踮脚亲他耳朵，周莽回头，目光里藏着星火："别玩了。"

池幸一甩头，松手，一声不吭抓了筷子和汤勺，离开厨房。

饭桌上三菜一汤，周莽手艺了得，比池幸平时叫的外卖好太多。三个菜有荤有素，蒜蓉娃娃菜、红烧牛腩、清蒸鱼，还有池幸点名要喝的黄瓜皮蛋汤。

周莽把半碗饭放到她面前，捏她下巴："黄瓜皮蛋汤不是姜岑老挂嘴边的菜吗？你喜欢？"

池幸："嫉妒了？"

周莽坐她面前："很嫉妒。"

池幸满意了，笑出了声。周莽知道她就喜欢看自己这种反应，乐意逗她玩。一顿饭吃了一个小时，饭菜都凉了，俩人说说笑笑，尽是些旁人听来无聊的话题。

饭后裴瑗打来电话，周莽去洗碗。池幸一边听电话一边打开电视，赫然便是原秋时的帅气特写。

《灿烂甜蜜的你》如期结束摄制工作，即将上映。预告片剪得好，现在的 AI 技术发展极快，几乎看不出换头部分。代替池幸演完剩余部分的女演员演技同样比颜砚出色，池幸现在一看到颜砚就觉得浑身难受。

她只知道颜砚跟陈洛阳分开了，之后便很少看见她出现在公众面前，估计是以治疗情伤为名躲避风头。

接完电话，预告片又播了一次，原秋时深情帅气，对颜砚说"要我放弃你，等于放弃我自己"。

"好恶心！"池幸在电视机前做热身运动，狂笑，"怎么当时没觉得这些台词好笑。"

周莽过来了："你要做运动吗？"

"饭后必须运动……"

池幸话没说完，周莽揽她的腰，把人抱到自己身上。池幸还没反应过来，已经跨坐上周莽大腿。周莽靠着沙发，她这样便比周莽高了一些，灯光洒落在她长发上，影子覆盖住周莽的脸。池幸在周莽眼里看到一丝仓促的紧张。

"小同学，你怕什么？"池幸捧他的脸，"怕姐姐吃了你？"

电视里原秋时又说一句："只要是为了你，我不怕对抗世界。"

池幸："……"

周莽扑哧笑出来。气氛霎时全无，池幸扭身找遥控器要关电视，周莽按住她的手，把它拉到自己胸口上："别关，让他看。"

池幸笑得浑身都震动："你傻啊你。谁要听这种蠢台词助兴？"

周莽吻她嘴巴，皱眉道："不蠢啊。酸是酸了点儿，但还挺有意思。"

他啄吻几下，笑着压低声音，学原秋时的腔调说："只要是为了你，我什么都可以做。"

池幸的脸瞬间红热，她被这突如其来的、近乎陌生的羞涩弄得慌乱了，偏偏周莽钳住她腰身，不让她移动逃避。隔着衣服，周莽掌心的温度要把她的腰弄得酸软，她和周莽交换亲吻，气喘吁吁，脑子里只萦绕一个想法。

"你身上好香。"周莽的鼻尖埋在她柔软的胸部，长叹一般低语，喉音有压抑的蠢蠢欲动。

周莽的手在池幸身上梭巡，一种礼貌的侵略。侵略的力度里隐含一丝羞怯，她的身体仿佛是古老珍宝，男人的指尖在皮肤滑动，仔细、缓慢，想撬开一个秘密。

池幸心安理得地接受周莽的羞怯。这羞怯在她身体深处引发徐徐的痉挛，她把手指插进周莽的头发里。他头发长了，怎么不去剪？他眼睛这么亮，怎么不敢看我？

池幸吻他的眉毛、他低垂的眼皮。电视上各色广告播个不停，声音欢快。周莽解开了她毛线衣最上面两颗纽扣，抬头看她，从颈脖到下巴，再到鼻尖，嘴唇的印迹一路攀缘。

她游刃有余，克制反应，眼神、呼吸和叹息都是信号。

周莽蓦然想起多年前的冬季大雨，他初次看见少女赤裸的背脊，狼狈，伤痕累累，只有内衣托裹她身上唯一丰满之处，然而十三岁的少年人没生出一点儿色欲。他当时在想什么？

她冷吗？她痛吗？应该有人去抱一抱她。

周莽把池幸抱得更紧，他手指灵活，潜到池幸背部，解开那复杂机关的扣子。

手机蓦然响起。

周莽手一顿，池幸掰他的脸，让他只看自己："别管。"

周莽揉她的皮肉，因急促而有了些微压迫的力度。池幸瘦了，锁骨明显，但该丰满柔软的地方仍丰满柔软。"是……"他吻池幸的嘴唇，手上动作不停，断断续续地说，"是你的手机。"

响了一遍又一遍，兴致全被扰乱。池幸暗骂一声，从周莽身上下来。她披着松脱的毛线衣去听电话，是麦子打来的。

"有空吗？"麦子开口就问。

池幸："没空。"

麦子："有空就好，开个会。"

池幸："我有要紧事。"她拿着手机回到周莽身边。周莽仍坐着，看她一步步走来，轻巧地跨坐在自己身上。

电话里麦子嘀嘀咕咕说话，周莽听不见。池幸的表情没任何波动，但他不敢再动手了。

他不动手，池幸自己动手。她边听电话边撩开周莽的衣服，一块块摸他的腹肌。肌肉和皮肤在呼吸作用下，于她掌心中起伏。池幸看周莽的眼睛，一场烈火要从瞳仁里燃烧而起。

手机中，麦子恰好说完一句："五分钟后，视频会议，你找个安静的地方。"

池幸："……"

挂断通话，她把手机往沙发一扔，捧着周莽的脸狠狠亲他。

视频会议是德国那边打来的。导演、编剧远隔万里，与北京的麦子、池幸连线。池幸花两分钟和周莽厮磨，剩下三分钟涂个口红穿好衣服，正好赶上时间。

周莽关了电视，从书架上随手拿一本书，坐在客厅另一头安静地看，并不打扰她。

麦子担任翻译，池幸戴耳机听得入神。

按道理说，池幸一切的工作安排都要经过峰川传媒和常小雁来处理，但这个项目对池幸的诱惑力太大了。导演并非国际一线大导演，项目本身投资也仅仅是一般水平，峰川看不上这类影片，就算是常小雁，也不会同意池幸接这份工作。

导演弗兰和麦子是好友，此前专程到北京找麦子，想和他合作。弗兰带来了一份剧本初稿，麦子看后非常喜欢，并且认为其中女主角的人选非池幸不可。他介绍池幸与弗兰结识，弗兰对池幸留下了非常深刻的印象。

回国之后，弗兰与剧本原稿作者交换意见，于是便有了今天这场紧急的视频会议。

"你也要写？"池幸问麦子。

"剧本需要一个中国的编剧，同时又熟悉德国民俗和社会。还有比我更合适的人吗？"麦子笑。

剧本初稿比较粗糙简单，但已经把整个故事脉络讲清楚。

一个在红灯区游荡的年轻妓女习惯在结束一晚上的工作之后，到公寓楼下的北京餐馆吃一顿炒饭。她在饭馆里结识了一个年轻的德国男孩。她喜欢这个干净害羞的男孩，从没跟男孩透露过自己的职业。

然而这一夜，男孩却突然问，要多少钱才能买下她一夜。

妓女答应了男孩的要求，露出职业笑容，要求男孩带她回家。

她不知道男孩背上的背包里装着他所有的积蓄。他打算把这些钱全都给有过几面之缘的女人，再结束自己的生命。

前往男孩住所的路上，两人在路边发现了一个弃婴。

用麦子的话说，这是"三个破破烂烂的异乡人"的故事。

池幸能感受到故事本身的张力和可能性，但她也同时敏锐地察觉，这个角色对演员来说，是有风险的。

她要扮演一个妓女，流落他乡，以出卖身体为生。她可能会因此遭到强烈的抗议和反对，但剧本的吸引力太强了。无论是妓女、以打零工为生的男孩，还是被未成年的母亲遗弃的婴儿，他们都是那片土地上的异类。在为孩子寻找亲生父母的过程中，他们会遭到无数质疑和恐吓，曲解与嘲讽。

导演弗兰本身也并非德国人，拍过很多异乡人的短片，也有熟悉的华裔演员。但在麦子的强力推荐之下，他决定选择池幸。编剧是一个年轻的女性，她甚至没有自己的祖国：在战争中，她的祖国化为一片废墟。

这一通视频会议开了两个多小时，一半时间讨论剧情，另一半时间是池幸和他们在闲聊。结束通话时池幸发现，周莽在拖地。

他整理了池幸家里的东西，把房间打扫干净。

池幸："干什么呢？这些有阿姨来整理。"

她要尽快跟常小雁讨论这个项目的可能性，但当下最着急的还是另一件事。池幸扑到周莽背上，周莽忙稳住双脚承受她的重量。

"帅哥，大好时光拖什么地？"池幸轻舔他耳垂，周莽脸有点儿热，她坏心眼地小声说，"继续刚刚的开心事儿。"

周莽："我要回家了了。"

池幸："回什么家？今晚我要把你榨干。"

周莽把她放下："我凌晨一点的飞机，现在必须回何年那边拿行李，否则就赶不上了。"

池幸一愣："你去哪儿？"

周莽："回家。"

原来周莽的母亲下周过五十五岁生日，他现在正好没任何任务安排，决定回家操持大寿事宜。

池幸知道老家的人十分重视整数与半数生日，可现在就放周莽走，她心里有千万个舍不得。时间不能再耽误，她干脆穿上羽绒服和棉鞋，一路把周莽送到机场。

过安检之前，周莽忽然问她："来我家吗？"

池幸一怔。

机场人来人往，人人戴帽子口罩，没人认出她，被周莽在这样光敞的地方拉住手，她也感觉安全。但周莽这个问题让她慌了："回哪里？"

周莽："我会告诉我妈，你是我女朋友。"

池幸靠在他怀里："我不想回。"

周莽温柔摸她的长发，像抚摸一只温顺的小猫："为什么？"

或许是憎厌，或许是恐惧，池幸不想听见家乡的名字，也极少回忆家乡的诸般事情。

"有我在。"周莽轻声说，"过完元旦，我们再一起回来。"

池幸仰头看他。隔着彼此的口罩，周莽吻了吻她。池幸抱住他的腰，忍住心头的颤抖和蠢蠢欲动的害怕，深呼吸给自己勇气："好。"

在元旦假期之前，池幸还有一周的时间。

《大地震颤》拍摄已经接近尾声，赵英梅的命运在几次起伏跌宕之后，终于迎来了转机：王靖答应和她共舞，但这是一次公开的表演。

赵英梅茫然不解，直到王靖团队的负责人跟她细细解释：王靖要退役了，他准备上一档舞蹈综艺节目，需要造势和噱头。而帮助一个即将双耳失聪的女人完成自己的梦想，还有比这个更好、更容易让人对王靖产生好感的由头吗？

赵英梅那微不足道的梦想，变成了需要在众人面前展示的、写好了脚本的戏。

池幸一连几天都沉浸在赵英梅的情绪里。不拍戏的时候她也逗留在剧组，裹着大衣看其他人的戏。吃着吃着饭忽然流眼泪，话变得更少了。她像一个真正失聪的人，一面畏惧，一面正逐渐失去对世界的感知。

麦子和裴瑗担心她的状态，问她是不是有什么心事。池幸不能说她是想到即将来临的归乡之旅，本能地退却和畏惧。

每天她都和周莽通话视频，尽力装作愉快开朗。周莽察觉不妥，要回来看她，池幸却不让。

周莽在故乡等她就可以了。回乡之前那一小段路，她必须要自己走完。

元旦的前一天，剧组完成工作，裴瑗跟大家告别，约定来年再见。池幸和张旻准备了一些过年的小礼物分发给大家，姜岑直接请了一辆车，免费给剧组供应无限量的热饮。散场时已是晚上，池幸在化妆间换好衣服，看着行李发呆。

麦子约好送她去机场，常小雁却赶来了。

"你儿子不是要参加幼儿园晚会？"池幸看着风风火火的常小雁，"别送啦，我自己去就行。"

常小雁把她拖上车子，和麦子告别，一溜烟地开走了。

"林述峰把你的违约金数额抬高了。"常小雁告诉她，因为之前《灿烂甜蜜的你》出了问题，峰川承担了这部分技术费用，林述峰现在把这部分费用全部按在了池幸头上，违约金数额从六千万上升到六千五百万。

"虽然原石不一定在乎这多了的五百万，但是传出去就不太好听。原石比峰川还要硬一点，居然被峰川讨价还价，挺丢脸的。"常小雁说，"我打听到，原石那边不太接受这个价格，现在有点儿胶着。"

池幸想了很久，决定对常小雁坦白。

她把麦子和德国导演弗兰的项目告诉常小雁，常小雁不得不降低车速，紧张思考。

片刻后，常小雁斩钉截铁："你必须把这件事告诉原臻。"

池幸松了一口气："你支持我？"

常小雁："废话，我当然支持你！"

她在商务一事上有绝佳的敏锐触觉。池幸有机会参与这样一个项目，对即将签下她的原石娱乐来说，是一个打开欧洲电影市场的机会。原臻接手原石娱乐之后，一直试图扩展国际市场，池幸自带的这个项目对原臻来说，是直接落到手里的馅饼。

"但项目本身也有舆论风险。"

常小雁笑了："你是被上一次的事情吓怕了？"

她在机场入口停下车，对池幸说："那导演和项目的事儿，我有可以打听的渠道，我帮你打听。不用谢我，我只有一个要求。"

池幸握住了她的手："小雁姐，我若能去原石，一定带上你。"

常小雁笑道："合作愉快。"

一小时后，飞机起飞。池幸戴上眼罩，闭目休息。

距离落地还有三个小时，她睡不着，给周莽发信息。

周莽回她：我已经到机场了。

还发来一张照片：他在机场的星巴克里，隔壁一对情侣，正用平板看刚刚上映的《灿烂甜蜜的你》。

周莽：前几集还不错。

池幸笑他傻。开了两句玩笑，她的紧张情绪渐渐消失。窗外城市的灯光正渐渐消失，飞机钻入云层。她要回家了。

第十一章 故乡

　　和干冷的北方不同，才下机，冷而潮湿的空气立刻包裹池幸。

　　池幸正接听来自何年的电话。

　　"幸姐，唐芝心出院了，我们目前查到的她的信息比较有限。"何年所说的大部分都是池幸已经知道的事情。唐芝心在周莽就读的大学担任舞蹈协会的指导老师，她自小学习舞蹈，现代舞专业，因长相出众性格又好，在学校里很有名。

　　她和周莽的交集集中在舞蹈协会活动。舞蹈协会有过几次校外比赛，一般都是她带队，队伍里总有周莽。两个人之间有什么交流，何年等人暂时还打听不出来。

　　池幸心里觉得很对不起周莽。没接到何年这通电话，她还没有这么强烈的愧疚感，她想知道的其实只有唐芝心的事情，但无可避免，总会有一些跟周莽相关。"唐芝心一直待在北京吗？"她拐弯抹角地问，"她之前有没有交过男朋友？"

　　何年："她不是北京人，跟莽哥是同一个地方考上去的。"

　　池幸一怔。唐芝心和她、和周莽是同乡？

　　挂了何年的电话，池幸匆匆往外走。她应该先换下身上厚重的羽绒服，但太想见周莽了，她一手拖着行李箱，一手拎起羽绒服往出口走。

　　周莽如他所说，果然在那里等她。

　　元旦假期，机场人很多，池幸要拉下口罩，周莽又给她戴了回去。他抱着池幸，良久才说："冷吗？"

　　池幸从上机起就一直不安乱跳的心此时才得以安静。它稳稳地在胸膛里跳动，在嗅到周莽身上的气味时，重新活蹦乱跳起来。她不那么害怕了。

"你这毛衣怎么有红烧肉的味道？"池幸笑，"来接我之前，在家里做饭吗？"

周莽点头承认，牵着她离开机场，走入南方湿润的冷风之中。

在酒店住下后，池幸把给周姨的礼物一股脑儿地堆到周莽怀里。周莽不接："明天你自己给她。"

池幸正吃力拿出一瓶酒："明天……明天就去你家吗？"

周莽："你急的话，今晚也可以。"

池幸有了战意："是你比较急吧。"她甩周莽一个眼神，周莽靠在墙上，双手抱胸，笑着看她。

或许是回到家乡，池幸总觉得周莽有些地方变得不一样了。更自在、更轻松，以往他还是"保镖"时身上总有种硬邦邦的冷酷气质；如今那气质完全消失，取而代之的是一个似乎随时要跃跃欲试地跟池幸调笑的男人。

两人手牵手去吃饭，池幸在机上草草吃了些东西，因为紧张，没滋没味，更别谈填饱肚子。周莽熟悉家乡的环境，他开一辆厢型小货车，绅士地为池幸拉开车门。池幸上车，发现倒后镜上挂着祈愿平安的挂饰。一个金色的"平安"，还有一个小小的方框。框里是周莽和他妈妈的照片。

"这是周姨的车？"池幸吃惊。

周莽对父亲印象模糊，他是被母亲抚养长大的。周姨离开池荣之后开起了小吃店，这车子就是她运货送货的吃饭工具，后来再婚，车子一般是周莽的继父开，周姨主要操持店里的生意。

车很旧，照片上的周莽和现在相比年轻很多，穿着校服。

池幸仔细一看，忍不住吃惊："你考上的是六中？"

周莽启动车子，笑着说："是啊，师姐。"

池幸："教导主任还是陈老师吗？"

周莽："你说的是陈副？他当副校长了，还植发了。"

池幸没料到他和自己还有这样的渊源。周莽上高中的时候，池幸的《虎牙》才在城里的电影院上映。周莽和朋友们去看，几个少年人都认出电影里的三妹就是池幸。三妹和池幸性格很相似，那硬而野，不肯服输不肯吃亏的部分，让十几岁的男孩们非常兴奋。他们讨论池幸，周莽的朋友还想办法拿到一张《虎牙》的海报，贴在墙上。海报上正是池幸饰演的三妹。

那海报后来被周莽用十瓶可乐换到自己手里。

不久后，学校里看过这电影的老师开始议论这位六中的毕业生。

池幸高中时身边没那些乱七八糟的流言，她是因为长得太漂亮，在老师们心里留下了印象。

"他们会聊起我吗？"

"说你以前书呆子似的，入学时成绩一般，三年后考得倒还不错。你高三的班主任是教历史的，赖老师，对吗？他在图书馆的电影放映室放你的《虎牙》，连续放了一个月，每周一次。"

池幸："我的天！"

她捂着脸大笑，有不好意思，也有说不出的感慨。

周莽没告诉她，自己每次都去看，就是这样才知道赖老师曾教过池幸。

他去得多了，连赖老师也认得他。放完电影，两人就坐在放映室里聊天。周莽和池幸是同个地方来的，赖老师便问他是否认识池幸。一老一少，聊天聊地，聊得最多的还是池幸。周莽说不出多少池幸的事情，很多时候他只是听着。

池幸入学就受到注意，她长得好看，身材高挑，和还带着稚气的同龄人相比，有一种很引人瞩目的老成。她不大笑，不喜欢说话，没有关系好的女性朋友，当然也没有男性朋友。她总是孤零零一个人来，一个人走，一年之后才勉强跟宿舍的同学融洽起来。

教导主任陈老师想让池幸当晚会主持人，或是升旗手，或是拍一张照片印在学校的宣传海报上。池幸全部拒绝，她好像对一切需要抛头露面的事情都不感兴趣。头发不怎么打理，戴黑色的平光眼镜，明明很高，总是挺不直背，生怕被别人注意到似的。

赖老师高一教池幸班上的历史，高二开始担任池幸他们班的班主任。池幸高二时成绩已经渐渐有了进步，赖老师问她是不是以重点大学为目标。池幸说不知道。再问她想考哪里，池幸还是说不知道。但她只有一个目标，异常明确：她要离开这里，越远越好。

因为人出名，流言接踵而来。县城里考上六中的有十几个，渐渐地，会有些池幸不喜欢听的话传出来。学生们议论她的母亲和父亲，议论她的凶悍可怖，还有她招蜂引蝶的美貌。教语文的是个年轻优雅的女老师，某一天，她在校道上拉住了池幸。池幸那时候吃完午饭正要回宿舍，老师牵她的手走到树下，问她为什么穿这么旧的校服。

学生都要有两件校服，用于替换。池幸一件新，一件旧，旧的那件十分宽大，还有破洞，显然不合尺码。

池幸捂着脸哭出来。她没法回答老师的问题，在温柔的询问里，她抱住自己的脑袋蹲到地上，无声地流眼泪。

"我不记得了。"池幸已经完全忘了这件事，"但我记得那老师……她人很好，还给我买过衣服。"

"高中时连校服都没有吗？"周莽问。

池幸现在已经能够坦然谈起以前的事情了。回到故乡，很多被压在心底的回忆沉渣泛起。

她读高中的学费是一点点从池荣口里榨出来的。生活费池荣基本一分不给。池荣并不想让池幸去上学，他早就给池幸找好了婆家，把女儿嫁到另一个偏远的村子，他能得到八万块和一辆二手小货车。这是个划算的生意。

池幸只能跟姨妈伸手要钱。那时候姨妈的小铺子倒闭了，没了收入，凑齐了一个学期的生活费，五百块的校服费怎么都拿不出来。池幸最后只买了一套校服，另一套是毕业的师兄给她的。

她的生活里有很多闹剧，是说出来会惊诧发笑的。池荣和想买下池幸的那家人谈好了生意，池荣到学校来，想带走池幸。池幸抵死不从，惊动了学校的老师。最后警察出面，好一通批评教育。

"池荣给警察和镇上的书记写了保证书，承诺以后会负担我的学费和生活费。"池幸耸耸肩，"他真的很恨我。"

周莽这时候才有些明白，池荣住他家里的时候，为什么每次池幸上门要钱，他都要揪着池幸打一顿。到手的几万块和小货车飞了，他还要每月给池幸出钱，怎能不愤怒？

"我其实曾经有过一个妹妹。"池幸想了想，"也可能是弟弟吧。"

孙涓涓曾怀过孕，池幸有印象的是三次。每次一发现自己有孕，孙涓涓就立刻去堕胎。有一次是池幸陪她一块儿去的，一个小学生，张皇失措，坐在诊所的门口，被里头的声音吓得瑟瑟发抖。

"不要也好啊，出来也是受苦。"池幸说。

那三个孩子到底是池荣的还是钟映的，池幸并不清楚。她的母亲在这件事情上有坚定的决断，说不要就不要，干脆利落。无论是谁的孩子她都不想要。那长在身体里的肉块，只会给她带来无穷无尽的灾厄。

车子在一个粥铺面前停下。

店里人还不少，都是来吃夜宵的。周莽带她往楼上走，拐进一个小包厢。

片刻后，老板来打招呼。他认得池幸，池幸不认得他。老板和池幸握了握手，周莽在一旁介绍，原来这就是周莽当年的初中同学，曾见义勇为，用自行车砸过张一简的男孩。

招牌粥和小点心接二连三地端上来，池幸边吃边听周莽和老友聊天。周莽的朋友脾性和周莽有点儿像，说话一板一眼的，讲着讲着，话题绕到了池幸身上。

他说起曾有人专程来找过他，问当年池幸和张一简的冲突究竟是怎么回事。

池幸现在已经知道，来找所谓"真相"的是原臻的人。她要确定池幸的过去是比较清白干净的，不会给原石娱乐带来麻烦，这是对她的背景调查。

"谢谢你啊。"池幸真心诚意，"以前的事情，还有最近在网上帮我……"

"不用谢不用谢。"老板掏出三五个小本子，"你帮我签个名就行。"

池幸边写边说："要合影吗？你可以挂在墙上。不过要是我以后名声坏了，你可千万记得取下来。"

老板先看了眼周莽，随即摆手笑道："不了不了，不了不了。"

周莽呼哧呼哧喝粥。

池幸："不用管他啊，来来来，拍照拍照。"

她拿起老板的手机。老板雀跃兴奋，又故意澄清自己，对周莽说："阿嫂要拍，我不能扫阿嫂的兴。"

池幸被这个称呼吓了一跳，笑得连拍两张都是模糊的。

"你告诉多少人我是你女朋友？"填饱肚子，两人散步消食，池幸问周莽。

"家里人，还有他。"周莽指指身后的粥铺，"我跟他最好。"

"我看你这架势，恨不得昭告天下了。"

"对。"周莽厚脸皮地承认了，把池幸的手掖进自己大衣口袋里。池幸依偎着他，看地上的影子渐长渐短，不断变化。

海风很大，湿冷，成日戴着的口罩在这时候发挥了御寒作用。太久没回来，池幸看哪儿都是陌生的。昔日破败、冷清的县城有了新发展，道路宽敞，楼群密集，她不认得路了。

如果不是周莽，她可能永远也不会生出回来的念头。

"明天去我家之前，我陪你去扫墓。"周莽说，"要去看看你姨妈吗？"

"姨妈在省城，不在这儿。"池幸木木地回答，片刻后猛地抬头，"你怎么知道我妈妈的墓在哪里？"

"问了几个人。我去看过，环境还挺好的。"周莽说。

怎么可能好？池幸多年不回来，只有每年清明姨妈回乡扫墓，才会给她上三炷香。孙涓涓的娘家人早就不知去了哪儿，他们躲池荣，连带着也撇下了孙涓涓。

"我十几年没看过她了。"池幸低声说。

周莽站定，抱了抱她，小声说："你心里一直一直挂她。"

池幸红了眼圈。越和周莽相处，她就越觉得周莽可贵。他好像总能知道她心底的软肋，又总是在不动声色处，已经给了她抚慰。

把池幸送回酒店，周莽独自开车回家。半途中他接到电话，是昔日大学师兄的。

这师兄周莽并不认识，只是听说过他的事情。舞蹈协会前任会长，和唐芝心一起把一个没人理会的小协会操持得有声有色。

简单的寒暄问候，师兄在那头顿了顿。

"你找我是想问关于唐芝心的事情？"那师兄说，"她又出了什么事？"

师兄建立舞蹈协会时，唐芝心才刚开始在学校里就职。所有的学生社团都需要一位挂名的指导老师，实际上也等于责任人。舞蹈协会属于专业技能协会，指导老师同样需要有技能认可，师兄在学校里找了一圈，老师们要不已经挂名在其他社团，要不就不符合学校的要求。

找来找去，最后找到了唐芝心。

唐芝心二话不说立刻答应，主动帮忙制作申报材料。学生对学校的行政事务弄不清楚，前期的工作几乎都是唐芝心完成，师兄对唐芝心是充满感激的。

师兄本人酷爱舞蹈，尤为擅长跳探戈。两人合作招新、上课、参赛，协会渐渐有了名气。

"一开始有会员跟我反映的时候，我还以为是他们多心。"师兄说，"唐芝心对待男女学员的态度差别非常大。舞蹈协会的师弟师妹里，一半是有基础的，另外一半是没有基础的。没有基础的那一半人，一开始是安排唐芝心去教，毕竟她比较专业，更适合从基础带起。"

周莽："发生了什么？"

师兄："她对无基础的那批学生，尤其是女孩，敌意特别大。"

周莽："'敌意'？"

师兄肯定地答道："没错，就是'敌意'。她好像会把那些人看作假想敌，态度很凶，说话一点儿情面不留。一周两节课，一个月八节课，结果一个月下来，没基础的学生几乎都走光了。"

他找唐芝心了解情况，唐芝心说不出个所以然。她甚至没察觉到自己对无基础学生的恶意。师兄最后和她对换工作，唐芝心负责教有基础的会员。

舞蹈协会名气渐大，想加入的人也越来越多。师兄升上大三，他招收的新生里有个女孩向他表白。彼此都有好感，两人便开始了恋爱，成日出双入对。

"我亲耳听见她骂我前女友。"

周莽愣了："为什么？她喜欢你，还是你劈腿？"

师兄："我没劈腿，但我怀疑过她喜欢我。"

周莽："……"

师兄："我认识她这么久，她交过的几个男朋友我都晓得，无一例外，都是跳舞很厉害的人。"

周莽："你们没具体聊过吗？"

师兄："我也不想把关系弄得太僵，确实有试过跟她谈心。"

但唐芝心心防很重，她并不承认自己对男孩的好感，也不承认自己曾说过不好的话。在只言片语中，她罕见地提起了自己的父亲。

她说自己的父亲也是个舞蹈家，他还是唐芝心的老师。唐芝心是因为看到父亲的舞姿，才会萌生出学舞蹈的念头。可惜父亲走得太早，唐芝心后来走上舞蹈道路，他并没能看见。

周莽听着，心里并没察觉任何不妥。直到师兄说出下一句话。

"她原本姓钟。"

第二天一早，周莽准点来接池幸。

他敲响房门时，池幸已经起床洗漱。

冬季，人人都谨记戴口罩。池幸戴了口罩，只露出一双眼睛。酒店的房间是周莽开的，她身边没带助理，没人发现她身份，她轻松愉快，连脚步都活泼起来。

小车摇摇晃晃，穿过宽敞平坦的大路，转入小道，一直往山上开。墓园都在山上。

孙涓涓走的时候没什么太好的待遇，葬在池荣家祖坟那地方，一个小坟头。池幸挣到一点儿钱之后，委托姨妈帮忙，把孙涓涓的坟迁了出来。那时候池荣已经入狱，姨妈没遇到什么阻碍。池幸给母亲选了一个依山傍水的地方。

元旦当日来扫墓的人不多，时候不对。出现在墓园的大都是年轻人，不理会时节与规矩。姨妈告诉过池幸墓碑的具体位置，池幸却不必自己去找。周莽带着她上山，穿过密密麻麻的、如同队列一般的墓碑，往山顶走去。山顶是更清净整洁的地方，南方花木常绿，耐寒的小菊花在草坪上一小簇一小簇地开着。孙涓涓的墓碑就在这里。

池幸在母亲墓碑前放下一束花。

"你们长得真像。"周莽说。

方方正正的黑白照片上，孙涓涓仍是三十几岁的模样。

池幸有很多话想说，一时间不知从何说起，干脆指着周莽："妈，这个，是周莽。"

这句话打开了她的话匣子，她从自己和周莽的相识说起，说《虎牙》，说她这些年好的戏坏的戏，吃过的苦得到的爱，说常小雁，说曾谧云，说家里那几个奖杯的来历，说《大地震颤》。

说一些迟到的理解，不消散的怨。

池幸在孙涓涓走后很久才明白，离开人世原来不是一切的终结。她未必会因为孙涓涓的离开而原谅她让自己经受的一切，但世上能让你愤怒斥骂的那个人永远不在了。池幸的不解和怨气，没有落脚的地方，它们飘飘摇摇，长成池幸的一部分。

最终让她甘心接受，接受自己是这样来的，自己是这样长大的。

追根溯源，她必须恨的人也不是孙涓涓。而恨又哪里是可以追根溯源的？池幸逃避了整个故乡，逃避了自己想不明白，更不愿意去细想的事情。她不想憎恨自己。

周莽把她拉回来，是给了她一个机会平心静气地阅览往事。

下山的路上，石阶潮湿，海风潮湿，每一片叶子都在冷的空气里簌簌摇动。

周莽走在她前面，回头伸出手。

池幸抓住他的手，把许多句话摁入彼此手心。

周莽和池幸的旧家早已拆了。池幸家拆迁的钱全用来还债，这件事她是知道的。周莽家拆得迟一些，他开车载池幸绕了一圈，池幸发现他家已经推平，那地方现在是县体育馆的露天篮球场。

"原来的那小房子，我妈后来买了下来。没过两年，拆迁了，我们搬进了有物业的小区。"周莽说，"还挺划算的。"

"拆迁户啊，你好有钱。"池幸笑，"原来如此。"

"买房子和装修，基本也都花光了。"周莽说，"怎么，没想到你男朋友这么穷？"

"我养你啊。"池幸说，"你当我保镖，当我经纪人。"

周莽笑了："别让小雁姐听到这句话。"

池幸在车窗上轻敲："小雁姐以后是要高升的。"

她今早给原臻打电话，先祝她新年快乐，随后把新的电影项目告诉了她。原臻行动力很强，立刻问了导演、编剧的名字和隶属公司，安排人去做调查了解。

没有眉目之前，她不会告诉周莽。周莽把车停在一栋居民楼下，池幸忽然紧张起来。她交往的这么些个男朋友，只跟林述川一同回家见过父母，还闹得极不愉快。她下了车，对着后视镜匆忙打理自己的头发。

周莽从车里拎出满手的礼盒，笑着等她："我妈又不是没见过你。"

池幸想起和周姨初见时自己的不客气和狼狈，顿时更紧张了。

电梯缓慢往上，池幸忽然说："我觉得还是太快了。"

周莽："什么？"

池幸："我们在一起才多久，这就去见父母，真太快了。"

周莽把她的手握得更紧，脸上浮现又笑又无奈的表情。电梯门开了，池幸跟着他走出来，把耳边两缕头发别在耳后，徒劳地摸了又摸。

周莽没有掏钥匙开门，他按下门铃。

池幸屏息站着，周莽觉得她这样子实在是有意思，抓起她的手亲了亲。

"你常常带女孩回家吗？"池幸问，"也太游刃有余了。"

话音刚落，门开了。

池幸对周姨的印象实则已经很模糊。她只记得这女人有大嗓门，说话又脆又利落，行动如风，大手抓住自己，剪头发的时候却非常小心温柔。她不记得周莽母亲有一双笑眼，也不记得她鼻尖有痣，更不知道她会这样亲热、快乐地握住自己的手。

"哎呀……"女人没喊她名字，牵着她，上上下下打量，"真人比电视还好看，莽子跟我说的时候，我还以为他诓我。来来来，进来进来。"

她撇下儿子，拉着池幸进屋，在明亮的光线下又仔仔细细打量她："真好呀，长大了。"

池幸比周姨还要高一头，女人说了几句话，忽然意识到不对，捂着嘴大笑："哎呀，我都高兴坏了，你快坐快坐。莽子，你来介绍介绍。"

周莽已经从厨房里洗好手出来，配合他妈妈郑重地介绍："池幸，这是我妈。妈，这位是池幸，你天天在电视上看到的人，我女朋友。"

电视里正播着池幸当年斩下收视高峰的《家事》，每逢假期，总有电视台要拿出来复播，收视率比新剧还高。池幸根本来不及做出反应，她预设了很多可能发生的场景和对话，结果发现，周姨对她一点儿也不生疏，熟悉得像天天见面的人。

周姨指挥周莽去洗菜，和池幸亲亲热热地坐在沙发上看电视。《家事》正播到第六集，是回溯往事，池幸饰演的女二号彼时还是中学生，梳着马尾辫，在路上和骗子据理力争。

"你怎么演啥像啥呢？"周姨问，"是化妆吗？十七八岁和二十多岁，是同一个人，怎么看起来就完全不一样呢。"

池幸已经完全放松下来。周姨拎起的这个话题是她擅长的。她指着自己的眼睛："主要是眼睛和面部肌肉。演年纪较小的角色，我们眼珠子活动的幅度要比平时大一些，脸上的肌肉也要调动起来，表演的动态会活泼很多。"

周姨："还有这么多门道。很累吧？这个戏你老是在雨里拍，冷不冷？"

池幸笑："不算累的。"

周莽时不时从厨房里探出个脑袋，见母亲和池幸聊得开心，越发不好插嘴。

周姨谈兴很浓。她告诉池幸，丈夫去店里看铺头，午饭时会回来。他们的铺子卖烧腊卤味，她叮嘱丈夫要带回店里最出名的烧鹅，让池幸尝一尝。

周莽没带过女孩回家，周姨又认识池幸，她没聊过去的事情，反倒说起周莽小时候是怎么过的。池幸对周莽的过去了解不多，听得津津有味。

周莽洗好菜，回头看见池幸钻进了厨房。

"你妈妈说，你房间贴着我的海报？"她凑过来问，带着坏笑。

周莽："……"

"每天看着我睡觉，对青少年身心发育是不是不太好？"池幸戳他脸。

周莽："那是《虎牙》的海报，你最凶的一张。"

池幸："快带我去看看。"

周姨借口出门买东西，给了两人独处时间。周莽悠然洗干净手，逐个角落跟池幸介绍自己的家。三口之家，三室一厅，角角落落都摆满了东西，但井然有序。从阳台上远眺，隐隐约约能看到海面。

池幸对周莽家里的一切充满了兴趣，尤其是周莽的卧室。周莽终于把她带到卧室，却迟迟不开门。

"里面有什么秘密？"池幸问。

"确实有个秘密，得看你能不能找出来。"周莽拧动门把手。

平平无奇的房间，墙上确实有几张海报，池幸凑过去一看，是体育明星，和她没半点关系。床铺、衣柜、书桌、书架，另有一角摆放哑铃架、杠铃之类的简单健身器材。

墙上有一个架子，摆了些照片，吃冰激凌吃得满嘴果酱的小周莽、考上市六中时一脸严肃的周莽，还有穿燕尾服站在舞池中央的周莽。

池幸一张张看过去，周莽给她讲解拍照时间。池幸的目光久久停留在即将开场跳舞的周莽身上。周莽的身材非常匀称漂亮，那称身的燕尾服仿佛是为他量身打造一般，没有一处多余，没有一处短缩。他粗硬的头发被发蜡梳得紧贴头皮，英俊的五官在灯光中越发鲜明。

他没有注视镜头，看着的是身边的舞伴。镜头捕捉下他微微侧头的一瞬间，下颌如刻线般干脆，鼻梁笔挺，白衬衣束住颈脖，整个人宛如力量与美的化身，一尊完美的雕塑。

"毕业舞会的开场舞。"周莽说，"舍友拍的，还不错。"

池幸心想，拍得可太好了，唐芝心完全没入镜，周莽就是这照片的绝对主角。但她嘴上顽强："还行吧，比姜岑和Eric差一点点。"

周莽把她圈在怀中，低头问："什么地方差一点点？"

"说不上来。"池幸说，"我得和周老师再跳一次舞，才能确定。"

周莽："你那三脚猫功夫。"

池幸："你可以教我啊。"

凑得近了，周莽没忍住，亲了她一下。池幸闭目接受他的吻，睁眼时发现架子角落还有一个相框。

她伸手去取，蓦地察觉周莽的紧张："这是谁？你初恋女友？"

周莽："嗯。"

池幸醋意顿生。那相框夹在两本书之间，珍藏得极好。她把相框拿出来，想取笑几句，翻过来一瞧，却愣住了。

麦子曾说过她是白山茶，沉甸甸的欲和美，无人能抗拒。他看到的是池幸的一张照片，那时候她在兰桂坊喝酒谈笑，被人偶然拍下某个瞬间，曾在网上疯传许久。

相框里定格的正是那时候的池幸。身周一片灿烂的暗色，她对上拍照人的镜头，笑还没消去，脸颊上有酒熏染的红。她饱满、丰盈、美丽、坦荡。

池幸自己也非常喜欢这照片。没人找得到照片的主人，最先发出照片的是香港的论坛，那位网友只说是朋友拍的，却说不出更多具体信息。

"是你？"池幸又惊又喜，周莽这张照片上没有那些重重叠叠的水印，因清晰而越发动人。

她想起周莽说过，在成为自己保镖之前，他跟何年何月在香港完成过一次极其危险的护卫工作。

　　周莽笑笑，亲她眉角："拍得怎么样？"

　　池幸："手机拍的？你拍的？你还有这个技能？你……你刚说这是你初恋女友。"

　　周莽脸皮很厚："算是吧。"

　　池幸一颗心都快被这突如其来的甜蜜和快乐浸透了。她钻进周莽怀里，揽着他的肩膀让他低下头，绵密地交换亲吻。

　　在呼吸间隙里，周莽问："明天我们出去玩好不好？一个短途旅行，两天一夜。"

　　周莽说的地方在附近镇子，开车大约一个多小时，曲曲折折拐入山路，曲径通幽，豁然开朗。

　　元旦第二日，气温升高，早上雾气茫茫，车子进山，如坠仙境。

　　池幸前一晚睡得不好，在车上迷迷瞪瞪打盹，车子停时她才睁开眼，外头一片热红冷翠。浓雾从山坡上滚滚而下，乳白色一道滔滔湍流。

　　空气清爽湿润，已然形成规模的民俗村藏身在山林里，露出热闹的檐角。周莽熟门熟路，拎着行李往村子里走。停车场上早已停满各色车辆，池幸问他什么时候订的，周莽答："两周前。"

　　池幸一算："你回来的时候就订了？"

　　周莽："这儿很红，不早点儿订，我们只能搭帐篷露营。"

　　池幸："你确定我一定会答应你出来玩吗？"

　　周莽："确定。"

　　他语气骄傲笃定，池幸拧他胳膊，心想这人真是托大，该打。她挽着周莽的胳膊，一路东张西望。村子挺热闹，来往的尽是游客，还有身穿汉服、旗袍的女孩们，间或有几个打扮成古代男女的人，招呼游客到海边看海戏。

　　海戏的戏台搭在一个废弃的渔港里，看戏的游客得坐上小船，环绕渔港中心的戏台停成一圈。戏是粤剧，也有本地方言唱的戏剧，池幸勉勉强强听懂一些，大概是船娘和船工相爱，与船霸抗争婚姻自由的故事。唱戏的男角声音洪亮，引来周围小船上一片热烈的掌声。

　　池幸倚靠在阳台上边吃橘子边看，周莽收拾好行李，来到她身边，她顺手给他塞了两瓣。

住的地方十分宽敞漂亮，一栋两层红砖小楼，外形古朴，里头装修得十分现代。一层还有前后两处小院子，二楼是卧室和宽大的阳台，院子外一棵巨大的苦楝树，叶子翠绿，结满了小小的圆果子。清爽的气息随湿润的风吹来，包围了两个人。

"这里好舒服。"池幸窝进周莽怀里，周莽挠挠她的长发。

腻歪一阵，周莽带她出门看海戏。

到了戏台，一出《点银珠》刚结束，下一出是《三郎寻妻》。

周莽原本以为池幸不会喜欢看这样古老的戏剧，不料池幸看得津津有味，听不懂的地方还让周莽帮忙翻译。周莽和她一同摇头晃脑，下了船，池幸还学戏里的龙王公主摆动手势。

她兴致高昂，周莽又带她上了一艘小游艇，自己亲自驾船，和她出海玩。两人在游艇上吃现成的新鲜鱼虾，周莽跟池幸聊起刚搬到这儿来的事情。

他和母亲都是北方人，辗转来到南方，光是适应这儿的气候就花了一段不短的时间。县城里生活节奏缓慢，周姨十分喜欢，周莽此前没见过海，更没看过这么多海鲜。他搬到这儿的第三天，因为狂吃一顿花蟹和虾，蛋白质摄入过量，浑身红肿瘙痒，进了医院。

倒不是海鲜过敏，医生叮嘱他悠着点儿。周莽出院了还是吃，继续吃，用以毒攻毒、循序渐进的方法，以时不时进医院吊水为代价，终于适应了高蛋白的海鲜。

池幸没想到他也有这么傻的时候。

周莽是转校生，跟班上同学不大熟悉。在同龄人里他个子很高，喜欢打篮球，靠这个手艺迅速交到了好朋友，并收获无数围观的女同学。

池幸装作嫉妒："你那时候还没长开，不帅啊。"

周莽在烤炉上翻动鱿鱼，鱿鱼须迅速卷曲，吱吱作响。"我打篮球的样子挺帅。"见池幸怀疑，周莽又加重语气，"真的。"

他少有这样自恋地表达自身魅力的时刻。就连池幸觉得他穿起来帅得不得了的燕尾服，周莽也只是淡淡一挑眉毛，答"还行"。池幸突然好奇：这人这么谦虚，或者说对"帅"这件事这么不敏感，连他都承认帅，那必定是不得了的程度。

"想看照片……不对，视频。"池幸伸手。

"没有这些东西。"周莽把烤好的鱿鱼放进她碟子里，"你尽管想象，我都符合。"

他今天同样兴致高昂，甚至有些飘飘然。池幸喝着小酒，笑眼扫他，没点破。

在船上解决了午饭，周莽教池幸开游艇。池幸迅速上手，把船开得摇摇晃晃，周莽不得不牢牢把住她的手，控制方向盘。

"稳定，镇定，心定。"他的声音萦绕在池幸耳朵边上，"专注，看前方。"

池幸扭头吻他，嘴唇亲上周莽的下颌。

周莽垂眸看她，主动调整位置，池幸再吻，这回对准了。

前方连声惊叫，周莽迅速扭转方向盘，两艘游艇擦身而过，溅起一片水花，全浇在周莽背上。

池幸轻咳，装模作样："心定，专注。"

周莽的一只手放在她腰上，将碰未碰，让人心神不稳。

游艇回港，两人继续行程，戴上帽子去爬山。

海边的山全都很矮，小山坡一般。午后太阳热力强劲，雾气都散了，人走在其中有种被蒸熏的感觉，好在海风一阵接一阵，吹散了热气。

"怎么这么热。"池幸摘下帽子扇风，周莽给她擦汗，她小声嘀咕，"这完全就是夏天。"

"我可以背你。"周莽说。

池幸前后左右看看，踮脚小声地："你不需要保存体力吗？"

周莽和她都戴着口罩，俩人仅靠一双眼睛交流。她看见周莽眼睛眯了眯，一个带深意的笑从眼里浮起，随即牵起她的手，继续往山上去。

小山连绵成片，起起伏伏。山顶一个大平台，是直升机起降场，现在没了直升机，变成宽敞的观景台。村里在观景台边上修了几个篮球场，周莽跃跃欲试。

打篮球的都是放假回家的小孩，十五六岁的年纪。周莽和另外两个年长的游客组队，以三敌五。一开始被打得有些慌乱，渐渐地配合起来了，接二连三地进球。他打定了主意要让自己最尊贵最珍视的观众惊叹，做了许多无用的花巧动作。进球之后各自回位防守，池幸清清楚楚听见周莽的两个队友说："不要再耍帅啦。"

她笑得眼睛弯弯，周莽威胁地冲她皱皱鼻子。

幼稚死了。池幸心想，这人果然是个弟弟。

可她就不幼稚吗？至少一年前、两年前，甚至更久之前，她绝不会想到自己会为这不那么富裕的旅程笑了这么多次。周莽和她出门前还说过，今天的预算是三百块。池幸当时觉得诧异：三百块能玩什么？能玩出什么有趣的事儿？这个吝啬鬼。

结果是她错了。哪怕是三十块，只要跟周莽手牵手，一甩一甩地聊天走山路，她也快乐得不得了。

爱好奇妙，仿似一剂返老还童的灵药，让人年轻，让人天真。

池幸的心变成一个小小的瓶子，一点点蜜，一些清风和海水，就能把它灌满。

周莽的篮球确实打得好，三分两分，传球截球，明明是以三对五，分数却越拉越悬殊。他是其中最出彩的一个，两个队友主要帮他打掩护和拦人，他负责投球。

每中一球，他就绕半场跑几步，总要来到池幸面前，压抑着得意和骄傲，冲她扬扬眉毛。有一回他站定姿势投外线三分，池幸故意用周围人能听见的音量，又脆又甜地喊："周莽好帅！好爱你！"

球脱手时轨迹不对，擦板，没中。观众一片唏嘘和笑声，周莽来到池幸面前，又腰看她。

冬天天黑得早，球场和观景台上大灯打得雪亮，周莽背光站她面前，影子落在池幸身上。池幸歪头眨眼，还是甜蜜的嗓音："下一个要投中噢。"

周莽想笑，又憋着，草草揉一把她的脑袋。

结束时周莽的三人队伍得分89，中学生的五人队伍得分54。有趣的是，后面分数拉得悬殊，观众却几乎全部都为五人队喝彩。五个技术、体能都逊色的孩子，咬紧牙关不放松的样子，实在让人喜欢又激动。

"你后来给谁加油？"周莽和池幸往山下走，俯腰凑到她耳边复述，模仿她的语气，"周莽好帅，这句话是假的？"

"不要欺负小孩子。"池幸已经从偶像剧可爱女主角的模式中脱离，恢复了平时的说话腔调，"没风度。"

周莽拉她手，很强硬地："你只能为我喝彩。"

池幸："看你表现。"

几个男孩从周莽身边跑过，冲俩人吹口哨。其中一个边跑边回头："明天再打！"

周莽："不输的请吃饭。"

男孩估计没听清，立刻吼："好！谁怕谁！九点球场见，谁不来谁是狗！"

看那几个孩子跑远，池幸说："诓小孩的钱，一点儿也不帅。"

周莽笑了，轻声说："是我请啊，姐姐。"

他说话时终于嚣张一回，在夜色灯光与来往游客中，大胆揽实了池幸的腰。那始终令人心神摇荡的手稳稳把住池幸，她和他都读懂了。

回到小别墅，出了一身汗的周莽去洗澡。池幸点了些吃的，很快便有人送来，热腾腾摆了一桌。池幸无心吃饭，她的食欲现在变得十分复杂。

隔了一扇门，水声撩动她的听觉。她依靠想象和上一次残留的印象去描摹周莽的躯体。他的肩膀、背脊、腰身，再持续往下。他每一处都充盈力量。

池幸的胃部有一种轻微的抽痛。她说不清这是紧张还是别的，比如期待，比如兴奋，比如满足。她在周莽面前才是最自在的那一个，游刃有余，经验丰富。

她躺在沙发上，盯着天花板发愣。要关灯吗？池幸抓了抓自己的腰。应该没有必要。她双手交叠摆在小腹，仔细回忆自己身上是否有什么瑕疵。

周莽顶着湿润的头发俯视她："在想什么？"

池幸吃了一惊。周莽蹲在她身边问："不舒服吗？今天太累了？"

"在想你。"池幸抚摸他湿润的头发，他身上还有沐浴露和洗发水的气味。

周莽靠近她，几乎能把她完全覆盖，低声问："不饿吗？"

池幸吻他，轻笑，声音从唇齿中流泻："现在吃。"

沙发足够宽大，灯光足够明亮。他们互相检阅彼此的每一处角落和细节。皮肤紧贴，汗水交融。室内温暖，人在缠斗里越发觉得燥热。

结束后才想起已经冷透了的晚餐。厨房里有微波炉，周莽简单加热，吃到一半又没忍住，接续饭前的活动。周莽要把她抱上楼，池幸反复强调自己的体重，换来周莽一句轻笑："你很瘦。"

她被小心放置在真正舒适的地方。夜里下起雨，夹带闪电与雷声。

卧室灯光昏暗，远方的闪电每亮一次，池幸就看见周莽的眼睛燃烧一次。

或许它始终在燃烧，伴着汗水与呼吸。人总是热爱征服，喜欢用细致手法拆开一只虾、一只蟹，解除盔甲，露出莹白的肉体。池幸变得干干净净。她没杂念、没赘余，周莽也一样。从天而降的水和闪电、雷声齐齐泼在玻璃上，一场淋漓的大雨。

周莽差点忘了和那几个孩子的约定。谁都不愿意就这样起身，冬日的早晨，床铺太能留人。他的手指被池幸的长发缠绕，起身时需小心翼翼，池幸还在梦中，他不舍得弄醒她。但腰很快被人从身后抱住。

"嗯？"池幸的声音有睡醒之后的茫然。

周莽又把自己卷进被子里，和她对视："我要去打球。"他说，"你继续睡。"

池幸："……"

周莽吻吻她额头："我走了。"

池幸："你把我丢在这里，自己去打球？"

周莽动弹不得，看一眼时间。

卧室是落地大窗，推开就是宽大的露台。天蓝得惊人，苦楝树上几只小雀，脆生生互相催促。池幸缠住周莽不让他走。

胃部空空，两个人都饿。昨晚吃得太少，活动太多，睡去时也不知几点，总之雨停了雷也停了，万籁俱寂，只有彼此粗密的呼吸。

周莽劝了一会儿，用吻来安抚池幸的不满。池幸洗漱完下楼，周莽已经做好了简单的早餐。

这日又是上山打球。有了肌肤之亲，池幸总要跟他牵牵拉拉不放手。她不觉得羞涩，大大方方地要跟周莽亲密。虽然只有八点半，路上却已经满是游客，上山下山，很是拥挤。两人走得很慢，手指钩着缠着，池幸看到那个约周莽打球的男孩就走在不远的前方，手上一个篮球。他兴致勃勃，几乎可以说得上手舞足蹈，正跟身边一个模样乖巧的女孩说笑。

周莽拉拉她的手，把她的注意力从偷看男孩女孩扯回到自己身上。

"你还会想以前的事情吗？"他忽然没头没尾地问。

池幸的目光还停留在前面两个孩子身上，茫然应道："以前的……什么事情？"

第十二章 靶子

池幸这次回来没见到什么故人。她在这故乡，其实也并没有多少故人。所谓的以前的事情，她不知周莽说的是父亲，还是母亲。

"你妈妈和钟老师的事情。"周莽补充。

池幸的眉头微微一皱。

钟老师因事故去世后，流言越发猖獗。

小县城里的桃色新闻往往都从女人身上生长。是孙涓涓勾引钟映，是孙涓涓带坏钟映……人们都这样说，说完后半掩着嘴暗暗一笑，没出口的话吞进肚子里。男人们全都理解钟映，毕竟"那可是孙涓涓"。酒足饭饱后免不了要把两个人的名字拎出来聊聊，人没了，故事还在，持续茁壮。

池幸对这一切早就有了耐受力。她从小练习，皮糙肉厚，棍棒都打不服她，何况几句轻飘飘的话语？

但钟映的妻儿不一样。钟映还在的时候，脏水尽可以泼到孙涓涓身上。钟映不在了，人们的议论渐渐肆无忌惮。人人都成了舞蹈教室里的镜子，一夜间，他们似乎全部亲眼见过那一对男女如何在镜前苟且，细节和台词都很生动。

池幸没再遭受过侮辱和莫名的殴打。

无论是教导主任还是钟映的女儿，像突然患了沉默的病症。她们仍旧工作、上学，只是目光再也没停留在池幸身上。仿佛她是一摊臭水，必须远远避开，谁都不愿意和她再扯上半点关系，生怕有一点牵扯，就会让人们重新想起发生在这个单亲家庭里不体面的往事。

钟映的女儿比池幸大一岁，池幸只知道她上了别的初中，考了别的高中。偶尔听见只言片语，母亲再婚了，她们搬走了。沉默形成沟壑，池幸没想过跨过去，她相信那对母女也一样，只想把过去的事情远远甩在身后。

只有张一筒仍旧坚持着骚扰池幸。只是他身边再也没出现过那位表妹。

"你都说了，是以前的事情。"池幸说，"早就过去了，不想了。我离开这里十二年从未回来过，不就是为了'不想'吗？"

周莽察觉她轻微的不悦，握住她的手："那就不想了。"

池幸笑："你好奇怪。发生什么了？"

"没事儿。"周莽摇头。

来到山顶的篮球场，围观的人居然比昨夜还多，男孩们的啦啦队声势浩大，铜锣手鼓都亮了出来。

这回两边都凑成了五比五，周莽仍旧打头阵。白天不比晚上，池幸戴遮阳帽又戴口罩，还是挡不住周围人频频投来的眼神。

开场连中三球，周莽招摇地绕场跑圈。他和池幸的目光勾勾连连，池幸心中暗笑，这人胆子大了，连眼神都装着坏主意。

打了一会儿，周莽突然举手喊停："我还有事，先走了。"他对那几个兴致勃勃的孩子说，"下次再来找你们打。"

他也不多解释，道别后拉着池幸离开。池幸问他还有什么事儿，周莽挤挤眼睛："什么事情都没有，那球场看你的人太多了。"

池幸："我好看嘛。"

周莽："可能会被认出来。"

池幸："认出来就认出来，你怕吗？"

周莽揽她的肩膀："怕。"说完一笑，压低声音，"走，带你去摘果子。"

池幸真是对他佩服得五体投地，这场短途旅行看似临时起意，实际上周莽早就把一切安排得妥妥当当。他的高中同学大学毕业后回乡搞种植，包了几座山头种柑子。柑子皮薄，汁水丰富，直接剥开就能吃。池幸昨天还打算在路边买，被周莽阻止了，来到果园里现摘现吃，她被这些果子清甜的口感震惊。

"这一块的地的果子我们不卖，都是送朋友和客户的，质量特别特别好。"周莽的同学热情极了，"院子后面还有玉米，一会儿我摘了烤给你们吃。"

柑子也好玉米也好，摘下来那一刻就是最好吃的时刻。周莽拿了个炭炉，池幸掰一根，他现烤一根。甜玉米烘烤后带着焦香，甜香味越发浓厚。吃一根烤玉米，配一个柑子，果园的女主人带着小孩到鱼塘捉鱼，蒸好了端过来。她还要杀鸡宰鸭，池幸连忙阻止。

她的丈夫没认出池幸，她倒是一眼就辨认了出来。两个小孩拿来一袋子桂圆干给池幸，随后乖乖坐在周莽身边大快朵颐，池幸边剥桂圆干，边和女主人聊起拍戏的事儿。

天气一热，越冬的鸟雀都飞了出来，叽喳个没完没了，哄得人生出睡意。附近有鱼塘，风也足够凉快。池幸吃饱桂圆干和柑子玉米，大人小孩们四散，她半躺在周莽身上，懒洋洋地只想睡觉。

她喜欢柑子和玉米，也喜欢鲜嫩多汁的蒸鱼。吃完桂圆干还有红薯干，都是夫妻俩自制的。中午时路上轰隆隆开来好几辆物流车，几十个人汗流浃背，摘果打包。周莽过去帮忙，没扛两箱就被赶回池幸身边。

两人都吃饱喝足，呆坐在鱼塘边钓鱼，看着粼粼的水面。

"今天的预算是多少？"池幸问，"三十块？"

"不用钱。"周莽打个饱嗝，"这果园有我一部分。"

原来当年同学创业，找周莽借过钱。周莽往果园里投了几万块，每次回家都跑到这儿白吃白喝。

"哟，没想到你还是个地主。"池幸笑。

周莽一脸跋扈嚣张："我的就是你的。"

池幸喜欢这儿。果园的女主人怕她觉得这些地方脏，把凳子擦了又擦，不料池幸根本坐不定，她对鱼塘、果园和鸡舍都有兴趣，跟着孩子们四处转悠，回到周莽身边时左右手都拎了一堆东西。

果园附近有人居住，大多是老年人，年轻的都出门打工了。年长的老人不认识池幸，孩子们七嘴八舌，说她是"周莽叔叔的女朋友"。

"周莽叔叔"这个名号在这里很有用。老人夸池幸又白又好看，让她多吃点长胖点，请她吃脸盘那么大的煎堆，糯米粉做的糕点，新蒸好的海鲜，还要配上一小杯青梅酒。

周莽见她满载而归，翻看袋子里的东西，一样样都能说出来历，什么九婆张叔，肥佬瘦八，了如指掌，全部准确。池幸甚至觉得他有些神奇了。

物流的车子已经离开，果树全都光秃秃，只剩几棵留着自己吃的，树梢还挂着金橙色的果子。两人在果园提前吃了晚饭，满载而归。

池幸这几天根本没注意社交网络上的事儿，她只在微信上跟曾谧云、常小雁等人聊天，偶尔在剧组群里发发好吃的和风景照。

她吃饱喝足，懒洋洋地坐在小货车的副驾驶座上打瞌睡。

不想回北京了。她心想，以后拍不了戏，就来这儿包山头种果树养鱼。

周莽似乎是知道她在想什么："春节我们再过来，村里养的猪特别特别好吃，我也凑了一份子钱，你看过宰年猪分猪肉吗？"

"拍戏的时候看过。"池幸说，"有一年在山里拍戏，正好过年，剧组从老乡手里买猪肉。"

周莽："挺好。"

他正经八百的样子让池幸觉得好笑。每每在交通灯前停车，周莽总要伸出右手，和她牵着，放也放不开。

池幸问他回不回北京，周莽的时间比较自由，他打算陪池幸一块儿走。池幸跟常小雁商量，她要以自己的名义再聘周莽当保镖。常小雁知道她结束旅行，火速发来几个链接。

"你看看，很有意思。"常小雁的语气里是藏不住的开心和得意，"乐死我了。"

《灿烂甜蜜的你》正在热播，剧情足够狗血，从来不演都市偶像剧的原秋时也是噱头，池幸听果园女主人聊了几句，似乎热度还挺高。

不过颜砚的演技饱受诟病，她接不住原秋时的戏，连跟女二蒋昀演的对手戏也明显看出水平差异。

几个链接都是没用 AI 换头的原片，各长两三分钟，也不知是怎么泄露的。池幸草草一看，都是自己和颜砚的对手戏。

蒋昀面试欧阳雪，蒋昀教欧阳雪处理客户关系，蒋昀带欧阳雪去自己熟悉的品牌店里买礼服，最后是欧阳雪跟蒋昀坦白自己与晏阳相爱，蒋昀甩她耳光。

池幸边看边笑。觉得自己演得可真好，她美滋滋地快进、后退。平时看自己的表演，池幸总觉得有些不好意思，但和颜砚一对比，就连她也不得不佩服自己。镜头在她和颜砚之间切换，仿佛是两个身处不同情绪和环境的人。

每个视频播放量都有几百万，评论转发热热闹闹。

"池幸真不是啥好人，不过演得还行。"池幸念出这句话，冷笑。

评论里建起高楼，池幸仔细一瞧，那评论说的果然就是自己过去那些事儿。

令她诧异的是，此前一股脑儿讽刺辱骂她的评论少了许多。

"她妈妈出轨搞婚外恋还死了人，池幸那时候就一小女孩，这跟她有什么关系啊""能当街打女儿的爹会是什么好爹？我支持池幸打回去，打狠一点儿""池幸怎么可能喜欢那个混混啊，睁大你的眼看看她曾经交往的都是什么人，指不定是那混混要对池幸做什么，正当防卫有什么不可以"……这样的评论被许多人顶上去。

即便是支持她的，池幸也依旧看得头疼。

她给常小雁打电话。

她和颜砚对戏的片段是原始片段，不可能平白无故泄露出来。片段泄露到现在，《灿烂甜蜜的你》剧组居然一声不吭，任由这些片段疯狂发酵。

"这几个片段是剧组主动泄露出来的对吗？"池幸开门见山，"陈洛阳真的不保颜砚了？"

"保什么啊，陈洛阳已经有新女友了。"常小雁在那头低笑，"这圈子不就这样吗，风水轮流转，颜砚这种人，哪里玩得过陈洛阳？"

她三言两语把来龙去脉说清楚。

即便有原秋时加持，《灿烂甜蜜的你》在年底各种大剧之中也并不出挑。前期营销砸了大钱，但前五集都是欧阳雪年轻的戏份，一集四十多分钟，颜砚出场时间至少占半，十分不招人喜欢。各大社交和视频网站上一水的低分和嘲笑。就连硬买的话题和糖点营销，也抵不住评论里齐刷刷的讽刺。

相反，接替池幸的女二号得到了更多赞扬。

为维持收视率和讨论度，制片方终于甩出了撒手铜：主动泄露出池幸和颜砚的原片段炒作话题，把"全剧演技谷底"之类的热搜按在颜砚身上。颜砚比不上现在的女二号，也比不上被换掉的池幸。

加上池幸此前的舆论事件让她自带热点，话题一开始投放，立刻引来关注。

之前吹捧颜砚"演技有灵气""活泼灵动，明显进步"的视频号几乎全部倒戈，翻来覆去截图、截片段，分析颜砚演技的瑕疵。

这段时间里，《灿烂甜蜜的你》收视暴涨，每个视频网站的弹幕里都是嘲笑颜砚的打卡评论。

"昨晚上正好播了蒋昀扇欧阳雪耳光那一集，收视率顶天了你知道吗？"常小雁笑道，"真不愧是陈洛阳，谁看了不说一句真狠。"

泄露出来的片段经过了仔细筛选，四个片段里有两个藏在尚未播出的剧集中，成功引来极大的好奇。观众好奇接替池幸的演员会怎么演，也好奇颜砚究竟差到什么程度。两个片段前后刚好是矛盾冲突点，剧情十分狗血精彩，看得人停不下来。

池幸完全明白了："原臻那边就顺水推舟，反转我的负面舆论。"

常小雁已经和原臻联系上，她默认："原石的公关很专业，时间点抓得非常准。"

颜砚的演技口碑大跌，又有剧组人员出来匿名爆料，她在现场如何找池幸麻烦，池幸如何忍气吞声。颜砚认为池幸太过出色，所以整了池幸一把云云。

孰真孰假不重要，这些事情听上去很有意思，这才重要。观众们每一次议论都是发酵，"颜砚就是上次害池幸的人"，说得多了，这样的论调渐渐成了真相。

许久没听到池幸的反应，常小雁问："你不喜欢这样吗？"

池幸："脏水泼到谁的身上我都不乐意。"

她现在甚至开始怀疑，当初陈洛阳布局对她进行狙击，实则也是炒作的其中一环。

彼时《灿烂甜蜜的你》尚未拍摄完，身为制片人，陈洛阳要保证剧组顺利平安完成工作。狙击离组的池幸，一方面可以泄愤，一方面可以炒热一波话题，让人关注剧集，另外也可以稳住与陈洛阳分手，但仍在拍摄的颜砚。

如今剧集已经播出，池幸事件的反转是一波话题，颜砚演技低谷又是一波话题。陈洛阳现在要保证的是电视剧有足够的话题性，有足够的收视率。池幸已经不在剧组，但她仍有剩余的利用价值；颜砚当初在宴会上自以为是地令陈洛阳在众人面前丢脸，陈洛阳视面子为命根，他怎么会放过颜砚。

如此种种，都是设计。池幸更觉头疼。

她越发明白为什么陈洛阳这样恨裴瑗。他如此精明狠戾的一个人，只在裴瑗这个女人身上栽过跟头，而且是这么狠的跟头。他又不能报复，谁都知道裴瑗是他前妻。

池幸心想，在自己和颜砚之间，陈洛阳或许更怨恨让他丢脸的颜砚。

"谈个恋爱，你怎么性情都变了？"常小雁想了想，又说，"算了，也没变，你以前就是这么个人，嘴巴上不饶人，但也没见你害过谁。原石下一步打算想办法澄清真相，就你打人进派出所那件事。"

周莽带池幸回家，吃完晚饭打算和她一起去机场。

晚饭时池幸接到裴瑗的电话，她从国外回来，正在隔离，暂时还不能正常拍摄。池幸可以在家里多留几天。

池幸一下放松，乐滋滋和周姨聊起做饭的事情来。

周莽的继父是个不大说话的男人，偶尔蹦出一两个冷笑话，只有周姨最捧场。他手艺很好，做饭一绝，池幸撺掇周莽多学学。

周莽问她有什么安排，池幸一看日程，明天要上德文课。

"正好，我明天也有事儿。"周莽说，"上完课给我打电话。"

周莽不说是什么事情，池幸也没问。第二日一早，周莽便出了门。

县城不大，他骑电动车七拐八弯，钻进一个城中村。城中村里都是民房，他反复查看手机上的信息，最终停在一栋楼房前。

这房子挺气派整齐，门前围出一个小院子，停着两辆车。

周莽在门口徘徊片刻，有人从屋内走出来，叼着一根烟："搵边个[7]？"

周莽："张一筒？"

那男人正是张一筒。他闻言一愣，走近细看。他认不出周莽，狐疑地上下打量。

"钱我都还了，龙哥还想做什么？"他压低声音，"说好了还钱就行，做得大佬，讲话不算数是吗？"

周莽摆出保镖的架势，一脸严肃。他严肃起来令人生畏，一张无表情的脸更是充满威慑。

7　广东方言：找谁？

"我找你表妹，唐芝心。"他说。

周莽人脉广，他想找唐芝心，三问两问，问出唐芝心已经回到故乡，和池幸几乎是前后脚。她当日摔下楼梯，骨头受伤，暂时不能跳舞，于是拿了长假休息。趁着假期，便回到了温暖湿润的南方。

周莽能找到唐芝心的家，但他没有去。他来找张一筒，是想确认一些别的事儿。

听到他说"唐芝心"，张一筒的戒备心消失许多。他知道唐芝心回来，但不清楚她在什么地方。周莽谎称是同学聚会，但联系不上唐芝心。张一筒掏出手机找唐芝心的电话，周莽说："你能出来吗？隔着道铁门，很像探监。"

张一筒响亮地骂了一声，解锁开门。两人站在路边，张一筒终于翻到唐芝心的号码，在亮给周莽之前他忽然多个心眼："你叫什么？"

"周莽。"

这名字落在耳边有点儿熟悉，张一筒一怔，竭力回想。在他终于想起的瞬间，手被周莽牢牢攥住。

"我记得你！"他尖声大骂，"你是池……"

周莽卡住他的下巴，后面一截话，张一筒没能说出来。"在找唐芝心之前，我想先跟你聊聊。"周莽低声说，"我不是来打架的，不想惹事，只想坐下来说说话。"

他料定张一筒不敢闹事。之前陈洛阳的人挖出张一筒和他表舅的事儿来给池幸泼污水，张一筒又上采访又混抖音，很是威风了一阵。如今原石娱乐为了洗清池幸身上的负面舆论而有所动作，调查事件的人连周莽的朋友都找到了，不可能不接触张一筒。

张一筒过去是这儿的地头蛇，但他的能力范围也仅止于此处，如今他经营两家烟酒店，早已脱离原本的行当。周莽这话一说，他立刻明白其中的深意，眼里还气得冒火，但已经不敢再乱动。周莽看他的手：当年被池幸用脚踩骨折的手指治疗后保留了形状，但虚软无力。

周莽示意张一筒进屋，自己则紧随其后。房子里装潢倒是富贵，红木家具完整的一套，吊灯华丽。周莽眼尖，看见桌上有奶瓶和玩具，让婴儿练习爬行的地垫摆在客厅一角。他故意扮演出的火气消去大半，听见楼上有人走下来，用方言问了张一筒几句话。

那应该是张一筒的妻子，楼上还隐隐传来婴儿的笑声。周莽安心坐下，确定在这个地方，此人一定可以跟自己好好聊天。

　　池幸暂时不回北京，德文课在线上上。老师结束一堂授课，委婉地建议池幸也去上上英文课。池幸想了想："我英语过了四级的。"

　　老师嗤笑："谁不能过四级？"

　　池幸："哦。"

　　老师："你口语不行，以后如果去国外拍戏，英语才是最重要的。"

　　池幸点头答应。老师虽然讲话不客气，但建议是好的。池幸更新日程，邮箱提示，又收到了一封来自德国的邮件。

　　麦子重写了剧本里主角的背景，剧本的支线剧情也随之进行调整。或许是因为池幸是麦子引荐的，他们对池幸非常重视周到，每次调整她的角色，都会告诉她具体调整了什么地方。

　　邮件是编剧写来的，她邀请池幸对新的角色设定提出意见。

　　池幸启动翻译软件，边看边译。

　　她在工作中没想起过周莽，也不知道周莽正在做什么。剧组群里时不时跳出一个信息，留守北京的工作人员分享拍摄场地的最新消息：又停水了，B组导演今天又发脾气了，姜岑和Eric吵架了，Eric剃光头了，灯光师又……

　　池幸有点儿想回去。她几天不拍戏，就觉得浑身不对劲。不能脱离赵英梅太久，否则感觉会消失，又得重新费劲找回来。

　　手机振动，是何年的来电。

　　何年与何月现在跟在小周身边，常小雁天天带三个人奔波来去。小周结束综艺节目的录制，正在准备一个歌唱节目，天天跑录音棚和练舞室练习。

　　何月悄悄给池幸发过信息：还是拍戏好玩。

　　池幸按下通话键，何年的声音立刻传来："幸姐，有件事儿不知道你晓得不。"

　　池幸："查到唐芝心的背景了？"

　　两人同时说话，何年一顿："查到了。"

　　母亲李新月，父亲钟映，唐芝心原名钟芝心。钟映车祸离世后几年，李新月再婚，嫁给了一个姓唐的男人。两年后钟芝心改姓，成为"唐芝心"。

她从小跟父亲钟映学习舞蹈，以艺术生身份参加高考。研究生毕业后留校工作，正是周莽所在的学校。

唐芝心参与过一些影视剧的摄制，当的是舞蹈替身。她技术很好，在国内外的比赛上获奖颇多，是一个小有名气的探戈舞选手。

因学校学生投诉唐芝心故意推人入水，唐芝心被停职。虽然后来多人做证称唐芝心不是害人而是救人，但唐芝心最后主动辞职，离开学校。这是发生在周莽毕业之前的事儿。

唐芝心离校后很快在一所舞蹈学校找到工作，她个人气质形象好，专业技能和成绩出色，很快站稳脚跟，成了学校里数一数二的舞蹈老师。

紧接着，便是池幸的舞蹈老师不能带她，给她安排了学校里最年轻、人缘最好的唐芝心老师。

一切仿佛冥冥之中的某种安排。命运让唐芝心和池幸在多年之后意外重逢。

池幸只是静静地听何年说话。她无意识地捻动手指。幼年时唐芝心赠予的巧克力，那黏糊、甜腻的触感，似乎还停留在她的指尖。

小时候，因为有池荣这个动辄骂人打人的父亲，池幸几乎没有朋友。池荣打人不分远近亲疏，池幸幼儿园时带朋友回家里玩，因为笑声太大，池荣用皮带当着其他小孩的面狠狠抽她。乱飞的皮带打中了一个孩子的胳膊，登时红肿。

没人和池幸做朋友，池幸成日跟着妈妈，或是在姨妈家玩。巧克力是多么奢侈的糖果，她只有逢年过节才能吃上。在她的认知中，巧克力都在超市里摊开来卖，用金箔纸包着，伪装成轻飘飘的金币形状，咬进口里会碎成粉末。甜是甜的，还要嚼几下才能咽下，更像结结实实的糖饼。

池幸没吃过唐芝心给的那种巧克力，她第一次晓得原来巧克力是会因为体温融化的。她慌里慌张，等待黑褐色糖果在口里化成黏稠的甜浆，心里充满新奇的惊喜。

第一次有陌生人无来由地中意她，要把所有的巧克力都给她。

池幸永远记得唐芝心瘦削的手脚和明亮的眼睛，她穿着轻纱般的舞裙，就连那件池幸最钟爱的白色小纱裙，同样的款式，穿在唐芝心身上总是多几分甜蜜天真的气质。她眉眼像钟映，好脾气好性格，头发也像钟映，黑得像墨。长发总梳成两条辫子，戴精巧的蝴蝶形发夹。那都是池幸羡慕，却没法得到的东西。

她躺倒在床上，胸口有一种窒息的痛苦。

唐芝心找张一筒打过她，李新月在全校师生面前质问过她。

池幸偶尔会恨她们，但这恨意总是片刻就消失，它没法持久。好像这种恨自己也知道，它没凭没据，更没有资格。

池幸确实是"脏"的见证者。可那真的是"脏"吗？这种"脏"曾救过孙涓涓，让孙涓涓像个人一样活过几年。

世上唯有池幸，她除了包容一切往事之外没有任何办法，不能恨不能怨。孙涓涓和钟映都不在了，她是仅剩的靶子。

"幸姐？"何年没听见池幸回应，小心地问。

"你能查到钟映，应该也查到了我妈和他的事情吧？"池幸哑声一笑，"你有什么想法？"

何年沉默片刻，答："那是他们的事，和你没关系。"

池幸很低地笑，叹气。

何年等了一会儿才继续说："我找到莽哥的师兄，他说莽哥也在查唐芝心的事情。"

池幸一愣："什么时候？"

何年："元旦之前，比我问得还早。"

池幸："他知道唐芝心是钟映的女儿？"

何年："已经知道了。"

周莽没说过。池幸想起他曾无头无尾地问自己是否还在意以前的事情。她翻身坐起，忽然很想见一见周莽。

要挂电话时，何年又嘀咕："不过我今儿想告诉你的不是唐芝心的事儿。"

"还有别的？"池幸笑，"你说话怎么忽然黏糊了？干脆点儿。"

"你别不高兴。"何年说，"我也是打听到的，不完全确定。"

以何年的性格，若是不完全确定，他不会告诉池幸。池幸想不出有什么事儿会让自己继续不高兴。

"颜砚的人找到了池荣。"何年说，"池荣答应，在监狱里写一本书，写你的事情。"

池幸并不觉得诧异。池荣是什么人，她比何年清楚得多。能从池幸身上获取利益，而且必定是相当大的利益，池荣怎么可能放弃这个机会？

她非常冷静地询问何年具体情况。

颜砚因为《灿烂甜蜜的你》，演技遭受几乎完全一边倒的嘲笑。她没能力跟陈洛阳对抗，和她一样处在舆论中心的人有池幸和剧里的女二号。女二号是峰川传媒林述峰手里的人，风头正盛，颜砚自己也是峰川传媒的艺人，不可能跟她对抗。

能下手的只有林述川手里的池幸。

池幸当日遭受极大负面舆论影响的时候，失势的林述川没能力保护她，现在就更不可能了。

辗转找到池荣，颜砚那边应该是用一笔不菲的费用打动了他。

池荣当日因诈骗和故意伤害入狱，非法所得全部收缴，连房子也卖了还钱，但至今仍未填满那个窟窿。二十年后他出狱还得继续还钱，一无所有的池荣急需一些保障。

为换取这些保障，他决定售卖池幸的隐私。

池幸知道，他如果写自己，必定会写孙涓涓，会写钟映。他会添油加醋，会把自己打扮成受害者，会渲染池幸的种种缺点。只要能彻底击倒池幸，他就能从颜砚手里获得想要的东西。

挂了电话，池幸仍躺在床上。

她不生气，只是觉得心里头空空的，没有凭依。

忽然之间，她疯狂想念母亲。她抄起手机，想给姨妈打电话，拨通时才想起，姨妈在省城照顾孙子，哪里有空听她说心事。

寒暄问候几句，姨妈照例叮嘱她好好照顾自己。

"姨妈……"池幸没忍住，"我想妈妈。"

她挂了电话才说出这句，蜷缩在床上。

池荣可以写她，但他不能写孙涓涓。池幸不敢想象池荣会把孙涓涓捏造成什么样子。她人已经不在了，除了被任意涂写，她什么都不能做。

池幸捂着眼睛，她想起在病床上一天天憔悴的孙涓涓，想到她推孙涓涓到住院楼楼下晒太阳，孙涓涓无意识地抬起手。那是跳华尔兹的手势。她轻轻哼歌、摆头，和不存在的舞伴对视，温柔地笑。

池幸抓住手机。她给周莽发语音，竭力控制自己颤抖的声音。

"你在哪里？"她的语气里泄露了呜咽，"现在，立刻，我想见你。"

周莽来时拎着些吃的，他打开房门，池幸已经睡着。

窗户拉得严密，一丝光也透不进来，池幸只开了床头灯。周莽蹑手蹑脚坐到她身边，发现池幸哭过，眼角有泪痕。他不知出了什么事，轻轻搔动池幸的头发。池幸被他弄醒，睁眼一看，顺势把人抱住。

"怎么了？"周莽问。

池幸缩在他怀里一言不发。最激动的情绪已经退潮，她反问周莽今天做了什么。周莽没说，只沉默着拍她的背。池幸忽然生出新念头，翻身把他压在身下。

"来做开心的事。"她说。

周莽血气方刚，被她一碰就支棱起来。那开心的事儿翻来覆去，池幸好像彻底把不快抛在脑后，只顾着缠住周莽，不停吻他。

周莽带来的食物已经凉了，他又重新叫了两份。池幸洗完澡，头发湿漉漉，坐在阳台上剥柑子。周莽给她擦干，池幸伸长双手挠他的头发，想起俩人相互给对方洗头时，周莽在蒸腾的水蒸气里也会用微带困惑的眼神看她。

池幸极喜欢周莽这种神情。他在窥探自己，好奇自己。对池幸的起伏和低落，周莽有一种敏锐的察觉能力。

擦干头发，周莽和她一起坐下。太阳明亮，树荫浓密，酒店正对山和海，风吹得池幸懒洋洋。她告诉周莽池荣的事情。

周莽："你从哪里听来的？"

池幸没说出何年的事儿："别人讲的。"

周莽："他还有二十年才出来，不用担心。"

池幸："不行，我不能留着这个隐患。他总会减刑，这减减那减减，也许十年后他就恢复自由身了。"

周莽看出她心情已经大好，便静静等待她的下一句话。阳台的长椅足够两个人坐下，池幸靠在周莽身上边吃边想，午饭解决，她中气十足："我要去见他。"

她已经足足十二年没见过池荣。从池幸离开家乡起，她就把这个人从自己的生活里彻底剔除。

周莽握她的手："我和你一起去。"

池幸："我要自己去见他。"她又往周莽怀里缩了缩，汲取勇气似的。

周莽问她打算跟池荣讲什么，池幸笑："威胁他，让他放弃一切给我添麻烦的念头。"

"他会答应吗？"

"没那么容易。"池幸说，"得想点儿别的办法。"

她闭目沉思，良久后突然来一句："你呢？你有什么想告诉我的吗？"

周莽："没有。"

池幸便不问了。

第二日，周莽来接池幸，他送她到市监狱，又问一次："需要我陪你吗？"

池幸还是摇头："不需要。"

周莽："好，结束后我来接你。"

池幸喜欢死他毫不黏腻的态度了，干干脆脆。下车前她凑近吻周莽，忽然又问一次："有什么瞒着我的事情吗？"

周莽眉头一蹙："没有啊，怎么了？"

池幸笑了："觉得你怪怪的。"

周莽目送池幸进入大门，才回到车里。他点开手机导航，输入一个地名，语音立刻提示，从这里到目的地，需要半个小时。

他希望张一筒给的地址和联系方式都是对的。

池幸的名字一直都在池荣的探视名单上，据说是池荣坚持加上的。"池幸"不常见，池荣又成日在监狱里说他女儿的事情，监狱里的狱警几乎人人都晓得，他有一个当明星但从未现过身的女儿。

池幸等了足足半个小时，进入会见室之前，手机忽然叮的一声响。

发来信息的是唐芝心，池幸保存过她的手机号。

"你男朋友来见我，他告诉过你吗？"

池幸关闭手机，起身推门，走入会见室。

池荣坐牢十年，这是池幸第一次来见他。会见室不设隔离玻璃，几张访客桌，已经有人坐下。池幸等了片刻，池荣被狱警带来。

池幸一开始没有认出池荣。池荣老了很多。

印象中的父亲总是孔武有力，他用拳头和棍棒来控制家里的两个女人。池幸直到高中，人长得高大，才有跟他抗衡的力气。她记得池荣有一张瘦削的脸，头上有几道长不出头发的刀疤，浓眉大眼。池幸见过池荣少年时的照片，他长得不丑，是个标致的男孩。

但池幸记忆里的池荣总有一张暴躁扭曲的脸。因为孙涓涓生不出儿子，因为孙涓涓瞒着自己去堕胎，他一日日变得越来越愤怒。

此时池幸看他走过来，只觉得眼前的是一个万分陌生的男人。

入狱后作息规律，戒烟戒酒，池荣白胖起来，脸上再也没了以往那种凶狠的神情。他像是永远惧怕着什么，走路也挺不直腰。坐在池幸对面，他飞快看一眼池幸，低头，很快又抬眼匆匆瞥她。

池幸静静看他，父女俩谁都没开口。其他探视桌上的人都压低声音，小声谈话。在这里每个人都很谨慎，没有谁东张西望，池幸戴着口罩，没人认出她是谁。

"你现在过得好吗？"池荣终于说话。

池幸有一种想翻白眼的冲动。她预想过池荣说什么她才不至于愤怒，然而无论池荣说什么，都能在瞬间点燃她的怒火。

池幸攥紧拳头，闭了闭眼睛，决定单刀直入。

"我知道有人找到你，要你写一些东西，关于我，还有妈妈。"

池荣眼神一闪，那装出来的温顺沉默瞬间消失了，惊讶和恼怒在他皱皱的眼皮下抖动："你怎么知道？"

池幸靠在椅背，双手抱胸，冷冷一笑："你猜？"

池荣搞不清楚娱乐圈里的弯弯绕绕，更不知道颜砚和池幸究竟是什么关系，他狐疑地打量池幸，池幸慢条斯理地解释："我和颜砚是同一个公司的人，我称她为师姐。我们还合作过，是很好的朋友。"

她从来擅长半真半假，池荣哪里看得透。身在监狱，他也没能力去调查辨别。只是想到对方给的承诺，他仍坚持："你别想骗我。你跟那个女的关系不好，我知道。"

"那你知不知道，她要你写这种东西，是想把你和我都搞死？"池幸敲敲桌子，低声道，"你写出来，那东西就是证据。"

"什么证据？"

"你诽谤污蔑我和妈妈的证据。"池幸一字字道，"除非你敢写出所有真实的事情。"

池荣怔住："你什么意思？"

"你敢写，我就敢动你。你在监狱里我做不了什么，但你总会出去的。你没房子，没家里人，没朋友，你能做什么？谁能帮你？这个世界上除了我跟你有关系，还有什么别人？你写完，颜砚给你钱，你能用自己的名字开户头吗？你诈骗那些钱还没还完，只要你有资金，立刻就会被扣走。好，颜砚那边的人可以先帮你保留，等你出狱再给你。你出狱那都是十几年之后的事情，你去找谁给？你有什么办法让她给？到时候她还在不在国内你都不知道。"

池荣没想得这么深，他面色很快阴沉下来。

"你写出来除了能威胁到我之外，没有其他任何益处。到时候你找不到颜砚那边的人，你可能觉得，你可以去爆料，去抖搂这件事情。谁信你？十几年之后，谁还认识颜砚，谁还认识我池幸啊？"池幸顿了顿，"这件事对你对我没有半分好处。"

池荣沉默，但显然已经动摇。

池幸产生了奇妙的胜利感。她此时此刻才真正确认，自己完全脱离了过去，脱离了池荣的一切影响。

她用十二年的独力奋斗让自己成长为池荣不能想象、不能揣测的人。

她竟然有了与池荣平起平坐、这样对话的能力。

池幸忽然觉得好笑：她此前怎么就这么胆怯？为什么不敢回来？为什么不能面对池荣？周莽把她拉回家乡，而她早就有了面对过往、无所畏惧的勇气。

"我刚刚问过了，家属每个月最多可以给你汇款一千块。以后我会给你钱，每个月一千。"池幸缓和了语气，"我们毕竟才是一家人。"

她冷静得连自己都诧异。

池荣没应，她又说："外面的人都知道，用你、用妈妈的事情，最能伤害我。但你想，以后你老了，能依赖的人，不也只有我吗？我年纪大了，想家的时候，会惦记的人，不也只有你一个吗？我也希望你能好好的。"

池幸的声音越发低沉了："我也是到这个年纪才知道，人总得有个家，有家里人。只要有家里人，心里总还是有个底，不至于慌。"

她并不相信池荣的本性会改变。但池荣已经快六十岁，一二十年过后，他出狱，七八十岁的年纪，人老了，身体坏了，他要为自己的晚年铺路。

池幸相信，池荣会接受颜砚的条件，也正是因为这个。

她完全猜对了。

池荣被她的话影响，支吾着说："你不恨我？"

池幸长久地看他。她想从池荣眼里找到一个答案——他居然还会心存疑虑？池幸当然是恨他的，这毋庸置疑。

池幸慢慢眨眼，她调动情绪，让眼泪浮在眼眶里："有些事情，到了年纪才会懂。以前的事都过去了，我是你的女儿，这个永远没法改的。我负责给你养老，天经地义，对不对？"

探视时间结束，池幸在走廊上快步前行。她一口气说了太多恶心话，只觉得反胃。

欺骗池荣，池幸一点儿也不觉得惭愧和难受。她心头爽快极了，积压许多年的郁气，这一天终于能稍稍纾解：池荣信了。他相信池幸会照顾自己，相信颜砚设下的是一场骗局。

说实在话，池荣是否真的相信自己，池幸不敢打包票。但池幸说的话是实实在在的：除了池幸之外，没人能保证池荣晚年生活得顺当。

池荣不得不信。

池幸用每月一千块拿捏住池荣的命脉，这点儿代价实在太轻、太轻了。

二十年后池荣出狱，等待他的全然是不可控的未知。可他那时候已经没其他选择，池幸帮他，或是不帮他，池荣连抗议都没办法。

池幸走出监狱的大门，才觉得手心有汗。

她打开手机，又看见新的信息，还是唐芝心发来的，这回是一个地点。

第十三章 道别

唐芝心的信息故意说得暧昧不清，引人误会。

池幸倒没生出一丝一毫的误会。对待感情她镇定自若，但凡曾有过一瞬怀疑，她都不会继续。只是等车的时候她不免想到，周莽也许是自己情路上的特例。

他总是打破自己的规范，在意料之外戳动池幸心里软乎乎的地方。像一颗微微松动的牙齿，时不时隐隐酸疼。但她舍不得拔掉。拔掉就再也没有了。

曾打算选择原秋时的时候，池幸说服过自己放弃周莽。当然她以为放弃是很容易的，做这样的决定她向来干脆利落。

但原来周莽不一样。周莽和中途进入她生活的男人不同，池幸把他看作贯穿自己生命的一根刺。她以为那根刺会带来持久的疼痛，但原来刺已经长进肉里，和她共存。

前往唐芝心地址的路上池幸开始忐忑。

街道名称改了，学校名称改了，池幸下了车，才发现这里竟然是钟映以前上课的舞蹈学校。

那栋楼不断翻新，仍旧陈旧不堪。门卫岗亭里一个保安狐疑地打量她，但不需要登记。池幸走近大门，玻璃从中分开，往两侧滑动。她看见深邃的走廊尽头半扇窗户里的光。

原本一楼是数个舞蹈教室，如今仅剩一个，其余地方都已经改造成健身房。健身房里人不多，池幸循着记忆往走廊深处走。这是她小时候常跟孙涓涓造访的地方，每个傍晚，钟映都在舞蹈教室里等孙涓涓，教她跳华尔兹。

还没推开门，池幸先透过门上的玻璃看到了里面的两个人。

唐芝心拄着拐杖，坐在休息的椅子上。周莽站在她面前，镜中映出他沉默冷峻的脸。

"我不恨她。"唐芝心笑着说，"我何必恨她？这太累了。"

周莽只是沉默。

他来到这里才察觉，在自己联系唐芝心的时候，唐芝心或许已经知道他的来意。

周莽和母亲来到县城时，孙涓涓已经不在，她的传说口口相传，母子俩没多久就听到了几个版本的故事。故事中自然包括池幸，也包括这间酝酿了桃色新闻的舞蹈教室。

周莽没进来过，他上学放学、打球登高，都要经过这儿。平平无奇的一栋楼房，他有时候会想到池幸，想象她是否也会在这里经过，就像自己一样。

他没威胁唐芝心，本性使然，他不会做这种事，何况此时心里只装着一个念头——在池幸知道唐芝心的真实身份之前，他要帮她解决这件事。

"在小区里跟踪她的人是你。"周莽说，"我们都以为跟踪者是男性，调查的时候根本走错了方向。"

唐芝心倒没否认这件事："谁跟踪她了？我有朋友在那小区里，不行吗？"

周莽并未继续点破她曾穿着外卖骑手服饰进入。在这样一个谎言上纠缠没有用处，他想了想，问："你为什么要把她推下楼？"

唐芝心："我没有推啊，是她自己摔下去的。我还因为拉了她一把，把自己也弄伤了。"

周莽："我拿到监控了。"

唐芝心："怎么，监控拍到我把她推下去？"

周莽："监控拍得很清楚。"

池幸站在门边偷听。周莽撒谎的本事不比任何人差，她心中暗笑。他从没斩钉截铁地说"拍到了，就是你"，但每一句听起来仿佛都是那个意思。

唐芝心怔住了。她端正的脸上掠过一丝狼狈与愤恨，很快又笑道："那就报警啊，让警察把我抓进去。"

周莽："池幸决定不报警。"

唐芝心又是一怔："为什么？"

周莽："剧组拍摄很忙，主演发生的任何意外都有可能影响剧组的工作。她是把工作看得比一切都重要的人。"

唐芝心大笑："而且还会影响她的声誉，对不对？她巴不得以前那些事情早早平息！"

周莽蹲在唐芝心面前，认真地看她："师姐，池幸小时候过得也不好。她没有可以依赖的人，你也许比我更清楚。"

唐芝心一下激动起来："她过得怎么样，好不好，和我有什么关系！"

"那你爸爸和她妈妈的事情，和她又有什么关系？"

唐芝心语塞，片刻后凶狠起来："不要狡辩了，我知道是她叫你来的，来威胁我，是不是？好啊，来啊，等电影拍完，就把我推她下楼的视频公布出来，她很懂怎么卖惨！"

周莽冷静得如同在执行一个护卫任务："她不会报警。师姐，你不了解她。即便她知道你的身份，她也不会做过分的事情。池幸考虑事情比你想象的周到，她绝不愿意影响你。"

唐芝心的笑声断了。她咬着牙，又恨又不甘心："我不需要她的怜悯！等等，她知道我是谁？好啊，她在医院跟我说话时可不是这副嘴脸，好一个假惺惺的……"

池幸推门而入。唐芝心没料到她已经来了，周莽却完全不晓得池幸会出现，愣得退了一步。

他对唐芝心的威吓已经有了些许效果，池幸示意他离开。唐芝心的目标只有池幸一人，她要自己解决。

顺利面对池荣之后，池幸感觉得到，自己不再害怕了。

周莽给她和唐芝心独处的时间，离开时眼神里带一丝愧疚和歉意，牵了牵她的手指。

门打开又关上，池幸听见唐芝心在自己身后说："真厉害。"

池幸："什么？"

唐芝心："你和你妈妈一样，在对付男人这个方面，都很厉害。"

池幸站在她面前，想了想："你嫉妒吗？"

她找回了自己的节奏。

唐芝心被这句话噎得半晌发不出声音。她也有攻击池幸的办法，指着这教室冷笑："你记得这儿吧？恶心吗？你知道这里发生过什么事情，对吧？"

双方都明了对方的身份，也知道怎么才能刺伤对方。池幸看着唐芝心，把嘴边的话咽了回去。

很奇妙，她来的时候是忐忑的，甚至带着不可纾解的怨气。但看见周莽之后，那怨气忽然就消散了。

池幸素来懒得辩解，别人对她的误会是蛋糕表层的糖霜，只会让她变得更神秘和不可捉摸。不过听见周莽这样竭力解释，甚至试图为她解决一切争端，池幸心头还是窜过了轻微的欢喜。

谁不喜欢被人爱，被人疼？哪怕浑身是刺，拥有保护自己的武器，被棉花包裹紧实时，她也是柔软的。

唐芝心拄着拐杖，池幸想起她跳舞的样子。无论是小时候还是成人后，池幸都不得不承认，唐芝心跳得非常非常好看，她的舞姿里有一种傲然、清高的美。

姜岑和Eric都是个中好手，两人看过唐芝心比赛的视频。池幸还记得，他们观看的时候没有一丝玩笑和戏谑，始终极其认真地观察唐芝心的动线、舞蹈编排和身体姿势。

唐芝心是出色的职业选手，天长日久的练习和珍贵的天赋，让她成为如今的唐老师。

那天赋是从钟映身上来的吗？是她从小看着钟映，耳濡目染，在不自觉时学会了这一切吗？

"骨裂严重吗？"池幸问，"你还能不能跳舞？"

"见到我这样，咎由自取，你很高兴吧？"唐芝心冷笑，抓紧了拐杖。

"我刚上小学没多久，碰上九月十号教师节，我记得你跳了《四小天鹅》。"池幸靠在窗边，回忆，"那是我第一次看芭蕾。我觉得好神奇啊，人怎么可以这么轻，腿脚怎么能这么灵活？我还记得虽然四个小孩都穿白色舞裙，但只有排头第一的你穿得不一样，裙子后面还有两片翅膀一样的薄纱。太好看了，像一只银色的蝴蝶。"

阳光在她脸上敷了一层绒绒的浅金色光芒。她回忆着，语气很快乐。

教师节过后很快便是国庆，小学生们在国庆晚会上表演节目，唐芝心——那时候她还叫钟芝心——再度出场。她跳的是《胡桃夹子》里的《雪花圆舞曲》，但大刀阔斧改编过：公主克拉拉藏在雪花之中，贯穿全曲。孩子们扮作雪花，一个个稚嫩、雪白，舞裙裙摆浑圆，在舞台上旋转。

唯有唐芝心和别人不一样——她穿一件更复杂、更精致漂亮的浅粉红色舞裙，灯光永远追着她，她是整个舞台唯一的焦点。

渐变的裙摆和胸口背脊上闪闪发光的亮片，池幸记住了这个只大自己一个年级的小姑娘。

学校里人人都知道她。她漂亮、优雅、可爱、礼貌，成绩优秀，声音好听，跳舞、唱歌、演讲、主持，什么都会。她是绝对完美的，而她的母亲是学校的教导主任，她自然拥有那么多、那么多出风头的机会。

"一二年级不在同个教学楼，每次见到你，你都在表演，化了妆，所以一开始在这儿认识你，我没认出来。"池幸说，"但我记得的，你对我很好。"

唐芝心怔怔看她。她预想过池幸会对自己说些什么话，也预想过那些话会有多么难听，她为此做好了一切的准备——比如隐藏在提包里的摄像头，藏在口袋里的录音笔。

"只是没想到唐老师原来是你。"池幸轻轻叹气，"好久不见。"

她没有调动演技，一切如此自然。

池幸没有机会跟谁聊往事，连跟周莽也难以提起过去细微的、令人害羞的小小心事。她还是个小女孩的时候，憧憬、喜爱过另一个光芒熠熠的小女孩，曾有那么几个瞬间，唐芝心是她的偶像，是最完美的梦想的化身。

然后，钟映和孙涓涓相遇。两个孩子的梦都消失了。

沉默的气氛几乎凝固。池幸听见唐芝心微微喘气，她呼吸急促，一双眼里噙着泪："你和孙涓涓都是一路货色！"

恨意突然之间失去落脚处。唐芝心没从池幸身上得到一丝一毫预想的反馈，她茫然起来，除了反复这样念叨，没有任何办法。

舞蹈教室变得狭小、逼仄，把人困住，不能逃脱。

池幸开口："如果你想听……我代替我妈妈，跟你说一句对不起。"

唐芝心忽然激动起来。她抓起拐杖挥手打向池幸，池幸抓住那根拐杖，唐芝心失去平衡跌倒。她躺在地上，仍挣扎着要去抓池幸。池幸扔了拐杖，一把抱住唐芝心。

她现在的力气比唐芝心大，唐芝心被她这样一抱，完全没摆脱的余地，只能被她束缚着，一遍又一遍地吼"是你的错，是你们的错"，说到后面声音也模糊了，嘶哑地带上了哭腔。

　　池幸心里头满是平静，她眼睛也发酸发涩，轻轻抚摸唐芝心的头发，像安抚一个孩子。

　　没人跟她道歉，没人说过"对不起"。在这平静的时刻，池幸看见窗外的阳光透过窗户照在地板上。她想起孙涓涓初见钟映的那个傍晚，想起自己竟忘了跟池荣索要一声"对不起"。

　　周莽一直紧张地在走廊徘徊，保安狐疑地过来看过几眼，他忙不迭解释：是老相识重聚，激动得哭了。

　　等唐芝心冷静，池幸把她搀扶起来。唐芝心不让她碰自己，倔强地撑着拐杖站直："我好了之后，还可以跳舞，你不必假惺惺扮怜悯。"

　　目送她离开，周莽还没完全弄清楚事情是否已经解决。

　　池幸耸肩："先这样呗。你不是骗她说监控拍到她推我下去吗？这就够了。"

　　周莽："你觉得她会因为这个息事宁人？"

　　池幸："会不会跟我有什么关系呢？我跟她本来就没什么交集，只要断开这种联系，我和她就完全是陌生人。她有她的生活，我有我的生活。我本来就不恨她。她怨我，我能做的就是把这种怨消除。长久恨一个人，自己也过不好的，她比我更清楚这件事。"

　　周莽静静地看她，有点儿不解。

　　池幸问："怎么，不认识我了？"

　　"你总是让我出乎意料。"

　　池幸笑了。她和他走在街上，半晌才问："我这样做得对吗？"

　　周莽牵她的手，常绿乔木在人行道上投下宽盛的影子，把人包围。

　　池幸心头蠢蠢欲动。她张开手臂，小声道："抱抱我。"

　　周莽听令，两人在树下拥抱，他揉揉池幸的头发，轻笑着说："小姑娘。"

　　池幸仰头看他："不喜欢小姑娘？"

　　周莽隔着口罩装作亲吻："喜欢。"

　　池幸环抱他的腰，眼睛弯弯，清晰地说："可我不是小姑娘。周莽，我不喜欢别人帮我决定和解决事情。"

池幸不是指责，也没有生气，她平心静气地跟周莽说话，因为知道周莽听得进去。

周莽："我想帮你分担。"

"这对我来说只是小事情。"池幸笑着捏他脸颊，"以后还有更大的事儿，到时候我会需要你的。"

周莽困惑："小事情？"

池幸："嗯，小事情。"

两人坐在路边，看车来车往。池幸把池荣的事情告诉周莽。她语气平静，没有很强烈的波澜。周莽松松握她的手，听完后慢慢说："我会帮你的。"

池幸奇道："帮我什么？"

周莽："等他出狱，他要是来找你，我来解决。"

池幸："可不能打人，他出来的时候已经是个老头了。"

周莽："当然不打人。"

池幸："做什么都要有底线。"

周莽："我这个人，没有底线的。"

池幸笑出了声。周莽说得自在自然，就像一切本该如此，他对未来没有丝毫担忧和疑虑。

池荣会出狱，他会来找池幸，他可能还会做一些让池幸不愉快的事情。就连唐芝心也一样。

但池幸心里头竟然万分宁定，一点儿也不觉得恐慌。

有些力量来自周莽，更多的力量——池幸知道，来自这些年成长和沉淀的自己。

人不一定会爱值得爱的人，但会怜悯凄惨的人。这是人类本能的慈悲。池幸完全不想要这种慈悲。人们每对她慈悲一次，她就会崩裂一次。

她要坦荡的爱，直接的欣赏，不矫饰的赞美。她追求这些亮堂的东西，一天天一年年，让自己越来越强韧。周莽给了她想要的东西，池幸捂着自己胸口，知道一路上有许多的人也给了她，她是这样跌宕过来的。她有了爱，有了事业，她什么都不必惧怕。

"你怎么知道唐芝心是钟映的女儿？"周莽忽然问，"谁帮你查的？"

池幸："何年。"

周莽："我怎么从来不知道？"

池幸："我让他千万别告诉你。"

周莽慢慢地笑了笑。

假期终于结束，裴瑗的隔离还剩几天，B组导演拍完其他戏份，麦子催促池幸回北京。

周莽收拾行李和她一同启程。常小雁已经准备好一份合约，池幸要自己雇佣周莽为保镖。

落地后，池幸接到了曾谧云的电话。

"那孩子醒了。"曾谧云直接就是一句，"你要不要来上海看看？"

池幸拿着电话怔在当场。她起身走到一旁细听，良久才应："醒了就好，我没必要出面，一切你帮我解决。"

曾谧云："你给他们花了这么多钱，他们很想谢谢你。"

池幸："不是以你老公那慈善基金会的名义给的钱吗？别让他们知道我的存在。"

池幸挂了电话，回到周莽身边。他们等来了常小雁的车，一路上池幸都保持沉默，常小雁不住对周莽使眼色，终于忍不住问："你惹她不高兴了？"

池幸笑出声："没有。"

她决定对常小雁和周莽说一个只有曾谧云才知道的秘密。

池荣当初被捕入狱，犯下的是诈骗罪和故意伤人罪。他趁夜潜入债主家中，一通乱砸。男主人断了腿，两个老人受伤，神志昏沉，女主人一身是血跑去报警。警察来到债主家中，发现男主人正抱着五岁的孩子大哭。

那小孩颅脑受创，成了植物人。

池荣是根本没办法承担医药费的。他和孙涓涓共有的房子要司法拍卖，卖得的钱一部分偿还被骗的几个债主，一部分用于医疗。

当时池幸刚刚与峰川传媒签约，和林述川正谈着热烈的恋爱。姨妈把这件事告诉她：那房子在孙涓涓名下，池幸也有一份，她要回乡处理相关手续。

池幸担心林述川得知自己家里乱七八糟的事情之后会跟自己分手，便全权委托姨妈解决。

姨妈办完事情，问她知不知道那户人家是谁。

池幸听了那名字，在炎热的夏天里忽然发起抖来。

孙涓涓没过世之前一直在县城的一家照相馆工作，她会带池幸到照相馆里照看，池幸和老板一家人都很熟悉。老板的儿子比她年长几岁，小时候常带着她玩。

池荣犯案的那户人家，正是馆主老夫妻和他们儿子一家。

池荣在老夫妻面前哭过几次，忏悔自己当年不该对孙涓涓这么差，又聊到池幸。池幸去北京上学，得花很多钱，他说自己非常后悔，决心洗心革面重新做人。

馆主老夫妻心善，被他说动。儿子儿媳认识池幸，不敢信池荣，多次劝阻。老夫妻没多少钱，只借了五万给池荣，美其名曰：投资池荣的造船项目。

池荣选择他们家下手，是因为他熟悉老夫妻家里的摆设，知道家里的备用钥匙放在门口的花盆底下。他要杀鸡儆猴，这对孱弱的老人是最好的对象。

只是没料到儿子一家人给老人做寿，当晚在老家留宿。

常小雁在路边停车，回头。她车里满满当当摆着儿子钟爱的玩具：浓眉大眼的男孩子，最喜欢扎蝴蝶结的小熊。池幸抱住一只熊，冲常小雁眨眨眼。

"你花了多少钱？"常小雁单刀直入。

"去上海治疗，还有两夫妻也都在上海工作，工作和医疗资源，我都让小云帮忙找的。她门路多一些。"池幸想了想，"小孩的情况一开始很糟糕，病危通知书隔三岔五地下，头三四年，一年两三百万是有的。"

常小雁："你疯了啊？你开始那几年根本没挣这么多！"

池幸："我跟林述川借的。以我个人身份，跟峰川预支薪水。"

常小雁呆住了："他能答应？"

池幸："当时还谈着恋爱嘛，就答应了。"

常小雁狠狠拍额头，她现在终于明白为什么池幸拍戏这么多年，却几乎一分钱都没能攒下来。

"你是不是还在帮你爸还债？"她又问。

池幸："我还了一半。我爸的债主也都知道家里的情况，我说了应急的钱我会给，但剩下的那些，和我真的没有任何关系。"她顿了顿又说，"这也是我控制池荣的一个办法。他出狱之后哪里还有能力还钱，最后还不是得依赖我？我可以帮他还清这笔债，但绝不是现在。就让他继续提心吊胆吧，让他在牢里也天天忧虑出来之后怎么办。只要他有任何不利于我的动作，他出狱之后等他的就只有债主。到时候会发生什么事，我也不知道。"

常小雁算了算："你花的医疗费，比这笔债还多吧？"

池幸默认。

常小雁一声长叹："你傻不傻啊。"

池幸现在对他人的任何评价，都能平静接受，何况说这话的是常小雁。她扭头看周莽："我很傻吗？"

周莽还没开口，常小雁气急回头："当然傻！你帮人，又不让别人知道你做过这些事儿，有意义吗？"

池幸："小雁姐……"她娇滴滴喊，撒娇似的。

常小雁完全招架不住她这一手："之前的舆论风波，我想破脑袋也想不出能把那些负面议论压下去的事儿，你倒好，手里明明有，却一声不出。"

池幸："我不是为这个才帮他们的，就是心里头难过。那孩子当年才五岁，他小时候我抱过他。一家人对我和我妈都很好，我不可能袖手旁观。"

周莽问："他醒了是吗？"

孩子以植物人状态在病床上躺了十年，如今终于苏醒，许多事情都要重头学起。夫妻俩在上海有了落脚处，还有了另一个孩子。一家人欢天喜地，要从头教孩子说话穿衣。

"太久了，康复也很难。不过幸好各个器官都……"

池幸正说着，常小雁回头伸来一只手，在她脸上摸了摸。

"让我摸摸这什么女菩萨。"常小雁顺势捏她鼻子，"你呀……"

池幸抓住她的手："小雁姐，这事儿我身边只有曾谧云知道，几乎全部的事情都是她帮我去做的。不是故意瞒你，只是想找机会告诉你，一直都没碰上合适的时机。"

常小雁反手用力握住她的手："那现在你可以为自己打算了吧？"

池幸竭力地想还有什么是必须由自己独力面对和解决的。她想不出来。被常小雁那双永远温暖的手紧握着，她只能畅快、高兴地笑："小雁姐，带我飞吧。"

裴瑗结束隔离这一天，正好是峰川的年会。

池幸在《大地震颤》剧组拍完戏，立刻马不停蹄地赶到酒店会场。这将是她在峰川的最后一次年会，常小雁憋足了劲要让她出出风头。

原石娱乐和峰川已经谈得七七八八，原臻本来想帮她借品牌礼服，池幸婉拒了。她穿上五年前在东京电影节走红毯时穿过的白色露背长裙，笛子匆匆赶来，在池幸腰上和手脚上做些装饰，让裙子更贴合池幸现在的状态。

房间里暖气热烘烘，池幸背上是大镂空，她想把暖宝宝贴肚子上，但裙子设计得十分贴身，最后只能贴在大腿上。裙摆两侧开缝，不对称设计，走路时露出线条优美纤长的小腿——因此小腿也必须光裸。

"好折磨人啊。"池幸站在房间中央边换衣服边说，"我刚在走廊上碰见徐鸣姐，她说今儿她穿的是高领长袖及地礼服，还要披个披肩。太有先见之明了。"

笛子没给她准备披肩，这礼服搭披肩就坏了：它最妙的设计恰好凸显肩颈线条和若隐若现的胸部沟壑。池幸脖子上除了项链，什么都不能有。

造型、发型全部做完，在一旁打电话的常小雁收线，凑过来说："颜砚今天也会出席。"

"她不是很久都没亮相过了？"

"今天不仅出席，还要公布一个大新闻。"

池幸："什么大新闻？"

常小雁："不知道，只是她经纪人给熟悉的媒体透了这个消息。"

池幸心中一动："走红毯的顺序让我看看。"

翻开流程文件，她笑出来：果然，颜砚恰好排在池幸之前。

场地挺大，峰川旗下的明星们所谓的走红毯不过是走个过场，让媒体拍拍照。

池幸打扮好，拎起裙摆走出去。

周莽正在楼下最后确认一次路线，似有所感，抬头时正见到池幸步出电梯。一袭流水般的白裙，黑色卷发堆在肩上，顾盼生姿。

池幸正在寻找周莽。她只知道周莽在一楼，但人太多了，几乎全都是穿西装的男性，她一时之间没看见挂念的人。

周莽前几日去了天津，何年何月兄妹当时正在天津随小周拍综艺节目。不知出了什么事儿，何年当天晚上给池幸打电话，说些"幸姐你可害死我了"之类的话。

总之周莽处理好手续问题，如今是正儿八经的池幸的保镖，除了池幸自己，谁都不能炒。

池幸拎着裙摆，脸上是得体客气的笑，她左右张望，看见有人分开人群，朝自己走来。

周莽塞着通信耳机，一身深宝蓝色西装，若不是胸前的工牌，谁都看不出他是个保镖。他走到池幸面前，却不靠近，隔了两步看她的眼睛。

池幸生来一双伶俐的眼眸，盛着万种情意。化妆师深谙这一点，眼妆恰如其分，并不喧宾夺主。池幸扬起下巴，迎接周莽的视线，眼角流露一丝戏谑："看呆了？"

"嗯。"周莽直接点头。

跟在池幸身后的笛子并不知道两人的关系，直到看见俩人牵手，十指紧扣。她慌了，左看右看，凑过去小声提醒："会被人看到的！"

周莽的手动了动，池幸把他抓得更紧，笑道："那更好啊。"

红毯并不长，半露天，冷风飕飕地刮。池幸直到颜砚走上舞台才从室内钻出来。她披着大衣，两腿并拢，站成风里的一只鹌鹑，一只手紧紧挽住周莽的胳膊，恨不能贴在他身上汲取温暖。

"这年会……其实……挺小家子气……"池幸牙关打战，边抖边说，脸上是僵硬的笑容，"明年……我带你去……更大的地方……"

周莽低笑："好。"

池幸："你不信吗？"

周莽："怎么会？"

两人小声嘀咕，常小雁知道劝也没有用，池幸每次恋爱都坦坦荡荡，根本不怕被人发现。忽然，她在池幸身后戳了戳她的腰："行了，到你了！"

池幸嘶地吸气，脱下大衣交给周莽。周莽牵着她的手走上两级台阶。按照流程安排，这几个咖位较大的明星每人有三分钟时间走红毯和接受外场主持人的采访，颜砚走完红毯步向主持人的时候，池幸就得在一旁做好准备。

颜砚跟主持人问好，左手在耳边撩了又撩，把鬓发别到耳后。主持人一愣：她左手无名指上戴着一枚硕大的戒指。

主持人当机立断，抛开主持台本："颜砚，是不是有什么开心的事情要跟大家分享？"

颜砚娇羞一笑，把手放在胸口上，一副心跳不已的表情，钻戒在灯光下熠熠生辉。

"对，我结婚了。"她笑着，"元旦的时候跟我的先生已经登记，婚礼还需要一段时间筹备，谢谢大家关心。我先生让我代表他，跟大家说一声……"

她滔滔不绝，装作不经意，吐露一个名字。

主持人和全场媒体哗然——这是去年跻身全球首富排行榜的一位 IT 新贵的名字！

闪光灯不断亮起，记者们大声恭喜和提问，现场热烈万分。

在红毯尽头的池幸瑟瑟发抖。

看来颜砚的采访还不能结束，她冷得受不了，又缩进周莽怀里。周莽只得给她披上大衣。

"每人三分钟，颜砚这都五分钟了！"常小雁揪住维持秩序的人，"我们池幸难道就只有一分钟吗？"

池幸："要不不走了吧？我真的快冻坏了。"

常小雁冲她吼："闭嘴！"回头继续跟那人讲道理。

主持人身边不断有人打眼色比手势，但颜砚说的话实在太过劲爆，场子完全乱了。

池幸钩着周莽的手指，两人默默看戏。

"好玩吗？"池幸笑着问他，"这就是娱乐圈，不仅要有本事，还得有脑子，懂得怎样最能吸引别人的眼光和兴趣。"

周莽嘴角一勾，他只想逗池幸高兴："她没你漂亮。"

池幸："……"

她确实被逗乐了，忽然扯住周莽的领带，令他微微低头。她吻住周莽，两个人的嘴唇都是冰冷的，只有鼻息灼热。

周莽："这也是吸引别人眼光的手段吗？有人在拍我们。"

"让他们拍。"池幸轻声答，笑得又坏又可爱，"我现在，特别特别想亲你。"

进了会场，池幸又是跟颜砚一桌。也不知道峰川是怎么安排的，池幸只能认为，这是故意设计。

颜砚嫁了IT新贵，刚刚已经说了会专注家庭。池幸则将离开峰川进入原石。峰川只能趁她俩最后同框的机会，把热度再炒一炒。

会场只有艺人和经纪人能进入，常小雁暗示池幸少安勿躁，不要乱来。池幸扭头冲颜砚灿烂一笑，果不其然，颜砚一脸反感。

颜砚当时是被两个工作人员强行请走的，她已经导致流程出错。而颜砚还未走下台，池幸已经来到主持人身边，方才还对颜砚万分热情的媒体立刻开始追问，她跟保镖的亲吻是怎么一回事。

两相比较，按照众人的秉性，颜砚知道池幸的恋情一定比自己的婚姻更受关注。

两人位置相邻，年会开始后潦草鼓掌，最后是颜砚先扭头跟池幸搭话。

"那个是你的保镖吧？"她说，"你有没有脑子。"

话是不客气的，表情是笑着的，不知情的人看着还以为俩人正议论台上讲话的林述峰和林述川兄弟。

"嗯哼。"池幸用鼻音回答。

颜砚："包养小白脸啊？"

池幸："说什么呢？周莽可是地主。"

颜砚一怔："地主？"

池幸任她发挥想象力，完全不解释。

酒到酣处，颜砚捏着酒杯到处找人碰杯。回到位置上，池幸忽然凑近，主动碰了碰她的杯子。

"颜砚姐，祝你新婚快乐。"池幸说。

颜砚冷眼看她，等着她下一句话。不料池幸似乎就是为了说这句话而来，完全没有再延伸的意思。

"怎么，一笑泯恩仇吗？"颜砚低声道，"想得倒挺美。"

池幸也笑："泯不泯的，我也不在意。你喜欢我，或者讨厌我，现在对我已经没有任何影响了。你乐意不高兴，那就继续不高兴吧。以后看到我的日子还长着呢。"

此时年会终于进入最后一个环节，林述川来到池幸面前，冲她伸出一只手。

这是在邀请她跳舞。

池幸："最后一支舞？"

林述川："最后一支舞。"

灯光纷乱，乐声四起。池幸欣然握住了林述川的手。

裴瑗恢复拍摄后的第二天，池幸向她请假，理由是"有要事"。

拍摄进程一天比一天紧，池幸请假三小时，裴瑗和她磨了半天，缩减成两小时。

"哦？跟周莽去领证吗？"裴瑗问。

池幸和保镖当着这多媒体镜头的面自然而然地接吻，这事情早在网上传疯了。

原石娱乐紧跟时事，从周莽和池幸的相遇入手，引出当年池幸和张一筒互殴的真相。十二年的相识，从英雄救美开始的恋情，女明星和名不见经传的沉默保镖、无关身份地位、金钱家世的真爱——无论哪一点，都是"吃瓜群众"最中意的八卦。

张一筒和表舅录了短视频跟池幸道歉。周莽的朋友现身说明当年的事实，他们甚至还找到了当时跟着张一筒的马仔，一个个拼凑出事情的真相。

原本痛骂池幸的人，纷纷慨叹："原来如此！"

池幸没有微博，不在网络上说话，常小雁的微博连续一周阅读量天天突破百万，最新一条微博发的是池幸年会的漂亮造型。评论、转发已经超过十万，齐刷刷的都是"姐姐漂亮"和"对不起"。

常小雁代表池幸回答：网络上的废话，池幸向来是不在意的。

"姐姐好酷""姐姐娶我"等评论，瞬间又在常小雁微博下灌了几万条。

常小雁开始飘飘然，甚至打算接广告挣钱。

麦子凑过来："领证好啊！要见证人吗？我可以当。"

"我是去签合同。"池幸说，"领证什么的，还早得很。"

麦子悻悻地溜走。

"常小雁跟你走吗？"裴瑗问。

"我和小雁姐都签，先跟峰川解约，再跟原石签约。"池幸说，"原石的合约自由度很大，小雁姐是我个人的经纪人，我雇佣我管理。"

裴瑗："可惜了，我还想趁机挖人。"

说罢催促她快去快回。

池幸抵达签约的地方，除了林述川、原臻之外，竟然还见到了原秋时。原秋时结束在东北的拍摄，回到了北京。他整个人瘦了一圈，更精干也更利落了，见到池幸便张开双臂，和她来了个拥抱。

周莽跟在池幸身边，原秋时扫他一眼，笑道："果然是他。"

对于自己在池幸身上获得的失败，原秋时并没有十分在意。他引着池幸往会议室里走。

原臻和林述川正聊着最近在欧洲打破票房纪录的电影，两个公司的法务各自翻看文件，沉默不语。池幸和原秋时等人来到，会议室的气氛变得热闹了。

"我还剩一个小时，到点了回不去的话，裴瑗可能会杀了我。"池幸说，"所以，咱们能速战速决吗？"

签字，盖章。签字，盖章。一切早已谈好，十分顺利。池幸抬头看林述川，林述川也正看她，脸上没有一丝笑，是很凝重沉默的表情。

在这个瞬间，池幸想起林述川跟自己表白的时刻。

那时候她还年轻，以为所有年轻的人都跟自己一样简单纯真，没有坏心眼。她从片场出来，夜里雨刚停，街道上堆砌了千百种色彩，路面反光。她和林述川在路边摊吃饺子，快吃完的时候，林述川紧张、结巴，一句话吞吞吐吐，从怀里掏出一支放太久而有点儿蔫的玫瑰，问她可不可以当自己的女朋友。

年轻的林述川等待池幸回答的时候，也是这样的凝重沉默。

池幸人生中的第一次恋爱，第一次从爱人那里领受伤害，第一次硬起心肠了断，都是源于林述川。

池幸还是有点儿恨他，恨他捆绑了自己这么多年，恨他让自己的恐惧复苏，恨他分辨不清爱和控制，草草地开始了表白。

签完字，她跟林述川从此再无任何工作上的关系。池幸知道，私底下的关系也不会再有。她朝林述川伸出手："谢谢。"

林述川握住她的手，良久都没有放开。

"谢谢你带我入行，我从你身上学到了很多、很多，终身受益。"池幸微笑着，客气生疏。

有好有坏，都是益处。

池幸说完再没有任何留恋，干脆地抽手。原石的律师适时递上新合同。池幸带来的律师过目一遍，确认和之前审阅的合同完全一致，点头示意。

池幸在这份新合同上，签下了自己的名字。

再抬头时，林述川已经离开了。

原秋时的手机响个不停，他掏出来一看，是 Eric 发来的信息。

"这几天欧洲破短期票房纪录的电影，Eric 想看。"原秋时说，"他让我问你，这电影能引进吗？"

原臻："他怎么自己不问我？"

原秋时："你少骂他几句，他就敢问你了。"

原臻哼了一声："上映第一天就有人在关注了，应该能引进，题材、故事都很出色，而且还是个新导演。"

池幸问是什么片，原秋时把简介发到她微信上。

电影名为《白沙》，德国导演执导。十四岁的少女和父母生活在小镇上。一日醒来，她发现离家多年的姐姐带了一个男子回家，声称要在家中举行婚礼。随着婚礼的推进，隐藏在这个四口之家背后的秘密也一步步被揭开。电影以妹妹的视角展开，她窥探着家中所有人的秘密，试图用自己的方式揭开一直萦绕在心中的谜团。

池幸下意识地看一眼导演和编剧，突然愣住。

"这部片子的质量很高，是可以竞争奥斯卡的。"原臻说，"上映一周就打破纪录，导演之前还是个名不见经传的新手。"

池幸："是弗兰？"

原臻笑开了花："对，就是他。"

池幸佩服得五体投地。

她告诉原臻自己和麦子将要跟德国导演弗兰合作，原臻便去打听了这导演的事情。池幸不知她打听到了什么，但之后原石的步调明显加快，面对峰川狮子大开口的违约金，原臻竟然眉毛动也不动，直接点头。

"还有一件有意思的事情。"原臻说。

在池幸向峰川提出解约请求之后，峰川很快打听到，是原臻在后面支持池幸。之后原石娱乐与峰川传媒商谈十几轮，林述峰和林述川暗地里几乎打听了个遍，无奈怎么都问不出原石娱乐为什么要跟池幸合作。

池幸当时身上只有一部《大地震颤》，商业价值跌破底线，几乎为零，又有负面舆论影响，无论如何都不值得原石用六千多万来帮她解约。

峰川百思不得其解，圈里人都帮忙打听，没人知道为什么，也没人知道池幸接下来跟原石还会有什么合作。谁人看了池幸的事儿都会摇摇头：不行了，绝对不行了。就算《大地震颤》有拿奖的实力，也得等到后期制作完毕，真正参赛才见分晓。

与峰川解约、原石签约之后的第五天，《白沙》引进的新闻便传了出来。

促成该次电影引进的，正是原石娱乐。

《白沙》是一部充满轻悬疑色彩的故事片，国外评论人说它"在叙事美学上明显受到安东尼奥尼的影响，但结尾的十五分钟完全是属于弗兰自己的光彩时刻"。

尚未上映，《白沙》就引来了许多好奇。

弗兰在照片墙和脸书上发出视频，称自己接下来将和《白沙》的编剧合作一部讲述异乡人遭遇的电影，他在电影中首次邀请亚洲面孔出演，"一位非常出色、非常美丽且富有魅力的女性"。

"池幸今年和明年，那不是有两部冲奖的电影？"麦子抽着烟说，"厉害，厉害。"

裴瑗掐灭他的烟："开拍了。"

剧组正在光彩剧院工作，他们要在这里拍《大地震颤》的最后一场戏。

虽然并非剧本的最后一场，但对主角赵英梅来说，却是最为关键的一场：结束与王靖的练习后，赵英梅发现，自己听不见王靖道别的声音了。她能看见王靖的嘴唇在动，似乎在询问什么，比画什么。赵英梅下意识地侧了侧头，她想捕捉残余的声音。

但无济于事。她的耳朵一片空白，甚至有一瞬间出现了巨大的嗡响，直接在脑中震荡。

池幸已经整整两天没有跟周莽甚至常小雁说话。她只在剧组开口，其余时刻耳朵里填着耳塞，尽量把自己维持在赵英梅的状态里。

她是此时此刻的赵英梅。

她笨拙但自由，舞姿并不标准，但足够快乐。

王靖看她的眼神里渐渐带了火光。他从这个平凡普通的女人身上，凿弄出了羞涩的趣味。

结束练习后，王靖邀请赵英梅一起吃饭。在这枯燥的小城里，他无论走去哪里都有人关注，唯有跟赵英梅在一起的时候是自在的。赵英梅是一个很好的对象——供他消遣的对象。

他预备好了一切，饭食、床铺，还有一些平时不可能用在赵英梅这种女人身上的甜言蜜语。王靖心中是手到擒来的满足感。

但赵英梅就像没听懂，或是没听到一样。她歪了歪头，脸上又露出惯常的紧张害羞的笑。王靖走到舞台边上又回头问一句。赵英梅没有回答，背对着他，不知想的什么。

王靖心烦气躁，转身离去。赵英梅匆匆回头，看到他愤怒的背影。忐忑蚕食着赵英梅怦怦乱跳的心。

前一天晚上，她得知自己当年狼狈下岗，是王靖的父亲一手操作。和王靖跳舞时，他放在赵英梅肩背上的手，第一次让赵英梅感到强烈的不适和痛苦。

赵英梅张开口，她开始说话。

"一二三四，二二三四。"

听不见。

"诺诺，赵英梅。诺诺，赵英梅。"

她重复儿子和自己的名字，仍旧听不见。

"喂！喂！！！"

她声嘶力竭地大吼，耳朵像被棉花塞满，透不进一丝声音。

赵英梅扑到录音机边上，她打开卡带，把声音拧到最大。乐曲瞬间充盈了整个舞台。

她瘫坐在地上，怔怔望着那个录音机。

没有声音。没有任何声音。

赵英梅的手则按在木板上。她感受到了从木板往手心里传来的一丝丝颤动。

赵英梅把手掌紧贴地板，掌心的律动越来越强烈。

细小的石子在地上弹动。她的舞鞋鞋带散在地面，随着微微的震颤轻轻跳起。

赵英梅把录音机的音箱部分放在地上，自己而后趴下来。她的耳朵紧贴地面，屏住了呼吸。

熟悉的震颤果然传入了耳朵。那不是声音本身，是声音的脉动。血液一般，翻涌、滚荡、源源不绝，涌入她已经没有听觉的耳朵里。

赵英梅就这样"听"着这些声音，她大睁着眼，不敢有丝毫放松，生怕一旦放松，这原始的"声音"就会从自己耳朵里飞走。

她"听"得笑了，笑着流了眼泪。

这一场，池幸一条过。

裴瑗喊"停"之后她还趴在地上起不来，眼泪一直流。裴瑗拿起喇叭喊了声"静一静"。片场的人都停下了手上的动作，周围霎时变得安静。周莽把池幸扶起，小心地、一点点地摘下了她的耳塞。

空气流动的声音瞬间进入池幸的耳朵里，震得她无法承受。周莽按着她的耳朵，快速为她替换了新的隔音耳塞。

新的耳塞可以让池幸听见一部分低分贝的声音。她戴隔音耳塞的时间太久了，只能这样一次次地更换隔绝力不同的耳塞，三小时后才可彻底摘下。

"能听见我的声音吗？"周莽很轻很轻地贴在她耳边问。

池幸能听到一点，更多的是看着周莽的嘴型辨别。她点点头，周莽给她擦去眼泪，披上了外衣。

来到监视器前面，裴瑗抱了抱她："太好了！太棒了！一气呵成！"

镜头里的女人脸色苍白，嘴唇也苍白，黑发里掺杂几根白发，眼皮耷拉，除了五官之外，没一个地方像池幸。她犹豫、惊讶，拼命寻找声音，趴在地上"听"，哭泣。这是一个无台词无声音的表演，池幸做得近乎完美。

"过了。"裴瑗摘下帽子，大声道，"过了！！！《大地震颤》，杀青！！！"

静悄悄的片场瞬间爆发出震耳欲聋的欢呼！

池幸抬头看周莽。周莽站在她身后，在众人开始大声欢叫的时候，松松捂住了池幸的耳朵。

"其实今天这场不是高潮戏。"池幸喝着冰凉的汽水，对周莽说，"真正的高潮部分是三天前在这里拍的那一场。赵英梅和王靖终于公开演出，她那时候什么都听不见了，所以她光脚跳。那时候的舞台也是这样颤动着的。"

因为戴着耳塞，池幸不知道自己说话声音的高低，她讲得大声而吃力。

周莽和她坐在舞台边上，远远看着剧组其他人收拾东西。

剧组热闹极了，人们签名、合影、加微信，一片闹哄哄。

因为隔得远，池幸听不见他们的声音，一切就像看默剧。

"你看过默剧吗？"池幸又问，"卓别林，知道吧？"

周莽点头。

池幸身边放着几束花，别人送的都是正经八百的玫瑰、百合、桔梗，唯有麦子送了一棵粗壮的白山茶，还带花盆。

池幸现在一点儿也不像白山茶。她想起麦子的评语，笑出声来："什么白山茶啊，谁要做花儿呀。"

她翻到舞台上，仍用自己察觉不到的声量对周莽说话："你看过卓别林的《摩登时代》吗？他在里面跳过舞，超级好笑，我会跳哦。"

她脱了鞋子，光脚在舞台上跳起舞来，撅着屁股，学《摩登时代》里卓别林的样子一通乱跳，还哼着歌。跳着跳着她被自己逗乐，躺在舞台上大笑。

她看见周莽开口讲话，但是声音模糊，完全听不见。

"表白吗？"池幸大喊，"表白要大点儿声，我听不到！"

赵英梅的灵魂还没从她身体里脱离，她一说"听不到"，眼泪又要流下来了。

头顶的光也照得人眼睛不舒服，池幸用胳膊挡住流泪的眼睛，吸了吸鼻子。

赵英梅，赵英梅。她要跟赵英梅说再见了，这个让她痛苦，也拯救了她的角色。

有时候她在赵英梅身上看到孙涓涓，她每趋近赵英梅一分，便原谅孙涓涓一分。有时候赵英梅又是她池幸自己。笨拙的坚持，笨拙的自我防卫。这世界允许笨拙的人生存吗？池幸曾在剧本上记录下这样一句话。

她还没找到答案。

眼前忽然一暗，池幸放开手臂，睁开眼睛。

周莽站在她身边，弯腰，伸手。

"可以请你跳一支舞吗？"他清晰、缓慢地说。

地板冰凉，周莽把池幸从地上拉起来。他们还从未正式跳过哪怕一次舞。

这和上回的练习不同，心境、场地全部大相径庭。池幸随着周莽迈步，随他腰身的动作旋转，她沐浴在周莽的目光里，从头到尾是安全、温暖的。

"我有时候会想，我还得更加努力。"周莽说。

"努力？"

"努力配得上你。"周莽笑笑。

池幸吃惊了："你哪里配不上我？"

周莽："和你在一起，让我觉得自己的世界变得宽广了。我越发感到，自己很渺小，很普通。很多人都说，我配不上你。"

池幸意识到，那一吻给周莽带来的影响还在持续。有人嘲笑她选择这样一个普通人，有人嘲笑周莽癞蛤蟆，各种传言层出不穷，池幸没看，但周莽或许看到了。

"我以为你是那种不太在意别人看法的人，毕竟你是地主啊大哥。"池幸笑着，"配不配得上，谈恋爱又不是穿衣服，还要讲搭配？"

周莽眉毛微微一耸。这是他心情快乐的小信号。

"我也是这样想的。"他低声说，"在你身边的是我，别人的闲话滚一边去。"

池幸喜欢死他偶尔流露的执拗和不容置疑了。她抱住周莽的腰，耳朵贴在他胸膛上。没有音乐，他们就这样轻轻摇摆。

"你一开始为什么不答应当我的保镖？"池幸问，"后来知道我和林述川关系不好，你才应承。你明明很喜欢我。"

周莽想了又想。他都快忘记这回事，忘记自己当时的心态了。

"你太好看了。"他喃喃道，"我害怕靠近你。"

于是池幸仰头看他："现在也好看吗？"

周莽低头吻她的头发："赵英梅。"

池幸："嗯。"

周莽："今天是最后一次叫你赵英梅。"

池幸听见他心跳的声音，有些急促。她抬头看周莽，直看进这男人的黑色瞳仁里。

他长了一张多么适合当大侠的脸。帮过一个落魄的姑娘，救过她一次，大侠就永远惦记着她，放不下丢不开。放在古代的故事里，他一定又惨又苦，姑娘要折磨他，江湖要折磨他。心疼他的只有屏幕前的观众，把他那点儿恋心翻来覆去地分析讨论。

池幸自己也吃惊，她居然会这样深地依恋周莽。他在自己心里有太重太重的分量，岁月洗刷不掉。

"不听话。"池幸捏他的脸庞，"说了让你别喜欢我，你偏不听。"

周莽露出得逞的笑容。他捧着池幸的脸，用背脊挡住身后的目光，一遍遍吻她。

一年后。

Eric 再度从原臻身边潜逃，跑到欧洲去游学，原臻骂完他又转头骂原秋时。

原秋时拍摄的刑侦题材作品播出后反响强烈，接受媒体采访时原本一切按流程走，不料中途在被问到自己的感情经历时，原秋时说了些奇怪的话。

"我的感情经历不多，对方也不是圈内人。"原秋时说，"跟谁合作的印象最好？嗯……"

他沉吟片刻，挺认真地回答："池幸。"

在时长十分钟的采访里，原秋时居然用三分钟时间仔细回忆了自己和池幸的来往。他是池幸的影迷，池幸也是他的影迷，至于为何两人没走到一起，原秋时很得体地回答："她有心爱的人。"

原秋时讲得真心，别人却把这表达看作八卦的源头。从原秋时回溯到《灿烂甜蜜的你》，又牵扯到电视剧当时的换演员风波，自然而然地，又提到了池幸过去的事情。

原臻签了池幸，却不想让池幸跟原秋时有什么密切的来往。

"她过几天开生日宴，你不能去。"

原秋时在电话那边沉默片刻，笑道："姐，你怎么了？我不是Eric。"

原臻这样的语气丝毫不能动摇原秋时，反而会让他更加反感这种控制和被控制的姐弟关系。原秋时已经很久没回过家，他有了独立的经济实力，完全不依赖原石娱乐，所有合作都是自己团队的人去谈，剧本亲自看，只在最后签合约的时候，才通过原石娱乐订立合同。

原臻："都过去这么久了，你还提她做什么？"

原秋时："现在提她不是正好吗？有新电影要上映，我得给朋友帮帮忙。"

原臻："你没做过对不起她的事情，搞什么赎罪心态！"

原秋时闷闷地笑："姐啊……你这样，Eric 是真的不会愿意回来的。"

池幸、麦子和德国导演弗兰合作的电影已经拍摄完成，即将上映。

这部中文译名为《寒夜客来》的影片，在摄制阶段就已经受到极大关注。池幸在德国待了小半年，拍完后又马不停蹄地赶回国内，继续工作。

国庆期间，《大地震颤》上映。这部影片在科幻、动画和商业大片扎堆的国庆档里，本身很不讨巧。头三天排片极低，从第四天开始，口碑和上座率渐渐上升，"我能跳舞"这个营销话题遍布所有社交媒体：无论是老人小孩，还是行动不便、看不到或听不到的人，大家都在用视频和文字分享自己的舞蹈。

原石娱乐旗下的营销公关公司承担了电影的宣传推广工作，紧接着"我能跳舞"这个话题，姜岑和 Eric 在片场贴身跳探戈的视频公开。

一浪接一浪的宣传，把许多人吸引进了《大地震颤》的放映厅。

推广的话题性操作暂时停止，很快，《大地震颤》的观众口口相传，越来越多的人出于好奇，买票进场。

《大地震颤》是 2D 影片，票价在同期电影里并不高，低门槛也让它有了更多被传播出去的可能。在网络上讨论营销话题和探戈视频的人渐渐少了，议论电影和赵英梅的越来越多。

"我爸妈当年也是这样下岗的，没有工作也没有钱，东北啊，那个冬天真的好难好难。"

"池幸演一个落魄的单亲妈妈，我原本还很怀疑，看到一半我就服气了，她完全摆脱了之前的形象和定位。"

"丧失听觉的部分真的很棒……我十六岁时双耳失聪，但我没有她那么勇敢。"

"好真实，我也是离异单身，带一个孩子，跟赵英梅一样，每天就是忙忙乱乱，根本没有时间去考虑自己的事情。不想骂孩子，但有时候真的太压抑太难过，忍不住。看完电影之后，孩子问我有什么想做的事情。我说我以前的梦想是当一个漫画家。"

"整个放映厅都在为赵英梅鼓掌喝彩，我哭得好厉害。勇敢的人无论什么时候都需要鼓励！"

《大地震颤》的最后一部分，也是高潮部分，是赵英梅和王靖在舞台上完成了一次演出。赵英梅脱了鞋子光脚踩地，没有人辅助她，她完全被王靖带动引领。

世界对她来说是寂静无声的，她竭力用脚底皮肤和肌肉感受地板的颤抖，灯光环绕着他们，王靖悠然自在，而她紧张得手心全都是汗。

一曲终了，两人鞠躬道谢。赵英梅知道她跳错了很多，她还踩到了王靖的脚。媒体的人团团围住他们想收获足够吸引人的感想，王靖讲得头头是道，赵英梅什么都听不见，她吃力地、大声地回答，声音变调，听起来模模糊糊。

"谢谢，王靖，我，很快乐。"她几乎是一个字、一个字地往外说。

电影记录了赵英梅的这一年。这一年，她自己的现实情况是每况愈下的，但跳舞给她带来的快乐，好像让她脱壳而出，成了新的赵英梅。

电影的最后一个片段，是池幸和麦子讨论之后，麦子决定加上去的。

赵英梅在满是沙尘的小路上往前走。她结束了这一天的工作，准备坐公交车去接儿子回家。路上前后都没有人，她忽然来了兴致，站直，展开双手，跳着舞往前轻快地跑。一辆摩托车经过，一辆三轮车经过，她没有舞伴，但也没有停下自己的动作。

镜头拉远，赵英梅脚尖踢起地面上的尘土，轻快地旋转。

电影就此结束。

池幸参加首映仪式时，电影结束的瞬间，她听见身后坐着的观众发出一声很轻的叹息。随即，掌声响起。

裴瑗、麦子和池幸在这个影院里与媒体、看片记者、影评人见面。

姜岺与 Eric 来迟了一点，自然要被惩罚。两人在台上重演网络热传的贴身探戈段落，观众尖叫不断。到了提问环节，第一个观众显然是裴瑗的忠实影迷，他认为裴瑗的这部电影显然有更强的野心，问她："你认为女性主义影片适合商业化吗？"

裴瑗回答："把女性主义从社会话语体系里单独割裂出来，是个不好的信号。制作的时候，我并没有把它当作一部女性主义电影，我们所有人全程想要做的，只是一部'好电影'你如果从中感受到了女性主的存在，说明我们讲述了一个很好、很好的，和女人有关的故事。"

池幸其实没想这么多，也没想这么深。裴瑗每次回答观众提问，池幸都听得很认真。她在面对"你觉得导演是个什么样的人"这种问题时，脱口而出："一个挑剔得很深刻的人。"

下一个提问的女孩伸直手臂，整个人都要站起来了，池幸点点她。

"池幸，你好，不知道你还记不记得我。"女孩结结巴巴，"我……我们见过的，你给我签过名，还帮过我。你还提醒我，苹果箱女人不能坐。"

池幸已经不记得了。

女孩又说："从《虎牙》开始，我就是你的影迷，感谢你这么多年一直没有放弃表演。"

她说得太过正式，放映厅里有善意的笑声。

女孩问："你觉得这部电影给你带来了什么呢？"

有趣的问题。池幸想，一般的电影首映礼上，搞笑的、能活跃气氛的问题会更受欢迎。但实际上主创也喜欢接到严肃认真的话题。在首映礼上通过提问，表达电影制作过程中的想法，这对媒体、影评人来说，都是珍贵的第一手资料。

众人等待池幸的回答。

池幸攥着麦克风想了一会儿，抬头对那女孩笑："是我的一次自我完成。"

如此这般，总而言之。

《大地震颤》从杀青到上映，到现在，已经过去了一年。

结束生日宴的第二天，池幸和团队出现在机场。

生日宴只邀请了要好的朋友，常小雁的微博发了两张照片，一张是池幸身穿白裙子低头切蛋糕，一张是她捧着一块蛋糕，抬头冲拍照的人笑，鼻尖沾着橙色的果酱。

因为是家里举行的寻常宴会，十来个人，池幸的妆容很素淡。她笑得开朗，想要跟人分享巨大的喜悦一样，好看的眉眼弯弯，卷曲的黑发衬着微红的脸颊。池幸身上却有热夏的生命力，眼里闪动的火星永远是年轻、热烈的。

照片很美，静止的画面像讲述了一个温柔的故事。发出来之后麦子抢占了沙发，发出评论："男友视角？"

常小雁回了个大笑的表情。

她微博里常常发池幸的各种照片。这一年里，照片的气氛有巨大变化：和以往总是摄影师操刀、后期精修或常小雁用自己的审美狂加滤镜的照片不同，池幸的许多照片就像是生活中随手拍下的片段。

她坐在窗边一边挠小猫耳朵一边玩手机游戏；她当上《幻夜奏鸣曲》推广人，做活动的时候双眼发亮地看自己喜欢的配音演员；夜跑后她站在夜宵摊两米外发愣；用落叶在地上拼一张看不出是谁的脸，她蹲在自己的作品旁狂笑；她穿着不合身的宽大衬衫，一边用吸尘器扫地一边打哈欠。

十二月时有一张照片，池幸戴红色毛线帽，穿臃肿的白色羽绒服，站在雪地里。大雪纷飞，她隔着茫茫雪片看拍照的人，嘴唇微微张开，一个将笑未笑的表情。

麦子火速转发，说："是莽子的一句诗。"

她不忌讳熬夜拍戏的痘，不忌讳皱纹，不忌讳头顶生出的白发。在那个人的镜头里，很奇妙，池幸怎样都是美的。满是生命力的美，活泼旺盛。

记者很快在池幸身边找到了周莽。

这个年轻人在去年的峰川年会上，因池幸的一吻而成名。

他有被镜头捕捉的价值，无论长相、身材还是气质，样样卓然。人们猜测他是池幸包养的小白脸，后来被挖出两人的往事，猜测又变成了"池幸一定帮他进娱乐圈"。

周莽安安静静在池幸身边当保镖，从陪池幸去德国拍戏开始，他成了常小雁的助理经纪人。有媒体问常小雁，周莽上位，她的地位是不是会受到威胁。常小雁笑笑："想超过我，再好好做十年吧。"

"池幸！你对《大地震颤》入围奥斯卡最佳影片、你入围最佳女主角，有什么感受？"记者喊。

池幸心情极好，她跟周莽对视一眼，回答："这个问题我上周回答过了，你们可以去看看公众号的文章，别人写了很多，我说过的没说过的，他们听过的没听过的，都有。"

众记者："……"

池幸提醒："要过安检了，我可以再答两个问题。"

另一个记者连忙蹿出来："传闻你如今身价过亿，你有什么看法？"

池幸："不要乱写啊！价格吹太高没人找我拍戏了，我去你家吃穷你。"她亮出一根手指，"最后一个问题。"

话筒直接伸到她面前："你有信心拿奖吗？"

池幸灿烂一笑。她没有回答这个问题，冲周围密密麻麻的手机和摄像镜头摆了摆手。

"再见！"她大声说。

在纷纷杂杂的声音里，周莽握住了她的手。

他们只给镜头留下相携而行的背影。

（完）

番外一　　客串

1.

大雨笼罩城市，霓虹灯在雨水中洇化成一团接一团的光。

光明之处灯火辉煌，然而密雨中，暗巷里有一场厮打。女人跌撞狂奔，她在这陌生的地方迷路了。巷子密集，全无人声，她不敢开口大喊，生怕让身后追逐的男人发现自己的踪迹。

躲在角落暗处，她蹲在地上，颤抖的双手从包中掏出手机。雨水瞬间打湿屏幕，她迟疑了：是报警，还是求助于同事？报警的话，可对方是学生的……

身后一股大力，把她猛地拉起。手机跌落在污浊的地面，她尖声喊出来，立刻被人掐着下颌推到墙上。

大雨把两人淋得湿透。她急急喘气，手里一把弹簧刀，刀尖抵在男人胸前，几乎割破衣服。

钳制她的手总算略微一松。

两头困兽闪动发红的眼睛。男人理着几乎能看到头皮的短短平头，浓眉紧蹙。在他开口之前，女人飞快说了一句："不是我！"

"当时房间里只有你！"男人声音低哑，压着怒气，"你是最后一个看到她的人。除了你，还能怀疑谁？"

顿了顿，他忽然怒吼："把我妹妹的命还来！"

——"Cut！"

导演从监视器后面站起，雨水停了。

池幸抹了把脸，入秋后天气凉，剧情却是夏季，她穿得单薄，在冷风冷雨里瑟瑟发抖。

"过了吗？"她扬声问。

"从'不是我'那里再来一遍。"导演说，"你不要对他吼，你现在还是怕他的，不知道他要对你做什么。你又想威胁他，但心里很虚，很害怕，同时又非常委屈。确实不是你嘛，但所有人都觉得你有问题。"

池幸想想，调整情绪重复一次"不是我"。导演立刻点头："对，就这样。"

众人就位。池幸贴墙站着，面前的对手戏演员捏捏她的下巴，不吭声。

"这次是我没到位。"池幸小声道，"导演可没说你啊。"

男人甩甩头发，他满脸雨水，眼里满蕴的愤怒已经消失，小声嘀咕："好冷。"

正是周莽。

2.

片场最怕意外。租场地、器械，协调演员和工作人员，时间就是金钱。但意外总是难以避免：演员无法按时抵达，水电出问题，天气骤然变化……最近更是新增了一项。

开拍之前，池幸看到副导演拿着手台走来走去。手台里声音听不清，但副导演嗓门渐粗青筋渐起，她便知道又有意外情况发生了。

《一日谎言》剧组自开拍以来，意外不断。这部短剧只有十二集，讲述了发生在寄宿学校里的怪事，学校接二连三有学生意外受伤，最后甚至出现了学生坠楼的案件。但学生和老师们都对事故原因讳莫如深。池幸看过剧本之后，很快答应邀约，饰演剧中女主角：一个初到寄宿学校的实习老师，坠楼学生从她办公室窗户跌落，她成为众矢之的。

副导演愁眉不展，池幸冲他招招手："怎么了？"

"今天进组的演员，昨晚动车到的。今早接到通知，他座位旁边那人核酸检测结果是阳性。"副导演说，"现在他必须隔离十四天，没得商量。"

走过的摄影师摇摇头，插嘴："怕什么来什么。"

池幸拿起剧本扫了一眼。今天是这个场地租借的最后一天，一共有七场室外戏，必须在凌晨三点之前拍好。新角色只拍摄一天，是有台词的配角，和池幸饰演的老师有激烈冲突。

这几场戏池幸台词很多，她这几天拉着周莽对过许多次，记得滚瓜烂熟。

"不能拖了。"副导演挠头不止，"幸姐再等等啊，我正找人。你放心，咱们都有预备选手，不会耽误你时间……"

"这个怎么样？"池幸指了指背后正打电话的周莽，"我的助理经纪人。"

拿着手机的周莽略略抬头，表情不满。

副导演："……啊？"

池幸笑眯眯："所有台词，他都记得。"

3.

从八点拍到十一点，只剩最后一场雨中追逐戏，也是最难的一场。

池幸没想到周莽演得有模有样，还挺不错。连编剧也跟池幸说，周莽可以往这方向发展发展。池幸知道这话半真半假，但还是扫一眼周莽，周莽听见了，一副无动于衷的模样。

雨中追逐最难，从池幸察觉周莽追上来到被周莽推到墙上，长镜头调度复杂。副导演和池幸轮番上阵跟他解释动线，周莽听得认真。实际上连池幸也做好了这里要反复重拍多次的准备，没料到周莽只跑一次，竟然一点儿也没犯错。

池幸冲他竖起大拇指，周莽面无表情，眉毛微微一动。池幸却知道这人心里其实已经乐开了花。

劝说周莽参演，池幸费了老大力气。他对池幸的要求从不拒绝，但这个提议让他连连皱眉。

"我不懂得演戏。"周莽只是翻来覆去说这句话。

导演困惑，池幸却知道他为什么不肯。剧本里这个角色性格暴戾、粗鲁，说话不多，流里流气，雨中追逐时还扇了池幸一巴掌。池幸知道，他不想打她。

这一巴掌不借位，是真动手，很考验演员配合。

周莽始终坚持："专业演员懂得收力，我不懂。"

他固执极了。导演向副导演使眼色。这提议只是池幸的一时兴起。她有名气，导演不会在这种无关紧要的问题上和她起争执，敬她几分，工作顺心，何乐而不为。况且他本来就不信任周莽，一个新手，从未面对过镜头。副导演已经着人去联系替补演员，冲导演暗暗点头。

但池幸仍未放弃，用上撒手锏："你放心让别人跟我动手吗？"

周莽踟蹰片刻，终于答应。

池幸想起这些，只觉得他的固执也很可爱，忍不住抬手抚摸他的脸。为了符合角色设定，造型师推短了周莽的头发。周莽的英俊五官越发鲜明，眼睛眨动，静静地看池幸。

很奇怪，越是察觉到这人性格里执拗的部分，池幸就会越爱他。仿佛那执拗是凿刀，是它把周莽塑造成形，来到自己面前。

周莽不知池幸在想什么，正要问，导演已经喊了开始。

4.

最后一场戏拍到凌晨一点，终于过关。

导演原本把周莽看作新手，也打算敷衍了事，反正出场时间总共不过五分钟，就算错，也错不到哪儿去。没料到周莽的表现大大出乎他的预料，他对周莽的要求不断提高，最后竟然说出了"你要接住池幸的戏"这样的话。

听导演讲戏，周莽认真；关注镜头机位，记忆位置，复述台词，周莽也认真。

但都比不上关键剧情时周莽的表现：他浑身肌肉紧绷，只有在他面前的池幸才看出这人实则紧张到了极点。耳光落下来的时候，周莽的眼睛里没有任何愤怒。他非常焦灼，甚至有一瞬间的懊悔。

在手掌接触到池幸脸颊的瞬间，周莽收力了。他无师自通地懂得了如何收回力气，手指拂过池幸皮肤，池幸触电一般弹到墙上，瘫倒。

"好！"导演拍掌，"再来一遍。"

"……"周莽不得不回头提醒，"不是说，我表现好的话，一条过吗？"

导演丝毫不觉得自己的话矛盾："你表现很好，所以再拍一条。"

池幸笑出了声。拍摄之前她和导演极力渲染如果这一巴掌出现失误，后果会多么可怕：毁容、面瘫，甚至脑震荡。周莽大受惊吓，眼睛盯紧池幸，不安简直写在了脸上。

显然，池幸方才流畅得堪称浑然天成的躲闪和反弹动作，完全出乎周莽意料。

池幸狡黠一笑："你以为这样的戏，我拍过多少。"

周莽："……你骗我。"

池幸清清嗓子："演员的职业修养。"

工作人员给起身的池幸整理头发衣服，免得出戏。池幸见他仍是一脸不放松的表情，再度安慰："新人不懂怎么躲，可我是谁呀？我要是不懂……"

"你曾经也是新人。"周莽忽然说。

他眼里映出片场灯光，闪动如星。池幸笑了，双手捧着他的脸，捏他的脸皮。她在这瞬间有许多话想说，甚至回忆起刚入行时的许多艰难。但那些都不重要了。

有周莽这句话，她此刻回忆起来，竟丝毫不觉得那是吃苦。

5.

《一日谎言》成片质量极高，池幸对周莽的初次出演实在万分好奇，导演通知她粗剪完成，她撇下要开会的周莽，飞回北京。

周莽的五分钟戏份零散分布，主要集中在第三集，雨夜追逐戏也是这一集。剪辑老师认不得周莽是何许人也，扭头跟导演说："这新人不错，哪个学校的？"

池幸暗暗地笑。

镜头里的周莽似乎变成了一个她不认得的人。更凶悍了，目光里藏着愤怒，无论说话做事，架势都很不一样。演的时候他在想什么？池幸问过，周莽却说想不起来了。那一巴掌让他吓一大跳，回家后揉着池幸的脸吻了很久，又为池幸骗自己生气，又为她心疼似的。

"池幸，试试嘛。"导演说，"你带他演几部戏，他肯定就出来了。你也是懂得挑剧本的人，不提携他，多可惜。"

池幸心想，她和周莽之间，没有什么提携不提携。周莽做助理经纪人做得有声有色，常小雁的不少工作都交给他分担，没有一次出过纰漏，全都完美完成。他性格本来就如此，放在他手里的事情，从来都周到圆满。就像这次客串。

"要不，我签了？"导演笑问。

池幸只是笑着摇头。

第三集结尾，新的嫌疑人出现，女教师洗清嫌疑。她在街头重遇那位鲁莽的男人，男人停步，在她惊恐的目光里走近，低声道歉。

道歉完，他有个抬头看池幸的动作。

那眼神令人心头一跳。

剪辑师指着屏幕："这叫什么？CP感是吧？"

这戏里池幸没有感情戏，只呈现了一些和其他角色似有若无的纠缠。周莽这角色原本没这个镜头，但导演现场加戏，跟组编剧也兴致勃勃，那个特写便保留了下来。

其他人因剪辑师的话大笑，池幸也笑。剧情里，她接受了男人的道歉。男人抬头看她，是想确认她所说的话是真是假。镜头里的周莽嘴角微微一动，松了口气般，那双之前凶狠愤怒的眼睛里，头一次带上愧疚的温柔。

剪辑师："这这这，这哪里像演的？太入戏了。"

池幸终于笑出声。

6.

可惜，《一日谎言》被压了又压，好几年都不得播出。

池幸只好软磨硬泡，要来导演剪辑版，当礼物送给周莽。

她也不知道周莽是否惋惜，毕竟这是他的处女作。周莽收到礼物，看不出喜怒，点点头收好。池幸失望，当晚就把周莽按在沙发上，强迫他和自己一同欣赏。

周莽看到自己的角色出场，惊讶中轻笑。池幸看得认真，在他手背打了一记："别吵，好好看，这是我们难得的对手戏。"

周莽背靠沙发，双臂伸展，看依偎在他身上的池幸："我和你的对手戏，不是天天演吗？"

池幸没心情跟他开玩笑，看得认真。

成片质量很高，雨夜追逐戏配上音乐，张力十足。周莽也没想到自己那次客串会有这么好的效果，屏幕里的人长着一张酷似他的脸，却并非他。说话、行动、脾气，都是另一个虚拟之人，他感到新鲜极了。等他看到自己与池幸争执，脸皮却渐渐发热。

"我去洗点水果。"他起身。

池幸一把拽住他："等等，这是你的高光时刻，你要吼我了！"

周莽："……"他摆脱池幸的钳制，逃一般蹿进厨房。

池幸笑个不停。周莽这水果洗得长久，第三集已经结束，他还不肯出来。片尾有花絮，池幸睁大了眼睛：不知是谁拍下了她和周莽那一场追逐戏之后，低声交谈的几分钟。

　　镜头有点儿远，听不清楚说的什么。池幸第一次从第三人角度看到自己和周莽相处的模样。两人都被淋得湿透，池幸眼睛明亮，只看着周莽，手在周莽脸上捏来捏去。

　　她记得那时周莽说的什么，也记得那时的心情。

　　但她不知道，原来爱着人，以及被人爱着的时候，自己是这样笑的。

番外二　　　陆上行舟

1.

《别雁歌》的拍摄场地，因有粉丝闯入，摄制工作不得不中止。

小周坐在保姆车里补妆，车外里三层外三层围满了记者和粉丝，他掀开窗帘露出一只眼，立刻无数话筒镜头凑过来："你和女主角的恋情是真的吗？"

小周火速放下窗帘，深呼吸，平静自己。

何月刚把他一张站在阁楼上飘然若仙的照片修好，发到他手机上。小周最近拍的这部古装戏，先是爆出女主角和男二号曾是学校里公认的完美情侣，进组后又爆出小周和女主角天天下戏就在影视基地里约会逛街。

剧组的花边新闻比剧本身更受关注，何年何月身为小周的保镖，也被偷拍下不少照片。

小周不喜欢他俩穿得太正式，何年何月常便装出场。

何月热衷用小号在微博回复小周粉丝们关于他的 CP 故事。

昨夜小周和女主角绯闻传出，无数小周的粉丝纷纷心碎。经纪人认真询问小周跟人姑娘是不是认真的，得到小周肯定的答复之后，她便让何月尽量不要上微博，以免冲动透露消息。

何月相当遗憾。

"导演说还有十分钟就开拍。"何年看了眼手机，起身道，"我下去清场。"

他架势十足，抖了抖外套，深吸一口气，猛地拉开车门。

"导演说还有十分钟就开拍。"何年看了眼手机，起身道，"我下去清场。"

他架势十足，抖了抖外套，深吸一口气，猛地拉开车门。

摄制现场终于恢复秩序。小周工作时，何年何月坐在一旁等待。

"还是跟幸姐一起工作轻松。"何年忽然说。

何月看他："那是因为有莽哥在，我和你除了检查环境，没别的事儿。"

何年："也对，和莽哥一起工作比较舒服。"

小周的这部片子老需要吊威亚飞来飞去，昨天刚刚结束棚内的绿幕戏份，今天转战外景，漂亮男孩女孩在空中挥剑甩手，无形的剑气纵横来去，可惜看不到样子，让人发困。

何月发现一个艺人助理举着手机偷偷拍小周，立刻走到她身边。冷峻的目光一扫，助理立刻缩手收好手机，装作无事发生。"第三次了。"何月低声对他说，"事不过三，对不住了。"

她学足周莽的气势，说话时把声音压在喉咙里，一双眼睛亮出凶狠的精光，立刻把那十几岁的年轻小伙吓得腿软，忙不迭交出手机。何月删了他相册里的照片，检查云端和聊天记录，确认他没有发出去才把手机归还。

之后她找到那助理服务的艺人经纪，三言两句说完，经纪便知道这助理不能遵守保密协议，表示自己知道该怎么做。小周此时正好拍完一条，坐在位置上揉肩膀。何月回到他身边正要说话，眼角余光瞥见一抹碍眼的金色头发。

Eric冲她挥挥手，咧嘴一笑。何月不理他。

Eric约过何月出门看电影，何月顺带把自家哥哥给捎带上。一场恐怖片看得两个男孩不停尖叫，何月坐在两人中央，岿然不动，不停打哈欠。

Eric为展示自己的强壮体魄，约何月一同去爬山健身。何月健步如飞，一口气不带喘，登上山顶后等了Eric两个小时。当晚的夜游健身房被迫取消，Eric进医院吸了半天氧，开始认真思索自己跟何月师父的亲近计划，是不是有什么不妥。

何月简直烦死他了。池幸代替她问过Eric，问他是不是喜欢何月，Eric斩钉截铁地回答："不是喜欢，是仰慕，我要拜师学功夫。"

要真是"喜欢"，何月说不定还会跟他周旋一阵子。但既然不是喜欢，那就随便了。Eric跟橡皮糖似的甩也甩不掉，《别雁歌》有原石娱乐投资，他借口"探班""看看"，隔三岔五就来找何月尬聊。

"你又来干什么？"何月低声问，带着不耐烦。

出乎兄妹俩预料，Eric今天没纠缠何月，直接从兜里掏出一张请柬。

请柬是蓝色的，花里胡哨画着海浪，打开后里面是一行字：来做客吧。

落款：池幸，周莽。

2.

光彩剧院里，刚刚结束一场排练的麦子左右手各持一个手机，正在聚精会神地回信息。

他双手灵活，竟能左右同时触屏打字，聊得不亦乐乎。

因有《大地震颤》的成功合作，麦子和原家人乃至原石娱乐的关系都很好。常小雁在原石娱乐里除了池幸之外也带其他艺人，恰好有一个年轻艺人参演麦子这出名为《点灯放火》的话剧，她有时候会来剧场里看排练。这日正好坐在麦子身后，她视力绝佳，看见麦子在左边手机快速打了个"爱你啊"，右边手机来一句"my only love"。

"麦子老师，可以啊，你是周伯通弟子吧，这左右互搏之术练得不错。"常小雁戳他后背。

麦子头皮溜光，嘿嘿一笑，摸摸脑袋："别夸我，我会骄傲。"

他给常小雁介绍自己的两个新朋友，一个玩摇滚的，一个吹长笛的。常小雁睁大了眼睛，麦子补充一句："这是欣赏，我对才华从来没有抵抗之力。"

常小雁："行了，别作孽了。"她坐在麦子身边，跟他询问方才自己手里那艺人的表现。

《点灯放火》是一出喜剧，民国背景，嬉笑怒骂中暗含讽刺。这是麦子自编自导的第一个话剧，在话剧圈子里很受关注。说到工作，麦子来了劲，立刻口若悬河说起来。

《大地震颤》最后的舞蹈是在光彩剧院里拍的，电影上映之后，麦子给池幸等主创人员安排了一次见面会，也在光彩剧院。来的人很多，大部分都是看过电影的观众，想起当日盛况，剧院经理仍唏嘘不已："要是哪天麦子老师的戏能有这种场面，我死而无憾。"

麦子写影视剧本不多，几年前被禁，狠狠挫了他的元气。他这几年专心钻研话剧，倒是出了几个很好的戏，在国内国外还拿了几个奖。人们谈起麦子，总要说说他的光头、他那些混乱的感情故事，还有这个人吊儿郎当却满腹才华，让人咬牙生厌，又不得不佩服。

"池幸最近选剧本也太挑剔了。"麦子忽然说，"好剧本也不是没有，她还没决定要哪个？"

"目前有三个，她还在犹豫。"常小雁说，"我觉得《仙人掌》不错的。"

麦子大幅度点头："这个戏我知道。"

《仙人掌》是根据真实事件改编的电影，为了给受侵犯的幼女复仇，年轻的母亲独自翻越大山，寻找消失在茫茫人海之中的罪犯。池幸非常喜欢这个剧本，只是担心这部电影的角色气质与《大地震颤》太像，有重复之感。

麦子咋舌："哪里像了？这比《大地震颤》震撼多了。剧本我没看完啊，我看过梗概和前面两万字片段，虽然编剧是新人，但功底扎实，节奏把握得特别特别好，这绝对是个好剧本。"

常小雁："剧本是好，也得看导演和制片是什么人啊。"

麦子："导演也是新人？"

常小雁："对，裴瑗认识。你记得那年元旦裴瑗去参加一个海外影视论坛吗？巧得很，论坛展映的几部短片中，就有那新导演的习作。三十分钟的短片，骗子和骗子互相坑蒙的故事，特别精彩。"

麦子："裴瑗都觉得好，那必定是不错的。"

常小雁："唉，还得再想想。"

麦子："常小雁，你以前不是这么优柔寡断的人啊。"

常小雁："《大地震颤》拿奖之后是《寒夜客来》，《寒夜客来》也拿了奖，现在大家都盯着池幸，就看她下一部接什么。这必须谨慎，必须。"

麦子掐了烟，笑骂："最讨厌扭扭捏捏的人。池幸在哪儿？我去跟她聊聊！就选《仙人掌》了，犹豫什么！"

常小雁这才想起今夜另一个来意，忙从包里拿出一张蓝色请柬。

麦子一看请柬上的海浪就笑了："这不是我给她画的那张画儿吗？"

请柬打开，里面是一行字：老师，来吃鱼吧。

3.

和给其他人的请柬不同，原秋时收到的请柬上的字多出那么几个：带上女朋友来吧。

原秋时心想什么女朋友，我并没有。他是娱乐圈里罕见的清白干净好男儿，连绯闻都欠缺，自然也少了几分让人津津乐道的趣味。等看到那只有"周莽"二字的落款，他像意识到什么，忽然笑起来。

餐厅里灯光摇曳，乐声深沉。这法国餐厅最后还是被原秋时买了下来，他很喜欢餐厅楼上那个温室，因为池幸赞过。他后来再到这儿，得知朋友准备拆掉温室做阳台，连忙拦下。

餐厅仍保持以前的装潢，跟他带池幸来吃饭那次一模一样。原秋时独自坐在窗边喝酒。窗外花圃里月季开得正盛，花簇攀缘而上，缠满了窗户的铁栏杆。夏天快要来了。

很突兀地，他斜对面的桌上传来哗啦一声响，是有人把刀叉重重拗在碟子上。原秋时抬头时见一个女人从位置上站起，抓起酒杯往对面的男人脸上泼，随后头发一甩，高跟鞋笃笃敲着，大步离开。

动作行云流水，节奏十足。原秋时不禁在心里暗道一声"好"。

侍应连忙给那男客人递去毛巾。原秋时心想这是分手戏吗？出于礼貌他不便再窥探，嘴角含着一丝看戏的微笑，低下头——然而在低头的前一瞬，他认出了那个惨遭红酒洗礼的男人。

是林述川。

林述川也看到了他。两人面面相觑，最后是原秋时冲他做了个"请"的手势。

林述川擦干净脸上的酒，干脆脱下外套，坐到原秋时对面。他眼镜也沾着红酒，原秋时让侍应帮忙洗净擦干。没戴眼镜的林述川视力不好，微微皱眉，一脸不高兴的样子。他的白衬衣上泼了一片红色的酒，像血一样。

为了活跃气氛，原秋时笑着打趣："让女人生气不是绅士所为。"

林述川头也不抬，自顾自倒酒："我不是绅士。"

原秋时决定说得直接一些："你女朋友很像池幸。"

林述川总算抬头，目光仍然是冷冷的："还可以更像。"

原秋时一愣："什么意思？"

林述川："我跟她说，最好她去整容，整成池幸那样，我可以考虑跟她结婚。"

　　原秋时："……"

　　林述川喝了一口酒，忽然笑了："只要我这样说，她们都会主动跟我分手。"

　　原秋时："你被泼过几次？"

　　林述川："就这一次。她性格跟池幸也很像，驯不服。"

　　眼镜洗干净送来了，林述川戴上，仍微微皱眉。原秋时才知他一直都这个表情，总是不开怀似的。

　　餐厅里价格昂贵的东西流水般端上来，林述川像饿了几日，埋头吃个不停。原秋时想起之前听到业内的风声：峰川传媒的股权有了变动，林述川的大哥现在是峰川的实际控股人，眼前的男人遭遇了事业上的重大危机。

　　原秋时和林述川是朋友，但不算熟稔，见到了会一起喝酒聊天，约上一块儿玩，但从不聊私事，更别说心事。原秋时现在见他这样，觉得有些可怜，想安慰安慰他却不知从何说起，说什么都太苍白了。

　　吃得半饱，林述川先问起来："池幸现在怎样？"

　　原秋时："挺好的。"

　　林述川有些怀疑："她跟你有联系？"

　　原秋时："她跟你没有？"

　　林述川便像吃了什么大亏一样，眉眼都阴沉下来，闷头灌酒。

　　原秋时其实觉得他有点儿好笑，但又不便当着伤心人面前笑出来，憋得相当辛苦。林述川察觉他的暗笑，冷冷的目光扫了又扫，原秋时连忙找出新的话题："最近过得如何？"

　　好了，又触一个霉头。林述川那双眼睛像是爆出火来，从牙缝里挤出一句："你不知道？"

　　原秋时只得亲自为他倒酒。只怪自己也喝得多了，头脑有些犯晕。接下来两人便沉默着吃饭喝酒，一声不吭。周莽寄给他的蓝色请柬藏在他外套口袋里，原秋时不知道该不该告诉林述川这件事。

　　餐厅里有情侣点了一首曲子，乐团开始演奏，舞池里有人跳舞。原秋时随着节拍轻轻在桌上敲手指。他熟悉这曲子：这是《大地震颤》里，赵英梅每每独自起舞便会响起的温柔乐曲。

林述川显然也认了出来，一口沙拉嚼了半天都咽不下去。原秋时心想：你也看了许多遍啊。

他越发可怜林述川了。林述川和池幸之间有过什么往事，两人都不跟外人提起，原秋时只隐约知道林述川这个经纪人当得相当过分。但毕竟是池幸的初恋，原秋时又想，初恋哪，总该有些不一样的地方吧。

这想法在他脑中转了一圈，他忽然开口："林总，池幸的初恋是你，还是周莽？"

林述川砰地把刀叉扔在碟子里，起身要走。原秋时连忙拦住他："对不住，说错话了。"

"你这一晚上……你就是故意的吧！"林述川还顾念着这是公共场合，他和原秋时都有头有脸，连怒叱也不敢高声。

原秋时心想，这么生气，看来答案不是他。

"我这餐厅楼上有个地方，池幸很喜欢，每次来吃饭都要去看看。"原秋时问，"去瞧瞧吗？"

天气渐渐热起来，这温室功能不大了。原秋时让人在里头种了四季花草，他用这个来讨池幸欢心。池幸来过几次，身边总有周莽，原秋时倒也不恼：他看见池幸开心，自己也挺开心，这温室至少还有意义。

月季在里头开疯了似的，一团团一簇簇，大的小的红的白的，纷纷杂杂混在一起，惹人心乱眼花。夜里灯光亮起，花们朦朦胧胧地含了情意，跟周围的灯红酒绿格格不入。玻璃窗外头是遍地霓虹，林述川往外看，商业中心的巨幅广告上有池幸灿烂的笑脸。

"池幸也喜欢站在这个位置。"原秋时说，"她说这儿视野好，白天的时候更舒服。"

林述川瞥他一眼，冷笑："你也没什么用，整这么个地方出来，池幸还是跟周莽混在一起。"

原秋时的笑容十分得体："啊，你嫉妒？"

林述川这一夜被他气得七窍生烟，此时几乎要跳起来："我嫉妒什么！"

"谁知道呢？"原秋时笑道，"我给你一一数出来？"

林述川狠狠瞪他，喘了几声之后突兀地冷静了。他知道自己没必要在这里跟原秋时生气。原秋时似乎是心里也有什么不痛快，变着法子跟自己找碴。林述川抓了抓头发，微眯的眼睛在镜片下闪动："他俩，听说要结婚了？"

这回轮到原秋时沉默了。

林述川熬不住这寂静的氛围："我一大老爷们儿，跟你在这花里胡哨的温室里发呆，我疯了我！"

原秋时拿出请柬递给他。林述川霎时间就静了："这什么？"

原秋时："请柬。"

林述川不接："真结婚了？"

原秋时："嗯。里面有照片，很好看。"

至少静了半分钟，林述川没忍住，抢过请柬，又紧紧抓了一会儿才打开，硬壳纸都给他捏皱了。一眼扫过，他呼地站起，把请柬摔在原秋时身上。

原秋时放声大笑，听见林述川夺门而出，骂骂咧咧。

他捡起请柬，压平、展开。请柬的封面上是麦子的手笔，一张海浪的画儿，内里也是蓝色的，文字用银色的笔书写。周莽的字还不错，原秋时想，可惜就是吝啬。麦子给他发来请柬炫耀，麦子那请柬上，落款还多了一个"池幸"。

门又响了，林述川风风火火地冲进来："他俩约你去家里玩？"

原秋时："嗯。"

林述川："地址是哪里？"

原秋时故作惊讶："你不知道呀？"

池幸和周莽在老家的果园子里设宴，地址原秋时知道，麦子他们当然也知道，但林述川从没听池幸提起。自从跟池幸解约，除了公开场合两人有过照面，再无任何私底下的来往。而即便是在公开场合，池幸也从不多给他眼神，连招呼都懒得打。娱乐记者们知道池幸和峰川的解约闹得不太愉快，池幸也不掩饰，被问起就笑眯眯地答："对呀。"

林述川在等原秋时的答案。他现在恨不能挥拳往原秋时那张脸上来一记。

原秋时慢条斯理地合上请柬，十分珍重似的，把请柬放入外套内袋，抬头对林述川微微一笑。

"既然你不知道……"他说，"那我不能告诉你。"

4.

春天，海水温度升高，鱼群从赤道往北洄游。渔船出港回港，渔获数量上升，能找到好东西的概率也大大上升。

池幸连续吃了好几天的鱼虾，有点儿腻了，感觉自己全身上下满是鱼虾蟹的气味。她结束了每天的晨跑，回到果园时，周莽不在。

这个果园子和周莽之前投资的不是同一个，但紧挨着。一整座山头栽满了果树，山脚下一栋设计精巧的别墅，紧挨着一大片火龙果田地，花苞硕大。

池幸换了衣裳上山。蜂农带了蜂箱过来，树上都是嗡嗡的蜂子，池幸有点儿怕，戴了帽子穿着长袖，把自己围严实。蜂农是一对夫妻，开着小卡车，他俩认识池幸，但不知道池幸是演员，只知道这个漂亮女人在大城市工作，脾气挺好。

他们给池幸带了些特产，池幸问俩人是否见到周莽。

原来周莽一早就离开家，沿着海岸线往东步行而去。

池幸下了山，在火龙果田里转了一圈。她和周莽回来的时间并不多，这次是趁着工作结束，打算在闲暇的一个月里好好休息，干脆收拾行装回家种地。果园和田地平时都雇人打理，照顾得很好。这火龙果田是前年种下的，去年结了几个果，白心黑籽，甜得惊人。周莽说今年会结更多的果子，池幸起初半信半疑，但见到眼前的无数花苞，她信了。

从别墅前的小庄园往南走，穿过一条小路就是海堤，过了海堤就是沙滩。海水退潮，露出平坦的沙地，伏地的牵牛花开成了串。

一切都准备停当，池幸站在海堤上伸懒腰做舒展运动。邀请的宾客们都是今天抵达，常小雁和何年何月来得最早，已经在来这儿的路上了。

吃的用的热热闹闹摆了出来，池幸一边张罗一边给周莽打电话。周莽神神秘秘地告诉她："我找到一个好东西。"

中午时分，常小雁和何年何月终于抵达。池幸开了辆越野车去接，在路口停下，从车窗里伸出脑袋，酷酷地冲路边呆站的三个人扬手："嘿。"

常小雁一上车就问她："结婚吗？"

池幸奇道："为什么是结婚？"

常小雁："不结婚你请这么多人，跨越半个中国来看你？"

池幸："我当地主了，请你们来看看我的果园。"

常小雁："无聊。"

结果抵达庄园之后，她看着满眼吃的喝的，坐下来嘴巴就没停过。何年何月都是从山里出来的孩子，挽起衣袖裤腿就要去干活，被池幸拦了下来：他们是客人，没有让客人干活的道理。

"莽哥呢？"何年问。

池幸也不知道。来的客人越来越多，她忙于接待，转来转去。傍晚时分，在海边石头上钓鱼的何年何月突然冲站在海堤上的池幸大喊："莽哥回来了！"

周莽带回了一艘船。

5.

这艘船是周莽在山的另一侧发现的，小浅滩上有一艘不起眼的、搁浅的小船。

船是木船，四五米长度，船身爬满贝类的痕迹，被海水冲刮的地方破了洞，无法再下水。船舱空荡，积有水草和沙子，指甲盖大小的蟹在里头爬来爬去。

周莽利用两辆带滚轴和履带的木板车，把它拖了回来。

池幸从海堤上跑下来："怎么有一艘船！"

她又惊又喜，转着圈地看那船。船是挺破的，但样子好看。这种只能在近海摇桨出行的小船很常见，池幸记得半个月前刚来这儿，她和周莽在海边喝酒晒月光的时候曾经无意提过："这片沙滩上要是有艘船就好了。"

她要的不是新船，也不是装饰漂亮的、仅供拍照的船。池幸当时没有细说，只随口一念叨。她自己实则也不确定想看到一艘怎样的小船，但没有小船的沙滩空白得可怜。

"是你想要的那种船吗？"周莽脱了上衣，裸着胸膛背脊，身上是密密的细汗。他抓了把头发，笑着看池幸，"大海不要它了，我就捡回来。"

池幸跳到他身上，被他一把抱住："就是这种！"池幸笑得停不下来，揽着他亲了半天。

沙滩上很快挖出一条窄沟，恰好够放置这艘小船。把小船推入沟里，在缝隙填好沙子，船身上的破洞被沙子掩饰，它是一个挺好、挺完整的回收品，把沙滩看作洋面，它仍是一艘乘风破浪的好船。

太阳快要落山了，山中蒸腾橙色的雾气。喑哑的夜色随着遥远号角浓浓地浸透，海中跳跃的金色逐渐熄灭，星子爬上了天。小船被洗得干净，在残余夕晖中湿漉漉闪光。

小路上传来汽车的声音，还未见到人，麦子的大嗓门就传了过来。

"怎么还有一艘船！"他又高兴，又昂扬，"出海吗？"

6.

夜晚的宴会就在这小船身边举行。每个人都问池幸和周莽是不是要结婚，或者是不是要订婚。他们对这突如其来的邀请感到惊奇，又带着揣测的祝福。

麦子和原秋时同一趟机，带来了无法到场的裴瑗和江路的祝福。裴瑗以为真是订婚仪式，隆重地赠了池幸一套精巧繁杂的首饰，据说是她压箱底的珍藏。

池幸看着原秋时："你怎么受伤了？"

原秋时揉揉嘴角的瘀青："被流氓打的。"

池幸不信："你怎么会去招惹流氓？"

原秋时笑："对啊，我也不明白。"

麦子一边喝酒一边插嘴："所以不是订婚？"

池幸失笑："不是呀。这是我和周莽的新房子，请大家来做客玩玩罢了。"

原秋时回头看看黑魆魆的山："听说后面这座山都是你们承包的？我能去看看吗？"

池幸："好啊，我带你……"

周莽截断她的话："我带原秋时去吧，天黑了，这山你不熟悉。"

原秋时笑眯眯，周莽也笑眯眯，两人相互笑眯眯，客客气气地往山里走去。

洗干净的小船上装饰了彩灯和鲜花，新鲜的螺和虾在炭火上吱吱烘烤。周莽的朋友开了辆快艇过来，何年何月招呼几个会水的人上了快艇，一行人带上工具去钓鱿鱼。

池幸请来的乐队在沙滩上弹吉他唱歌，灯火通明。贝斯手很帅，麦子端了杯酒去跟人套近乎。那贝斯手留着板寸，五官出众，眼神扫过麦子的光头，笑着唱了句："我喜欢长发，只喜欢长发……"

曾谧云和笛子坐在石头上喝酒点烟花，聊往事。

众人玩得高兴，池幸没什么可做的，跑到小船身边发愣。

周莽这个人很奇特，她越和他相处，越觉得他神奇，总是能在自己没说出来的时候就猜准了自己的心意。她问周莽怎么不找别人一起帮忙，周莽当时一边洗手洗脸，一边仰头笑着："看到它的时候我想起一部电影。"

池幸蹲在他身边，心有灵犀一般："《陆上行舟》？"

这是她和周莽去学校里蹭课时看的片子，当时中戏正举行赫尔佐格电影展，恰好是最后一天，放的是《陆上行舟》。空想家菲茨卡拉多和人们在陆地上拉动一艘大船，那场景疯狂、荒诞。池幸看得认真，电影结束后她转头对周莽说："真好啊。"

周莽问为什么好。

池幸一路上想了又想，牵着他的手晃来晃去："很天真，所以很浪漫。"

她喜欢这种天真的浪漫，周莽便要为她制造。

船上的鲜花都是在山上摘的，彩灯是周莽悄悄买回来的。他早就计划好了，他知道池幸会喜欢。喜欢这艘船，喜欢这些简单、粗糙的小东西，喜欢这种热闹的、没拘束的夜晚。

池幸爬上小船坐着。山里有手电筒灯光闪动，是周莽和原秋时正在下山，即将穿过火龙果田。渐渐地，她看到有人出现在小路上。

"周莽——"她扬声大喊，笑得很脆。

那灯光果然冲她晃了一晃。

朋友们在沙滩上起哄、吹口哨，乐队奏起轻快的乐声。池幸一直笑，她都不知道自己还能这样快乐。

快艇从海上回来了，何月跳下船时，Eric从人群中跑来，咚的一声跪在她面前："何月师父！请收我为——"

何月立刻抬腿，以迅雷不及掩耳之势踢开他手上那束茂盛的百合花。

花束打着旋落入海中，溅起一小片浪花。

Eric："徒。"

何月长发一甩："不好意思，我对百合花花粉过敏。"

7.

新月，满天星辰。吃饱喝足，玩得有些累了，乐队弹唱《Moon River》，人们三三两两在沙滩上跳起舞来。

池幸正小口喝酒，听见身边的周莽凑近，贴着她耳朵低语："有一朵花要开了。"

池幸吃惊："火龙果的花？"

周莽："嗯。"

池幸只知道这种花开得硕大漂亮，但从未见过。两人一对眼神，悄悄牵手溜走，没跟任何人打招呼。

麦子在不远处用膝盖碰碰原秋时："那两人走咯。"

原秋时："看到了。"

麦子："你猜他们去干什么？"

原秋时："去看花。"

麦子奇道："你知道？"

原秋时低头认真剥开烤虾的壳。麦子没放过他："你怎么知道？什么花？神神秘秘，是周莽跟你说的？"

原秋时："您可真烦啊老师。"

麦子："小秋，我认为你也应该跟着一起去。整点儿矛盾冲突出来，这才有意思。"

原秋时吃完虾，手也不擦，直接把麦子拉起来："麦子老师，不如跟我一块儿跳舞吧。"

麦子只得被他拉着，随乐声跳起舞来。他跳得很好，很快引来掌声，对原秋时不配合他戏剧设计的一点儿怨怒消失了，转身时他还不忘对压根不理会自己的贝斯手抛去含笑的眼神。

8.

火龙果和昙花都是仙人掌科植物，开的花模样也非常相似。周莽和池幸钻进火龙果田里时，那朵花正刚刚绽开一个小口。

看见花上两盏大灯，池幸立刻明白了："催花呀？"

"正好这周蜂农过来，花都开了，省得再人工授粉。"周莽说，"用小刷子扫这么多花儿可不是简单的事情。"

池幸："我没做过人工授粉。"

周莽："给你留两朵。"

两人牵着手，池幸依偎在周莽身上，想了一会儿又笑："你该不会在这花儿里藏什么戒指吧。"

周莽："不会。"

池幸看他，想从他眼睛里找出说谎的痕迹。但周莽面色没变，被池幸盯了一会儿，他补充道："那太土了。"

池幸："万一我就喜欢土的东西呢？"

周莽只是笑。热恋中的任何话题都像加了催化剂，说两句就要笑起来，往对方身上黏过去。池幸抱着他的腰，静静看那朵花越开越大。

花梗疏长，像钩子一样，顶上是拳头般硕大的花房。洁白花瓣渐次展开，隐约露出里头柔软的浅黄色花蕊。池幸看得愣住，她头一回见到这样静谧洁净的美。

"周莽，你也觉得我应该接《仙人掌》吗？"她突然问。

周莽："你不是很喜欢这个故事吗？"

池幸默认了。

第一次看《仙人掌》的剧本她就被震撼了，翻到最后一页仍不舍得放下，立刻上网去检索当年的真实事件。那女孩是被拐卖进山的，她夭折了两个孩子，第三个平平安安长到六岁，被来村里卖货的人拖进了玉米地。年轻的母亲哭够了，在身上藏了割草的镰刀，决定出山去寻找那个消失的男人。

周莽记得池幸那几天晚上根本睡不好，半夜总起床，跑到客厅开灯看剧本。那剧本翻来覆去不知被她看了多少回，连台词都背了下来。

"可我总不能老演重复的角色吧。"池幸喃喃说，"再演下去，我会成为特定的女性角色代表演员，会很难接到其他的剧本。"

周莽："重复吗？我不觉得。你演的每一个角色都不一样。"

池幸："谢谢你。"

周莽认真道："我没有开玩笑。"

池幸捏他的脸："我害怕。"

她怕自己走不出来。

演完《大地震颤》之后很长一段时间，她跟人说话就会不自觉侧头，讲话腔调仍是赵英梅的发音。是周莽和常小雁陪着她，一点点地让她恢复到平常的样子。

而去德国拍摄《寒夜客来》，对池幸的影响更加严重。她身处一个陌生的语言环境中，能用汉语交流的只有周莽、翻译，还有偶尔会过来的常小雁。《寒夜客来》中的形象为她招来许多非议，角色本身的经历又十分压抑。她记得有一场在法院对峙的戏份，她笨拙地用德语跟眼前所有人辩解，称自己对那个幼小的孩子并无恶意，讲到最后，她突然情绪崩溃，失声痛哭。最熟悉的语言脱口而出，她边哭边讲，整个片场都静了，连导演也没有喊停。

那一段最后被导演放入剪辑好的成片之中，他说那是可遇不可求的一刻。

每一个故事都要求她痛苦、崩溃，走过遍布刀尖的道路，血淋淋才能抵达终点。

周莽："那我们不演了。"

池幸："你好善变。都当助理经纪人了怎么这么容易被演员的想法左右呢？谁说我不想演了？"

周莽这回认真看她："如果你想选《仙人掌》，我有办法陪你，我不会让你进入那样的状况里。上一次是我没有经验，我没处理好，绝对不会有下一次。"

她犹豫就说明，其实还是心动了。《仙人掌》太打动她，周莽知道池幸不会松开这部电影的。

"这种话你上一次就说过啦。"池幸笑了。那场法庭上痛哭的戏结束后，周莽立刻带她离开了片场。池幸很少见周莽在剧组里发脾气，但那天的周莽措辞严厉，谁都看得出他是真的生气了。

周莽亲她脸颊，低声说："那就让我再说一遍。"

池幸两只手都用上了去捏周莽的脸，嬉闹中碰了下半开的花，眼角余光看见有什么掉了下来。周莽更是下意识地伸手去接。

池幸："……"

周莽："……"

两人面面相觑，池幸大笑："你不是吧！"

在地上找了半天，是池幸先把那枚小小的指环摸索出来。银色的小指环，非常朴素，一颗圆圆的小钻石。"是这个吗？"池幸拿着问。

周莽："是。"

池幸笑得停不下来，直接把那戒指戴在手指上。

周莽一脸沮丧和窘迫：他设计好的流程全部失算，这跟想象中的发展完全不一样。

指环在灯光里闪动细碎亮光，连带着池幸的眼睛也闪动起来。花完完整整地开好了，晴夜灿烂，香气在湿润的夜风里浮动。

"周莽，我要演《仙人掌》。"她轻声说，"我还要演好。"

周莽揉揉她的脑袋，把她头发都弄乱了。池幸被他这无声的鼓励和赞许弄得有些脸热，忙把指环凑到他面前，问他："什么时候放的？我今早来的时候这朵花还没有被弄开的痕迹。"

周莽握住她的手："刚刚跟原秋时来的时候。"

池幸惊了："那原秋时岂不是知道了？"

周莽："我就是要让他知道。"

他揉着池幸的手指，池幸怔怔地看他片刻，笑出声来："好幼稚啊，弟弟。"

周莽不答，嘴角一勾，快乐接受了池幸对他的评语。池幸靠近他，仔仔细细地在灯光下看周莽的眉眼。她找不到什么词句去形容周莽，现在只是，只是想吻他而已。

彼此呼吸纠缠，最后连花的香气也被搅弄进灼热的唇舌里。

后记

给已经结束的故事写后记，是一件不容易的事情，好比要给早已结束的恋情写一份总结，一一回忆当时的心情，实在很微妙。

但我偏偏又特别喜欢写后记。是的，我的每一本书出版，无论繁简，只要可以，我都会写后记。如果说阅读故事时读者沉浸在文本之中，那后记或许就是作者从文本中起身，简短与读者交谈。哪怕是闲唠嗑，我也觉得这一小段篇幅很珍贵。

《她真漂亮》这个名字，来自音乐剧《洗衣服》中文版的一首歌，讲述了暗恋的心情。初听是在一个声乐综艺节目里，美妙的二重唱，我被那句"夜那么长，星星会将我们照亮"击中。人渴望爱，渴望温柔，就像渴望空气和水，生命的养分。当我反复听着这首歌，并为它感到幸福的时候，这个故事的雏形渐渐形成。

这个故事，想说的大概是：爱是我们的避难所。"避难所"可能是爱情，可能是亲情、真诚的友谊，又或者是某个憧憬之人、某种寄托。总之，这样的避难所是存在的。它安全、稳妥，不惧风雨，并且总在那里。

因为这些避难所，人才会相信，不管怎样的人生，咬牙把自己锤炼坚强，都是可以获得幸福的。

但其实，我并不是时时刻刻、完完全全相信"都可以幸福"这种话。连载到最后，有读者说，她被"这世界允许笨拙的人生存吗"打动。这也是我的疑问，我在寻找答案。故事里有许多笨拙的人，几乎每一个都不够完美漂亮，而我喜欢在角色身上添加苦难与困窘。对创作者来说，这并非残忍，而是一种信任——哪怕不够聪颖精明，但他们必定可以击碎这一切。

回头想想，原来"创作"本身，就是我的避难所。

感谢各位喜欢池幸和周莽的读者，你们和我分享的每一次体会都让这个故事变得越发完整，超出我的想象。

感谢出版社与编辑萧萧，让我珍爱的故事有了出版的可能。

连载结束的时候，2020 年的冬季很冷，我结束了一段对自己影响颇深的感情。写下这个后记的时候，2021 年的第一股冷空气自北向南覆盖全境，我比去年快乐很多。

祝愿阅读到这里的大家，四季平安。

下个故事见。

凉蝉

2021 年 10 月

—